Leitsack intègre de la science-fiction de pointe à une discussion profonde à la fois religieuse et philosophique… et insiste sur les aspirations universelles de l'Homme à atteindre un état divin.

… Parmi les classiques, un de mes favoris, « *Le Phénomène Humain* » de Pierre Teilhard de Chardin, a une portée semblable à celle de « *2188 Apr. JC* »… Par contre je trouve que l'œuvre de Leitsack va encore plus loin en ce qu'elle offre une vision du monde en même temps qu'une intrigue à suspense basée sur des événements d'actualité… et lie la science physique à la conscience humaine.

… L'aspect métaphysique de l'œuvre et sa conclusion vous laisserons rêveur. *Une véritable source d'inspiration!*

Dr. David Wake, *Fellow*
Royal Society of Arts, *Londres, Royaume Uni*

2188 Apr. JC
Le Monde Sous
le Grand Califat

~ E Pluribus Umma ~

D. LEITSACK

~ exemplum ~

Notes

Textes sacrés tirés des traductions officielles
Autres traductions par l'auteur

Cartes par l'auteur

Diagrammes 14 de PJC, et 18, 19, 22 (interprétation artistique
du tunnel de Guoliang) et 29 de DC
Diagrammes de simulation satellitaires (24, 25, 26, 27 et 28)
de WJB et l'auteur
Tous les autres diagrammes de l'auteur

Calculs par l'auteur
Revue scientifique par DF

Couverture par DC
Image sur quatrième de couverture : *Femme Occidentale Vêtue
à la Musulmane,* huile sur toile, c. 1977 par CD avec sa
permission.

Avis

Tous les personnages sont purement fictifs à l'exception
des personnes historiques ainsi nommées, et toute
ressemblance à des personnes ou personnalités actuelles
est entièrement une coïncidence.

— ≈ —

ISBN-10 :   0 9847501 3 4
ISBN-13 : 978 0 9847501 3 9

Library of Congress Control Number: 2011941567

Imprimé aux États Unis d'Amérique

Califat, Islam, Armes Quantiques, Intrication Quantique,
Effet Tunnel Quantique, Faisceaux de Neutrinos,
Ondes de la Pensée, Conscience Après la Mort

exemplum publishing, llc   p.o. box 5425 washington, dc 20016
www.exemplumpublishing.com

2188 Apr. JC
Le Monde Sous
le Grand Califat

Notes concernant la version française :

Bien qu'étant de langue française, ma langue bien-aimée, mais résidant aux États-Unis, je fus porté vers une première version en Anglais et c'est dans cette langue que cette œuvre a donc été entamée. Pendant la rédaction de celle-ci, plusieurs des idées dans l'ouvrage ont par contre été conçues en Français et traduites dans mon esprit en Anglais. Et pour d'autres idées, l'inverse s'est produit puisque lorsqu'on est plongé dans une langue l'esprit s'imprègne de ses expressions idiomatiques et de ses tournures de phrase. Tout au long de cet effort, j'ai essayé d'être fidèle aux idées originales telles que je les avais conçues et j'ai donc pu corriger le texte anglais inachevé en me basant sur le texte français que je développais en même temps. Le résultat je l'espère devrait être une version française originale, ni plus ni certainement pas moins que la version anglaise qui peut donc être considérée comme co-originale. J'ai de même insisté pour que les deux versions dites donc originales sortent pratiquement simultanément.

L'auteur

Quelle vérité que ces montagnes bornent,
Qui est mensonge au monde qui se tient au-delà ?

Montaigne, 1533-1592 Ère Chrétienne

1. *Le Monde aux Environs de l'An 1615 de l'Hégire, soit 2188 de l'Ère Chrétienne*

PREMIÈRE PARTIE

MISSION INACHEVÉE

1

UN JOUR DANS LA VIE DU CALIFAT

Oussamabad, Améristan[1]
Latitude 5,7638 pas vers le Shama'al
Longitude 36,0603 pas vers le Gherb[2]
An du Prophète (qlpsal) 1615[3]

℮ 'était le dix-neuf Safar de l'An 1615 du Prophète (qlpsal). Cette date correspondait approximativement au 13 Août de l'An 2188 de l'Ère Chrétienne et normalement appelée 2188 EC. Le nombre 19 avait une importance particulière dans le Coran contrairement à la superstition associée au nombre 13 dans la culture Chrétienne.

Le nombre 19 est spécial dans le Coran car plusieurs occurrences sont soit dix-neuf ou des multiples de ce nombre : la première révélation contient dix-neuf mots et le nombre total de lettres dans la première révélation est de soixante-seize, c'est-à-dire de quatre fois dix-neuf ; on trouve les mots Bism'Allah – au nom d'Allah - cent-quatorze fois soit six fois dix-neuf ; et le dernier chapitre révélé a dix-

---

[1] La devise de l'État Américain est « *e Pluribus Unum* » soit en Latin littéralement « de plusieurs, un» ou plus exactement « de la multitude, l'unité ». Elle fut transformée par le Califat en « *e Pluribus, Oumma* », « de la multitude, la Oumma », la Oumma étant la communauté musulmane mondiale, pour mieux refléter l'ordre des valeurs alors respectées en ces temps en *Améristan*.

[2] La Latitude et la Longitude sont mesurées en *pas*, ou en fractions de ceux-ci, à partir de la Kaaba, le Saint des Saints à La Mecque. Un *pas* est une unité de distance égale à celle qui sépare La Mecque de Médine. Les *pas* sont normalement comptés en fractions décimales dans les directions à partir de la Kaaba, Shamaal (nord), Janoub (sud), Sharkh (est) et Gherb (ouest). Pour Oussamabad, ces mesures correspondaient aux anciens 38 degrés 53 minutes, 23,23 secondes Nord et 77 degrés, 2 minutes, 23,51 secondes Ouest de l'Ère Chrétienne.

[3] Comme il est de coutume et il se doit dû à notre profonde révérence, toutes références au Prophète (qlpsal) seront pleines de respect et suivies du nécessaire « Que La Paix Soit Avec Lui », ou « qlpsal » dans sa forme abrégée.

neuf mots alors que son premier verset contient dix-neuf lettres. Il y a bien sûr d'autres occurrences du nombre dix-neuf.

Une évaluation scientifique du système de latitudes et longitudes en usage dans le Califat indiquait que la circonférence de la terre mesurée en passant par les Pôles était de cent-dix-neuf *pas*, c'est à dire dix-neuf *pas* en plus des cent premiers *pas*. De la même façon, la circonférence du cercle de latitude passant par La Mecque était de cent-onze *pas* alors celui passant par Médine était de cent-huit *pas*. La somme des deux était donc de deux-cents-dix-neuf *pas*, dix-neuf de plus que cent pour chacun des deux lieux saints.

Était-on donc en 1615 ou en 2188 ou quelqu'autre année ?

Le Cheik Assame Al Amriki était assis à son bureau dans la Salle des Deux Croissants au cœur de l'*Al Dar Baïda* et il concentrait ses pensées sur le thème du Temps.

Le Temps Éternel

D'après les livres d'Histoire en usage dans toutes les écoles du Grand Califat, cette année 1615 aurait été connue autrefois comme AD 2188, *Anno Domini,* An du Seigneur, *Anno Dei,* An de Dieu. Cela bien sûr était *h'ram,* sacrilège pour la Oumma, mais en ces jours d'antan, les gens de bonne compagnie insistaient à appeler cette référence annuelle Ère Commune, puisque Dei, qui veut dire *de Dieu* se référait à un dieu qui n'était Dieu que pour un faible nombre de croyants dans le monde. Dans l'atmosphère étrange qui régnait en ces temps du dernier Président américain, Ère Commune ou CE était acceptable socialement et politiquement puisque Ère Commune n'insultait personne, sauf bien sûr ceux qui croyaient que c'était en fait Ère Chrétienne, ou plus exactement, du moins pour eux, AD, An de Dieu. Les vrais croyants de cette foi insistaient donc soit à appeler cette référence temporelle AD, ou souriaient secrètement dans leur barbe car ils comprenaient que EC, ce n'était pas vraiment une abréviation d'Ère Commune mais plutôt d'Ère Chrétienne. Ce qui en fait avait été vrai. Mais ce qui ne l'était plus.

4

Le jour, le mois et l'année du 13 Aout 2188 CE étaient approximatifs car le calendrier Chrétien, ou calendrier Grégorien comme il était alors connu, était basé sur le mouvement perçu de la Terre autour du Soleil. Ce qui suppose que le modèle utilisé pour la détermination de l'essence du Temps est correct. Le livre sacré que le Prophète, Que la Paix Soit Avec Lui, nous a donné, le Coran, nous dit que l'année doit être les douze mois du calendrier de l'Hégire, chacun de ses mois commençant au moment de l'apparition du premier croissant de Lune. C'est le signal d'Allah qu'une nouvelle lune, un nouveau mois sont arrivés.

Les mois purement lunaires, sans intercalation, c'est-à-dire ces corrections qui consistent à ajouter un mois ou un jour au calendrier régulier pour accommoder le mouvement de la Terre relatif au Soleil, nous ont été décrits dans des versets parmi les plus émouvants du Coran :

« Le nombre de mois
dans le regard d'Allah
est de douze dans une année.
Ainsi fut ordonné par Lui
le jour où Il créa
les cieux et la terre ;
de ces douze, quatre en sont sacrés ;
Tel est leur usage normal
Ne vous égarez donc pas
Là-dessus, et opposez-vous aux Païens. (IX:36)
Dans un mois interdit
la transposition de la vérité
est une addition à la Non-Croyance :
les Non-Croyants sont portés
vers l'erreur : car ils le rendent
légitime une année,
et l'interdisent une autre,
ces mois sont interdits par Allah
et ceux-ci, interdits, ils les rendent
légitimes. Le Mal de leur conduite
Leur paraît plaisant.
Mais Allah ne guide point
Ceux qui rejettent la Foi » (IX:37)

Au cœur donc de leurs croyances respectives il y avait un désaccord profond sur la définition du temps entre le Christianisme et l'Islam. Le dogme Chrétien était enraciné initialement dans le Judaïsme, donc dans la Parole de Dieu. Ces deux Écritures originales étaient la Parole de Dieu seulement aux débuts respectifs de ces deux religions, mais au moment de la Révélation du dernier Prophète (qlpsal) elles devinrent incomplètes et insuffisantes, et donc depuis ces débuts, ces infidèles se mirent à s'éloigner de plus en plus de la Vérité en mettant toutes les lois, toutes les découvertes et toute la science entre les mains de l'Homme. Ce fut une erreur.

Les Chrétiens, et il leur prit des siècles même pour en convaincre leur clergé, basaient leurs théories sur les observations astronomiques. L'erreur est que ces observations étaient le produit de l'Homme. Le Coran est divin. Ce que l'œil humain voit, ou croit voir, était utile pour plusieurs applications en technologie, en médecine et dans d'autres domaines, mais cela n'est pas transcendant. Est-ce qu'un home aveugle peut mieux voir qu'un homme qui aurait deux yeux utiles ? Il n'y a pas de réponse définitive car un aveugle peut quelquefois voir ce que d'autres ne voient pas.

On raconte qu'un aveugle, Abdoullah ibn Umm Maktum vint au Prophète (qlpsal) et lui demanda ce qui suit :

« *Ô messager de Dieu, enseigne-moi ce que Dieu t'a enseigné* »

Le Prophète (qlpsal) alors fronça les sourcils et se détourna de lui. Après ça, le Prophète (qlpsal) se sentit soudain partiellement aveuglé et ses tempes commencèrent à battre violemment. Il reçut alors une révélation :

« *Il fronça les sourcils et se détourna
quand l'aveugle s'approcha de lui.
Tant que tu saches, O Mohammed, il
se pourrait qu'il eût acquis de la
pureté ou que la vérité lui fût
rappelée, et donc ce l'eût aidé par ce
rappel. Et à celui qui se croit
suffisant, à celui-ci tu as donné ton
attention, alors que tu ne prends pas
compte de ses échecs à atteindre la
pureté. Mais à celui qui est venu
vers toi plein de désir et en béatitude* »

devant Dieu, celui-là tu l'as ignoré »
(Sourate 80:116)

C'est ainsi que le Prophète (qlpsal) apprit que la vérité et la pureté sont recherchées et peuvent être vues par un aveugle alors qu'elles peuvent être cachées des yeux du voyant.

La science occidentale avait en fait toujours admis le caractère éphémère de toutes les théories scientifiques. La théorie classique de l'Univers de Newton pouvait expliquer plusieurs phénomènes et avait fait débuter une ère d'innovation et d'accomplissements technologiques. Mais ensuite la Relativité et la Théorie Quantique avaient placé cette vue Classique dans son contexte car elle ne correspondait pas à l'expérience ou à l'observation de l'infiniment grand ou de l'infiniment petit. Et la vérité une fois vraie devint seulement une fraction particulière d'une plus grande vérité. Et cette marche continue et continuera pour toujours. Seul Allah possède la Vérité absolue, celle qui ne change pas avec l'interprétation humaine.

Le calendrier de l'Hégire est unique parce qu'il est inspiré du divin et base sa mesure du temps à partir de l'Hégire, la migration du Prophète (qlpsal) de La Mecque à Médine, dix ans avant sa mort en l'an 632 AD, un voyage qui représente le combat éternel de l'homme faisant face à la Vérité et au Mal. Comme le grand Samiullah l'a écrit :

> *« Tous les événements de l'histoire islamique,*
> *spéciulement ceux qui ont eu lieu*
> *durant la vie du Prophète et bien après*
> *sont cités dans le calendrier de l'Hégire. Mais nos calculs*
> *dans le calendrier Grégorien nous gardent de ces événements et*
> *de ces occurrences, alors qu'ils sont pleins de leçons d'admonition*
> *et d'instructions qui nous servent de guide.*

> *...et cette étude chronologique est possible seulement par l'adoption du*
> *Calendrier de l'Hégire qui nous indique l'année et le mois lunaires*
> *en conformité à nos chères traditions »*

Le calendrier de l'Hégire est donc un guide des riches traditions de l'Islam, plutôt qu'un compte impersonnel et technique des jours sans signification réelle. En fait la nature cyclique des évènements islamiques, sans relation avec les saisons, relie un vrai Musulman au Temps divin qui est immuable, et à l'éternité de Dieu. Ramadan n'est pas une fête de l'été, un festival du printemps, une lamentation hivernale, ou une célébration de la moisson de l'automne. C'est plus qu'une métaphore. C'est Ramadan, le mois sacré qui revient régulièrement et seulement quand Ramadan arrive. Et il en est de même et cela est vrai pour tous les autre mois.

Puisque le début d'un mois nouveau est marqué non seulement par la nouvelle lune, mais par une vision humaine du croissant de cette lune, quand Allah indique le croissant naissant, le temps tel que reconnu par l'homme est donc une observation humaine. Mais cet acte d'observation est bien différent de la mécanique d'horlogerie du soleil et de ses planètes décrite par l'astronomie. En fait, sans que l'homme ne soit là pour en enregistrer l'existence, il n'y pas de temps terrestre. De même que certains théoriciens du Quantique le proclament, c'est seulement l'observation d'un phénomène qui lui donne son existence. Mais contrairement à la Théorie Quantique, l'observation de la Vérité ne la change pas. Et Dieu, éternel, n'a besoin du Temps. Allah créa donc le Temps pour nous, et le Temps ne doit pas être lié à des références terrestres comme les saisons. Le Temps divin est éternel.

Bien sûr dans le Grand Califat, pour s'assurer que les célébrations se déroulassent au bon moment et en bon ordre, la Ligne Islamique de Changement de Date Lunaire reliait la Oumma en un Temps unifié, quel que fût l'endroit sur terre où ses membres se trouvassent.

Cheik Assame jeta un coup d'œil sur le calendrier holographique qui apparaissait comme du néant là où il posait ses yeux dans sa Salle des Deux Croissants, mais n'apparaissait pas s'il ne regardait pas – l'observation crée l'évènement – un système astucieux basé sur les phénomènes quantiques. L'heure de la visite approchait.

Une chose que les livres d'Histoire n'enseignaient pas, pensa-t-il, mais que l'on apprend par expérience, est que la définition de Temps est fondamentale dans toutes les croyances. Le Temps n'est pas simplement une observation, ou une horloge mécanique. Le Temps est ce que Dieu a défini pour nous quand Il créa Sa terre, afin de donner à Sa création ultime, l'homme, un point de référence pour des circonstances changeantes.

Pensées aux Funérailles

À l'occasion des funérailles d'un des ses amis, un Juif – dans le Grand Califat il leur était encore permis à certains, en faible nombre bien sûr, de pratiquer leur religion – durant la cérémonie donc, ainsi que le Cheik Assame pouvait encore s'en souvenir, les hommes récitèrent une prière de deuil. Cette prière s'appelait le *caddiche*, Assame se rappelait bien. Et dans ce *caddiche* pas un mot n'était prononcé sur la personne décédée, ni sur sa mémoire, ni même son avenir au Paradis. Tout ce que cette prière faisait c'était la louange du nom d'une *entité qui n'était pas nommée*.

Aux yeux des membres de la congrégation bien sûr *ce qui n'était pas nommé* voulait dire Dieu. Ce qui était encore un mystère pour Assame c'était pourquoi ils ne donnaient aucun nom à leur Dieu, alors que l'Islam Le glorifie de quatre-vingt-dix neuf noms parmi les plus beaux. Allah est un nom spécial de Dieu qui les contient tous. Comme le Prophète (qlpsal) l'avait dit :

« Allah possède 99 noms, 100 moins 1, quiconque les comprenne complètement et les connaisse tous de mémoire entrera dans Son Paradis ; Il est impair, car Il est Un, et le Seul ... Allah ! Il n'y a d'autre Dieu que Lui ! À Lui appartiennent les Noms les Plus Beaux »
(Le Coran 20:8)

Ce qui intrigua Assame encore plus fut le suivant.

L'assemblée consistait en quelques douzaines de personnes, le décédé étant un des dirigeants de cette congrégation et donc pouvant attirer ce qui était alors considéré comme une foule nombreuse dans ces territoires dépourvus de non-Musulmans. Assame se mit alors à lire la traduction en Arabe adjointe au texte hébraïque de ce *caddiche*, et qui incluait de nombreux commentaires. Assame nota un commentaire concernant un changement dans les passages qui parlaient du caractère éternel de Dieu. À mesure que le ton des lamentations augmentait, et qu'Assame pouvait même entendre les gémissements de certains dans la salle, son attention se porta sur le fait que dans les versions précédentes de cette louange du nom de Dieu, écrite pour être récitée spécialement à l'occasion de la célébration de la vie du décédé, le commentaire disait que Dieu dans son royaume universel était *éternel*. Cependant d'après le commentaire, longtemps auparavant, un sage religieux et érudit avait insisté à ce que l'on changeât ces paroles par ce qui peut être traduit comme *pour toujours et à jamais*, ce qui représenterait plus exactement d'après lui le sentiment du caractère éternel de Dieu.

Ce qui frappa Assame c'est que, en comparant le texte Hébreu qu'il pouvait à peine déchiffrer, à sa traduction, il remarqua que cette référence au temps, *pour toujours et à jamais*, était écrite en Hébreu – en fait en Araméen dans le texte original – comme *le 'halme 'halmaya* ; et entre parenthèses le commentaire indiquait que les mots *le 'holam* se trouvaient dans les versions précédentes de ce texte. Assame pouvait aisément voir que ce *'holam* était *'halam*, le monde ou l'univers en Arabe. Donc *le 'halme 'halmaya* était littéralement l'*univers des univers*. Pour Assame ceci était en parfait accord avec le Coran qui nous dit qu'Allah créa *les mondes*, au pluriel.

La traduction de l'*univers des univers* était donc *pour toujours et à jamais*, alors que celle de l'*univers* était *pour toujours*.

Par conséquent dans les textes anciens, la connexion entre temps et espace était faite dès le début. L'*univers des univers* est effectivement *pour toujours et à jamais*. Le Temps n'existe donc que si l'Espace existe, et l'un évolue avec l'autre : l'espace devient Espace quand le Temps commence. Et le Temps est créé quand l'Espace commence à prendre forme. La Science avait finalement relié les deux, Temps et Espace, quelques quatre siècles auparavant. Le Temps et l'Espace. L'Espace-temps.

Ces pensées renforcèrent dans l'esprit d'Assame le fait que le calendrier Grégorien, quoique précis dans sa mesure ou plutôt dans son observation du cycle de la Terre autour du Soleil, n'avait en fait aucune connexion avec le Temps absolu, le Temps divin. Il devait y avoir quelque chose d'autre, quelque chose de plus. Même les anciens avaient deviné cette connexion, bien avant que la Science ne fût arrivée à la même conclusion.

Le premier verset de la première *sourate* du Coran fait la louange de Dieu et s'adresse à Lui en tant que *Seigneur des Mondes*. Le pluriel, tout comme pour Sa création *des mondes*, était pour Assame plus exact que la création de la Terre d'abord et puis du firmament comme le décrivent les textes sacrés précédant le Coran. Les pensées d'Assame se portèrent alors sur les différences entre la Bible et le Coran, celui-ci étant la parole de Dieu révélée par Gabriel au Prophète (qlpsal) et non pas une interprétation humaine de choses et d'événements soit sacrés, soit historiques. Assame savait que ce caractère divin du Coran, contrairement aux autres textes sacrés, était de première importance dans la Vraie Religion. Il se concentra donc sur le Temps dans le Coran.

Assame savait bien sûr que le Coran nous dit qu'Allah créa le monde, effectivement tous *les mondes*, en six *ayyam, ayyam* étant le pluriel de *yaum*. Quoique *yaum* au singulier veuille dire *un jour*, dans sa forme plurielle *ayyam* veut bien sûr dire *des jours*, mais aussi une sorte de *mesure du temps* qui pourrait se traduire par six jours ou plutôt six périodes. En effet dans les *sourates 52 (5) et 70 (4)* les jours sont définis de différentes façons, tantôt mille ans et tantôt cinquante mille ans, une implication claire que Dieu dans Sa Révélation se référait à des périodes divines, et non à des concepts compréhensibles à l'homme dans son système de référence limité. Les six *ayyam* étaient donc en réalité six stades, ou simplement six longues périodes que l'homme ne peut imaginer. En fait puisque la Terre n'existait pas avant qu'elle ne fût créée et les jours à l'échelle terrestre ne pouvant alors donc avoir aucune signification, cela n'avait aucun sens selon Assame de croire que Dieu eût créé l'Univers en six jours terrestres. D'après Assame la Bible, écrite par l'homme, devrait par conséquent subir quelques corrections pour se trouver conforme au Coran et à la Vérité.

Bien sûr Assame savait aussi que d'autres corrections devraient être apportées à la Bible. Une de celles-ci qui le dérangeait particulièrement concernait le fait que dans l'ancienne Bible il était dit que l'homme avait été créé à l'image de Dieu. Mais Dieu est unique et Un, et l'homme doit cependant intrinsèquement obéir à Ses commandements divins et aspirer à se soumettre à Lui.

Une autre question qui troublait Assame était que la Bible enseignait que Dieu s'était reposé le septième jour (*shabbat* correspond au repos en Hébreu). Il était clair cependant dans le Coran que Dieu avait contemplé Sa Création après le sixième stade :

> « *Nous avons créé les cieux et la terre et tout ce qui se*
> *trouve entre les deux, en six jours* [ayyam], *et la*
> *lassitude ne nous a pas saisis* »
> *Sourate (50:38).*

Les pensées d'Assame qui suivirent ces considérations l'intriguèrent encore plus.

Alors que les membres de la congrégation se levaient puis s'asseyaient à tour de rôle et continuaient à répéter leur *caddiche* pour la énième fois, et alors qu'Assame se fut levé et assis mécaniquement avec les autres, son esprit s'évada vers les quatre premiers versets de la Genèse qu'il connaissait par cœur et qui consistaient en la révélation qui l'avait troublé depuis ses jeunes années d'étudiant en Sciences :

« *Au début Dieu créa le ciel et la terre*

Et la terre était sans forme - tohu bohu - et le vide et les ténèbres couvraient la profondeur et l'esprit de Dieu planait sur les eaux[4]

Et Dieu dit : Que la Lumière soit, et la Lumière fut

Et Dieu vit que la Lumière était bonne, et Dieu sépara la lumière des ténèbres »

Dieu avait donc *divisé*, séparé, la lumière des ténèbres dès le premier jour de la Création. Pendant son enfance Assame trouvait cela un peu étrange. Comment est-ce que la lumière et les ténèbres pourraient-elles être emmêlées ? Et comment auraient-elles besoin d'être séparées ? Comment cela pourrait être ? Bien sûr Assame n'en parlait pas.

Plus tard, en tant qu'étudiant en Sciences, Assame apprit qu'une théorie proposée par certains physiciens pour expliquer la création de l'Univers depuis son début, et qui d'après Assame ne contredisait pas les enseignements de sa foi, était connue comme le Modèle Cosmologique Standard.

Dans le Modèle Cosmologique Standard, l'Univers aurait débuté par un Grand Boum, une singularité en langage scientifique. Les théoriciens de ce modèle avaient pu reconstruire l'évolution de tout de qui a existé depuis cet évènement singulier en analysant la radiation ambiante que l'on peut observer à présent dans le cosmos,

---

[4] Le mot *eaux* est une traduction littérale de l'Hébreu *mayim*. Il n'est cependant pas clair si la référence est à des eaux réelles ou à des mers qui n'étaient pas encore créées, ou effectivement à la profondeur mentionnée plus tôt ou alors à de l'eau comme métaphore pour un milieu opaque englobant tout ce qui existait, une brume, une soupe, un plasma etc.

et aussi en estimant le nombre d'atomes d'hydrogène, d'hélium et d'autres éléments pertinents. Ce qu'ils avaient pu conclure est que quelques instants après le Grand Boum, un temps en secondes à peu près égal à un, précédé de quarante-deux zéros après la virgule et connu comme l'unité temporelle de Planck, l'Univers n'était qu'une sorte de plasma extrêmement chaud d'objets élémentaires. Dans la vue d'Assame ce plasma uniforme était *sans forme*, et donc *le vide et les ténèbres couvraient la profondeur*. D'après cette théorie, cette sorte de brouillard primordial comme le voyait Assame commença à se refroidir, et à mesure que le Temps par conséquent se créait par le fait des changements que l'Univers subissait, des particules énergétiques que l'on appelle des *quarks* commencèrent à se regrouper entre elles pour former des protons et des neutrons qui eux-mêmes formèrent les noyaux des éléments de base, spécialement ceux d'hydrogène et d'hélium. Le brouillard de l'imagination d'Assame n'était donc que ça, une soupe brumeuse. Et ensuite d'autres particules élémentaires, les électrons, purent s'attacher à ces noyaux pour former les premiers atomes. Ceci élimina le flux aléatoire des électrons et alors les photons, l'essence de la lumière, et qui jusqu'alors ne pouvaient se libérer de ce brouillard puisqu'ils interagissaient violemment avec ses éléments, ces photons se trouvèrent libres. Et la lumière fut. Avant cet instant, ce moment où l'Espace commença à devenir transparent, ténèbres et lumière étaient littéralement mélangées. Les photons étaient piégés dans la noirceur. Quand ils se libérèrent, ces photons, ces particules de lumière se séparèrent de l'obscurité. *Et Dieu sépara la lumière des ténèbres.*

Assame trouvait donc qu'il y avait conformité avec le Coran dans cette révélation puisque le Coran décrit l'état primordial de l'Univers comme ayant la terre et les cieux joints en une masse unique enveloppée dans une sorte de *fumée*.

> « *Les Non-Croyants ne voient pas que les cieux et la terre étaient joints en un Tout que Nous avons fendu et Nous les avons séparés…* »
> *(Sourate 21, verset 30)*

et encore :

> « *De plus (Dieu) se tourna vers les Cieux quand ils étaient une fumée et leur dit et à la terre…* »
> *(Sourate 41, verset 11)*

Assame pouvait savourer d'autres aspects curieux de la cosmologie dont il se souvenait vivement et qui d'après lui supportaient la Révélation du Coran :

> « *Les cieux, Nous les avons construits par Notre*
> *puissance. En toute Vérité. Et leur expansion*
> *Nous la facilitons* »
> (*Sourate 51, verset 47*)

À part l'expansion normale de l'Univers prédite par la Science, Assame savait que le taux de cette expansion s'accélérait. D'après les scientifiques cette expansion *accélérée* de l'univers faisait que les galaxies les plus distantes s'éloigneraient de nous, et nous d'elles, de plus en plus rapidement et à un moment donné dans l'avenir, elles le feraient à une vitesse *plus élevée* que celle de la lumière. Il n'y avait là aucune violation de la limite de vitesse, celle-ci étant la vitesse de la lumière dans le vide et dans un système de référence *inerte* comme la Science le reconnaît. Mais dans le cas d'une expansion *accélérée* de l'Univers, ainsi qu'Assame pouvait le comprendre, le système de référence n'étant pas *inerte*, la vitesse de lumière dans le vide peut être dépassée. Une autre manière de voir ceci était de considérer que dans cette expansion *accélérée* de l'Univers, l'Espace se créerait et le Temps s'étendrait, et dans ce cas à une vitesse plus élevée que la vitesse de lumière, ce qui serait parfaitement acceptable. La lumière se trouvant dans ce nouvel espace se déplacerait bien sûr localement encore à... la vitesse de la lumière, qui ne pourrait pas être dépassée dans cet espace.

La conclusion qui laissait Assame dans une stupeur spirituelle était qu'un signal lumineux provenant d'un objet cosmologique à telle distance, dans cet Espace élargi, ce signal ne pourrait jamais nous atteindre, même dans un temps infini, car la lumière émise là ne pourrait jamais franchir cette distance toujours plus grande. La vitesse de la lumière émanant de ces espaces cosmologiques et dirigée *vers* notre galaxie n'excéderait jamais le taux d'expansion de ces espaces *à partir* de notre galaxie. La situation telle que décrite prouvait scientifiquement un point encore plus important pour Assame, en ce qu'il existait des choses qui ne seraient jamais visibles ou compréhensibles à l'homme.

Toute chose au-delà de cet *horizon* appartenait à Dieu, et à Dieu seulement. Les scientifiques avait calculé que cet espace était situé approximativement à seize milliards d'années-lumière de notre propre galaxie. Même la Science admettait qu'il existait un domaine où l'homme ne pourrait jamais entrer. Et ce domaine existait réellement et ainsi que tout le reste, c'était le domaine de Dieu, mais Dieu ne permettait pas à l'homme d'y entrer, et Il ne le permettrait jamais. Allah s'était donc assuré que même avec toute notre puissance, un Univers limité à une dimension de seize milliards d'années-lumière est tout ce que nous pourrons jamais voir et comprendre. Tous les évènements et autres choses qui pourraient survenir au-delà de cette frontière devront demeurer le domaine de Dieu. *Pour toujours et à jamais, l'Univers des Univers.*

La théorie du Modèle Cosmologique Standard était par conséquent encore enseignée car elle supportait les tenants de la Création ainsi que décrits dans le Coran. Et tout était interprété, correctement d'après Assame, pour que cela correspondît à la Création telle que révélée au Prophète (qlpsal), et que rien dans les théories ne le contredît. D'après Assame donc, ces théories scientifiques renforçaient les révélations du Coran. C'était la Parole de Dieu.

« De quelle raison supplémentaire l'homme a-t-il besoin pour qu'il se soumette à Allah, tel que le commande l'Islam ? » se demanda Assame.

« Amen », dit en chœur la congrégation. Assame, pris de surprise, sortit de sa rêverie. Tous ceux qui étaient alors présents se levèrent, s'embrassèrent l'un l'autre et formèrent une file humaine et chacun de présenter ses condoléances à la famille en deuil. Assame, se courba avec respect vers les dames qui se tenaient à distance d'un côté, et puis embrassa les hommes se tenant debout de l'autre. Il rejoignit alors son escorte officielle et se mit en route vers son bureau.

Ainsi donc l'année 1615 était aussi correcte que n'importe quelle autre. En fait c'était la seule qui fût correcte, puisque le Prophète (qlpsal) l'avait apportée à la Oumma.

L'Al Dar Baïda

Le fait de se trouver là, en cette année 1615 de l'Hégire, était un privilège sacré pour le Cheik Al Amriki. Résider dans cette modeste demeure blanche située sur l'Avenue du Cheik Hussein était déjà un accomplissement certain. C'était aussi la culmination de 1600 années d'efforts, de revers, d'humiliation et de renaissance. Cela était significatif que la demeure se situât au numéro 1600 de l'Avenue du Cheik Hussein.

L'édifice en question était connu comme l'*Al Dar Baïda*, littéralement *la Maison Blanche*, tout comme la ville Dar Baïda dans le Maghreb, connue dans les temps Chrétiens comme Casablanca, ou *maison blanche* en Espagnol.

Ce qui avait encore plus d'importance pour le Cheik Al Amriki c'était que l'*Al Dar Baïda* avait une salle spéciale considérée quelque peu comme sacrée et qui était connue comme la Salle des Deux Croissants. Un des Croissants avait sa partie concave faisant face à La Mecque et à Médine, l'autre à l'Empire des Han, le dernier endroit de taille sur terre où l'Islam ne fût pas encore reconnu en tant que la Vraie Religion, « *car ce l'était, ce l'est toujours et ce le sera à jamais, et Allah est le seul Dieu. La Illah illa Allah - il n'y a de Dieu qu'Allah - et il est Un. Al Hamdulillah. Qu'Il soit Loué* » [5] se dit Assame.

La Illah illa Allah. C'était le cri de bataille des guerriers musulmans, sous la commande du Sultan Mehmet II pendant le siège de Constantinople en l'An 1453 de l'Ère Chrétienne. Quand ces guerriers musulmans répétaient au crépuscule cette vérité éternelle en une cadence soutenue, et s'accompagnant du roulement de tambours et sous la lumière des torches brûlant entre les tentes de leur campement, on dit que ce spectacle avait semé l'effroi dans le cœur de défenseurs Chrétiens de Constantinople. Et Constantinople tomba. Et l'Eglise de Hagia Sofia devint une mosquée. Et maintenant l'histoire se répétait avec le reste de l'Occident, quoiqu'aucun siège ou effusion de sang n'eussent été nécessaires cette fois-ci.

La Chute de Constantinople, capitale de l'Empire Byzantin, avait sonné la fin d'un empire qui avait duré onze siècles. L'on dit même que le second empire Chrétien se leva dans l'Occident des cendres de Constantinople. Et aussi que la bombarde terrifiante d'Orban avait montré à l'Occident l'importance de la technologie militaire, un précepte que l'Occident utilisa pour ensuite dominer le monde. Leur plus récent empire, leur dernier, ne dura donc que quelques six cents

---

[5] D'après les livres d'histoire, à l'époque du dernier Président américain et même pendant quelques années après, les Deux Croissants étaient perçus comme joints naturellement à leurs extrémités, et la salle était communément appelée le Bureau Ovale.

ans, jusqu'à l'avènement du premier Califat d'*Améristan* dans le Grand Califat.

Assame pouvait même se rappeler que les combattants musulmans s'étaient battus vaillamment pendant le siège de Constantinople. Ainsi qu'il fut écrit :

« *Ils venaient jusqu'au bas des murailles prêts à se battre...et lorsqu'un ou deux des leurs tombaient, de suite d'autres arrivaient...et emportaient leur morts... sans regard à leur proximité des murailles. Nos hommes leur tiraient dessus avec nos pistoles et nos arcs, et ils visaient sur ceux qui transportaient leur tués et alors tous deux, mort et vivant, tombaient morts, et puis d'autres s'approchaient ... et emportaient ceux qui étaient tombés, sans crainte de la mort, mais prêts à être tués, à mourir plutôt que de subir la honte de laisser un de leurs morts... auprès de la muraille* »

Bien que certains prétendent que Mehmet II eut permis à ses troupes de piller la cité, si elles le furent, ce fut seulement pendant trois jours. Les viols, les massacres et le pillage, si même ils se produisirent, furent en tout état de cause moindres que ce que les ancêtres de ces guerriers musulmans souffrirent aux mains des Croisés deux, trois et quatre cents ans auparavant. Le Cheik Assame était par conséquent satisfait de la conduite et de la magnanimité des siens au cours de l'Histoire et pendant la marche conquérante de l'Islam.

Une Musique Interdite

Plongé dans une profonde rêverie, le Calife Assame Al Amriki s'assit à son bureau. Il venait de sortir de sa salle secrète, une construction techniquement peu sophistiquée et qui par sa simplicité ne causait aucun soupçon. La salle en question se trouvait derrière une bibliothèque traditionnelle remplie de livres anciens faits de papier, le Coran bien sûr s'imposant en proéminence, ainsi que des écrits sacrés des hadiths et autres commentaires. En ces temps-là personne n'aurait soupçonné qu'il y eût une entrée secrète derrière un ensemble d'étagères à l'ancienne contenant de vieux livres.

C'est dans sa salle secrète qu'Assame écoutait sa musique interdite. En fait, cette musique avait déjà été interdite autrefois, six siècles auparavant par ces mêmes Chrétiens qui avaient créé ces sons merveilleux ; ces sons qui le transportaient dans son enfance dans les terres saintes où la musique représentait toujours un voyage sentimental dans son âme.

La voix féminine, quoique sacrilège parce que féminine, était pure et belle comme si d'un autre monde. Les notes hautes qui étaient chantées dans une mesure lente, constante et contrôlée avaient pour Assame une signification profonde et spirituelle qui le laissait toujours pensif et comme dans une rêve :

> « *Lascia la spina*
> *Cogli la rosa*
> *Tu vai cercando*
> *Il tuo dolor* »[6]

Dans ces rêves conscients dans la salle secrète Assame se voyait avec Leïla, sa troisième femme, comme elle l'était quand il l'avait rencontrée et qu'il l'avait faite sa femme, sa troisième femme à lui, Assame. Assame avait quatre femmes, ce qui était de bon ton pour une personne de son rang dans le Califat. Aïcha, sa première femme était une bonne mère et lui avait donné ses premiers enfants, en particulier son héritier. Elle devint sa femme à la suite d'un arrangement familial conçu lorsqu'il était encore un gamin. Puis il avait rencontré Djamila qu'il accepta d'épouser sous la pression du Calife de Baghdâd. La troisième, Leïla, est celle qu'il aurait choisie s'il vivait dans la société monogame de ces terres-ci du temps des Chrétiens. Elle avait des yeux presque noirs et en amande et des cheveux noirs en abondance. Et une peau qui n'était ni trop claire ni trop foncée, mais simplement parfaite. Cette peau cachait la chair, ce que les peaux trop blanches ne pouvaient faire car elles avaient tendance à devenir rose pâle avec l'âge. Cette peau révélait aussi de la texture et du relief, ce que les peaux trop foncées, comme la sienne, ne pouvaient refléter.

Bien qu'étudiant en Sciences et en Religion et surtout pour occuper ses loisirs, Assame avait étudié les bases de la peinture classique à l'huile. Les subtilités des ombres et des couleurs lui en

---

[6] « Lâches l'Épine/Cueilles la Rose/Tu va cherchant/Ta propre Douleur »

étaient donc familières, et Assame savait apprécier la beauté sous plusieurs formes. Bien qu'il n'eût été permis à aucun de reproduire des formes humaines, les professeurs dans ces disciplines laissaient les étudiants en beaux arts, et ceux-ci uniquement, apprécier les nuances dans les couleurs de la peau, les formes et les traits du visage tels que les joues, les yeux, les paupières et certains effets tels que la formation d'un sourire. Un de ces professeurs, Mohammed Al Modili, aimait rappeler à ses étudiants que simplement en se concentrant par exemple sur le coin de l'œil, le reste du visage étant caché, on pouvait deviner si la personne souriait ou pleurait, si elle était triste ou gaie. Il avait bien sûr raison : le *niqab*, et spécialement le demi-*niqab* prouvait à chaque fois cette théorie en conférant une élégance vraie et un certain mystère à la beauté d'une femme, une beauté qu'il était difficile de décrire à ceux qui n'avait pas vécu cette expérience, comme les Han en particulier. Aux yeux d'Assame cette théorie était démontrée par les traits de Leïla. Bien entendu son attraction vers Leïla n'était pas seulement basée sur la théorie de la peinture classique occidentale Chrétienne. Cette attraction était purement sentimentale et sensuelle. Avec Leïla tous ses sens se réveillaient pour rencontrer son appréciation de l'art. Et même les mélodies qu'il associait dans ses rêves à Leïla, ces mélodies qui l'imprégnaient dans son espace musical secret. Et entre temps, la mélodie continuait :

> « *...Come il foco alla sua sfera*
> *Come serva alla fresc'onda*
> *Come al mare, o fiume, o rio*
> *Si veloce, e si leggiera,*
> *Per l'affetto, che l'inonda*
> *L'alma mia vola al suo Dio* »[7]

Et la voix qui répétait : « *L'alma mia vola al suo Dio* » (Mon âme s'envole vers son Dieu).

« *Que c'est beau*, s'exclamait en silence Assame à chaque fois, *c'était interdit alors, et ce l'est encore maintenant !* »

Cette musique avait été écrite par Caldara en l'An 1708 de l'Ère Chrétienne et reflétait des passions qui étaient considérées coupables

---

7 Comme le feu vers sa sphère/Comme la biche vers l'eau fraîche/Comme vers la mer, la rivière et le ruisseau/Si rapide, si légère/Pleine de passion/Mon âme s'envole vers son Dieu.

en ces temps. Ces mélodies faisaient partie de ce qui est connu comme l'*Opera Proibita*, l'*Opéra Interdit*. Elles étaient interdites alors. Et elles étaient interdites maintenant. Mais c'était la faiblesse du Cheik Assame Al Amriki.

Sa faiblesse c'était d'écouter de la musique sacrilège, et ceci non pas parce qu'Assame cultivait quelque mauvaise intention contre la Vraie Religion mais plutôt parce que cette musique pouvait atteindre son âme et que rien ne pouvait se comparer à ce transport spirituel. Même pas l'appel à la prière du Muezzin en début de soirée, un chant qui avait été décrit comme *le son le plus doux sur terre* par le Cheik Hussein il y a bien longtemps. Cette comparaison était bien sûr sacrilège aussi, mais Assame n'en pouvait. En plus, il se sentait plus proche des siens quand il écoutait ces mélodies et cela ne pouvait être *h'ram*. Peut-être ce l'était en fait puisque les *imams* ne pouvant lire son âme et donc ses vraies intentions, et ils pouvaient en tout état de cause émettre une *fatwa* sur lui. Ils devaient se baser sur l'évidence ; et cette évidence, faire jouer et écouter de la musique interdite, était condamnable. Néanmoins, avec cette musique Assame pouvait sentir qu'une joie intense l'envahissait et c'est pour cela qu'il avait fait construire sa petite salle secrète, avec son entrée secrète, dans sa bibliothèque.

Bien sûr la vraie Leïla était dans ses appartements privés et Assame pouvait lui rendre visite à sa guise. C'était son droit. Son droit avec chacune des ses quatre femmes. Mais sa Leïla idéalisée, celle de ses rêves semblait pouvoir le transporter plus près des cieux. Dans un monde de pureté et de béatitude. Leïla représentait pour lui la *femina perfecta*, la femme parfaite si révérée d'antan dans le monde perdu de l'Occident ancien.

Telles étaient le pensées d'Assame ce dix-neuf Safar de l'année 1615 du Prophète (qlpsal) pendant qu'il attendait sa prochaine visite.

Le Calife Assame Al Amriki était à la tête du Califat de l'*Améristan*. Comme pour le Grand Calife de Baghdâd et les autres Califes, Assame était sous le Grand Gardien de la Foi dans la vraie Terre Sainte.

Assame Al Amriki était mince et grande taille, avec un visage fin et long. Sa barbe était élégante, légèrement grisonnante et bien tondue. Il avait une présence qui pour certains était proche de la sainteté. Peut-être était-ce le résultat de son antécédence car on disait qu'il ressemblait à son ancêtre le plus célèbre. Oui bien sûr ces ancêtres avaient été violents. Mais toutes les révolutions et les révélations, tous les bouleversements humains débutent par la violence et puis tout doucement les idéaux de ces mouvements commencent à faire partie d'une société paisible et s'enracinent dans sa conscience populaire. La nouvelle culture, imposée par la force des armes, s'imprègne lentement au fond des âmes de ceux qui au départ lui résistaient. Les barbares qui brulèrent Rome devinrent les héritiers de sa religion, de sa science et de ses traditions. Ces barbares devinrent paisibles et civilisés et entreprirent la mission sacrée de porter la civilisation de Rome, une civilisation qu'ils avaient tout récemment détruite, au reste du monde comme si celle-ci eût été la leur. Et ils se considérèrent non pas barbares mais plutôt des êtres humains paisibles, désirant la paix et la justice dans le monde. Les barbares s'octroyèrent le titre d'héritiers d'une grande civilisation dont ils obscurcirent les origines pour en faire la leur ; ils se déclarèrent même dans quelques cas aryens, et proclamèrent que Rome avait été fondée par des aryens qui l'avaient portée à sa gloire, et tout semblait parfait et harmonieux. Bien sûr ce n'était qu'une illusion mais c'est ainsi que va l'Histoire, Assame le savait bien.

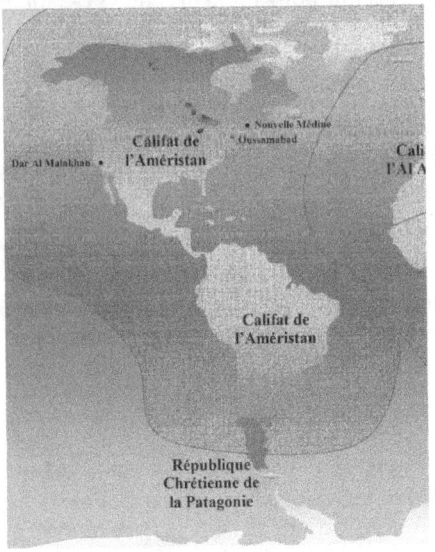

2. *Améristan, le Califat Américain*

Assame était un descendant direct des premiers Cheiks qui avaient pavé la voie pour la conquête de l'Occident, oui bien sûr parfois par la violence. Mais la poursuite de l'acceptation de l'Islam, une lutte légitime, était en accord avec les Écrits. Plusieurs versets dans la *Sourate* no. 9 l'expliquaient ainsi :

> *Verset no. 14 : « Luttes contre eux ! Allah les châtiera par tes mains, et il les abaissera et te donnera la victoire sur eux. »*

> *Verset no. 29 : « Luttes contre ceux à qui les Écrits ont été donnés et qui ne croient pas en Allah et en le Dernier des Jours, et n'interdisent pas ce qu'Allah a interdit par Son messager, et ne suivent pas la Religion de la Vérité ; luttes jusqu'à ce qu'ils soient... humiliés... »*

> *Verset no. 123 : « Ô toi qui crois ! Combats les non-croyants qui sont près de toi et qu'ils te trouvent ferme, et saches qu'Allah est avec ceux qui font leur devoir (envers Lui). »*

Vue d'une façon générale, la reddition de l'Occident avait été une affaire simple. Avec les Han ce serait autre chose, Assame le savait. L'Empire des Han serait pour lui le défi que l'Occident avait été pour son ancêtre deux cents ans auparavant.

Assame portait une tunique blanche immaculée par dessus des vêtements ordinaires, spécialement une chemise blanche aussi immaculée et qui était boutonnée au cou et sans aucun autre ornement. La tunique blanche sans ornement était une marque de son humilité et de son rang.

Et les paroles de la chanteuse lui revenaient et le pénétraient dans son âme, et ceux-ci se répétaient doucement dans cette merveilleuse cadence lente et soutenue que seuls les chanteurs formés à cette époque pouvaient accomplir :

« *Tu vai cercando il tuo dolor* » (Tu va cherchant ta propre douleur)
« *L'alma mia vola al suo Dio* » (Mon âme s'envole vers son Dieu)

Ainsi le Calife Al Amriki se trouvait-il assis là à son bureau lorsque dans son oreille un faible son se fit entendre, un son audible à lui seulement ; la voix était celle de son assistant, un homme nommé

Abu Bak'r et qui lui annonça que Mohammed Al Kansii était arrivé et se trouvait avec son député le Cheik B'rak Al Kenii.

Le Cheik Al Kenii était un Ham, un descendant du second fils de Noé. Le Calife Assame était un Sem, du premier fils de Noé, et en tant que tel ne pouvait s'empêcher de sentir une certaine sympathie pour les Judéens, qu'on appelait quelquefois des Sémites, et qui d'après la tradition étaient aussi des descendants de Sem, quoiqu'ils se fussent éloignés de la Vrai Foi et eussent suivi plusieurs voies erronées.

Des Origines

Le visiteur, Mohammed Al Kansii n'était visiblement pas un Sem ni un Ham. Al Kansii était, de même que la plupart des Occidentaux, un Yaphet. Il avait la peau claire et des yeux bleu-gris qui pour Assame signifiaient soit une cruauté froide, soit de l'apathie. Les compatriotes d'Assame avaient vécu des expériences particulières de la part des ancêtres d'Al Kansii dans les siècles passés. Ces expériences n'avaient pas toujours été paisibles. Mais maintenant sous l'Islam ils étaient tous unis, Sem, Ham et Yaphet, tous trois fils de Noé

Noé, dont il est dit qu'il vécut jusqu'à mille ans avait trois fils : Sem, Ham et Yaphet. Toutes les religions monothéistes et leurs civilisations, c'est-à-dire toutes les religions vraiment révélées de l'humanité, peuvent tracer leurs origines aux descendants de Sem, tout comme Assame. Ham et Yaphet, les jeunes frères de Sem, devaient lui montrer le respect normalement accordé à l'aîné. Et le monde avait existé depuis en conformité à cet ordre. Toutes les religions avaient été révélées aux descendants de Sem qui avaient ensuite transmis le message divin à ceux de Ham et de Yaphet. C'était l'ordre correct des choses dans ce monde. Oui, il y avait eu des descendants de Yaphet qui, se prenant d'orgueil, avaient causé de la misère pendant des siècles. Mais ces manigances étaient finies. Ceux de Yaphet étaient des constructeurs, ils étaient créateurs, et devaient participer à la marche du monde, mais sans en prendre le conduite spirituelle. Quant à Ham et à ses descendants, ils devaient se repentir de leur pêché originel et l'expier par leur malédiction et ensuite aussi suivre leur guide, l'aîné Sem.

Assame nota alors que cet ordre qui était correct avait été rétabli à la suite des changements que le Cheik Hussein, lui même un Ham, avait introduits pendant son règne de plus de deux décennies sur ce continent à prédominance Chrétienne. Et après que l'*Al Andalous*, et l'*Al Franciya* et les terres qui les entouraient eussent été converties, pacifiquement il faut l'admettre, l'*Améristan* avait suivi cette attraction irrésistible de l'Islam, le seule Vraie Religion que le Prophète, Que la Paix Soit Avec Lui, nous a apportée. Les Ham avaient donc commencé leur rédemption, et les Yaphet avaient repris leur propre place dans le monde.

Mohammed Al Kansii avait appris cet ordre correct du monde depuis son enfance. Son habileté était pour les choses techniques et tout ce qui était relié au monde matériel. Pour le spirituel, les descendants de Sem avait prouvé dans toute l'histoire que c'était eux qui portaient le message divin qui leur avait été révélé par plusieurs vrais prophètes et dont le dernier était maintenant révéré (qlpsal).

It était donc naturel que les ancêtres d'Al Kansii eussent suivi les masses dans la conversion, tout comme leurs propres ancêtres avaient fait mille neuf cents ans auparavant, les ancêtres de ces Yaphet qui avaient accepté leur conversion à la religion du second prophète. Et l'on sait qu'ils avaient adopté sa religion et ses préceptes, et avait fini par bâtir la société la plus avancée et la plus riche que la terre eût connue. Les Yaphet étaient les seuls à savoir en faire autant. Et maintenant que les deux branches de la famille de Noé étaient réunies, en fait les trois branches de la famille des nations, des accomplissements encore plus grandioses pouvaient être espérés. C'est ce point important qui remplissait le cœur d'Al Kansii de détermination et de foi dans sa mission.

Al Kansii était un bon Musulman. Il connaissait ses origines mais tout comme ses ancêtres il y a plusieurs milliers d'années avaient renié leurs croyances païennes archaïques pour adopter une foi messianique, que ce fût par la force ou par l'épée, Al Kansii croyait en ce qu'on lui avait été inculqué dès sa jeunesse. Al Kansii tout comme la plupart de ses compatriotes étaient à l'aise avec l'Islam qui était leur religion depuis au moins quatre générations. L'Islam représentait une structure solide, la paix, la dévotion à ses frères, et une situation sociale pour les hommes et les femmes où chacun connaissait et respectait sa place. Les attitudes perverses d'antan étaient interdites et sévèrement punies. Les drogues et l'alcool, ces tentations de Satan avaient disparu depuis longtemps. Même l'intérêt sur les prêts, cette perversion financière qui était en fait de l'usure pure était interdite. En ces jours, les préteurs aidaient leurs compatriotes en leur faisant des prêts, et bien sûr se faisaient rémunérer pour qu'ils pussent continuer à aider le reste de leurs compatriotes. Mais cette rémunération était justifiée par le service et non pas sur quelque concept théorétique et injuste de la valeur de l'argent, un concept interdit par le Coran. Moralement cela paraissait meilleur. C'était bien meilleur.

Al Kansii avait fréquenté une *madrassa*, ou école religieuse dans le hameau de *'hala Guadal*, une translitération approximative de l'Arabe pour *Par Dessus Le Ruisseau*. Dans les translitérations en Espagnol plusieurs noms des villes avaient ce suffixe *guad* (pour *wadi*, rivière en Arabe) comme Guadalquivir, *Wadi Al K'bir*, littéralement la Rivière Grande, ou Rio Grande en Espagnol ; ou Guadalajara, *Wadi El J'ra*, ou Rivière des Excréments[8]. Guadalcanal aussi dérive son nom de la même racine, quoique comme pour Guadeloupe, ce semble être une juxtaposition de deux langues. En tous cas *'hala Guadal* était connu anciennement comme *Overbrook* et se situait au centre du continent.

Al Kansii avait excellé dans sa carrière d'étudiant à l'université et fut bientôt admis à l'école d'élite d'ingénierie *Al Miyatyia*, que certains disaient était nommée d'après ses initiales de l'époque Chrétienne, MIT. Pendant ses études, Al Kansii se concentra dans le génie quantique avec comme spécialité les applications militaires de la non-localité du domaine quantique. Il poursuivit aussi des études avancées dans les armes basées sur la propagation des faisceaux de quarks, une discipline encore au stade rudimentaire. Al Kansii était si doué que les autorités académiques, en fait le Conseil du Califat, avaient suggéré, ou plutôt requis qu'il fût transféré à l'académie militaire de Noukhta Al Gharbiya au nord-ouest de la Nouvelle Médine, une cité sur le fleuve Bin Hud et qui continuait d'être le plus grand centre financier du monde.

C'est là qu'Al Kansii devint un *commando*. En ces jours, le rôle de commando demandait de la force physique et du courage, mais aussi

---

8 Plusieurs étymologistes traduisent Guadalajara comme la *rivière des pierres*, *Wadi Al Bajara* ou *Wadi Al Hajara* en Arabe. Cependant il n'y a ni *ba* ni *ha*, simplement *jara*, ou *j'ra*, dont le sens est connu et ne peut être reproduit ici par décence. Ces étymologistes aussi avancent sans justification la thèse que *jara* est dérivé de *caruca* ou pierreux.

et surtout une capacité intellectuelle exceptionnelle et bien sûr un diplôme avancé en Génie, en Physique, en Biophysique ou en un domaine semblable tel que les Mathématiques, avec une concentration dans les arts avancés de la guerre et spécialement les armes quantiques. Il avait aussi dû présenter une thèse sur un sujet particulier qu'il aurait dû pratiquement avoir inventé ou du moins perfectionné, de préférence une nouvelle méthode qui traduirait un principe scientifique en une arme concrète.

Ces études n'étaient pas prescrites par le Coran, mais en attendant le jour où le Califat Mondial fût institué et que celui-ci apportât la paix à tous sur cette terre comme l'avait prévu le Prophète (qlpsal), la compétition militaire avec les Han était requise. Et les Han étaient très assidus, et obstinés.

Al Kansii était évidemment bien instruit dans le Coran et les Hadiths et il comprenait la logique de leurs préceptes. Il était l'agent idéal pour entreprendre la Secousse, ce qui rendait le Cheik B'rak Al Kenii très fier ; Al Kenii, la main droite de fait d'Assame.

Assame les reçut tous les deux, Al Kansii et B'rak Al Kenii, et les salua dans la coutume du pays :

« *Salam Halikkum* (que la paix soit avec vous), dit-il.

— *Halikkum Salam* (qu'avec vous soit la paix) », répondirent-ils.

Assame alors posa l'index de la main droite horizontalement et parallèlement à ses lèvres, prononça avec respect les mots *Al Hamdulillah* (qu'Allah soit loué), baisa son doigt et le leva au ciel en pointant vers l'est autant qu'il le put.

Les deux autres levèrent leur index droit et le placèrent sur leurs lèvres, horizontalement et parallèles à celles-ci. Et ils dirent *Al Hamdulillah*, baisèrent leur doigt et l'élevèrent vers les cieux. Dans leur position ils pointaient directement vers l'est, et ils furent satisfaits.

Une Discussion Importante

« Mon Frère Al Kansii, commença Assame, tu sais pourquoi tu es ici ?

— Oui Cheik, répondit Al Kansii, le Cheik Al Kenii m'a expliqué certaines choses.

– Tu devrais te faire martyr si les choses se passent bien, ajouta Assame, la mort est non seulement probable, elle est certaine. La mort par désintégration quantique. Seule ton âme survivra et montera vers Allah. C'est maintenant notre chance de percer dans l'Empire des Han.

– Oui Cheik. *Al Hamdulillah,* dit Al Kansii.

– *Al Hamdulillah,* répondirent les deux Cheiks.

— Tu sais que toutes nos tentatives d'infiltration des Han ont échoué. Ils sont intelligents et têtus, continua Assame Al Amriki avec une certaine impatience dans sa voix.

— Nos prédécesseurs dans ce pays-ci étaient aussi intelligents, mais nous les avons devancés quand même, répondit de suite Al Kansii.

– Oui, comme tu dis, ils étaient intelligents, mais ils n'étaient pas obstinés. Les Han le sont, obstinés. Est-ce que tu vois d'autres obstacles ?

– Eh bien… oui, ils ne nous ressemblent pas. Et ils ne sont pas pressés… et ils ne veulent même pas que nous soyons comme eux. En fait, on ne peut le faire de toute façon. Il serait impossible que le monde entier devînt Han.

– Pas exactement. Avec la nouvelle technologie d'imagerie et d'altération cosmétique quantiques les traits du visage, ou du moins notre perception de ceux-ci, peuvent être altérés et l'on peut maintenant avoir l'air de quelqu'un d'autre si on le désire. »

Al Kansii en savait mieux. Un de ses amis, également un commando de *Dar Al Malakhan,* la Cité des Anges sur la côte Ouest du Califat, avait fait sa thèse sur ce sujet.

« Cheik, dit-il, mais les résultats ne peuvent durer bien longtemps après une telle opération. Le procédé est acceptable pour les commandos-suicide qui doivent s'infiltrer derrière les lignes ennemies quand ces ennemis ne nous ressemblent pas…

– Oui, interrompit Assame, mais les Han ont le temps. Et un jour les techniques seront assez perfectionnées pour que ces ressemblances ne puissent s'évanouir avant disons…vingt, trente ou quarante ans, ou même plus, et dans ce cas nous pourrons tous avoir l'air Han pendant la plus grande partie de notre vie si on le choisit. De plus, les sciences biologiques peuvent déjà altérer les gènes, ce qui rend cette procédure non nécessaire de toutes façons ; nous devrions donc l'utiliser seulement pour les opérations de type commando où l'apparence doit être altérée à court terme et pour une courte période.

– Je comprends Cheik », acquiesça Al Kansii.

Prière et Dîner à l'Al Dar Baïda

« Al Kansii, dit Assame, avant de continuer cette conversation, louons Allah et mangeons ensemble. »

Trois tapis pour la prière étaient déjà étalés sur le parquet. Ils étaient placés dans le sens de l'ouest à l'est. Les trois hommes se tinrent au pied des tapis, c'est-à-dire à l'extrémité ouest de ceux-ci, Assame au centre, Al Kenii à sa droite et Al Kansii à sa gauche. Ils avaient enlevé leurs chaussures et tout en gardant leur jambes droites, formèrent légèrement un V vers l'avant avec leur pieds. Leurs bras pendaient librement de leurs épaules et leurs mains presque jointes aux poignets offraient deux paumes ouvertes légèrement orientées vers les cieux en signe de supplication et donc de soumission.

« *Allah U Akbar* (Dieu est Grand), dit Assame.

– *Allah U Akbar* », répondirent les deux autres.

Et ils récitèrent en chœur la prière suivante :

> « *Que la Paix et les Prières d'Allah soient sur notre Messager Muhammad, sur sa famille noble et pure, sur ses compagnons, et sur ceux qui les suivent dans la foi jusqu'à l'Arrivée de l'Heure.* »

Les trois se tinrent alors là, chacun priant en silence. Après un moment Assame dit :

« *Al Hamdulillah.*

– *Al Hamdulillah* », répondirent les deux autres.

Assame tourna alors son cou légèrement de côté et donna des ordres à quelqu'un d'invisible. Les intentions d'Assame furent communiquées à ses serviteurs de l'autre côté du mur de la Salle des Deux Croissants par une technique d'analyse précise des ondes cérébrales qui consistait à interpréter, décoder et acheminer vers son destinataire spécifique les ordres d'Assame, ou plutôt ses désirs.

Des Ondes Cérébrales

Depuis déjà plus de trois siècles l'activité cérébrale était observée et analysée, et ceci spécialement à des fins médicales. On croyait que l'activité cérébrale était le résultat de réactions électrochimiques maintenues par des cellules nerveuses qu'on appelait des *neurones*. Ces réactions dans les neurones généraient des ions, qui portaient des charges électriques et qui libéraient leur énergie sous la forme d'ondes. Très tôt dans ces expériences, les spécialistes du cerveau avaient divisé les ondes cérébrales en quatre fréquences qui correspondaient au niveau d'activité du cerveau en question. Il était commun de classer ces ondes par ordre de leur fréquence : δ (ou *delta* pour des fréquences de 1,5 Hz à 4 Hz), θ (ou *thêta* jusqu'à 8 Hz), α (ou *alpha* jusqu'à 14 Hz) et finalement β (ou *beta* jusqu'à 40 Hz), un Hertz, ou Hz étant bien sûr un cycle par seconde.

Ce que la science n'avait pu distinguer, et ceci pendant des décennies, quoiqu'on l'eût soupçonné, c'est que ces fréquences étaient des *fréquences porteuses*. De la même façon qu'une diffusion se transmet à une fréquence spécifique, c'est la modulation dans celle-ci qui contient l'information. Les communications électromagnétiques dataient de plusieurs centaines d'années et des applications diverses existaient qui transportaient de l'information telle que de la musique, des conversations à vive voix et des images soit fixes ou cinétiques avec des degrés divers d'efficacité pour une certaine fréquence porteuse. Un minimum d'efficacité était requis car les fréquences du spectre électromagnétique étaient devenues rares à mesure que le volume d'information transmise avait grandi. Certains des développements associés à ces transmissions devinrent applicables à l'interprétation des ondes cérébrales humaines.

Par exemple, afin d'optimiser l'utilisation du spectre électromagnétique limité, le partage des fréquences était requis. Il avait été observé que la portée d'une transmission se raccourcit quand la puissance de transmission est réduite mais aussi lorsque sa fréquence est élevée. À fréquence plus basse, les ondes se propagent plus loin. Les techniciens se concentrèrent donc à optimiser ces paramètres, et en les ajustant astucieusement ils purent réutiliser ces fréquences dans des domaines spatiaux donnés. Cette optimisation avait été rendue nécessaire pour le support d'une population globale excédant soixante-huit milliards d'âmes[9], chacune d'entre elles ayant besoin d'échanger avec pratiquement toutes les autres un montant vaste d'information. Par conséquent on en avait fait un art de cette optimisation des niveaux de puissance de transmission, des portées, et de la réutilisation des fréquences.

Ces développements, et spécialement ceux qui traitaient des systèmes de communications à niveau de puissance extrêmement faible et dont il était nécessaire d'extraire le maximum d'information, donnèrent lieu à une branche spéciale de la recherche menée par des spécialistes du cerveau connus sous le nom de *spécialistes des communications cérébrales*. Les recherches avancées dans la manipulation et l'analyse des transmissions à très basse puissance se basaient sur la décortication de l'information contenue dans les ondes porteuses, une méthode connue depuis des siècles.

Les ondes *beta* étaient associées à l'activité intellectuelle intense et les ondes *delta* étaient à l'origine liées aux états de relaxation comme le sommeil. Ce qui avait été ignoré dans le passé c'était le contenu réel des ondes associées à de telles activités. La science avait pu séparer ces éléments et détecter, plus même, avait pu lire, les composantes internes de ces ondes cérébrales, et avait donc pu percevoir ce que le cerveau pensait. Dans quelques cas avec une précision presqu'infaillible. On disait que l'Empire des Han avait perfectionné ces techniques au point où l'on pouvait non seulement lire la pensée, mais aussi anticiper ce qu'un esprit penserait éventuellement. L'émulation du processus de la pensée, et ceci même après le décès du sujet, était modelée sur l'activité du cerveau et des schémas de modulation de ses ondes au-delà des fréquences porteuses.

---

[9] Pendant les deux cents années précédant ces événements, les autorités mondiales s'étaient mises d'accord pour établir une limite acceptable au taux annuel de croissance de la population, soit de 1,2%, ce qui porta la population globale à partir du niveau de 6,3 milliards au temps du dernier Président américain jusqu'au niveau actuel de 68 milliards. Certaines régions bien sûr excédèrent ce taux alors que d'autres s'en maintinrent en dessous.

Contrairement aux ondes électromagnétiques qui normalement transportaient de l'information contenue dans des signaux relativement simples comme la voix, la musique, ou les images, les ondes cérébrales étaient des structures complexes qui représentaient les processus de la pensée et étaient le résultat de l'échange de neurotransmetteurs entre neurones à leur synapse cérébrale. Ces échanges produisaient de très faibles émanations ondulatoires dont la superposition créait les ondes cérébrales macroscopiques, et dans ce cas les *ondes de pensée*. L'analyse de celles-ci dans leurs détails les plus intimes permettait à la science de faire des incursions dans les processus de la pensée d'un cerveau particulier. Les interactions aux synapses étaient organisées symboliquement suivant le protocole mathématique des matrices multidimensionnelles, des arrangements qui formaient la base des théories de la survie de la conscience au-delà de la mort alors en vogue.

Dans le Califat, de par l'interdiction stricte de pénétrer dans le royaume du divin, celui de la foi, les recherches et leurs applications se limitaient à la détection des intentions immédiates qui, traduites en bits d'information, pouvaient être relayées par des moyens de transmission classiques. Si Assame était *lié* disons à son assistant, et il l'était en fait, Assame pouvait donc par exemple *penser à commander du thé* et une greffe dans son cerveau pouvait alors lire sa pensée, ce qui n'était rien d'autre que l'analyse des détails intimes de ses ondes cérébrales, la traduire en mots dans n'importe quel langue dans laquelle Assame avait eu cette pensée, et finalement la transmettre au destinataire approprié en utilisant les canaux classiques de la télécommunication. L'assistant d'Assame à son tour pouvait *entendre* une sorte de son, en fait son cerveau effectivement pouvait percevoir ce son puisque l'oreille ne jouait point de rôle dans ce processus, et cet assistant alors pouvait entendre les désirs d'Assame et retransmettre ses *intentions* à Assame de la même manière. La communication était par conséquent entièrement privée, à mains libres, et sans aucune action, à moins que le fait d'avoir une intention ne fût considéré comme une action. Bien sûr il y avait toujours un danger d'interception des intentions ce qui était utile pour la prévention du crime et pour garantir la préservation et la sécurité de l'État. La soumission des sujets était donc surveillée jusque dans les confins les plus profonds de la pensée. Dans la cause de la soumission à Allah dans l'État Islamique, cela était donc approprié.

Quelques secondes après qu'Assame eût émis ses ordres, ou plutôt qu'il eût pensé ses ordres ou qu'il eût *intentionné* ses désirs, trois serveurs, tous mâles, entrèrent dans la salle.

Les serveurs étaient vêtus de pantalons gonflants verts et portaient chacun une sorte de gilet rouge court bordé d'or et une chemise blanche à manches bouffantes. Ils avaient aussi des turbans ornés d'un filigrane rouge et or. Le couleur qui manquait dans tout cela était évidemment le bleu. Le vert était bien sûr la couleur de l'Islam et du Califat. Le rouge faisait aussi partie de la culture, quoiqu'avec le jaune ce fût aussi une des couleurs dominantes des Han. Le bleu par contre était pratiquement absent dans ces deux sociétés, donc dans plus de quatre-vingt-dix pourcent du monde. Le bleu était considéré comme une couleur chrétienne, même juive, ce qui en fait était probablement vrai.

Aux débuts du Califat une étude méticuleuse des couleurs avait été faite par une commission officielle et cette commission avait analysé les préférences nationales, les drapeaux et d'autres paramètres, afin de déterminer les combinaisons de couleurs les plus aptes à engendrer une conversion permanente et ordonnée des infidèles.

Cette commission avait conclu que presque toutes les terres conquises avaient du bleu dans leur drapeau national, et aucun des pays islamiques originaux n'en avait. Le bleu était une couleur occidentale et la couleur du Roi David et de la plupart des rois Chrétiens qui suivirent. Mais ce n'était pas une couleur de l'Islam, sauf que les *Shia* en employaient une certaine version criante. Comme presque tout le monde dans le Califat, Assame n'avait aucune patience pour les *Shia*.

La commission avait donc recommandé que le bleu fût évité autant que possible, à l'instar de l'interdiction de la musique forte et sans mélodie, une prohibition qui était de rigueur dans le Califat.

Assame aimait la couleur bleue. C'était une couleur froide qui lui permettait de se retrancher dans son âme, avec sa musique surréaliste et ses rêves de Leïla, ou du moins ce qu'il rêvait que Leïla dût être dans ce monde idéalisé. En ce qui était de la musique par contre, Assame était tout en faveur des normes nouvelles. Des sons animaux perpétrés par des humains, avec des battements plus aptes à exciter les bêtes, ce n'étaient pas son idée de la musique.

Pour Assame, les préférences de couleur, de musique, des odeurs, du goût et des saveurs, des sons, et même du toucher, étaient le résultat de l'impact de la petite enfance sur les sens. Assame adhérait à la théorie qui disait que ce qu'on ressent tôt dans l'enfance devient notre propre vérité. Notre être divin en quelque sorte. Et quoiqu'il ne pût en discuter publiquement, il nota aussi que depuis la nuit des temps l'écrasante majorité des adhérents à une religion étaient tous nés dans cette même religion. Jusqu'au jour où une nouvelle vérité se révélât. Et donc le phénomène qui fait que ce que les sens perçoivent pendant la petite enfance, pendant *les années d'enchantement*, demeure chez l'enfant toute sa vie, ce phénomène donc s'applique de même à la pensée et aux croyances.

D'après Assame la première vérité qui nous est inculquée est gravée profondément dans notre âme et nous vénérons cette vérité, malgré les assauts des faits scientifiques et de l'évidence rationnelle. Ceci est un problème quand on exporte la foi aux infidèles, puisque ceux-ci sont déjà convaincus de leurs croyances erronées. Mais on peut en faire un atout comme en avait fait le Califat, lorsqu'on peut former une nouvelle génération dans la vraie foi. Ces enfants oublient bien vite la foi de leurs pères. C'est ce qui était arrivé dans les premières années de la conquête du Prophète (qlpsal). Et ce qui s'était reproduit récemment. Votre ennemi d'autrefois devient votre allié le plus dévoué.

Le premier serveur portait une grande soupière en argent d'où s'échappaient de la vapeur ainsi qu'un parfum merveilleux de semoule cuite. Le second serveur tenait un récipient en porcelaine de Chine de petite taille d'où se dégageait l'arôme de l'agneau rôti qu'il contenait.

Le troisième avait apporté dans un grand plat ouvert des écorces de citrouille, des morceaux de citrouille et des courgettes de différentes sortes et de couleurs vairées, oranges, vertes et jaunes, et d'autres combinaisons de ces couleurs. Le plat contenait aussi des raisins secs, des amandes, des dates et des noix ; et des épices délicieuses assaisonnaient le tout.

Les trois serveurs formèrent une sorte de croissant alors qu'un quatrième se présenta, un jeune garçon de pas plus de seize ans et qui s'était placé en face des trois convives qui se préparaient à manger, leurs jambes croisées et assis sur des coussins épais posés par terre.

Le serveur du couscous mit une grande cuillerée de la semoule dans chacune des trois assiettes, se leva et alla poser sa soupière sur une surface qui tiendrait le plat au chaud. Il se retira ensuite vers un coin de la salle et se tint en silence.

L'agneau fut servi après. Assame en reçu une grande portion d'abord, et puis ce fut le tour d'Al Kenii et Al Kansii qui lui, en reçu un peu moins.

« Donnes-lui un peu plus, il est jeune et il en a besoin », dit Assame.

Le serveur alors s'exécuta et exagéra la portion. Al Kansii réalisa alors que c'était peut-être trop mais il n'osa arrêter le serveur. Il resta là en silence.

Le troisième garçon servi alors les légumes et il n'eut pas besoin d'invitation pour en servir abondamment à Al Kansii. Al Kansii devrait maintenant manger vite pour qu'il pût finir son repas en même temps que les deux autres, en signe de respect. C'eût été un affront de continuer à manger alors que les officiels les plus importants du Califat auraient déjà fini. Bien sûr finir en premier eût été également gênant. Al Kansii était donc préparé à calibrer le temps que prendrait son repas pour que celui-ci pût se conformer à la consommation d'Assame.

Les trois serveurs se tinrent près de la porte après qu'ils eussent placé leurs récipients sur les plaques échauffantes respectives. Le jeune garçon s'approcha alors des trois convives qui étaient assis sur les coussins posés par terre et leur présenta un mélange de sucre et de cannelle, un choix offert aux invités comme marque de respect à l'égard de certaines traditions de la Méditerranée occidentale, où certains savouraient ainsi leur couscous.

La porte s'ouvrit et les trois serveurs se retirèrent. Deux autres alors entrèrent dans la salle, l'un d'eux portant un grand plat d'argent qui contenait une théière ornementée en argent et trois verres fins avec de feuilles de menthe visibles à travers leur paroi transparente.

Le serveur qui avait les mains vides plaça un verre devant chacun des convives et saisit la théière avant de commencer le service rituel du thé vert. Il commença en plaçant le bec de la théière près du bord d'un des verres et versa une petite quantité de thé. Il en fit ensuite de même pour les deux autres verres et y versa successivement une petite quantité de thé avant de revenir vers le premier verre, celui d'Assame. Il commença alors à verser le thé en tenant la théière près du bord du verre et puis, tout en continuant à verser le thé, il leva lentement celle-ci de plus en plus haut jusqu'au point où le liquide commencerait à produire des éclaboussures. Il s'arrêta alors et commença à descendre la théière vers le bord du verre. Celui-ci était maintenant plein. Il répéta ce rituel pour les deux autres et les serveurs se retirèrent dans un coin, prêts à servir encore du thé quand le besoin s'en ferait sentir. Les trois convives avaient maintenant des quantités égales de thé, du thé dont l'intensité était parfaitement équilibrée car il avait été versé de façon uniforme pendant son infusion dans l'eau bouillante, une infusion qui avait naturellement continué pendant le service.

Assame leva alors le bras droit et secoua légèrement la main, un signe aux deux serveurs qu'ils devaient aussi se retirer. La réunion allait être très confidentielle. Les deux par conséquent se retirèrent immédiatement.

Les trois convives, Assame, Al Kansii et Al Kenii, mangèrent en silence, et quand ils furent satisfaits ils louèrent Allah et son Prophète (qlpsal), chacun à son tour. Le Cheik Al Kenii rota dans sa barbe et murmura quelque sorte de remerciement.

Assame but une gorgée de son thé et commença.

« *Al Hamdulillah,* dit-il.

— *Al Humdulillah,* répondirent les deux autres.

— Venons en au point » , dit Assame après une brève pause.

2

UNE LEÇON D'HISTOIRE

Monologue d'Après Dîner

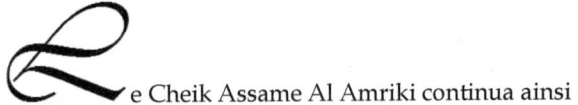 e Cheik Assame Al Amriki continua ainsi :

« Tu sais probablement tout ceci mais récapitulons pour faire le point sur ce que nous désirons accomplir.

« Pour conquérir les Han, c'est-à-dire pour les amener vers la Vraie Religion, la religion d'Allah, on doit d'abord se baser sur les cinq piliers stratégiques, les cinq piliers qui nous ont si bien servi dans le passé et appliquer les tactiques spécifiques relatives à cette situation-ci, celle des Han.

« Quand nous conquîmes l'Occident, nous utilisâmes ces mêmes piliers, ces cinq piliers. Tout d'abord nous aurons besoin d'une Secousse. Pendant que l'ennemi est occupé à parer les effets de notre secousse, nous instaurons notre second pilier, la Duperie. Pour assurer le succès de la duperie, le troisième pilier, l'Infiltration, est employé. Oui, le pilier suivant, le quatrième pilier, requiert la Trahison, à partir de l'intérieur, ou si l'on préfère, l'aide de ceux qui voient la vérité dans la religion d'Allah bien qu'ils soient nés chez l'ennemi. Le dernier pilier consiste en la Force, mais ce pilier n'est en réalité que ce que les militaires appellent une opération de nettoyage, lorsque l'ennemi a déjà perdu la bataille. Malheureusement, nombreux sont ceux qui en Occident voient l'Islam comme une religion violente, imposée par la force. Rien n'est plus éloigné de la vérité. La *force* à laquelle ils font allusion est en réalité la dernière étape, après qu'ils aient perdu la vraie bataille, et il semble que ce soit la seule chose dont ils se souviennent. Nous devons faire en sorte que cela ne se reproduise pas dans l'avenir.

« Mon frère Al Kansii, c'est toi qui devras exécuter la Secousse, le premier pilier. Bien sûr nous avons fait plusieurs tentatives comme ça dans le passé, en utilisant diverses formes de secousses, mais toutes ont été en vain. Pourquoi ? Parce que les autres piliers n'avaient pas été conçus et mis en œuvre proprement. De plus, les Han ont pu obscurcir ce que nous considérions être une secousse, et aucune réaction n'a été observée. Et si l'évènement n'est pas observé, comme le commande la philosophie quantique, cet événement n'existe pas, ou du moins pas dans la forme anticipée. Notre secousse la plus récente, quoique puissante du point de vue physique, fut étouffée dans un brouillard de secrets et n'eut donc aucun impact. En fait, ceux qui étaient au courant de notre tentative devinrent plus vigilants et pleins de soupçons à notre égard, donc plus forts. Cette fois ci nous devons décapiter le serpent.

« Rappelons donc comment nous avons mis en œuvre ces cinq piliers pour la conquête de l'Occident. Dans ce que nous allons revoir je voudrais que tu gardes à l'esprit le fait que certains éléments s'appliquent aux Han et d'autres ne s'appliquent pas. Nous devons par conséquent adapter notre stratégie, et les tactiques qui s'en suivent, à cette situation spécifique. »

Assame but une petite gorgée de son thé vert à la menthe, et les deux autres l'imitèrent immédiatement. Il commença alors un exposé historique dont Al Kansii n'avait nullement besoin. Al Kansii probablement en savait plus, mais il écouta néanmoins le Cheik Assame consciencieusement :

« Au début des années 1400 de notre Prophète, Que la Paix Soit Avec Lui, comme on nous l'a enseigné dans les écoles du Califat, et comme on continue à l'enseigner à nos élèves, le début des années 1400 c'est quand le dernier Président américain acheva son mandat. Le Cheik Hussein, nous l'avons appris à l'école, devint alors le premier Calife de l'*Améristan*, quoiqu'il n'eût jamais effectivement porté ce titre. Il devait être furtif, secret. Rappelons que ceci se passa quelques années après le Secousse, où des milliers de leurs compatriotes avaient été sacrifiés pour la cause d'Allah.

« Quelle fut donc la réaction de l'Occident ? En fait elle fut double. Tout d'abord, ils réagirent avec une force extrême contre les *shahid*, nos martyrs qu'ils considérèrent comme des auteurs de crimes, et ensuite ils envahirent nos terres, et bien sûr ils tuèrent plusieurs des nôtres, de notre Oumma. Et ils souffrirent des pertes aussi, en plus d'avoir épuisé leur Trésor. En deuxième lieu, et ceci est peut-être leur pire erreur, et je suis sûr que les Han ne se feront pas prendre là-dessus, afin d'apaiser les provocateurs potentiels, ils s'engagèrent dans un effort vain qui consistait à obtenir la coopération de leur adversaires, c'est-à-dire notre coopération, dans la lutte contre ces mêmes adversaires. Alors qu'ils combattaient la dernière provocation, et il y en eut plusieurs qui se succédèrent, les forces de l'Islam se concentrèrent sur le second pilier, la Duperie.

« Oui disais-je, bien que la Secousse nous eût donné une voix, nous la reniâmes officiellement et la condamnâmes. Nous insistâmes sur la coopération avec l'Occident qui voulait alors éliminer toute possibilité d'une nouvelle secousse. Ce qui n'était pas dans nos plans de toutes façons, du moins pas à l'échelle de la première Secousse. Nous avions déjà trouvé notre voix. Notre second pilier, la Duperie devait préparer le troisième, l'Infiltration.

« Avec la Duperie, nous réussîmes à faire que l'Occident ne pût reconnaître que ses ennemis étaient en fait ses ennemis. Pour en faire ainsi, nous eûmes bien sûr besoin d'aide au sein de la source de leur pouvoir. Le Cheik Hussein utilisa ses alliés, pas tous musulmans, et pas tous croyants non plus, mais utiles néanmoins. Et ils furent des alliés clé. Voici comment ceci se passa.

« Le Cheik Hussein était né Musulman. Et comme on sait bien, comme on dit, *ce qui est de l'Islam, doit demeurer de l'Islam*. Avant de prendre le pouvoir dans ces terres, le Cheik Hussein avait admirablement convaincu le peuple que celui-ci avait besoin d'espoir, de salut et de changement, bien que ce peuple eût été le plus puissant sur terre. Comment ces misérables enfants gâtés et dépravés, ces enfants de la puissance et de la richesse, eussent besoin d'espoir et de changement et d'être sauvés est une autre question. Peut-être que plusieurs années de guerre avaient rompu leur détermination et que le *changement* était quelque chose dont ils ont pu être convaincus facilement. Bien sûr d'aucuns n'avaient précisé ce que ce changement serait. Mais le Cheik Hussein savait. Furtivement et méthodiquement il changea les alliances de l'Occident, s'excusant auprès des ses ennemis et condamnant ses amis.

« Bien sûr pendant qu'ils pleuraient sur leur sort, ces enfants du privilège ne pensaient jamais aux enfants de la misère dans cette terre, ceux qui mourraient dans les guerres, ou de malnutrition, ou de la maladie ou par négligence. Quelquefois par les mains de l'Occident, mais pas toujours il faut l'admettre. Les misérables de la terre, le Cheik Hussein les connaissait bien, et il les comprenait. Il était des leurs, pas directement mais de par ses ancêtres. Et il avait juré de changer l'Occident. Bien sûr, le fait qu'ils fussent gâtés n'aida pas ces fous, mais je m'égare ici...

« Le Cheik Hussein commença donc son règne sur ce peuple soit naïf, soit aveugle, en insistant sur une sorte de salut messianique pour le pays, le plus puissant sur terre. Et il commença à défaire, à saper et à démanteler toutes les institutions, soit réelles ou virtuelles, qui supportaient leurs sociétés... »

Assame s'arrêta et essaya de baisser la voix. Il était excité et paraissait en colère. Chaque fois qu'il pensait au passé glorieux de l'Occident, du temps du l'avènement du Califat, il entrait dans cette transe. Le Cheik B'rak Al Kenii, son assistant, le savait bien et très souvent il relevait le défi et s'engageait avec Assame dans un débat historico-psychologique. B'rak Al Kenii était très intelligent. Assame Al Amriki l'était aussi. Les deux formaient une équipe parfaite pour la gestion du Califat de l'*Améristan*.

Néanmoins Assame ne pouvait s'empêcher de penser : « *Mais si ces Occidentaux n'avaient pas été aussi abjects et ineptes, le Califat n'eût pas été non plus. C'était le plan d'Allah. Assame, lui, devait l'accepter et ne pas penser rationnellement à ce que ces peuples s'étaient infligé, ou ce qu'ils auraient pu avoir fait pour prévenir leur chute.* » Malgré cela, sa logique interne lui disait qu'il y avait quelque chose qui ne collait pas lorsqu'un peuple, le plus puissant et ingénieux sur terre, dans toute l'Histoire même, « *un peuple qui se serait laissé dévorer... sans aucune résistance...laissé conquérir de l'intérieur !* »

Assame fit une pause et respira profondément avant de continuer :

« En ces temps anciens, notre troisième pilier, l'Infiltration fut exécuté d'une manière de maître par le premier Calife de l'*Améristan*. Le Cheik Hussein manœuvra sans cesse pour rester au pouvoir, et il utilisa les mêmes forces qui l'avaient catapulté à la victoire la première fois. Il utilisa ce que l'on appelait à l'époque des *idiots utiles*, c'est-à-dire ceux qui se considéraient comme l'intelligentsia, l'élite qui normalement était enracinée dans les milieux académiques et les institutions chargées de former l'opinion publique, tous imbus de culpabilité et de haine de soi. Oui, de la haine pour avoir atteint une domination du monde aux dépens des autres, les faibles et les misérables. Bien sûr si ces élites avaient eu la force de l'Islam pour justifier leurs actions, ou les actions de leurs aïeux, oui l'Islam, la base spirituelle de toute action, ils n'auraient bien sûr éprouvé aucune culpabilité.

« Les derniers de ces anciens Occidentaux n'avaient même plus de base spirituelle, puisqu'ils avaient pratiquement abandonné toute religion. Bref, ayant apporté un parfum local à ce combat, le Cheik Hussein ne pouvait être perçu comme œuvrant en faveur d'un futur Califat. En fait on ne sait pas s'il manœuvrait effectivement pour l'établissement du Califat, mais le résultat fut le même. En insistant à ce que les pouvoirs de l'État fussent étendus aux dépens de la loi de la jungle qui existait alors, il posa la fondation nécessaire pour qu'une philosophie totalitaire englobât leur civilisation. Et les descendants de l'Occident sont aujourd'hui reconnaissants que ce fût l'Islam dont ils eussent hérité et non pas quelque théorie politique perverse et impie.

« Dans cette entreprise, le Cheik Hussein devait prétendre qu'il agissait pour le bien de ses concitoyens. Par exemple il introduisit la *zakat*, notre charité, qu'il camoufla comme une contribution obligatoire, transférant donc les biens et la richesse de ceux qui en avaient par excès vers ceux pour qui la richesse était rare. Les crises économiques successives avaient bien entendu rendu ce dernier groupe particulièrement grand.

« Un tenant fondamental dans la lutte contre un ennemi plus puissant que soi est qu'il faut affaiblir cet ennemi autant que possible.

« Bien que le Cheik Hussein ne fût point un traitre, loin de là, puisqu'il œuvrait dans la cause d'Allah, volontairement ou pas, ses alliés, ses *idiots utiles* furent la base du quatrième pilier, la Trahison.

« Avec l'aide de ceux-ci, le Cheik Hussein usa de tout son pouvoir pour affaiblir le moteur économique qui était le fondement de la puissance Occidentale. En premier lieu, il promulgua de règles qui encombrèrent l'exploitation ordonnée des ressources naturelles et restreignirent ce qu'il considérait comme l'exploitation par les riches du patrimoine naturel des pauvres. Cela affaiblit l'Occident énormément puisque leur richesse dépendait de l'exploitation des ressources mondiales, celles des autres bien sûr. Dans le domaine de l'énergie, ces ressources étaient surtout les nôtres.

« En deuxième lieu, le Cheik Hussein usa d'un mouvement populaire pour détourner les énergies créatives de son peuple vers des technologies illusoires du nouvel âge sans autre promesse que la satisfaction de l'âme des ces parasites riches et irresponsables, alors connus comme les *verts* je crois. En fait, en passant…il y a là du symbolisme. Le vert est la couleur de l'Islam, de la végétation de nos terres, qu'Allah nous a données. L'Islam a introduit l'agriculture pratiquement dans le monde entier…enfin, je sais, les Han prétendent autrement mais les champs verdoyants de l'Islam sont représentés par cette couleur, le vert.

« En tout état de cause, les rêves illusoires et non-prouvés devinrent l'espoir, tandis que les techniques réelles et éprouvées furent boudées. Le Cheik Hussein utilisa donc les armes de ses ennemis contre un peuple soudain aveugle. Et j'insiste sur ce point, car les Han ne sont assurément pas naïfs ou aveugles. Le Cheik Hussein usa donc des lois à la disposition de l'État de par ses principes dits *démocratiques* pour interdire la dissémination d'idées contraires à ses buts tout en forçant ce même État à s'engager dans des aventures économiquement prohibitives qu'il ne pouvait certainement pas se permettre. Et tout ceci pendant qu'il maintint une mainmise ferme sur ces institutions assurant ainsi la permanence de son règne.

« Comme je l'ai dit un peu plus tôt, ceci se produisit après qu'il eût saisi le contrôle de l'État la première fois. Cette première fois, utilisant des pouvoirs alors inconnus, il réussit à déplacer toutes les puissantes familles politiques du pays. Et cet exploit demeure un mystère jusqu'à nos jours. Sauf pour le fait qu'une catastrophe économique se produisit juste au bon moment et dirigea le sentiment populaire dans sa direction et loin des autres, spécialement un des leurs. Oui je le dis, un de leurs héros fut éclipsé par Hussein, qui leur était étranger ; et Hussein accompli cet exploit surtout grâce à une désintégration économique mystérieusement synchronisée.

« Le Coran nous demande de faire preuve de patience lorsqu'on lutte contre les ennemis de l'Islam. La sourate 8:65 nous enseigne ainsi :

> « O Prophète (qlpsal) pousse les croyants à
> la guerre ; si vous êtes au nombre de vingt,
> et patients, vous en vaincrez deux cents, et
> si vous êtes au nombre de cent vous en
> vaincrez mille de ceux qui ne croient pas,
> car ceux-là ne comprennent pas »

« Mon frère Al Kansii, ne montres pas ta donne. Sois inébranlable et tu prévaudras. »

Les trois prirent alors quelques gorgées de leur thé alors qu'Assame fit une pause pour reprendre son souffle.

« Le Cheik Hussein, continua Assame, fut donc installé à la barre pour aider à préparer l'avènement de la Vraie Religion dans le monde entier. Volontairement ou pas, on ne le saura jamais. Mais nous le reconnaissons néanmoins comme le premier Calife car comme il l'avait promis, il inaugura une ère nouvelle, une ère de changement, notre ère.

« Allah est tout-puissant et infini. *Al Hamdulillah.* Qu'Allah soit Loué. »

Le Cheik Al Kenii et Al Kansii tout deux répondirent :

« *Al Hamdulillah.* »

« Vers la fin du règne du Cheik Hussein, reprit Assame, un règne qui dura plus de deux décennies, l'Islamisation de l'Europe ainsi que ses détracteurs le désignent, était bien en cours. L'Angleterre, la France et l'Espagne, ainsi que ces terres étaient alors connues, avaient déjà vu près de la moitié de leur population s'identifier en tant que Musulmans. La *charia* était acceptée comme alternative au droit commun. Le peuple en fait n'en faisait fi. La plupart d'entre eux et dans l'*Améristan* actuel n'avait jamais mis les pieds sur une cour de justice de toutes façons. Et ceux qui l'avaient fait étaient soit ceux qui en abusaient, de ce système où les technicités légales de leur lois humaines l'emportaient sur la vraie justice, ou soit qu'ils eussent été victimes de cette incohérence judiciaire. Les victimes étaient punies, les coupables récompensés, ou rendus libres. La *charia* n'était-elle pas plus juste après tout ? Même les bons Chrétiens devaient l'admettre.»

Assame fit une pause et plongea un regard profond sur Al Kansii. Après tout, Al Kansii était descendant de ceux dont Assame dénigrait les attitudes. Par contre Al Kansii était aussi un descendant de fidèles qui s'étaient convertis, et puisqu'Al Kenii l'avait choisi, Assame pouvait être assuré que son passé avait été examiné à fond.

« Les Chrétiens pieux, continua Assame, et il y en avait très peu qui restaient en Europe en ces jours, en pratique étaient d'accord avec les vrais tenants de l'Islam en ce qui concernait le rôle des femmes, la famille, la dévotion à sa communauté, la charité et par dessus tout, le bannissement de cette abomination qu'ils appelaient l'homosexualité.

« Petit à petit donc, plusieurs non-Musulmans confrontés à l'efficacité des cours de justice *charia* choisirent de poursuivre leurs cas là puisque ce choix était disponible à tous les citoyens. Une justice rapide, une vraie justice, une justice juste en était le résultat. Les nouveaux nés portaient alors des noms musulmans. Même les femmes, les femmes modernes comme on les appelait alors, se mirent à apprécier le *hijab*, cette belle écharpe de modestie qui couvre la tête et qui avait été interdite autrefois ; le *niqab,* spécialement le demi-*niqab*, ce voile élégant qui couvre décemment le visage et donne aux yeux une aura de mystère ; et même la *jellabiyya,* cette robe longue qui octroie tant de grâce à celle qui la porte. Les femmes de l'Occident eurent alors un air bien plus distingué, et moins ordinaire que dans les temps soi-disant libérés lorsqu'on pouvait voir en certains endroits, et surtout près de la mer, des femmes pratiquement à moitié-nues. Oui, à peine couvertes, leur modestie exposée au monde et cela provoquant les hommes de manière incontrôlable. One ne peut être surpris que le viol et la violence eussent été si fréquents. »

Assame baissa la voix, une voix qui s'était élevée quand il avait énoncé ces dernières paroles.

« Qui plus est, continua-t-il, les hommes durent supprimer leur masculinité pour éviter de réagir naturellement face à ces femmes dépravées. Quand un homme est privé de ça, et qu'il ne peut exercer sa masculinité face à des provocations ouvertes de la part de femmes dépravées à moitié-nues, que peut-il faire ? Il en découle la violence, la suppression et l'émasculation. Ne soyons pas surpris que l'homosexualité eût fleuri en ces terres et en ces jours.

« Mais il y eut pire. L'émasculation enleva à ces hommes leur désir d'accomplir, de conquérir, de lutter. Et une société où les hommes deviennent des femmes est condamnée à sa décadence…à une déchéance misérable » , conclut Assame avec un certain mépris dans la voix.

« Mais il faut dire, continua-t-il, que les forces de l'Islam ne causèrent pas cette dégénération, elles en profitèrent seulement. L'ordre, le partage, la communauté, le bonheur, c'est ce que la Vraie Religion apporta.

« Comme tu peux le voir mon frère Al Kansii, bien que les infidèles eussent initialement obtenu des grands succès en subjuguant plusieurs peuples de par le monde, et spécialement dans les terres musulmanes, qu'ils humilièrent pendant de dizaines ou des centaines d'années, le germe de leur destruction était planté dans leur esprit. Ils ne croyaient plus. Et ils finirent par ne plus croire en eux-mêmes en plus. Ils devinrent donc dépourvus de volonté. Oui bien sûr on observa quelques sursauts. Mais si on se porte sur la dernière invasion de nos terres, ils combattirent en s'excusant à Baghdâd et à Kandahar, et à Islamabad et à Qom. Leur classe intellectuelle accusa ses dirigeants de bavures, de maltraiter leurs ennemis. Que doit-on faire des ennemis de l'Islam, les choyer ?

« Dans leur logique tordue, pour les infidèles ou du moins pour leurs supposées élites, l'ennemi avait toujours raison, et eux avaient toujours tort. Malgré des efforts héroïques de certains, ils n'avaient aucune chance. Baghdâd et Kandahar, deux califats maintenant glorieux furent avec l'aide d'Allah inévitablement libérés.

« Les raisons pour lesquelles leur classe intellectuelle pensait de cette façon sont les suivantes : en premier lieu l'intérêt économique place le profit avant tout, avant même la Oumma ; en second et ceci est encore plus important, inconsciemment ou pas, ces classes ont dû savoir que leur lutte était contre la Vraie Religion. Nos combattants par contre, nos martyrs pensaient de même. Qu'arrive-t-il donc quand deux hommes se battent chacun pour sa cause et l'un sait qu'il est dans le droit et l'autre sait qu'il est dans le tort ? Qui va gagner ?

« Ils savaient donc qu'ils se battaient pour une cause fausse, ou du moins c'est ce que leurs élites pensaient et leur répétaient. Es-ce que nous fîmes de même ? Bien sûr que non. Nous savons la vérité, et donc les cœurs et les esprits des fidèles s'en viennent vers nous. Et puis viennent même les infidèles. Et ceux-ci deviennent à leur tour fidèles. Et tous sont prêts à mourir pour l'Islam.

« Islam veut dire soumission à Allah. Et c'est par cette soumission que l'on trouve *salam* ou la paix. Il n'y a de *salam* sans *Islam*. Prenons les deux autres religions. D'abord le Judaïsme. Et-ce que tu sais ce que veut dire en réalité Israël ? Cela veut dire Ysra-El, ou « *celui qui s'est battu avec Dieu* » ou « *a défié Dieu* ». Oui, comment peut-on trouver la paix en défiant Dieu, le vrai Dieu ? C'est un blasphème de même prononcer ces mots. Au sujet de Ysra-El, c'est le nom que Jacob reçut après avoir lutté contre l'Ange, après avoir lutté contre Dieu. Oui, tu sais ce que la Genèse dit, je crois que c'est au trente-deuxième verset ?

« La Genèse dit que Jacob demanda à l'Ange quel était son nom. L'Ange répondit qu'il n'avait pas de nom, que les anges prennent le nom de leur mission. Et Jacob le nomma Penu-El, le *visage de Dieu*. Les anges en réalité n'existent pas, ils sont en fait la représentation dans ce monde de ce que Dieu désire accomplir. Aujourd'hui on appellerait ça, on les appellerait des *états quantiques* de Dieu, la transsubstantiation de Dieu pour une tâche spécifique, une mission spécifique. Et ceci m'amène au Christianisme.

« Le Christianisme ? Il confond ce qui est pour nous un vrai prophète, avec Dieu, ou même le fils de Dieu, ou son Esprit qui aurait commandé de trouver la paix en pardonnant ses ennemis. Nous appelons ce prophète Issa, ils l'appellent Jésus. Ils ont confondu un vrai prophète avec Dieu Lui-même. Et ils ont ajouté son Esprit. Trois dans Un. C'est très compliqué. Mais même cette foi fragile, ils la perdirent à la fin. Comment pourraient-ils donc convaincre leurs adversaires, comment pourraient-ils trouver la voie, la vérité, ces infidèles, si eux-mêmes n'y croyaient pas et n'étaient pas prêts à défaire leurs ennemis ? Si on ne défend pas la vérité, si on ne se bat pas pour elle ?

« C'est ce qui manquait à l'Occident, une conviction. D'abord ils remplacèrent la religion et la vraie croyance par des religions artificielles qu'ils appelèrent idéologies. Quand cela me marcha point, ils essayèrent d'imposer sur le monde entier quelque chose qu'ils appelèrent la *démocratie* et ce fut un prétexte parfait pour prolonger leur hégémonie. Et leurs prétendues *libertés démocratiques*, c'est ce qui nous a permis de nous infiltrer au cœur de leurs sociétés et de trouver une voix, une voix commune avec ceux que la démocratie avait ignorés. Et pour ceux-là, et ils étaient des milliards, pour ceux-là la démocratie ne répondait pas à leur besoin spirituel, celui de leur âme. L'Islam, par la soumission à Allah, nous donne cette base, cette plateforme spirituelle. Nous pouvons alors nous sentir part de l'éternité de l'Univers d'Allah, où le Temps et l'Espace sont unis et infinis, puisqu'ils sont l'œuvre d'Allah.

« Le dernier pilier…on ne devrait pas passer trop de temps là-dessus, c'est la Force. La Force pour convertir les infidèles. Comme je l'ai déjà dit ceci survient lorsque la bataille a déjà été gagnée par l'Islam. Et c'est simplement un moyen de raccourcir la lutte et de limiter les pertes en vies humaines. Malheureusement, c'est tout ce dont nos ennemis se souviennent. Et si notre plan réussit, *Incha'Allah*, les Han suivrons le même chemin. Revoyons cependant légèrement ce qui se passe avec la Force.

« Comme tu as dû l'étudier pendant ton séjour en Europe dans le Califat de l'*Al Andalous* j'en suis sûr, des émeutes entre diverses factions se répandirent en Europe et des ferments de cette rébellion furent même observés dans l'*Améristan*. Ces factions, sauf peut-être celles des croyants, étaient désorientées et n'avaient pas de vrai compas.

« Ils luttaient en niant leur propres États et leur propre culture, mais ils ne proposaient rien en échange. Les fidèles eux connaissaient toujours la voie vers Allah. Et dans ces contrées-ci, les fidèles se rassemblèrent autour du Cheik Hussein et leur support étendit son règne. Bien sûr il y eut des états d'urgence qui furent déclarés ici et là de temps à autres, mais l'opposition aux desseins du Cheik Hussein fut de très faible conséquence. Ce grand dessein était l'avènement d'une société juste où la cupidité fût remplacée par le partage des richesses. Par l'affaiblissement des institutions privées, c'est-à-dire les institutions égoïstes et cupides, et spécialement celles qui se chargeaient de la dissémination de l'information ; et par le contrôle de tous les moyens du discours politique et de l'activité économique, le Cheik Hussein assura une migration aisée vers un Califat uni, celui de l'*Améristan* et prochainement vers un Califat Mondial, *Incha'Allah*. Et ainsi donc le règne du Cheik Hussein dura assez pour accomplir notre grand dessein. »

Assame fini son thé à ce moment et avec un geste subtil et un mouvement de la tête presqu'imperceptible, il *intentionna* aux serveurs du thé pour que ceux-ci entrassent dans la Salles des Deux Croissants et se missent à verser du thé fraîchement infusé dans des verres propres qui contenaient des feuilles de menthe fraîches. La cérémonie rituelle du service du thé prit quelques minutes après quoi Assame reprit son monologue.

« Bien sûr, dit Assame, être en faveur de la tyrannie du droit séculaire, de l'arbitraire de ce qu'ils appelaient la démocratie, et s'opposer à une société basée sur le droit divin, le droit juste, est absurde. Nier la suprématie de l'Islam c'est penser qu'Allah n'a pas tout le Savoir, toute la Connaissance. Les soldats d'Allah attendent leur juste récompense dans le *Jennah Al-Firdaus,* le Paradis le Plus Elevé, comme l'avait écrit de la façon la plus belle une éminence islamique en ces temps :

« *Quel art est plus beau, plus divin,*
Et plus permanent que l'art du martyre ? »

Assame fit encore une pause et prit une autre gorgée de son thé à la menthe.

« Ce que l'on apprend dans la petite enfance, Assame répéta son *mantra* alors bien connu, quand l'enchantement du monde se révèle à l'enfant, ceci reste au cœur de notre âme pour toujours. Les odeurs, les goûts, la musique. C'est ce que nous sommes. En Occident, puisqu'ils n'avaient rien appris de particulier et tout leur vint des autres peuples et des autres cultures, ils se trouvèrent sans compas et sans rien à défendre. L'Islam, la Vraie Religion, pourvoie à un vrai Musulman une réponse à ce qu'il veut ou à ce qu'il doit vouloir, à ce qu'il préfère ou doit préférer, et ce pour quoi il doit être prêt à mourir. Et c'est là notre force.

« Le Coran dit que si quelque chose est de l'Islam, celle-ci doit demeurer de l'Islam pour toujours, il n'y a point de retour en arrière. L'*Al Andalous*, que les infidèles appelaient l'Espagne, fut une aberration. Pendant six siècles l'Islam ne perdit pas l'espoir de reconquérir le califat d'*Andalous*. Mais les enjeux devinrent plus élevés. Le grand prix était alors l'Amérique. Et comme au temps de Colomb, le chemin de l'Amérique commença dans l'*Al Andalous*.

« Le Cheik Hussein a donc semé les germes pour faciliter la conquête de l'Amérique. Et c'est pour cela qu'on le présente dans les livres d'histoire comme le Cheik Hussein Al Kenii, premier Calife du Califat de l'*Améristan.* »

Assame fit une autre pause.

« Frère Al Kenii, est-ce-que ma revue de l'histoire récente est correcte ? demanda Assame.

– Oui Cheik, bien sûr, répondit Al Kenii. Prenons la marche de l'Islam à travers le désert Nord Africain il y a mille six cents ans. Ce ne fut pas toujours facile ni plaisant. Quelques Nord Africains ont dû être convertis par l'épée. Et maintenant, au nom d'Allah, ils luttent avec nous et pour nous. Quelle autre preuve est-il besoin de donner pour démontrer que la nôtre est la Vraie Religion ? Quand votre ennemi, contre qui vous vous êtes battu à cœur et à sang, et dont la mère, et le père, et les frères vous les avez peut-être tués, quand cet ennemi reconnaît la vérité de votre foi, qu'est-ce-que cela peut vous indiquer au sujet de l'Islam ? Que c'est la Vraie Religion. Et les Berbères l'admirent, et les Maures l'admirent après que les Libyens et les Egyptiens l'eussent admis. Et dans l'autre direction même le Perses ! À l'évidence c'est la Vraie Religion.

« L'*Andalous* en ces temps suivit la même trajectoire. Comme vous l'avez remarqué vous-même, les Chrétiens têtus du Nord, y compris les Francs, résistèrent et il leur prit à ces peuples sept siècles pour reconquérir des terres qui n'étaient plus les leurs puisqu'elles étaient devenues musulmanes. Nous avions baissé notre garde. Nous étions devenus comme ils disent tolérants, et peut-être un peu trop. Eux, ils ne l'étaient point et ils nous déplacèrent. Il y avait des Juifs et des Chrétiens parmi nous, avec les mêmes droits que nous. Et eux, les Chrétiens de ces temps ne tôleraient personne. Nous les tolérions comme si leur vérité fût équivalente à la nôtre. Mais elle ne l'était pas. Ils détruisirent notre califat. En bref, vers la fin des années 1400 de l'Ère Chrétienne, quelques huit-cents ans après que le Prophète (qlpsal) nous eût révélé le Coran, nous devînmes complaisants, mous, sans désir de lutter pour notre cause, tout comme ces peuples de l'Occident du vingt-et-unième siècle chrétien.

« It est aussi vrai comme vous l'avez indiqué, Cheik Al Amriki, que le Cheik Hussein fut devenu martyr. En réalité nous ne savons pas si ceci s'est vraiment produit ou si ce n'est que de la légende, mais on dit qu'il mourut en martyr à un âge avancé. Néanmoins son empreinte perdure. Et tout ceci arriva à peu près au même moment où le droit basé sur la *charia* commença à prendre pied.

« Ce qui est important considérant notre offensive contre les Han est le suivant. La grande alliance qui institua le Grand Califat en l'An 1515 du Prophète (qlpsal), intégra dans un seul califat toutes les terres de l'Inde jusqu'à la côté orientale du Pacifique. La zone méridionale de l'Inde et Ceylan restent à conquérir. Ils pratiquent là-bas des religions qui ne sont pas vraies. Le Vatican a été déplacé de Rome aux banlieues de Rivadavia, une ville dans le sud de l'ancienne Argentine, appelée maintenant la Patagonie, et où plusieurs Chrétiens du monde entier qui ne voulurent pas se convertir se furent rassemblés. Ce furent surtout des vieux et des vieilles qui ne purent se réconcilier avec le fait que leur religion millénaire se trouva abandonnée, ou alors des athées qui se sentirent insultés que quelqu'un finalement leur imposât un système de croyance. Et bien sûr un assortiment de *gauchistes,* ainsi les appelait-on, qui regrettaient secrètement d'avoir sapé leur propre liberté par leurs politiques basées sur la haine de soi et encouragé les ennemis d'un État qui leur octroyait ces mêmes libertés. C'est ainsi que Rivadavia devint la capitale du pays connu maintenant comme la Patagonie.

« Ceci avait toujours été un problème pour les démocraties, ou pour ceux épris de liberté, mais ce ne l'est pas pour les Han. Je pense qu'il y a là un paradoxe en ce que si quelqu'un ne veut pas de la démocratie et croit en une certaine forme de puissance suprême, est-ce qu'il peut légitimement acquérir le pouvoir démocratique ? En d'autres mots, si un groupe opposé aux élections libres se fait élire quand même, comment est-ce qu'on pourrait le déplacer ensuite, après qu'il eût annulé le système électoral comme il l'avait promis auparavant ? Donc est-ce que la liberté est uniquement pour ceux qui sont épris de liberté ? C'est un paradoxe. Karl Marx, ce scélérat, l'avait cependant remarqué, dans un contexte différent bien sûr, en ce que le *Capitalisme porte en lui les germes de sa propre destruction.* Et il en va de même pour la démocratie.

« Mais pas en ce qui concerne l'Islam. Toute déviation en est éliminée. Et c'est grâce à ça que nous avons un Grand Califat. »

Al Kenii fit une pause et prit une longue gorgée de thé après quoi il demeura en silence.

Assame, qui se tenait aussi en silence, paraissait exténué par son discours précédent et semblait satisfait qu'Al Kenii l'eût aidé en réaffirmant ses idées et en connectant celles-ci à la situation actuelle, celle de l'offensive contre les Han. Bien sûr de son côté Al Kansii connaissait déjà tous ces faits. Il avait remarqué quelques contradictions historiques mais n'osait en parler. Ce n'était pas une bonne idée d'humilier le Calife devant le Cheik B'rak Al Kenii. De plus il avait une perspective bien meilleure car il était descendant d'un Occident défait. Son arrière grand-père, qui fut décédé quand Al Kansii avait six ans, lui avait raconté des histoires qui glorifiaient l'Occident et ces mémoires étaient gravées dans son esprit.

Assame posa son regard sur Al Kansii à la recherche d'une réaction quelconque.

Al Kenii intervint. Il savait où Assame voulait en venir. Il avait eu cette conversation avec lui auparavant. Les deux aimaient à débattre des points compliqués concernant la chute de l'Occident, de cette civilisation la plus prospère et la plus puissante que la terre eût jamais connue jusqu'alors, et cette chute qui s'était produite pratiquement sans violence. *À partir de l'intérieur*, c'est ce qu'ils avaient appris et la méthode qu'ils essayaient d'appliquer à l'Empire des Han, la seule puissance non-musulmane de quelqu'importance.

« Cheik, si vous permettez, dit Al Kenii.

– Bien sûr mon frère, répondit Assame.

– On doit admettre que le manque de volonté, le manque de conviction en leur originalité et en la supériorité de leurs croyances, s'ils en eurent même une qui leur restât, ces éléments ne sont pas les seuls à expliquer leur chute, continua Al Kenii.

« Les Han nous ont aidé considérablement. Vers la fin du règne du Cheik Hussein, un de mes ancêtres me dit-on, l'Occident avait une dette totale de plus de quatre quadrillions, oui quatre mille trillion de dollars. Mon frère Al Kansii, un dollar à l'époque c'était, voyons…quelque chose comme un quart de notre dinar d'aujourd'hui. Et l'intérêt seulement, ce qui est interdit chez nous bien sûr, cet intérêt sur la dette devint impossible à payer, même si on était prêt à utiliser toutes les ressources dont disposait l'Occident à l'époque.

« Mais ce n'est pas tout. Les Han en fait ne voulaient pas se faire rembourser…

– Ils ne voulaient pas être remboursés ? demanda Al Kansii, un peu surpris.

– Exactement, continua Al Kenii, la dette d'un pays n'est pas comme la dette d'un individu. Un individu veut bien sûr se faire rembourser, qu'on lui paie ce qui lui est dû. Un pays, c'est différent. L'Occident avait offert aux Han plusieurs solutions visant à éliminer, ou du moins à réduire cette dette envers les Han. Ils offrirent de produire des machines, des avions, des systèmes de communication et d'autres biens parmi les meilleurs qu'ils pouvaient créer. Les Han refusèrent. Ils voulaient simplement conserver cette dette. Pourquoi ? Parce que, pensaient-ils, s'ils allaient recevoir tous ces produits, tous ces biens sans payer, enfin en échange de la dette, l'Occident se mettrait à travailler pour les produire, et pendant ce temps les Han n'en produiraient pas l'équivalent. Je simplifie un peu bien sûr mais l'effet est basé sur de la vraie théorie économique. L'Occident aurait une injection de capital pour produire ces biens pour les Han, une injection égale à la dette en question, et les Han éviteraient de travailler pour produire exactement une valeur équivalente à cette dette. À part les autres avantages qui découleraient d'une telle entreprise, comme les avances technologiques, la recherche et toutes ses conséquences dont l'Occident aurait hérité, un transfert net d'activité économique coulerait en direction opposée à celle observée durant l'acquisition de la dette. En fait, les Han avaient auparavant produit des atouts économiques pour l'Occident pendant que l'Occident avait accumulé cette dette. Le paiement de la dette aurait donc l'effet opposé. Et l'Occident se trouverait sans dette et avec plus d'avances technologiques, et encore plus dynamique et plus fort psychologiquement. Donc les Han refusèrent de négocier le paiement de la dette, ils préférèrent la laisser là, pendante, comme une épée de Damoclès.

« De plus, ces peuples n'étaient pas prêts à voir leur niveau de vie décliner. Il faut dire que pendant que l'Occident produirait ces biens *gratuitement* pour les Han pour le paiement de la dette, ces mêmes produits ne seraient pas disponibles aux Occidentaux. Mais le résultat est néanmoins intéressant. Deux économies majeures et interdépendantes en principe ne doivent pas accumuler de dette appréciable, et si cela se produit, le créditeur ne voudrait pas se faire rembourser, du moins pas totalement, et pas trop rapidement. Mais tout ceci à affaire au bien-être matériel de l'humanité seulement, et non pas à son échafaudage spirituel.

« Comme tu dois savoir, ces sociétés étaient très matérialistes et elles étincelaient par leurs exploits en technologie et en science. Ce qui leur manquait et qu'elles avaient perdu, c'était leur guide spirituel, leur balise, leur boussole. Nous, nous avons toujours eu ça, et ils finirent par l'adopter de nous, à la suite d'un choix libre, et parfois même il faut l'admettre par la force.

« Ils adoptèrent donc notre accompagnement spirituel puisqu'ils n'en avaient aucun. Comme je l'ai déjà dit, leur puissance était basée sur la prouesse technologique. Avec les obligations financières croissantes auprès des Han, leur niveau de production se réduisit. Leurs ancêtres étaient de faiseurs. Ils avaient cessé de l'être, des faiseurs, leur âme en un sens leur avait échappé. Et la cause de leur dépendance financière exacerba leurs problèmes. Ce fut un cercle vicieux.

« En bref donc, une société d'ingénieurs et de faiseurs s'était lentement transformée en une société de ce que j'appellerais une société de parleurs, de banquiers, d'avocats, de politiciens et autres hâbleurs. Le Cheik Hussein savait parler. On dit que c'était un grand orateur. Et une société en déclin aime à entendre des mots d'espoir. Et les faiseurs deviennent hâbleurs, mais sans compas spirituel, les mots ont de limites. L'Occident devint pour nos ancêtres une proie facile à saisir, sans même qu'ils eussent réellement à se battre, sans presqu'aucune goutte de sang ne fût versée. Deux types de personnes, les faiseurs et les hâbleurs…Dans l'Islam, ceux qui parlent, ils parlent du divin. De la parole divine, et non des constructions abstraites de l'homme.

« Mon frère Al Kansii, tu sais probablement tout cela, mais je voudrais insister sur deux choses : en premier les Han sont encore des faiseurs. Ils aiment bien les conforts matériels mais jusqu'à une certaine limite. Pas au-dessus de leur propre identité ! Et ceci est mon deuxième point, ils croient en eux-mêmes. Ceux qui s'opposent à l'État sont considérés comme traitres, ils sont souvent éliminés et ils le méritent, tout comme nous le faisons ici. Les Han imposent l'intérêt sur la dette contrairement à notre pratique, mais cela n'a pas beaucoup d'importance puisqu'en fait c'est une affaire interne, et les transactions entre le Califat et l'Empire des Han ne portent pas d'intérêt. Nous devrions maintenant définir les outils nécessaires pour que nous puissions soit conquérir les Han, soit les amener vers la réalisation que l'Islam est la Vraie Religion.

« Dans cette lutte nous n'avons pas les mêmes avantages qui nous avaient permis de subjuguer l'Occident, avec leur aide. Les Han aiment à citer un ancien Occidental, Churchill je crois qu'il s'appelait, et qui caractérisait les actions de l'Occident comme *la folie des démocraties* et les Han ne s'y feront pas pendre. Les Han ne sont pas pourvus de telle folie. Leur matérialisme est limité. Et ils sont industrieux.

« En un mot, nous devrons faire preuve de créativité » , conclut Al Kenii.

« Alors ? dit Assame portant son regard vers Al Kansii.

– Oui…hésita Al Kansii. Tout ceci est vrai. Seule la Vraie Religion que le Prophète (qlpsal) nous a donnée peut apporter la paix, la stabilité, la justice et le bonheur à tous dans le monde. Et je m'engage à faire tout ce qui est attendu de moi pour atteindre notre but. *Incha'Allah, Al Hamdulillah.*

– *Al Hamdulillah* », répondirent les deux Cheiks.

Et les trois amenèrent leur index droit à leurs lèvres, l'embrassèrent et le pointèrent vers les cieux, dans la direction de l'est si possible.

Dans son monologue, Assame avait fait plusieurs erreurs historiques bien sûr, et il avait pris certains raccourcis, mais pour Al Kansii la raison pour laquelle il se trouvait là était que le Califat n'était pas un *califat mondial* malgré les espoirs d'Al Amriki, ou du moins pas encore.

Comme l'avait indiqué Al Kenii, la partie sud de l'Inde était encore infidèle, quoique la poussée islamique dût se continuer vers le sud jusqu'à ce que le sous-continent entier fût conquis ; cela était du moins l'état courant de la situation.

Al Kansii savait aussi qu'à l'extrême sud de l'Amérique du Sud, en Basse Patagonie, des Chrétiens, des Hindous et des Judéens – ainsi qu'on les appelait alors – s'étaient rassemblés. Ceux-ci y avaient convergé avec un assortiment varié d'athées, d'agnostiques et de ceux qu'on appelait des *humanistes*, tous s'obstinant à refuser la Vraie Religion. Cette région n'était donc pas encore conquise non plus. Il restait à voir pendant combien de temps cette situation prévaudrait.

Les trois restèrent en silence comme si chacun s'était replié sur ses propres pensées. Pendant qu'ils savouraient leur thé, chacun récapitula dans sa conscience le long exposé historique d'Assame et son complément par Al Kenii, et essaya de voir comment la stratégie contre les Han pourrait être affinée. Du moins c'est ce qu'il semblait. Assame se retrancha dans son âme comme à son habitude alors qu'Al Kenii essayait de formuler une stratégie cohérente pour l'assaut contre les Han. Quant à Al Kansii, alors que tous les trois sirotaient paisiblement leur thé à la menthe dans la Salle des Deux Croissants, il se mit à contempler un panorama mental du monde comme il le voyait. Ses pensées étaient les suivantes.

Jours d'Antan

Quand le Vatican eut été déplacé de Rome en Patagonie, le gouvernement local avait offert à la hiérarchie Catholique la *Casa Rosada* dans Buenos Aires, et se résolut à installer le gouvernement dans un édifice moindre. Le Vatican déclina l'offre, par humilité religieuse, vu que les temps étaient difficiles pour la Chrétienté et que le Vatican voulait partager la souffrance avec le peuple en un acte d'absolution volontaire des péchés. Ce fut une décision fortuite puisque la *Casa Rosada* et Buenos Aires durent être évacuées peu après.

La *Casa Rosada*, ou Maison Rose, avait été le siège du gouvernement en Argentine pendant des siècles. Dans son site avait été d'abord un fort militaire appelé la *Fortaleza de Juan Baltazar de Austria* qui fut construite au seizième siècle de l'Ère Chrétienne. Le fort fut remplacé par le *Castillo San Miguel*, une exquise bâtisse en maçonnerie construite quelques deux cents ans plus tard et où le gouvernement colonial conduisit ses séances. Après plusieurs reconstructions et expansions dans les siècles qui suivirent, un beau monument reconnu dans la capitale avec ses accents à l'Italienne fut la culmination de ces efforts, et son élégance et son air robuste en firent un édifice propre à un gouvernement fort. Tous les présidents y maintinrent leurs bureaux subséquemment. Afin d'y inclure le caractère national de force et de passion, la couleur rose fut donnée à l'extérieur de la bâtisse, un couleur obtenue en mélangeant la peinture avec le sang de bœufs. Quoique certains interprétassent l'inclusion de sang de diverses manières, la vérité est que ce fut fait pour infuser à l'esprit national le désir et la force du sang. Le sang dans la conscience nationale espagnole avait toujours eu une signification spéciale symbolisée par exemple par les capes rouges des *matadors* que ceux-ci mettent sous les yeux des *toros*, bien que ces taureaux ne puissent percevoir la couleur. La Maison Rose représentait donc l'ardeur et la lutte du peuple et sa passion pour la vie.

Les belles constructions dans les environs de la *Casa Rosada* trahissaient une impression de passé manqué, un passé de gloire promise mais jamais atteinte. Un passé d'accomplissements en dessous de la norme. Selon Al Kansii ces temps étaient finis et avec la nouvelle foi, de nouvelles opportunités s'annonçaient, et spécialement maintenant que ceux qui n'avaient pas la vraie foi avaient été poussées aux confins lointains du sud de la Basse Patagonie.

Les autorités en Patagonie savaient que le Vatican original à Rome avait été remplacé par la Mosquée de Sidi Hajara. La référence aux pierres était une allusion claire à St. Pierre, mais de mauvaises langues insistaient à comprendre que Hajara avait une signification autre, sacrilège en fait, mais bien sûr seulement des *païens* pouvaient penser ainsi. Dans l'Islam, le respect pour le sacré, même ce qui est sacré pour les autres était primordial. Les infidèles pouvaient être conquis et combattus avec détermination et quelques fois sans pitié, mais ils n'étaient jamais assujettis à l'humiliation, spécialement dans leurs croyances.

Les autorités patagoniennes entreprirent donc de construire *El Nuevo Vatican* dans leur nouvelle capitale Comodoro Rivadavia. Ils levèrent des fonds suffisants et érigèrent une copie de la *Casa Rosada* dans Rivadavia et l'appelèrent *San Pedro de Rivadavia*. Des pèlerins y affluaient chaque année venant de partout dans le monde. En fait plusieurs de ceux-ci posaient en tant que touristes et venaient clandestinement honorer leur héritage perdu, bien qu'officiellement plusieurs étaient maintenant musulmans. Bien sûr d'année en année ils se faisaient moins nombreux à venir à *San Pedro de Rivadavia*, et l'audience du Pape Innocent XIV commença à ressembler à celle des amateurs d'opéra de Buenos Aires dans les temps anciens, une audience de plus en plus grisonnante et de plus en plus vieille.

L'Opéra, une forme artistique supérieure à toutes les autres dans le monde mais peu appréciée par les masses, et spécialement les jeunes, l'Opéra donc semblait avoir été constamment en état de mort lente pendant les deux siècles précédents. Mais il ne mourait jamais complètement. Peut-être était-ce plutôt que seuls les mourants trouvaient de la beauté dans l'Opéra. Ce n'était donc pas une forme artistique mourante, loin de là, mais une forme artistique pour les mourants, et le Christianisme étaient devenu, pour ceux-là du moins, l'Opéra des religions.

L'Opéra était une forme artistique respectée et même adorée en Patagonie. Le nouveau *Teatro Colón el Nuevo,* une copie réduite de son prédécesseur célèbre dans Buenos Aires était non seulement pour les mourants, mais aussi les bien vivants qui en savouraient les représentations, uniques dans le monde. Quoique ce ne fût pas l'une des cinq meilleures salles acoustiques du monde, une distinction pour laquelle le *Teatro Colón* original était renommé, sa réplique réduite y arrivait étonnement près. On disait même que des officiels du Califat, jeunes et vieux, hommes et femmes déguisés en pèlerins venaient prendre plaisir aux sons de cette forme artistique d'ultime qualité.

Un nouveau Pape fut élu en ces temps, en l'An 2184 de notre Seigneur pour être précis, et immédiatement après son élection, une plume auspicieuse de fumée blanche s'échappa de la *Casa Rosada la Nueva* à Rivadavia un jour froid d'hiver au mois d'Août. Pour le Califat le fait que ce nouveau Pape eût choisi le nom d'Urbain était un affront.

C'était une provocation désagréable. Le nouveau Pape à Rivadavia avait choisi le nom d'Urbain XXII, une référence claire à la lignée des Urbains, spécialement Urbain II qui avait lancé à lui seul les Croisades le 27 Novembre 1096 dans son discours de Clermont. Oui, Urbain II avait été l'instigateur des Croisades, de cet assaut des plus odieux contre les peuples de l'Islam comme on le savait depuis des siècles.

Quentin d'Orange, d'origine ethnique double, française et hollandaise, Cardinal de Rivadavia avant son élection par le Collège des Cardinaux dont il avait été membre, avait choisi non seulement le nom d'Urbain, mais d'Urbain XXII, vingt-deux. Vingt-deux, deux chiffres identiques, deux *deux.* Le dernier des Urbain avait été Urbain VIII qui avait servi Dieu jusqu'en 1644 de l'Ère Chrétienne mais un fait plus significatif encore dans l'esprit de Quentin d'Orange était la mission de saint d'Urbain VII qui vint servir le Christ le 15 Septembre 1590, et que Dieu rappela chez Lui seulement treize jours plus tard le 27 Septembre 1590. Quentin donc ajouta ces treize jours au chiffre huit, celui du dernier Urbain et obtint vingt-et-un. Il serait donc Urbain XXII. C'était un signe des cieux que, commençant à la fin de l'hégémonie Chrétienne, à l'époque du dernier Président américain, il y avait eu deux cent soixante six papes au service du Christ, Serviteurs du Seigneur. Jusqu'à ce que lui Quentin fût élu, treize papes seulement avait accédé à ces hauteurs pontificales et il leur avait été permis de porter la tiare et de tenir le sceptre. Les quatorze incréments qu'Urbain XXII avait ajoutés pour définir son titre étaient aussi une allusion à la souffrance du Christ pendant ses quatorze stations de la *Via Dolorosa* et servaient à rappeler à la Chrétienté qu'encore plus de souffrances étaient attendues avant sa délivrance ultime et sa rédemption.

Urbain attribua aussi les deux chiffres dans son titre comme suit : le premier *deux* en l'honneur de la seconde dynastie nommée sur ce très saint Pontife Urbain II, et le second *deux* indiquant la deuxième *reconquista*, le début de la première ayant eu lieu mille ans auparavant.

Malgré les opinions communes dans le passé au sujet des Croisés, et de leurs chevaliers les plus glorieux, les Templiers, l'Histoire officielle en Patagonie avait été corrigée et représentait ces guerriers de la foi en tant que héros. D'après les érudits, la croissance explosive de l'Ordre des Templiers aux temps des Croisades avait été due non seulement aux opérations de combat auxquelles ils avaient pris part, mais surtout à la confiance qu'ils inspirèrent et à la nostalgie et aux aspirations secrètes dont ils remplirent les cœurs de leurs compatriotes. Ces aspirations pouvaient simplement se résumer dans l'espoir en le triomphe ultime de la Chrétienté. Les Templiers étaient des Chevaliers du Christ, et plutôt que d'être vilipendés comme ils l'avaient été dans l'ancien Occident, en Patagonie ils étaient vénérés et glorifiés. L'on croyait qu'avec les nouveaux Croisés, les humbles et les déshérités se lèveraient à nouveau.

Rivadavia, République Chrétienne de Patagonie

À l'entrée de la *Casa Rosada la Nueva,* la nouvelle *Casa Rosada,* moins ambitieuse dans ses dimensions et dans son décor que la précédente à Buenos Aires, une ville qui faisait alors partie du Grand Califat, une copie de la Bulle Papale publiée par Urbain II le 27 Novembre de l'An 1096 de l'Ère Chrétienne était exposée au monde. C'était un rappel que l'histoire ne finit pas, qu'elle continue, quelques fois se répète car l'Homme ne tire pas toujours les leçons de ses erreurs, de ses crimes, et de ses souffrances. Le texte était en sa version française originale, avec des traductions adjacentes en plusieurs langues, et les passages clés proclamaient ce qui suit :

« *Frères Bien Aimés,*

« *Poussé par les exigences de ce temps, moi, Urbain, portant par la permission de Dieu la tiare pontificale, pontife de toute la terre, suis venu ici vers vous, serviteurs de Dieu, en tant que messager pour vous dévoiler l'ordre divin...Il est urgent d'apporter en hâte à vos frères d'Orient l'aide si souvent promise et d'une nécessité pressante. Les Turcs et les Arabes les ont attaqués et se sont avancés dans le territoire de la Romanie[10] jusqu'à cette partie de la Méditerranée que l'on appelle le bras de St George[11], et pénétrant toujours plus avant dans le pays de ces Chrétiens, les ont par sept fois vaincus en bataille, en ont tué et fait captifs un grand nombre, ont détruit les églises et dévasté le royaume. Si vous les laissez à présent sans résister, ils vont étendre leur vague plus largement sur beaucoup de fidèles serviteurs de Dieu.*

« *C'est pourquoi je vous prie et exhorte – et non pas moi, mais le Seigneur vous prie et exhorte comme hérauts du Christ – les pauvres comme les riches – de vous hâter de chasser cette vile engeance des régions habitées par nos frères et d'apporter une aide opportune aux adorateurs du Christ. Je parle à ceux qui sont présents, je le proclamerai aux absents, mais c'est le Christ qui le commande...*

« *Que ceux qui étaient auparavant habitués à combattre méchamment, en guerre privée, contre les fidèles, se battent contre les infidèles, et mènent à une fin victorieuse la guerre qui aurait dû être commencée depuis longtemps déjà ; que ceux qui jusqu'ici étaient brigands deviennent soldats, et ceux qui ont été autrefois mercenaires pour des gages sordides gagnent à présent les récompenses éternelles ; que ceux qui se sont épuisés au détriment à la fois de leur corps et leur âme s'efforcent*

---

[10] La *Romanie,* se réfère aux terres de l'Empire Romain d'alors (Empire de l'Orient).

[11] Le Bosphore.

*à présent pour une double récompense. Qu'ajouterai-je ?
D'un côté seront les misérables, de l'autre les vrais
riches; ici les ennemis de Dieu, là ses amis. Engagez vous
sans tarder ; que les guerriers arrangent leurs affaires et
réunissent ce qui est nécessaire pour pourvoir à leur
dépenses ; quand l'hiver finira et que viendra le
printemps, qu'ils s'ébranlent allégrement pour prendre
route sous la conduite du Seigneur. »*

Al Kansii savait qu'en Basse Patagonie, l'appel pour une
nouvelle Croisade était gravé dans la pierre dans plusieurs lieux du
culte aussi bien que dans les édifices officiels. L'esprit religieux était
fervent partout. Et ceci était un signe de troubles à venir pour le
Califat.

Dans ces terres où il avait vu la vie, dans ces sociétés autrefois
chrétiennes, Al Kansii avait appris que les Croisades avaient été une
erreur et les Croisés des meurtriers cruels qui méritaient l'opprobre
de leurs descendants. Il savait aussi que les Musulmans ne jetaient
jamais l'opprobre sur leurs ancêtres et ne sentaient pas de mépris
pour eux, spécialement si ceux-ci s'étaient battus pour l'Islam. Mais
ainsi qu'il l'avait appris, les Chrétiens du vingt-et-unième siècle de
l'Ère Chrétienne s'étaient comportés d'une manière bizarre. Ils
avaient abandonné l'idée que la Judée avait été pendant des siècles
une terre chrétienne, après que la plupart des Judéens en fussent
expulsés, et qu'elle avait été une terre judéenne pendant des
millénaires auparavant et c'est là que Jésus était né et fut enterré.
Cette terre devint musulmane par la conquête en l'An 638 de l'Ère
Chrétienne, et donc, d'après l'Islam, devait demeurer terre
musulmane. C'était logique. Le Prophète (qlpsal) était monté au
Paradis à partir de cette terre pendant son voyage nocturne avec
l'Ange Gabriel. *Ce qui est de l'Islam, doit demeurer de l'Islam.* C'était
l'ordre naturel des choses.

À ce moment Al Kansii interrompit ses pensées ; il parlait de ses
propres ancêtres qui, du moins en ce qui concerne quelques uns mais
pas tous bien sûr, avaient lutté jusqu'à la mort pour garder leur
croyances. C'étaient des croyances fausses, Al Kansii le savait, mais
ses ancêtres eux ne le savaient pas. Ils avaient été sincères dans leurs
combats. Al Kansii ne voulut à ce point poursuivre ces idées. C'était
dangereux car cela le mènerait vers l'instabilité et la tristesse, et
altérerait la conviction profonde dont il avait besoin pour être un

martyr, spécialement pour accomplir sa mission de commando. Peut-être valait-il mieux de mourir comme martyr après tout. Il essaya de se ressaisir et de dégager son esprit de ces pensées troublantes lorsqu'Assame reprit la parole.

« Bon, quelle est donc ta réaction à tout ceci, mon frère Al Kansii ? » demanda-t-il.

Al Kansii était dans une sorte de stupeur. Dans la rêverie où il s'était plongé des doutes sur sa place dans le monde l'avaient assagi, mais il recouvra rapidement. Il répondit :

« Donc ce que nous proposons de faire c'est de nous infiltrer dans l'Empire des Han, au niveau le plus haut, en personne, et en utilisant notre technologie pour éviter toute détection. Mais de la détection il y en aura, et le truc sera donc de changer de méthode à chaque étape pour toujours être en avance sur les Han. Pratiquement toutes les méthodes de détection leurs sont disponibles, tout le temps, depuis les constellations de satellites à bandes multiples jusqu'à la détection par faisceaux de neutrinos et peut-être même par propagation des faisceaux à quarks ; nous devrons donc demeurer alertes et agir avec l'aide d'Allah bien sûr. Je serai la Secousse. Le reste est votre devoir. Je crois que nous vaincrons.

– Tu sais que la mort est certaine, n'est-ce-pas ?

– Je sais Cheik. Je suis prêt pour Allah. *Allah u Akbar, Al Hamdulillah.*

– *Allah u Akbar, Al Hamdulillah* », répondirent les deux autres.

Chacun des trois leva son index droit vers ses lèvres, le baisa et le dirigea vers les cieux, en pointant vers l'est.

Al Kansii et Al Kenii sortirent de la Salle des Deux Croissants.

Assam se sentait fatigué. Il vit par la fenêtre qu'Al Kansii et son escorte avaient quitté l'*Al Dar Baïda* du côté de l'Avenue du Cheik Hussein. Il se tourna alors vers la fenêtre opposée d'où il pouvait voir le grand espace séparant sa Salle des Deux Croissants du Monument Islamique, un obélisque de très grande hauteur qui se trouvait entre l'Avenue de la Charia et l'Avenue de l'Islam, une avenue un peu plus au sud. Depuis la perspective qu'il avait, le glorieux Monument Islamique semblait à Assame s'élever à partir de la rivière.

Quelques Pensées Additionnelles

Le Monument Islamique était un monument à la gloire de l'Islam dans ces terres. Les autorités religieuses étaient fières qu'en tant qu'obélisque il représentait non seulement la conquête de l'Occident, mais aussi la victoire de l'Islam sur le paganisme, puisque les obélisques avaient pour origine l'Egypte païenne et dataient d'avant l'assaut monothéiste contre ces cultes. L'obélisque était donc la propre forme pour relier le passage du temps et comme il pointait vers les cieux, il représentait le point culminant de la trajectoire victorieuse de l'Islam dans l'histoire.

Le Monument Islamique avait quatre inscriptions tracées dans une belle calligraphie islamique sur chacun de ses quatre côtés. Le côté nord, faisant face à Assame avait la *sourate* 8:12 :

> « *Souviens-toi quand ton Seigneur révéla aux Anges : Je suis avec toi, donnes donc de la force à ceux qui ont cru. J'apporterai la terreur dans les cœurs de ceux qui ne croient pas ; frappes-les sur leur cous et frappes-les sur le bout de chaque doigt* »

Le côté sud faisant face au Nouveau Vatican avait la *sourate* 9:29, bien appropriée :

> « *Ceux qui ne croient pas en Allah ou dans le dernier jour et qui ne considèrent pas illégitime ce qu'Allah et Son Messager (qlpsal) ont déclaré illégitime et qui n'adoptent pas de ceux à qui la parole a été donnée la religion de la vérité – luttes contre eux jusqu'à ce qu'ils payent la jizyah volontairement et qu'ils soient humiliés* »

La face ouest du monument, dans un message aux Han proclamait d'après la *sourate* 8:60 :

> « *Et prépare contre eux tout ce que tu pourras amasser en puissance et en chevaux de guerre, et ce qui te permettra de terrifier l'ennemi d'Allah et ton ennemi aussi et ces autres à leurs côtés que tu ne connais pas mais qu'Allah connaît, et quoi que tu dépenses dans la cause d'Allah il te sera repayé, et on ne te fera pas de mal* »

Tandis que le côté est faisant face au Saint des Saints déclarait la volonté éternelle d'Allah, selon la *sourate* 5:32 :

> « *Si quelqu'un tue une personne … c'est comme s'il avait tué le peuple tout entier, et si quelqu'un sauve une vie, c'est comme s'il avait sauvé la vie de tout un peuple* »

Ce qui était encore plus glorieux est que ce Monument Islamique était embelli au sommet d'un grand croissant fait d'or pur, certifié de dix-huit carats au centre et vingt-deux carats dans ses couches externes et qui était attaché à un capuchon d'aluminium qui se trouvait au bout de l'obélisque depuis de siècles ; et ce capuchon, peu étaient ceux qui l'avaient remarqué auparavant.

Le croissant n'était pas soudé au capuchon dans le sens vulgaire du terme, puisque les températures de fusion de l'or et de l'aluminium sont bien différentes l'une de l'autre. L'or fond à 1060 degrés Celsius alors que l'aluminium ne fond qu'à 660 degrés. De plus il est difficile de traiter l'aluminium, particulièrement à des températures proches de son point de fusion car à quelques degrés au-dessus de cette température il fond de façon incontrôlable. Rares sont les artisans d'expérience suffisante qui pouvaient travailler sur des pièces aussi précieuses que le capuchon en question. Par conséquent le capuchon d'aluminium avait été déposé et amené au sol pour qu'il pût être attaché au croissant d'or après savoir été soumis à un procédé appelé annelage.

En augmentant lentement la température du capuchon jusqu'à environ 260 degrés Celsius et ensuite en permettant son refroidissement aussi lentement, l'aluminium était amolli et devenait plus malléable, un peu comme l'or, spécialement de l'or de haut carat. L'on disait que l'annelage de l'or n'avait pas été nécessaire mais en tout état de cause les deux surfaces, ayant une souplesse semblable alors, pouvaient être collées l'une à l'autre en utilisant une technique appelée le soudage par ultrasons. Des ondes ultrasoniques, c'est-à-dire des ondes acoustiques d'une fréquence spécifique transmettaient leur énergie à l'interface des deux métaux qui était alors presque parfaite, et où l'on pouvait donc imaginer que les atomes des deux côtés de l'interface se trouvaient essentiellement liés l'un à l'autre. Cette technique formait une jonction très forte et permanente, presque comme si l'interface eût été un alliage des deux métaux. L'interface se présentait alors comme une ligne parfaite sans aucune trace de soudure ni d'écart que l'on pût discerner. Ceci était très important symboliquement car cette jonction représentait l'union des deux sociétés, l'Islam et l'ancien Occident Chrétien, en une liaison éternelle.

Contrairement à la soudure ordinaire dans laquelle les liaisons entre atomes sont forcées par action thermique ce qui crée une interface entre deux métaux forte mais peu naturelle, l'annelage suivi du soudage par ultrasons permettait aux atomes de chaque côté de l'interface de partager les électrons périphériques. Un électron initialement en orbite autour du noyau d'un atome du premier métal se trouvait en orbite autour du noyau d'un atome du second métal. Et vice versa. Cet électron appartenait en un sens aux deux atomes. Quand un électron du premier métal se trouvait dans un atome du second métal, un électron du second métal se trouvait aussi dans un atome du premier métal. En une sorte d'union totale. La liaison était donc plus solide et paraissait plus naturelle.

Comme Assame croyait que tous les sentiments et entreprises humains pouvaient être retracés à la petite enfance, qu'il appelait *les années d'enchantement,* il comparait ce lien fortuit du croissant et du capuchon au bonheur du bébé dans la matrice, ou même tout juste après en être sorti et être entré dans le monde. À ce moment, dans sa nouvelle vie, le bébé ne sait pas encore si son propre corps est différent du monde ambiant. Des semaines et même des mois passent avant que le bébé ne commence à être conscient de sa séparation d'avec le monde extérieur et donc de pouvoir reconnaître sa coquille en sorte, de prendre conscience du soi.

D'après Assame l'Islam lui permettait, et il le permettait à tous ceux qui avaient la foi, d'atteindre spirituellement cette unité avec l'Univers. Le croissant et le capuchon étaient donc un monument à cette unité, séparés en sorte du monument énorme et réel et sur lequel les deux symboles étaient posés.

Les diverses étapes qui avaient été nécessaires pour atteindre cette union du capuchon d'aluminium avec le croissant d'or, spécialement l'adoucissement des interfaces prêtes à se joindre et puis la jonction parfaite précédent l'explosion d'énergie du procédé ultrasonique ressemblaient d'après Assame aux premiers stades de la vie du bébé symbolique.

Bien sûr Assame ne pouvait aussi s'empêcher d'imaginer une allusion à son union avec Leïla, une union qui le transportait vers cet état d'unité avec le reste de l'Univers. Assame se réjouissait à penser que Leïla et lui étaient comme le croissant et le capuchon et leur union, lorsque l'un ne sait quand son propre corps fini et celui de l'autre commence. Une unité dans la béatitude, tout comme au début des temps, au début du Tout. Assame chassa ces pensées de son esprit.

La réflexion de l'or sur l'aluminium soulignait l'éclat argenté du capuchon qui faisait contraste avec l'or du croissant. Le procédé d'annelage avait aussi laissé une teinte bleuâtre sur le métal et qui semblait alors refléter le ciel. Par contraste avec le passé, on pouvait maintenant aisément remarquer le capuchon d'aluminium qui guidait les yeux vers le croissant d'or et de gloire qui reposait sur lui. Cette vue était particulièrement belle en début de soirée en automne quand l'angle des rayons du soleil à cette latitude donnait une brillance unique qui remontait le cœur et le guidait vers le croissant. La lumière à cette période de l'année, et spécialement dans la soirée, était semblable à celle que l'on observe dans les latitudes plus élevées de l'Hémisphère Nord en début d'été, quand le soleil s'attarde dans la nuit et l'angle d'incidence de ses faisceaux produit une combinaison merveilleuse d'arrangements lumineux qui se répandent partout. D'aucuns disaient que ces éclats lumineux incroyablement beaux avait permis quelques siècles auparavant à la peinture occidentale de dominer, ses artistes ayant eut à leur disposition une palette inépuisable de couleurs naturelles et de nuances qui donnaient à leurs œuvres leur splendeur.

L'union du capuchon et du croissant, de l'Islam et de l'Occident, était donc comme toutes les autres unions parfaites : une phase d'adoucissement dans la chaleur intime, suivie d'un enlacement parfait et finissant par un éclat d'énergie.

Assame concentra alors ses pensées sur Li Li.

Li Li des Han

Li Li, ou Lili comme on l'appelait affectueusement, était un officier culturel de rang moyen à l'ambassade des Han. Ses fonctions officielles consistaient à maintenir ouvertes les lignes de communications entre le deux Empires, ainsi que se référaient les Han au Califat et à eux-mêmes. Bien sûr, Assame savait qu'elle répondait aux niveaux les plus hauts du Conseil du Peuple. En fait, ainsi qu'Assame l'avait aisément deviné, Lili était agent de renseignement, ou simplement une espionne. Assame savait qu'elle pouvait être un agent utile. Et il avait mis du labeur au cours des ans pour cultiver sa relation avec elle.

Cultiver était le mot approprié puisque ces relations étaient basées sur la culture. Des soirées était souvent organisées soit à l'Ambassade, soit à l'*Al Dar Baïda* où de invités distingués, des universitaires, des scientifiques et autres penseurs de marque des deux Empires se joignaient à Assame et à Lili, et ceux-ci alternaient dans leur rôle d'hôte dans ces débats qui se produisaient dans un ton très civilisé et traitaient de questions courantes, et aussi de celles des jours lointains. Assame et Lili avait ainsi établi une sorte de club littéraire pour l'intelligentsia des deux côtés qui aimait à échanger des idées d'intérêt commun. On l'appelait communément le Club. C'était la coexistence, la coexistence pacifique à son meilleur.

Bien sûr Assame et les siens avait un but défini, le Califat Mondial et l'avènement de l'Islam et de la *charia* dans le monde entier. Lili de son côté ne rêvait pas du Han mondial, ni du Confucianisme ni de rien de semblable. Comme la plupart des Han elle était en faveur de l'*exclusion* des autres. L'attitude des Han envers le Califat était donc une attitude de défense alors que celle du Califat à leur égard était une mission offensive. Ceci était le seul parallèle avec l'ancien Occident, mais contrairement avec cet Occident d'il y avait deux siècles, les Han avaient de la volonté et une identité spécifique qu'ils étaient prêts à défendre.

Néanmoins le Club offrait un forum pour aider à résoudre les questions importantes dans le monde, loin de la cacophonie de l'Assemblée des Nations où les Patagoniens et les autres entités encore indépendantes et de moindre importance créaient un vacarme constant avec leurs délibérations inutiles et leurs résolutions sans conséquence. En fait, si les choses pouvaient rester ainsi, la paix mondiale avait été atteinte. Mais l'Homme, spécialement lorsque guidé par Allah, ne pouvait se satisfaire d'un accomplissement si limité. Le Califat devait poursuivre et atteindre le but de sa mission.

Les Han de l'autre côté espéraient que le Califat usât de raison et qu'il les laissât en paix.

Le fait que le Califat luttât pour un monde d'inclusion et de conversion prouvait que sa religion était la Vraie Religion pour tous. Si les Han, tout comme l'Occident avant eux, avaient été convaincus qu'ils détenaient la vérité ils se battraient pour elle. C'est ainsi que pensait Assame.

Un Deuxième Visiteur à l'Al Dar Baïda

Un signal faible sonna dans son oreille. Assame entendit alors la voix artificielle d'Abu Bak'r, en fait une voix activée par les ondes cérébrales d'Abu Bak'r et qui reflétaient ses intentions. Abu Bak'r annonça l'arrivée de Li Li et Assame en réponse *intentionna* qu'il la fît entrer.

Lili portait une écharpe qui lui couvrait la tête en signe de respect pour les coutumes du Califat. Dans l'Empire des Han beaucoup sinon la plupart avaient adopté l'usage du couvre-tête et des vêtements toute longueur, du moins chez les femmes. Tout comme quelques siècles auparavant la mode qui avait été adoptée pratiquement partout dans le monde exposait le maximum de chair, quand la température le permettait bien sûr, dans ce monde Califat-Empire des Han, le chic était la couverture maximum. Les Han avaient épousé ce que le Califat appelait la *modestie*. La tunique Han traditionnelle, des robes qui ne moulaient pas le corps et les couvres-tête ajoutaient à la beauté de celles qui les portaient et étaient parfaitement en accord avec les codes vestimentaires nouveaux. Le monde en un sens était allé en arrière, du point de vue de la mode, vers les temps où les choses étaient simples et traditionnelles, ou simplement correctes. À des temps qui avaient précédé le carnage des coutumes nationales que l'Occident avait causé et qui avait résulté en un monde uniforme et sans distinction : les hommes avec de tee-shirts portant des lettres et des images et les femmes portant des chemises serrées et des pantalons moulants. Assame trouvait cette nouvelle mode plus élégante et plus élevée. Il posa un regard plein de plaisir artistique sur Lili.

Le visage de Lili était d'un blanc éclatant, comme s'il fut de porcelaine de Chine. Assame ne pouvait conclure si c'était sa vrai couleur, ou le résultat du maquillage que les femmes de l'Empire des Han n'avaient pas encore abandonné contrairement à celles du Califat. Bien que Lili fût d'âge moyen, elle avait l'air beaucoup plus jeune et Assame ne pouvait s'empêcher de ressentir un certain attrait vers celle qu'il considérait comme une poupée en porcelaine de Chine. Bien sûr Lili n'était pas une poupée, loin de là. Elle était un agent de l'adversaire le plus implacable d'Assame.

Lili portait un *pantalon* rouge. C'était le seul mot qu'Assame pouvait attribuer à cet article vestimentaire en soie naturelle dont l'ampleur enveloppait les jambes et qui aurait en fait avoir pu être autant une jupe. Lili portait aussi une veste rouge de ton coordonné et avec de la dentelle dorée au bout des manches et autour du col. Ses cheveux dont quelques mèches s'échappaient de son écharpe, étaient noir-pur et Assame n'était pas sûr non plus si c'était là leur couleur naturelle. Ils étaient pris dans une broche en or qui avait cinq rubis disposés en forme d'étoile, et cet ornement était visible sous l'écharpe qu'il soulevait légèrement et semblait faire flotter au-dessus des cheveux. De cette manière Lili pouvait couvrir la tête avec une écharpe en guise de *modestie* dans le parler du Califat, et en même temps projeter un soupçon de vanité. Lili portait aux pieds, de très petits pieds, une sorte de pantoufles rouge-et-or.

Lorsque Lili entra dans la Salle des Deux Croissants Assame lui sourit sincèrement et lui souhaita la bienvenue. Son instinct immédiat fut de porter ses yeux aux pieds de Lili. Assame n'était pas un fétichiste des pieds, pas du tout en fait. Mais Assame savait qu'il avait le cœur d'un artiste quoique qu'il eût consacré sa vie à la politique et à la religion. Assame voyait de la beauté dans toutes choses, même dans des objets mondains. Bien sûr les pieds de Lili n'étaient pas mondains. Assame se sentait mû par le fait que ces petits pieds presque parfaits pussent soutenir une grande personne. Les petits pieds ajoutaient à l'air de fragilité et de grâce qui rayonnait de Lili et convoyait, du moins aux yeux d'Assame, cet aura de poupée en porcelaine de Chine.

Des milliers de pensées convergèrent simultanément dans l'esprit d'Assame sur l'art des pieds, et sur lequel de nombreux volumes avaient été écrits dans les millénaires précédents. Assame se souvint d'un poème particulier, écrit par un ancien poète perse qui se disait admirateur des pieds chez une femme à l'exclusion de tout autre trait :

> *« Comme elle se tient sur ses petits pieds de verre*
> *Les cent petits os qui font sa nature*
> *S'écartent avec douceur pour la soutenir*
> *Et pour donner à son joli corps*
> *Son équilibre,*
> *Et une élégance parfaite.*
>
> *Une femme est ce que sont ses pieds*
> *Des pieds nobles supportent un cœur noble*
> *Et ce que disent ses yeux*
> *Est vraiment dit par ses pieds. »*

Assame chassa rapidement ces pensées et fit un geste subtil pour commander du thé, du thé vert bien sûr.

Al Kenii se tenait debout de l'autre côté de la sa salle, à l'est. Il inclina la tête en direction de Lili et les trois, Asam, Lili et lui-même s'assirent autour d'une table ronde.

Lili commença :

« Cheik Assame, mon Gouvernement remercie Votre Excellence pour la disposition dont il fait preuve à l'égard de nos entreprises.

« Nos dirigeants attendent les visiteurs que le Califat désirerait envoyer pour accomplir du progrès dans nos accords mutuels. Nous sommes prêts. »

A ce moment, alors que les serveurs de thé exécutaient le rituel d'usage, Assame jeta un coup d'œil furtif à Al Kenii, qui hocha la tète de façon imperceptible.

Lili avait donné le signal que l'infiltration était sur le point d'être lancée. Ses alliés, les *dirigeants* ainsi qu'elle l'avait dit, et pas le « Souverain Suprême » comme on l'eût espéré dans ce contexte, appréciaient la *disposition* du Califat. Il n'avait pas échappé non plus à Assame et à Al Kenii que les *visiteurs que le Califat désirerait envoyer,* n'était clairement pas une allusion à une délégation officielle ave ses lettres de créance. *Nous sommes prêts* était le signe indubitable qu'Al Kansii était attendu, au plus tôt.

Ce double-entendre entre Assame et Lili était le résultat de leur interaction dans le Club et Assame en faisait une communication quelque peu personnelle et sentimentale. D'un autre côté Al Kenii comprenait tout autant et il n'y avait rien de sentimental entre Lili et Al Kenii. Par contre Assame était convaincu qu'il pouvait interpréter de tels messages cachés de par sa relation spéciale avec Lili. Bien sûr sans Assame, Al Kenii n'aurait jamais eu l'occasion de communiquer à ce niveau sublime avec Lili. Assame avait donc raison.

Tout avait commencé au Club. Une fois il y avait bien longtemps, après que tous les invités se fussent retirés, même Al Kenii qui était disait-on l'ombre d'Assame, Lili était restée tard. Elle avait concentré ses yeux mystérieux sur lui, et Assame ne pouvait comprendre la signification du moment. Assame avait vu des yeux de femmes, d'innombrables paires d'yeux. Mais il était habitué à *son* type d'yeux, qu'il pouvait lire aisément. Les yeux de Lili ce soir là étaient indéchiffrables. Il ne pouvait dire si Lili était restée parce qu'elle était attirée à lui, ce qui lui semblait peu plausible car les deux Empires gardaient leur distance dans ce genre d'affaires et spécialement pour des officiels de haut niveau. Essayait-elle de le corrompre, ou de le recruter pour quelqu'acte de trahison ? Les Han n'usaient pas de ces tactiques, ils n'étaient point intéressés dans la conversion du Califat. Le contraire bien sûr n'était pas vrai. Lili fixa son regard de manière intense sur Assame avec une sorte de passion, mais une passion froide qui le laissa perplexe. Soudain, d'un geste qui semblait presque maternel, elle passa son index droit légèrement courbé là dans l'espace comme si elle essayait de caresser sa joue gauche, d'en dessous de l'œil jusqu'au menton, et puis elle laissa tomber la main. Lili ne l'avait pas touché mais Assame avait senti quelque chose comme si le contact avait été réel ? Était-elle en possession de quelqu'effet quantique, inconnu du Califat ? Est-ce que quelque chose dans sa main avait subi l'*effet de tunnel quantique* à travers l'espace pour atteindre son visage ?

Assame aurait juré qu'il avait senti le toucher, et il savait en même temps que la main de Lili s'était maintenue assez éloignée de son visage pour ne pas l'avoir touché.

« J'ai besoin de votre aide » , dit Lili dans une voix des plus tendres.

Assame, avec ses quatre femmes et de nombreuses concubines, et un homme fort pensait-il, se sentit désarmé.

« Et...comment ? demanda-t-il.

– Cette situation ne peut continuer pour toujours. Nous devrions être plus près l'un de l'autre » , répondit Lili.

Assame n'était pas sûr si Lili se référait à l'Empire des Han et au Califat, ou à eux deux. D'après son standard, Lili était *vieille,* c'est-a-dire qu'elle avait plus de 20 ou de 22 ans. Dans la culture d'Assame, les femmes devaient être jeunes pour être de quelqu'intérêt. Mais qu'il se fût agi des affaires d'État dont ils étaient en charge chacun de son côté ou simplement d'eux deux, l'âge de Lili, à sa surprise, était son attrait. Comme à son habitude Assame pensa philosophiquement que peut-être l'Occident n'avait pas toujours eu tort après tout. Les Occidentaux pouvaient discerner des choses que ceux d'Assame ne pouvaient pas avec leur culture où tout était défini d'avance. « *Mais ce en quoi nous croyons est d'inspiration divine, donc vrai* » , pensa Assame. Ces pensées n'étaient pas permises, Assame le savait.

Il ressentait néanmoins une attraction irrésistible envers Lili. Lili alors se leva soudain et annonça qu'il se faisait tard et qu'elle devrait donc se retirer.

« Nous devrions en reparler plus tard » , ajouta-t-elle finalement. Elle fit quelques pas en arrière, hocha la tête et disparut après qu'Assame, dans une confusion totale eût répondu quelque chose dont il ne pouvait même pas se souvenir. Peut-être « *Oui, bien sûr* » , ou « *Bonne nuit* » , ou les deux.

Et ainsi commença-t-elle, leur relation secrète. Qui n'était en fait pas une relation du tout, sauf peut-être une communication constamment suspendue où celui qui l'avait commencée, Lili, devenait de plus en plus hermétique et l'autre, Assame, qui avait reçu l'invitation et qui était normalement plein de confiance, était réduit à imaginer et à désirer.

Et ainsi continua-t-elle, la relation. Après la plupart des soirées du Club, Lili aimait à rester un peu plus tard que les autres, et Assame insistait à ce que d'autre invités restassent afin de ne point créer de rumeurs malsaines. Lili par contre avait pu communiquer à

Assame ses pensées les plus dangereuses et les plus osées. Voici ce qu'Assame avait pu en conclure.

Assame avait compris qu'une faction au sein du Conseil du Peuple et que Lili représentait n'était pas satisfaite de la politique du Souverain Suprême. Cette faction désirait la paix et la coexistence avec le Califat et bien sûr déposer ce même Souverain Suprême. Et si Assame pouvait l'aider à atteindre ce but, les choses en seraient pour le mieux pour tout le monde. Et l'Empire entamerait une conversion lente et paisible à la Vraie Religion. Assame ne pouvait s'empêcher de penser que peut-être en ce qui concernait Lili et lui il y aurait aussi du progrès. Assame n'était même pas sûr que cela lui eût été communiqué même implicitement, et certainement pas ouvertement, mais il avait conclu que c'est ce que Lili désirait. Quand la liberté et l'ouverture vers la vie atteindraient les Han, Lili serait libre d'être avec lui. Peut-être. Assame n'en était pas sûr, ou même s'il le désirait. Mais il ne pouvait s'empêcher d'être attiré vers cette idée.

Il se souvint d'une de ses premières concubines qu'il avait acquise il y avait bien longtemps. Il était jeune alors, un fier guerrier en ces jours et il s'était vanté de son courage, de sa valeur et d'autres attributs. Il lui avait dit qu'il prenait ceux, ou plutôt celles, qu'il choisissait. La concubine, en un moment fou d'effronterie lui avait répondu « *Non, vous prenez celles qui vous choisissent.* »

Et contre toute attente, Lili l'avait choisi, du moins en apparence. Elle avait choisi, mais quoi exactement il ne le savait pas, ou pas encore. Mais elle avait choisi Assame, cela était certain. Et cela le remplissait d'orgueil et de désir. Il aimait bien Lili.

Comme les affaires d'État l'emportent sur les affaires du cœur, Assame décida donc de jouer le jeu et d'essayer d'aider Lili et ses collègues. Assame savait néanmoins qu'il avait trouvé d'une manière bizarre le moyen de s'infiltrer dans le sanctuaire de l'Empire des Han.

Assame pouvait maintenant utiliser Lili pour s'infiltrer chez ses adversaires, tout comme avant quand des forces mystérieuses avaient catapulté au pouvoir le Cheik Hussein, le premier Calife, et avait résulté en l'avènement du Califat Américain. L'histoire se répétait et son destin, tel qu'ordonné par Allah et tout comme pour ses ancêtres, était de préparer et causer l'avènement du prochain Califat, le Califat final, le Califat Mondial, le Califat Mondial.

Oui, il utiliserait Lili. Il n'aimait pas l'idée. Il pensa à ses beaux petits pieds, et il pouvait difficilement se l'admettre, qu'il l'utiliserait. Il se convainquit alors cependant que Lili savait ce qu'il ferait et alors qu'il l'aiderait à renverser le pouvoir chez les Han, elle, Lili devait aussi savoir qu'il ne s'arrêterait pas là puisque c'était la politique officielle du Califat de chercher à convertir le monde entier à la Vraie Religion. Lili savait tout ça, elle savait sur quels sables elle posait les pieds. Des sables brûlants à coup sûr, mais des sables connus.

XinJiang Ouïghour

Les Ouïghours, la plupart Musulmans dans l'Empire des Han avait vécu pendant des siècles dans la partie ouest du territoire Han, le XinJiang Ouïghour. Même avant que l'Islam ne se fût répandu dans ces régions et n'eût apporté ses bénéfices spirituels, il y avait là des Ouïghour. Bien que Han et bien qu'ils en eussent eu l'air pour la plupart, à l'encontre de la majorité des Han ils vénéraient un dieu différent. Ou pour être plus exact, ils vénéraient le vrai Dieu, le Dieu unique. Les autres Han ne vénéraient aucun dieu selon les fidèles Ouïghour.

Les Han avait limité la croissance de leur population dans les siècles passés à un taux annuel précisément au-dessous de 1,26 pour cent, et ils avaient atteint une population de plus de vingt deux milliard, qui bien sûr incluait des âmes dans les territoires annexés depuis à l'Empire. Les Ouïghours, qui au départ étaient au nombre de quelques quatorze million, avaient crû beaucoup plus rapidement et avaient atteint les deux cent vingt million, ce qui correspondait à un taux de croissance annuel moyen de 1,6 pour cent. Quoiqu'une minorité donc, la seule taille de ce groupe demandait de l'attention et de l'accommodation de la part des autorités centrales.

Les Ouïghours étaient des bon citoyens et leurs croyances étaient solides, les ayant portés et soutenus pendant de millénaires. Ces croyances, et leur espoir, étaient que le reste des Han un jour adopterait la Vraie Religion tout comme eux mêmes l'avaient fait vers la fin du premier millénaire de l'Ère Chrétienne. Cette conversion leur avait apporté de la stabilité, une culture unique, un bonheur certain, et du confort spirituel. Leur communauté d'esprit avec le Califat en faisait des alliés idéologiques naturels.

Dans l'esprit de nombreux Han, et spécialement à cause de la concurrence idéologique entre les deux Empires, le Califat et celui des Han, l'allégeance des Ouïghour faisait souvent doute. Les Ouïghours de fait contribuaient à cette situation en réclamant des privilèges uniques, tels que la justice *charia*, des restrictions alimentaires, des vacances religieuses particulières et un traitement spécial en général. De plus il y avait des jeunes gens, loin d'une majorité il faut l'admettre, qui étaient prêt à se sacrifier à la gloire de Dieu, même si cela impliquait d'agir contre le gouvernement national. Cette situation n'était pas différente de ce que l'Occident avait connu deux siècles auparavant. Le résultat est que les autorités nationales avançaient à pas mesurés en ce qui concernait les Ouïghours et demeuraient néanmoins très méfiantes de ceux-ci. Cette méfiance bien sûr exacerbait les problèmes car plusieurs Ouïghour se plaignaient d'être amalgamés avec une minorité et cet échange de point de vue conduisait à de la rétorque ; ce cercle vicieux n'avait par conséquent pas contribué particulièrement à une saine relation. Malgré des efforts des deux côtés en vue d'une coopération mutuelle, du moins officiellement, la situation s'était progressivement et très lentement détériorée, chaque jour un peu plus, jusqu'au point où la confiance manqua. Puisque les Han traditionnellement accordaient à la confiance mutuelle une place d'honneur essentielle dans les interactions humaines, la perte de cette confiance mutuelle n'avait pas été de bon augure. Le Conseil du Peuple avait donc un problème entre les mains, et ses membres espéraient qu'avec le temps celui-ci se résoudrait de lui-même. Bien sûr, les extrémistes Ouïghour espéraient à leur tour qu'avec le temps, les autres Han se rangeraient et se joindraient à la Oumma.

En un mot, et tout comme pour la plupart des groupes minoritaires partout ailleurs et depuis la nuit des temps, les revendications des Ouïghour étaient très sonores et leur voix se faisait entendre incessamment. Ces revendications se retrouvaient aussi dans la propagande du Califat et l'Empire ne pouvait donc les ignorer.

Li Li n'était pas Ouïghour, mais elle avait pu observer le dévouement de ce peuple à sa foi. Et le fait que le reste de l'Empire d'après elle perdait ses convictions, sa volonté, tout comme l'Occident l'avait fait quelques siècles auparavant, ne lui échappait pas. Et c'est ce qui se dégageait de séances du Club, spécialement quand ceux qui se rassemblaient se mettaient à recréer l'Histoire et à en revoir la philosophie et la religion. Des débats bien animés considéraient par exemple le fait de savoir si c'était la vraie foi qui engendrait la conviction et la volonté, ou si au contraire c'était la conviction qui menait quelqu'un à considérer sa foi comme étant la vraie.

Assame évidemment pensait que la première proposition était correcte puisque la révélation engendre la conviction et ainsi défend-on celle-ci. Le contraire lui semblait physiquement impossible car pour que la conviction menât vers la vraie foi, la vraie foi devait exister au préalable. Et d'où viendrait celle-ci ? De la vraie révélation. Cette construction logique était néanmoins en contradiction avec l'opinion d'Assame qui disait que ce qu'un enfant apprend dans sa petite enfance, dans ses *années enchantées,* demeurait avec lui toute sa vie. Il s'ensuivait normalement qu'une conviction inculquée tôt mènerait à une foi inébranlable, et pas l'inverse. Mais Assame ne pouvait se réconcilier avec l'idée que la conviction sans fondement puisse survivre, la vraie foi devait être là en premier lieu pour la soutenir.

En tout état de cause, ces débats politico-religieux du Club avaient permis à Lili de communiquer ses pensées les plus intimes envers Assame, ou du moins à son être philosophique. Et la relation s'était développée et mutée en une confiance mutuelle, non pas explicite mais supposée.

Et les deux, Lili et Assame, avec Al Kenii comme témoin de temps à autres, avaient conçu le complot qui renverserait les dirigeants des Han, et les remplacerait par les amis de Lili.

Et Lili serait alors libre de... Assame n'en savait pas plus. Il pouvait seulement rêver, si rêver était même nécessaire. Il n'était pas sûr qu'il désirât Lili. Mais si Lili le désirait lui, il ne pouvait l'ignorer. Tout comme un effet quantique. Une haute barrière d'énergie empêche le mouvement d'une particule, mais bizarrement de l'autre côté de la barrière la particule est attendue, voulue, espérée, nécessitée de par les lois inébranlables des probabilités. La particule éventuellement traverse la barrière, ou plutôt se trouve soudain de l'autre côté, du côté interdit de cette barrière. Assame sourit dans sa barbe et pensa au fait que les êtres humains étaient sujets à ce qu'il appelait les *effets quantiques émotionnels*. Peut-être même aux effets quantiques tout court. Il l'avait toujours su.

Tout comme cette fois là lorsque Lili lui avait caressé le visage à distance et il l'avait senti, ce toucher. Et la communication étrange avec Lili avait commencé par ce phénomène, et tout ceci mènerait *Incha'Allah* à la conquête de l'Empire des Han par le Califat. Quelque chose avait subi *l'effet tunnel quantique* de la main de Lili jusqu'à son visage. *Un effet tunnel quantique émotionnel.* Tout comme les armes que les deux empires avaient développées et qu'il utiliserait pour la Secousse. Sauf que celles-ci n'étaient pas émotionnelles, loin de là.

Pensées Quantiques

La Théorie Quantique était une branche de la Physique en développement depuis plus de trois siècles et qui proposa la première description mathématique de la dualité onde-particule de la matière et de l'énergie. Dans le domaine quantique, les particules subatomiques et les ondes électromagnétiques et autres ne sont strictement ni ondes ni particules. Ce sont des paquets d'énergie qui se propagent comme des ondes. Ceux-ci se comportent à la fois comme des ondes et comme des particules. Pour la lumière, une onde électromagnétique, ces paquets d'énergie sont donc considérés comme des particules et sont appelées des *photons*.

La Théorie Quantique était basée sur l'observation que les quantités physiques existent seulement en quantités discrètes, en des paquets appelés des *quanta*. L'énergie d'une particule par exemple peut être seulement de un, deux, trois ou quelqu'autre multiple de ces paquets, mais pas une fraction de paquet. La même chose s'applique à la matière puisque matière et énergie sont reliées.

L'équation fameuse connue comme $E=mc^2$ qui reliait la masse et l'énergie était familière à la plupart des gens dans l'Empire et dans le Califat. Ce qui était moins connu, du moins pour les non-initiés, était l'une des équations fondamentales de la Théorie Quantique qui reliait l'énergie E d'une entité sujette à de simples oscillations harmoniques dont les fréquences ne peuvent avoir que des valeurs discrètes, qui liait donc l'énergie à ces mêmes fréquences par la formule suivante :

$$E = nh\nu$$

où ν, la lettre grecque *nu*, représentait la fréquence, et *h* était la constante de Planck, une quantité extrêmement petite, et où $n = 0, 1, 2, 3, 4$ et ainsi de suite. Par cette formule l'énergie se trouvait donc *quantifiée* et le simple *quantum* fut défini comme *hv*. Dans la plupart des expériences quotidiennes, *h* est si faible que l'on peut le supposer nul, zéro, et les *quanta* paraissent alors comme empilés les uns sur les autres en un continuum d'énergie. C'est pourquoi la plupart des gens n'avait jamais subi aucune expérience des effets quantiques, du moins pas consciemment.

Un tenant important de la théorie était que l'univers dans ses détails les plus intimes étant par conséquent non-continu, consistait plutôt en une sorte d'*échelons*, d'échelons de matière et d'énergie, les *quanta*. Ces *quanta* étant extrêmement petits ils n'avaient pu être observés dans les siècles passés et avaient donc été ignorés par ce qu'il était convenu d'appeler la Physique Classique. Cependant à l'échelle microscopique les *quanta* avaient un impact certain. Une loi fondamentale de la Théorie Quantique avait établi quelques siècles auparavant que les paramètres physiques d'une particule tels que sa position et son impulsion (ou sa vitesse) ne pouvaient être connus avec une certitude absolue, mais seulement à l'intérieur d'un intervalle de valeurs. Ceci vint à être connu comme le *principe d'incertitude* proposé par Heisenberg, et était formellement donné par l'expression :

$$\Delta x \,.\, \Delta p \geq \hbar/2$$

où
$$\hbar = h/2\pi$$

et où Δx et Δp sont les incertitudes dans la détermination de la position x et de l'impulsion p (la masse multipliée par la vitesse) d'une particule.

À cause de cette incertitude inhérente et avant qu'une observation n'en soit faite, à chaque valeur possible de quelque paramètre physique d'une particule lui est associée une probabilité plutôt qu'une quantité spécifique. L'importance de ce résultat est que d'étranges phénomènes furent prédits et plus tard furent effectivement observés et qui dans le monde actuel avaient donné lieu à la conception d'armes uniques.

Un de ces phénomènes étranges est le suivant. Puisque la position d'une particule ne peut *a priori* être connue avec certitude mais plutôt l'on possède une probabilité que cette particule se trouve en un point donné, il s'ensuit que si la probabilité que la particule se trouve dans une vaste région de l'espace n'est nulle en aucun point de cette région, cette particule par conséquent peut se trouver n'importe où dans cet espace. En d'autres termes si une particule est considérée comme étant *ici*, la probabilité qu'elle soit aussi *là bas* est un nombre fini non-nul, quoique petit.

Donc la particule pourrait en principe être n'importe où, même de l'autre côté d'une barrière qui pourrait sembler inaccessible. La barrière peut bien sûr être un potentiel électrique, ou le noyau d'un atome ou quelqu'autre obstacle physique. Quand une telle barrière s'érigeait et qu'une particule se trouvât du côté interdit de celle-ci, la particule était considérée comme ayant subi l'*effet tunnel*, comme si la particule eût traversé une montagne, la barrière, par un tunnel. Le phénomène fut appelé l'*effet tunnel quantique* et était le fondement de plusieurs des armes que les deux Empires avaient déployées.

Li Li avait reçu une bonne éducation en Théorie Quantique. Cela était nécessaire car les armes de défense de son pays, et celles menaçantes du Califat étaient toutes basées sur le quantique. Ces Armes de Désintégration Humaine comme on les appelait parfois, avaient rétabli l'équilibre connu d'antan comme *DAME*, la Destruction Assurée Mutuelle Effective. Mais contrairement à l'ancienne *DAME* les deux Empires avaient atteint une sorte d'échec-et-mat plutôt qu'un jeu de dames, et concentraient leurs efforts sur les armes furtives, moins susceptibles de conduire à leur source et qui permettaient un ciblage précis des atouts militaires de l'ennemi. C'était donc une sorte de jeu d'échecs où les deux joueurs savaient qu'un échec-et-mat serait fatal.

Dans son chemin vers l'Ambassade Han, Li Li se souvint des ses années de jeunesse dans l'Empire des Han, ses années d'étudiante qu'elle avait partagées avec Yu Lin. Yu Lin était un scientifique brillant et son égal intellectuel. Elle ne savait avoir de relations avec des hommes ayant des cerveaux de moindre capacité que le sien, cela l'ennuyait. Elle devait par contre admettre qu'Assame était proche mais sa vanité le prévenait d'atteindre les hauteurs qu'elle savait que Yu Lin et elle atteindraient. Quoiqu'elle sût qu'Assame se considérait humble, et en un sens il l'était, dans le domaine des relations entre les sexes il ne pouvait s'empêcher d'être quelque peu vain. Peut-être était-ce son héritage culturel mais elle en avait quand même profité.

Elle se sentait un peu coupable, mais les affaires d'État l'emportent sur toutes les autres.

Li Li avait grimpé ou plutôt escaladé la hiérarchie du Parti et avait été choisie avec l'aide de Yu Lin au poste le plus important à l'Ambassade Han dans le Califat. Bien sûr son titre n'était pas celui d'un officiel de haut niveau, mais elle savait qu'elle avait le poste le plus important. Elle n'avait pas à perdre son temps sur les formalités, les matières administratives et les autres prétentions de la diplomatie officielle. Elle avait une mission : celle d'utiliser le Califat pour se donner, à Yu Lin et à elle-même le pouvoir ultime dans l'Empire, et peut-être même dans le monde entier. Ce monde, ils n'en avaient pas vraiment besoin, ils n'en voulaient pas. Les Han étaient satisfait de ce qui était Han. Ils ne désiraient pas le reste qu'ils ne considéraient pas de grande valeur. Le reste du monde était au plus égal aux Han. Vraiment au plus. Et cet *au plus* était rare.

Pendant que Li Li arrivait à l'Ambassade Han, elle prépara un message doux, un message d'amour à son *contact* qui se trouvait au fin fond du territoire Han. Li Li savait que le cryptage quantique et les contremesures des Han suffiraient à éviter toute détection par le Califat. Si elle avait quelque chose à dissimuler cependant c'était plutôt des Han et en un sens elle voulait que le Califat interceptât son message. La meilleure défense était par conséquent de communiquer des messages humains qu'il serait difficile d'interpréter, mais dans un cryptage facile à déchiffrer.

Assame était au courant de la relation spéciale que Lili avait avec son *contact*, celui qui devait hériter de l'Empire des Han et inaugurer une nouvelle ère de paix. Mais Assame savait aussi, ou plutôt il croyait qu'il savait, que Lili et son *contact* faisaient semblant de poursuivre à distance une affaire romantique, ce qui éloignait tout soupçon sur leurs plans réels. Ce sujet était bien sûr conçu pour détourner la contre-surveillance des Han vers de fausses pistes, mais peut-être en faire de même avec le Califat. Assame devait donc prendre en compte ce paramètre. L'idée qu'il se faisait de Lili le fit cependant se méfier moins de cet aspect des messages que Lili transmettait régulièrement à son *contact*.

Dans la sécurité présumée de son Ambassade, Li Li plaça un appel quantique crypté à son *contact*.

Cryptage Quantique

La communication consistait d'abord en la saisie de données et puis en leur rédaction, deux étapes que le transmetteur exécutait en prononçant des paroles, ou en enregistrant les pensées qui y étaient associées, en un encodeur quantique qui traduisait les états numériques, ou *bits*, qui représentaient la voix en états quantiques ou *qubits*, défini par l'encodeur. Les *qubits* étaient alors intriqués avec une série de *qubits* correspondants et qui se trouvaient du côté récepteur.

En agissant sur les *qubits* émis par l'encodeur d'origine à l'Ambassade, l'intrication quantique faisait que les *qubits* du côté récepteur s'*alignassent* et produisissent une série d'états quantiques semblables à ceux produits à l'Ambassade. Le codage produisait un grand nombre d'états possibles, en millions, et l'information nécessaire au décodage, la *clé* pour ainsi dire, était simplement transmise en utilisant des moyens de communication traditionnels. Ce procédé était appelé *téléportation* du *qubit*, car en fait il n'y avait rien qui fût réellement transporté.

La paire de *qubits* intriqués agissait en tandem, et un intercepteur éventuel se trouverait désarmé car il ne posséderait pas le membre manquant de la paire d'états quantiques intriqués. Cet intercepteur pourrait potentiellement détecter la *clé*, ou même les clés, mais il ne saurait pas à quels états quantiques cette *clé* s'appliquerait puisque ceux-ci n'étaient pas transmis mais simplement recréés, ou plutôt lus ou *observés* à distance grâce à leur enchevêtrement quantique. L'intercepteur ne pouvait par conséquent exécuter le décodage nécessaire. En d'autres termes, même si l'intercepteur fût capable d'intercepter la *clé*, il n'avait pas à sa disposition l'ensemble d'états quantiques auxquels il pourrait appliquer cette *clé*.

Un exemple comparable de cette communication serait celui d'une équipe de football et de son entraîneur qui seraient séparés par une grande distance. L'entraîneur et le capitaine d'équipe connaissent certains jeux qu'ils définissent chacun par un numéro. Tout ce que l'entraîneur doit faire pour que l'équipe exécute un jeu déterminé est de transmettre un chiffre, la *clé*, au capitaine pour que celui-ci sache quel jeu il doit mettre à exécution, sans qu'il soit nécessaire à l'entraîneur d'expliquer le jeu en détail. À moins que l'intercepteur n'ait en sa possession la définition des jeux, la *clé* lui est inutile. Les états quantiques intriqués vont plus loin que ça bien sûr car un changement ou une observation dans un ensemble de jeux dans ce cas produirait un changement correspondant dans l'autre ensemble, celui intriqué dans la paire, sans autre forme de communication.

Un autre avantage du cryptage quantique était que la théorie quantique garantissait que puisque la mesure d'une information quantique dérangeait cette information l'intercepteur pouvait facilement se faire détecter tout en étant lui-même incapable de décrypter parmi les millions d'états quantiques qui caractérisait les données, celles-ci ayant été effectivement *téléportées*.

Pour cette communication spécifique entre Li Li et son *contact,* l'espace choisi consistait en seulement deux cent cinquante six états possibles, et l'interprétation du faible nombre de ceux-ci pouvait se faire aisément. Et ceci pour chaque *bit* de la conversation vocale classique. N'importe quel ordinateur conventionnel aurait donc pu décoder ce message.

En tout état de cause, dans la profondeur du territoire de l'Empire des Han le *contact* de Li Li, au son imperceptible qui chatouilla son oreille, répondit : « *Ha.* »

La voix de Li Li, téléportée de manière quantique dit alors :

« *Mon bien-aimé, je me rappelle notre voyage le long du fleuve Yang Tse. Notre amour est partagé pour sa poésie. Nous nous joindrons bientôt.* »

Le *contact* conclut cet échange avec un simple : « *Ha.* »

Assame fut immédiatement informé de ce message qui fut aisément décrypté par le Bureau de la Contre-Surveillance et du Décodage. Le Cryptage Quantique était en principe impossible à percer, mais c'était aussi un domaine où le Califat excellait et leurs superordinateurs quantiques massifs avaient pu de temps à autre percer les codes qui leur étaient injectés dynamiquement. Heureusement pour Assame et étant donnée la simplicité voulue du codage, ce jour-ci fut une de ces fois.

La facilité d'interception de la communication aurait dû alerter Assame. Mais en fait peut-être pas pensa-t-il, puisque Lili avait certainement voulu qu'il sût ce qu'elle venait de communiquer plutôt que de lui fournir de fausses informations. De plus, en ce qui concernait le projet secret de Lili, et dont il était au courant, s'il y eut de la désinformation, celle-ci eût été plutôt destinée aux dirigeants Han.

Assame comprit alors que le voyage sur la rivière représentait le nouveau voyage que le *contact* entreprendrait avec le Califat. Cette entreprise majeure qui changerait l'histoire était donc comparée symboliquement au fleuve Yang Tsé, un fleuve très puissant en territoire Han. Pour Li Li et son *contact* cependant cela signifiait que Yan – pour *Yang* dans le message – devait se préparer à intercepter l'agent qu'Assame allait bientôt envoyer. Pour Assame, il s'était joint à Lili et son *contact* et à leur amour pour la poésie, la Vérité de l'Islam. Pour Lili et son *contact* la poésie était la désintégration du Conseil du Peuple par un agent du Califat, ce qui permettrait au *contact* de détenir tous les pouvoirs dans l'Empire des Han. Et en passant, ils ne feraient pas confiance au Califat.

Assame était satisfait. Quelques doutes continuaient à l'agacer cependant. Il se demanda s'il ne devait pas se méfier davantage. Était-ce trop facile ? Mais quand même, ce *contact* et Lili serait exécutés pour trahison si l'intrigue fût découverte. Assame savait aussi que le *contact* et ses agents contrôlaient tous les systèmes de détection dans l'Empire des Han. Les chances qu'un message fût intercepté étaient donc très faibles, spécialement pour un message de nature personnelle et privée. Il semblait de plus que le Souverain Suprême était au courant de la relation entre Lili et son *contact*. C'est ce dont Assame avait été informé du moins.

Nous nous joindrons présentait un petit problème par contre. *Nous joindre à qui, à quoi ?* Assame se demanda-t-il. Oui bien sûr un agent allait bientôt se *joindre* au complot et se mettre en route, quoique Lili ne pût aucunement savoir qui il serait ni comment il se rendrait en territoire Han. Ils devraient le détecter eux-mêmes, et ceci pour deux raisons : en premier lieu ils ne pouvaient se permettre qu'une bavure de la part du *contact* et de ses agents ne se produisît, et en second lieu aucun signe ne devait être donné au système de surveillance qui eût pu extraire de l'information du *contact* et de ses intentions grâce aux systèmes de lecture de l'esprit en place dans l'Empire. Qu'il le voulût ou pas, le *contact* pouvait devenir un danger.

Néanmoins Assame ne se sentait pas à l'aise avec les mots pour *sa poésie*. Était-ce un moyen d'exprimer leur amour, ou l'amour pour le coup d'état qu'ils préparaient, ou pour l'Islam ? Assame ne se faisait pas d'illusions. Le *contact* voulait seulement prendre le pouvoir, et il n'était sûrement pas épris de l'Islam, ni épris de quoi que ce soit. Quelle était donc cette poésie ? Leur amour ? Mais Lili avait bien dit que leur *amour était partagé*. *Notre amour*. Est-ce que cela indiquait que Lili faisait signe à son *contact* qu'Assame était au courant de leur relation, qu'il l'approuvait et qu'il savait que cette relation était à la base de leur intrigue contre la direction de l'Empire?

Assame devait être prudent. Toute trace d'Al Kansii et de ses allées et venues devaient être effacée – *toujours en avance sur la détection.*

Infrastructure Quantique

Dans le Califat et dans l'Empire des Han, les ordinateurs quantiques étaient reliés par des réseaux quantiques, et plutôt que de transmettre des ensembles complets d'information comme au temps des télécommunications primitives, les *bits* de cette information, appelés *qubits* ou formellement unités d'états quantiques, étaient liés par paires, ou intriqués, ou communément dits *enchevêtrés*. Pour les applications de haute sécurité, ces paires étaient elle mêmes reliées en *chaînes*, où l'un des membres d'une première paire était connecté de par son intrication à un membre d'une autre paire pour former une chaîne avec laquelle ce dernier membre était lui même jumelé. La diffusion de l'information était donc réalisée d'une manière facile et souple.

Une action, tel que la mesure de l'état d'un *qubit* dans un membre d'une telle paire se ferait sentir instantanément par l'autre membre intriqué de la paire, et le nœud du réseau recevant la communication – en fait un ordinateur quantique – pouvait alors créer un ensemble d'états probables. Il semblait que l'instantanéité de la communication, connue comme la *téléportation*, fût une violation de la limite de vitesse pour la transmission de l'information, c'est-à-dire la vitesse de la lumière, mais il n'en était pas ainsi. En réalité rien n'était transmis puisque les deux membres de la paire étaient intriqués entre eux et possédaient les mêmes états quantiques d'information. Seul leur arrangement, non leur contenu devait être révélé. Ces phénomènes curieux avaient été découverts quelques siècles auparavant mais on avait dû attendre des décennies avant qu'ils ne fussent perfectionnés et transformés en applications pratiques. Le résultat bénéfique est que le chaos qui régnait dans les premiers jours des télécommunications que l'on appelait alors la *guerre de la cybernétique* s'était considérablement réduit et était vu comme une chose du passé. Dans les réseaux quantiques en fait, une tentative à l'observation d'un état quantique l'altérerait tout comme la mesure d'un état quantique le modifie. De plus, la victime de telle tentative était immédiatement avisée et pouvait prendre des mesures de protection. En pratique, ces protections étaient même préinstallées si l'on pût dire, préprogrammées dans les réseaux quantiques. Elles agissaient comme des anticorps qui lorsqu'en présence d'un virus érigent immédiatement des défenses contre celui-ci et le combattent.

Mais tout cela n'avait pas découragé les deux côtés qui essayaient de percer ces défenses apparemment insurmontables. La réponse à la science était encore plus de science.

De l'autre côté du monde, dans une petite maison rustique dans la forêt au nord de Manjouli, dans les profondeurs du territoire des Han, Yu Lin fut informé que le message de Li Li avait été intercepté et décodé et ce qui était encore plus important *interprété* comme prévu. Il eut un sourire satisfait. Oui bien sûr, les Han étaient plus astucieux. Du moins lui, l'était.

Yu Lin émis un ordre quantique en utilisant son dispositif holographique qui semblait apparaître là où il regardait et quand il désirait qu'il apparût dans cette petite maison rustique dans la forêt. L'ordre qu'il donna était au Centre de Surveillance Annexe de Qiqihar qui d'une manière routinière le relaya immédiatement et discrètement, ou du moins en relaya une partie, une partie que Qiqihar jugea adéquate, au Centre National de la Surveillance à Golog Maqen situé au centre du territoire Han.

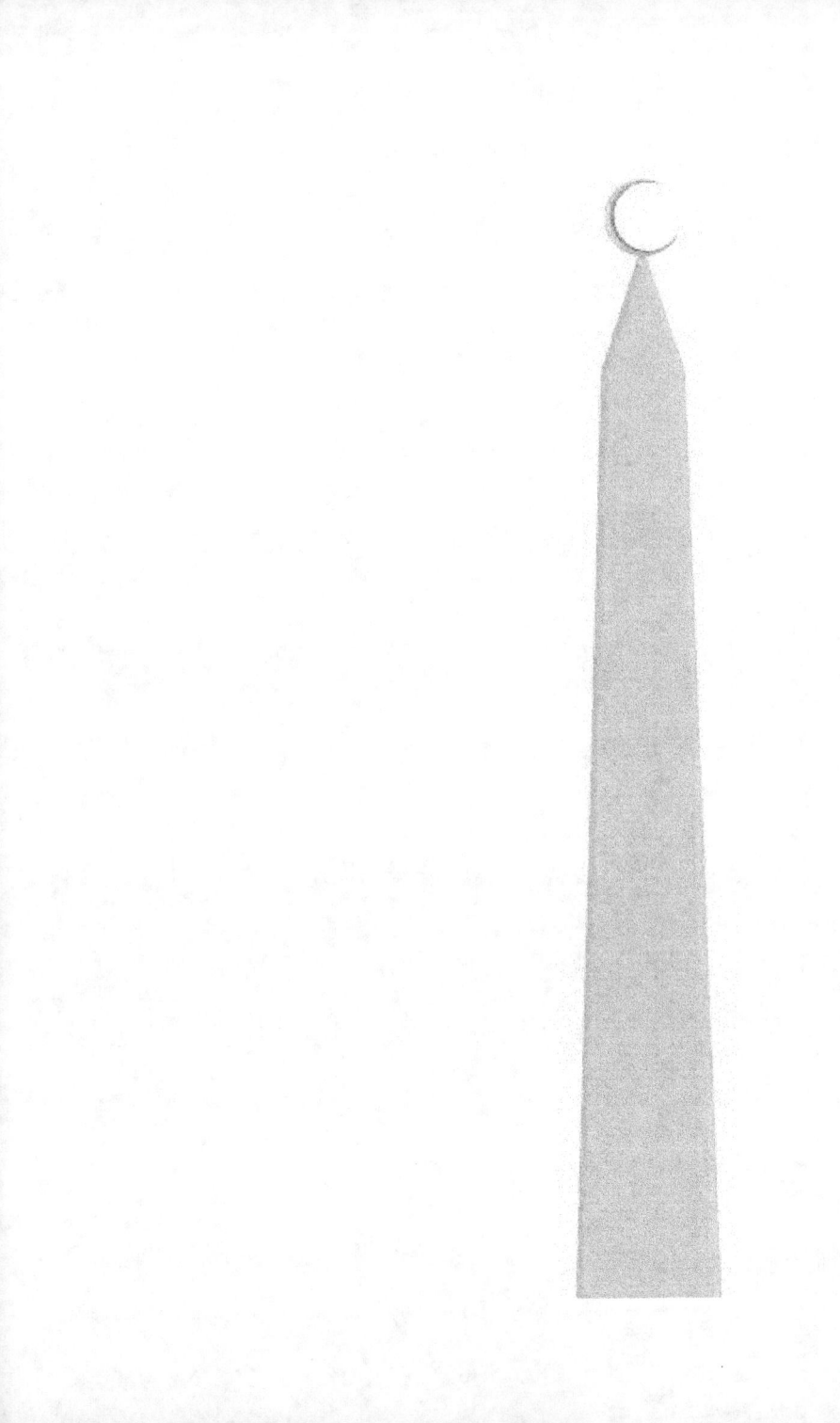

3

L'INFILTRATION

BeiJing, 22 Août 2188 EC[12]

$\mathcal{Y}$u Lin Liao était membre du Conseil du Peuple. Deng Zuolin, son ami d'enfance avait accédé au poste de Souverain Suprême cinq ans auparavant. Un poste que Yu Lin avait convoité depuis ses jours à l'Académie des Sciences de l'Empire. Non pas que Yu Lin en fût plein d'envie ou de jalousie. Non, Yu Lin respectait et admirait son camarade qui avait fait partie de sa vie depuis le début. Le problème était que le Souverain Suprême ne voyait pas toujours les choses proprement. De plus, la capacité de Yu Lin à l'influencer s'était réduite avec l'âge, des deux bien sûr, mais aussi à mesure que le Souverain Suprême se sentait de plus en plus à l'aise dans son rôle de dirigeant suprême.

Le niveau de confort psychologique dont jouissait le Souverain Suprême dérangeait Yu Lin énormément. Ce niveau de confort qui lui déplaisait tant n'avait rien à voir avec le confort politique ; ils étaient tous dans ce Conseil en sécurité du point de vue politique. Ils le savaient. Le confort qui ennuyait Yu Lin était comme on l'a déjà dit de nature psychologique.

Il arrive un jour, Yu Lin le savait bien, où la commande des affaires commence à s'ancrer dans l'individu. Quand chacun autour de soi répond au désir du dirigeant, du chef, se penche devant lui

---

12 Quoique leur civilisation se fût étendue sur plus de 3000 ans au-delà de l'Ère Chrétienne, les Han avaient continué à utiliser après la Chute de l'Occident le calendrier Grégorien et auquel ils se référaient comme à l'Ère Commune, ou EC. Certains Han se considéraient comme les héritiers et les successeurs des grandes civilisations qui avaient migré vers l'Ouest à partir de l'Asie Centrale, vers le Moyen Orient, la Grèce, Rome, l'Europe et l'Amérique, et maintenant étaient de retour à la source, le pays des Han. Ils considéraient donc la prise de contrôle de l'Occident par l'Islam comme une aberration que l'Histoire éventuellement corrigerait et donc justifiaient leur adhérence au calendrier de l'Ère Commune.

avec respect même s'il pense que ce chef a tort, et le sert dans ses désirs et ses besoins les plus farfelus. Oui, il arrive un moment donc ou soudain quelque chose se déclenche dans le cerveau du dirigeant, du chef. Comme Yu Lin l'avait observé, chez un dirigeant le confort du leadership envahi son être. Puisque pour un nouveau dirigeant avec tous les pouvoirs rien n'est comme pour le reste de mortels, et que celui-ci se souvient des temps où il fit lui-même partie des mortels, quoique que fît ce leader, et quoique fussent son intelligence et sa résilience, ou sa capacité philosophique, ce dirigeant succomberait à cet étrange sentiment que Yu Lin appelait l'*aparteté*. Les mauvais esprits l'appelaient *apartheid*. Et quoique les deux termes en fait signifiassent la même chose étymologiquement, Yu Lin classifiait l'*aparteté* comme un état psychologique et non une attitude raciale ou une philosophie politique.

Pour Yu Lin, l'*aparteté* n'était pas vraiment un sentiment de supériorité. C'était pour lui le sentiment d'être séparé, *à part* du reste du commun des mortels. Séparé, à part de la vie normale, comme si l'on vivait dans une dimension autre, une dimension invisible au commun des mortels. Un leader avait beau combattre ce sentiment, c'était en vain, car celui-ci envahissait son être et rendait ce leader *à part*.

Yu Lin savait aussi que ce n'était pas seulement les leaders qui partageaient ce sentiment. Les personnes dépravées se voyaient aussi par ce prisme dans une autre dimension, puisque leur existence entière et leur être étaient dépravés de nature, *à part* du normal. Dans le premier cas, celui des leaders, ceux-ci se sentent au-dessus du commun des mortels bien sûr, moins mortels en un sens. Dans le second cas les dépravés sont au-dessous des mortels, donc plus mortels. Les dépravés incluent les criminels de droit commun spécialement si ceux-ci ont connu de longues périodes d'incarcération, comme si cette existence en prison les eût placés dans un autre monde où les choses normales semblent être des mémoires éloignées ou même simplement des abstractions. Yu Lin aimait à extrapoler que les prostituées et leur proxénètes des temps anciens, qui vivaient dans une sorte de monde-cocon où les règles de conduite et de décence ordinaires ne s'appliquaient pas, ressentaient ce même genre d'*aparteté*. Bien sûr, ni dans l'Empire des Han ni dans le Califat il n'y avait plus de prostituées ou de proxénètes. Peut-être que dans les régions autonomes de la partie extrême de l'Hémisphère Sud en restait-il encore, mais il n'en était pas sûr. Partout ailleurs la police de la moralité, et la loi, garantissaient que la dignité humaine fût respectée. Le Califat et l'Empire des Han avaient toujours été d'accord à ce sujet. L'Occident n'en avait pas fait de même. Et l'Occident en tant que tel n'était plus.

Yu Lin appelait aussi cet état d'esprit le *syndrome d'aparteté des leaders* car c'était en quelque sorte une maladie du fait que ce syndrome était normalement responsable de la chute de plusieurs dirigeants. Yu Lin avait connaissance personnelle de ce sentiment, à un niveau plus modeste bien sûr. Il avait eu des postes de dirigeant dans sa carrière académique et dans le gouvernement. Ah que ces bons vieux temps lui manquaient, lorsque ses étudiants étaient plein d'admiration pour sa capacité cérébrale. Dans les postes qu'il tint dans plusieurs institutions du gouvernement il avait ressenti aussi l'admiration autour de lui. Tout d'abord ce fut le Ministère de l'Énergie, où il établit des liens avec le Califat, puisque l'Empire des Han avait besoin de ces échanges. Ces liens étaient maintenant fructueux, si ce qui allait bientôt se passer pouvait être appelé du fruit. Peut-être, mais devait-il se confesser, un fruit amère au mieux.

Yu Lin avait ressenti cette même *aparteté* il y avait bien longtemps, mais il l'avait combattue avec succès pensait-il, pendant son séjour au Ministère des Technologies Militaires où son pouvoir, son orgueil, son devoir et ses capacités intellectuelles dans le domaine scientifique s'étaient combinés. Yu Lin avait adoré ce poste. Il s'était senti maître de tout, enfin de tout ce qui comptait bien sûr, de tout ce qui pensait. Ce n'était pas à lui de décider des politiques à adopter puisque celles-ci émanaient du Conseil du Peuple, mais il pouvait en contrôler le résultat car le Conseil du Peuple ne pouvait être expert dans toutes les armes et toutes les technologies nouvelles que le Ministère développait ou proposait. Et en ce chapitre, il avait le contrôle dans une certaine mesure. Seulement jusqu'à un certain point car il n'était pas question qu'il privât l'Empire des Han d'un développement quelconque par égoïsme politique, mais il avait tout de même le contrôle.

Lors de son élévation au Conseil du Peuple, il devint un parmi plusieurs membres prudemment choisis par le *peuple*, c'est-à-dire par le Souverain Suprême. Quelques membres à son avis étaient de dépassés. C'étaient des *acquiesceurs*. Le Souverain Suprême le savait bien et il faisait confiance surtout à son ami d'enfance qui était aussi un compatriote Mandchourien, Yu Lin Liao.

Le problème était donc que Yu Lin était convaincu que le Souverain Suprême avait été atteint du syndrome d'*aparteté*, et qu'il se comportait en tant que tel, comme un leader au-dessus des autres mortels. Sa démarche était différente, sa patience avec les subalternes différente, son *gravitas* plus profond, tous ces changements étaient évidents. Il était en un sens d'une race différente, d'une espèce différente même. Il était *à part*. Peu nombreux sont les hommes qui atteignent ce niveau, Yu Lin le savait. Et lui Yu Lin, avait été si proche.

Yu Lin s'était placé en deuxième position dans la course à la présidence du Conseil du Peuple. Le Souverain Suprême avait devancé tous les autres, on le savait maintenant. Yu Lin ne s'en plaignait pas car le Souverain Suprême eût-il agi autrement, un autre candidat probablement le perfide Jang Yan aurait assumé la commande et les deux, le Souverain Suprême et lui Yu Lin auraient de toutes manières été exclus, ou même pire. Yu Lin ne pouvait donc pas blâmer le Souverain Suprême d'avoir voulu vaincre à tous coûts. Sauf que ces coûts étaient élevés pour lui car il mourrait comme membre du Conseil du Peuple, et jamais son Souverain Suprême. Et ce détail, le fait qu'il ne pourrait jamais offrir son intellect supérieur pour relever les défis auxquels l'Empire faisait face, et en fait ce point là, que son intellect qui était supérieur à celui de tous les membres du Conseil du Peuple, lui était évident. En dépit de tout, cela l'attristait considérablement. Et la manière pleine d'*aparteté* du Souverain Suprême qu'il pouvait très aisément discerner l'ayant connu depuis leur enfance commune en Mandchourie rendait la situation plus douloureuse.

Ce qui était encore plus sérieux est que le Souverain Suprême semblait toujours connaître la meilleure solution à tous les problèmes. Il écoutait avec attention et considérait tous les points de vue, participait aux débats, et évaluait toutes les prises de positions. Mais lui seul prenait les décisions. Et le fait que le Souverain Suprême menât chaque débat à une conclusion certaine, cela contribuait inévitablement à son attitude d'*aparteté*. En dehors de ces considérations personnelles, les problèmes auxquels l'Empire des Han faisait face étaient réels.

Conditions de Vulnérabilité de l'Empire des Han

À l'intérieur, l'économie de l'Empire était sur une base stable, *de croisière*, et ceci depuis des décennies. Les hauts et bas de l'ancien Occident n'étaient plus présents dans cette économie dirigée qu'était l'Empire des Han. Par contre la bombe à retardement que représentaient les provinces de l'ouest demeurait sans solution depuis au moins un siècle. Le voisin géant au nord des Han avait déjà succombé à la même pression interne des irrédentistes dans ses provinces périphériques d'antan. Et maintenant celles-ci faisaient partie du Grand Califat. Les Han ne toléreraient pas un tel résultat.

Ces problèmes internes était évidement liés aux défis externes des Han. L'assaut économique que ceux-ci avaient mené contre l'Occident était devenu une épée à double tranchant. Les Han devaient maintenant faire face à un Grand Califat qui avait sous son contrôle les deux tiers de la planète tant en géographie qu'en population. De plus, comme aimait à le dire le Souverain Suprême, les deux tiers de la population de la terre étaient des fanatiques.

Les membres du Conseil du Peuple étaient au courant du fait que la mauvaise gestion des ressources économiques de l'Occident, combinées à leur ineptie politique, ainsi que la protection que ceux-ci accordaient à leurs ennemis aux dépens de leurs patriotes avaient toutes causé leur chute deux siècles auparavant. Ce résultat, que les Han avaient en un sens précipité, avait appris à l'Empire des Han que la bonne gestion des atouts économiques est la clé de la survie comme civilisation. Dans l'ancien Occident, quand le système politique et économique ne put maintenir le bien être matériel auquel la population s'était accoutumée, une nouvelle voie fut cherchée. Les germes étaient donc plantés pour qu'une idéologie englobant tous les aspects de la vie s'imposât, car dans les périodes de turbulence l'État normalement accapare tous les pouvoirs. Et en ces temps où les Han décentralisaient et encourageaient le peuple, le vrai peuple, à faire des choix, l'Occident dans un mouvement contre-historique tenta de tout centraliser. Dans le monde centralisé du premier Calife, du Cheik Hussein qui étendit son règne sur plusieurs décennies jusqu'à son martyre, l'Islam devint la réponse. C'est ainsi du moins ce que le Califat enseignait en tant qu'Histoire. Les Han avaient une autre perspective. Le premier Calife n'avait pas été Calife du tout. Il avait usurpé la constitution de son État, manipulé le moyens d'information et s'était engagé dans un bouleversement social qui rendit son État méconnaissable. Les Han, oui les Han en étaient réduits à leur apprendre par l'exemple les vertus de la liberté individuelle et de la libre entreprise. Quelle ironie de l'Histoire !

Yu Lin, aussi bien que la plupart des membres du Conseil du Peuple, pensait que les Han auraient dû avoir mieux géré la situation. Ils avaient aidé le génie à sortir de sa bouteille. Et leurs adversaires actuels, les maîtres du Califat, c'étaient ceux qui avaient créé la métaphore du génie et de sa bouteille. Et maintenant donc, l'Empire des Han faisait face à un adversaire implacable, et non pas aux opposants mous d'antan.

À l'ouest du territoire Han, les Ouïghours et d'autres groupes religieux aux croyances fortes s'opposaient à l'athéisme officiel des Han. La seule religion *per se* dans l'Empire était celle pratiquée par les adeptes de l'Islam, la Vraie Religion ainsi que le voyaient ceux-ci. Et l'Islam, comme le proclamait officiellement le Califat dans sa politique déclarée, avait l'intention de conquérir le monde afin de lui apporter le message du Prophète. Le problème pour les Han était qu'il n'y avait pas grand-chose à conquérir en dehors de l'Empire des Han. Par conséquent, la Charte du Califat était essentiellement une déclaration de guerre contre l'Empire. Mais tout ceci n'était que mots.

Dans la pratique, le commerce était actif et profitable pour les deux entités et à l'exception de quelqu'*incident* isolé ou autre acte de violence dans les territoires indisciplinés de l'ouest, la paix régnait. Les autorités dans l'Empire attribuaient en privé ces désordres à du sabotage de la part du Califat, et même considéraient que ces actes étaient des incidents bien calculés destinés à déstabiliser l'Empire des Han, des secousses pour provoquer l'Empire avec de la violence extrémiste localisée. Le Califat normalement condamnait immédiatement ces actes, et ensuite proclamait qu'il y avait une distinction explicite entre cet extrémisme et sa doctrine officielle de coexistence et de paix. Le résultat était que l'Empire était forcé de faire des concessions politiquement acceptables dans les territoires en difficulté. Et la vie continua.

Yu Lin savait que l'Occident avait succombé au même schéma de provocation et tromperie alternées et s'était affaibli quand il eut adopté ces tenants de l'étiquette politique.

Il y avait aussi potentiellement une autre menace très sérieuse. Celle d'un assaut frontal par le Califat. Yu Lin savait bien que cela ne pouvait arriver puisque c'eût été le suicide pour le Califat. Le suicide, que le Califat appelait martyre, n'était pas inconnu des individus dans le Califat, mais il était strictement *interdit* pour le Califat lui-même. Le but du martyre pour les individus était la préservation de la communauté, la Oumma, le Califat ; et d'après Yu Lin il aurait donc été contre-intuitif pour le Califat de s'exposer à sa propre extinction. Les sujets individuels étaient bien sûr gibier potentiel de sacrifice pour la cause, mais pas le tout.

C'était sur ce point que les stratégies de Yu Lin et du Souverain Suprême divergeaient. Yu Lin, qui avait été un étudiant en sciences supérieur au Souverain Suprême, savait que les chances que le Califat fût l'égal de l'Empire des Han dans les sciences, la technologie ou les armes avancées étaient nulles. Le Souverain Suprême au contraire, quoique lui-même scientifique de mérite, ne croyait pas que la science seule pût protéger l'Empire. *Les gens, malheureusement, comptent*, aimait-il à répéter.

Le Souverain Suprême était par conséquent ouvert à une accommodation et à des pourparlers interminables pour éviter une confrontation avec le Califat. Yu Lin désirait être prêt à tous temps, et faire savoir au Califat que ses provocations auraient des conséquences, et même de frapper si nécessaire. Yu Lin bien sûr gardait ces pensées en privé.

Le Ouïghour Mehmet Yakoub Khan faisait partie du Comité Politique qui se situait hiérarchiquement au-dessous du Conseil du Peuple ; Khan s'était fait ami de Yu Lin. Yakoub Khan pouvait lire les pensées intimes des autres ainsi que deviner leurs ambitions. Il avait étudié le Coran dès sa tendre jeunesse et cette éducation, combinée à sa formation Han formelle lui avait donné une perspective dans au moins deux systèmes de pensée très différents. Il s'enorgueillissait de sa compréhension de la nature humaine, et particulièrement de savoir comment manipuler la vanité des autres. Yu Lin était très intelligent, et un homme accompli dans les sciences les plus importantes dans l'Empire. Il avait un poste très puissant. Pour Yakoub Khan, Yu Lin était un candidat idéal prêt à être manipulé par quelqu'un dont les ambitions étaient modestes, ou même non-existantes. La seule ambition de Yakoub n'avait rien à voir avec lui-même. C'était l'avènement de l'Islam dans l'Empire des Han. Il n'avait point de vanité, aucun désir de richesse ou de puissance, simplement la juste reconnaissance d'Allah par ces infidèles athées. Par conséquent il développa une relation intime avec Yu Lin, qui de façon surprenante ne montra aucun soupçon à l'égard de quelqu'un de la trempe de Yakoub.

La patience remarquable de Yakoub et sa persévérance lui permirent de persuader Yu Lin de renverser le Souverain Suprême et de prendre la tête de l'Empire, un Empire avec lequel, Yakoub l'en avait assuré, les dirigeants du Califat voulaient vivre en paix. Yu Lin avait mordu. Au fond de lui il savait que le Califat n'avait besoin d'aucune intrigue pour atteindre une coexistence paisible avec les Han. Tout ce que le Califat avait à faire c'était d'abandonner leur demande que le monde adoptât la Vraie Religion et se joignît au Califat.

Mais même dans l'esprit d'un grand scientifique, un grand esprit en fait, l'ego jouait un rôle considérable. S'il n'agissait pas, Yu Lin mourrait comme membre ordinaire du Conseil du Peuple. Le Souverain Suprême était là et il le resterait pour de bon. Même s'il lui arrivait de mourir, car la technologie permettait maintenant aux corps de demeurer dans un état de *vie suspendue* dans lequel celui-ci était préservé. Bien sûr le corps ne pouvait bouger ou penser, mais les procédés de la pensée étaient *étendus* par l'intermédiaire des ondes cérébrales rémanentes, faibles il faut l'admettre mais qui eussent émané du corps de la personne décédée immédiatement après sa fin. Ces ondes cérébrales étaient *figées*, c'est-à-dire que leurs expressions mathématiques étaient préservées dans leurs détails les plus complexes et reproduites dans des *réplicateurs d'ondes cérébrales* qui extrapolaient les pensées en question. Tous les processus de la pensée du Souverain Suprême, ainsi que de plusieurs autres, étaient enregistrés, catalogués, et classés quantiquement avant d'être analysés par les *engins à conclusion* massifs qui se basaient sur les états d'information quantiques, les successeurs en sorte des *moteurs de recherche* rudimentaires des siècles passés qui délivraient un nombre vaste de données sans aucune conclusion utile ou intelligente. Le domaine de l'Intelligence Artificielle avait donc trouvé un moyen d'étendre la vie en dehors du corps. Les habitants de l'Empire dans la plupart ne savaient pas, ou du moins ils n'en pouvaient être sûrs, si le Souverain Suprême était vivant ou pas, et ce bien après que le nouveau Souverain se fût fermement établi. Et cette information pouvait normalement attendre jusqu'à ce que les besoins de l'État le permissent.

Il était donc prévu que le Souverain Suprême vivrait jusqu'à l'âge précis de quatre-vingt-six ans, et qu'à ce moment un autre dirigeant serait choisi et dont l'âge se situerait entre cinquante-quatre et soixante-six ans. Le Souverain Suprême avait quarante-huit ans, et il était le dernier à être élu avant l'âge de cinquante-quatre ans. L'âge minime précédent qui était requis pour le poste de Souverain Suprême était de quarante-quatre ans et il avait été déterminé plus tard que cette condition pourrait être un danger à l'état dû à ce qui était décrit par l'euphémisme suivant, le *manque probable d'engagement envers la cause de l'État*. Le Conseil du Peuple avait par conséquent voté en faveur du changement qui était alors la loi officielle.

Yu Lin était donc exclu pour toujours, à moins que... À moins qu'il ne pût utiliser le Califat pour saisir le pouvoir et ensuite user de ce pouvoir pour contenir le Califat. C'était risqué, et peut-être pas très patriotique. Mais Yu Lin pouvait se convaincre que ses intentions de raffermir l'Empire des Han rendaient cette entreprise totalement patriotique. Yu Lin était évidemment en conflit avec lui-même, et dans la confusion. Sa décision était prise par contre. Il ne pouvait revenir en arrière.

Une petite maison dans la forêt près de Manjouli
Territoire de l'Empire des Han
Latitude 45,312 Nord
Longitude 124,178 Est

La petite maison dans la forêt se trouvait au bout d'une piste de terre battue qui elle-même ne pouvait se franchir qu'en passant par une série de routes secondaires qui bifurquaient à tour de rôle et ce à soixante kilomètres de la voie maglev nationale. Cette route était une branche de l'Artère Maglev principale entre BeiJing et Qiqihar et qui s'étendait vers le nord-ouest à Ulanhot. Qiqihar était le lieu où Yu Lin avait établi le Centre de Surveillance Annexe.

La petite maison rustique de Yu Lin était d'une construction en bois, du noyer Mandchourien local, un bois très solide que l'on utilisait pour les parquets des demeures des gens aisés. Yu Lin avait insisté à ce que les murs aussi fussent de ce matériau dur et pas seulement le parquet. À l'extérieur on pouvait voir les planches de noyer de Mandchourie patinées alors qu'à l'intérieur ces mêmes murs étaient vernis, ce qui dégageait une lueur douce sous la lumière que les lampes disposées aux quatre coins de la pièce principale projetaient.

Du côté nord de la petite maison de forêt un petit étang que Yu Lin pouvait contempler depuis sa chaise était considérablement dégelé et les grues à couronne rouge étaient retournées. Trois de ces grues se tenaient sur une des plaques de glace encore là et qui flottaient sur la surface de l'étang. Leurs jambes fines se reflétaient sur l'étang comme sur un miroir et les grues semblaient être soutenues par un fil de fer qui sortait de l'eau. Yu Lin avait le cœur tendre pour la nature. Quoiqu'il n'eût aucune raison de le croire, il se convainquit que les trois grues formaient une famille, une famille entière comme l'étaient la plupart des familles dans l'Empire des Han, un père, une mère et un enfant. Tout comme Li Li et lui aurait pu l'être, ou le seraient un jour. Peut-être était-ce déjà trop tard. Li Li et lui avaient consacré leur vie à l'Empire. Le cœur de Yu Lin s'emplit d'une chaleur apaisante à la vue de cet étang paisible avec ses grues élégantes, et ceci l'éloigna des luttes constantes entre les êtres humains, Califat et Han, ou Han et Han, et toutes les autres combinaisons. Sa petite maison dans la forêt était une retraite nécessaire à laquelle il retournait en temps de tourmente. Et de la tourmente Yu Lin en attendait. Et très bientôt.

Yu Lin était assis sur sa chaise favorite. Celle-ci était construite de frêne de Mandchourie, un bois fin plus raffiné que le noyer rustique et qui permettait aux courbes des accoudoirs et du dossier de montrer quelque grâce. Le dossier de la chaise était très haut comme si pour supporter la tête et était accompagné d'un coussin de soie rouge plutôt plat qui pendait de la partie supérieure de la structure par deux lanières de soie jaune, une de chaque côté ; le siège avait un gros coussin coordonné de soie rouge qui était bourré de duvet d'oie comme c'était la coutume dans cette région. Yu Lin pouvait rester assis sur cette chaise confortable, *mais pas trop,* pendant des heures et étudier ou revoir des articles scientifiques ou des rapports sur les affaires d'État.

Yu Lin avait demandé à Keum Kam Ho[13], son chef de renseignement, de se joindre à lui pour suivre le progrès de leur projet à partir d'un lieu sûr. Ho, dont le nom de code était Albert, était en contact en temps réel avec le centre de la surveillance de Qiqihar non loin de Manjouli, le centre que Yu Lin avait insisté à faire construire par mesure de *redondance*, mais aussi afin de pouvoir maintenir un certain contrôle sur le Centre National de la Surveillance officiel situé à Golog Maqen.

Yu Lin avait observé que bien que le Califat se prétendît être global, il n'en était rien de la sorte. Et ceci pas seulement à cause du nouveau Vatican et des restes de quelques récalcitrants des vieilles religions dans les parties méridionales de l'Inde et de la Patagonie, ou même ceux éparpillés dans quelques îles perdues comme l'Île de Pâques dans le Pacifique Sud. Le Califat pourrait s'en occuper au temps approprié. Le problème pour le Califat c'était l' Empire des Han.

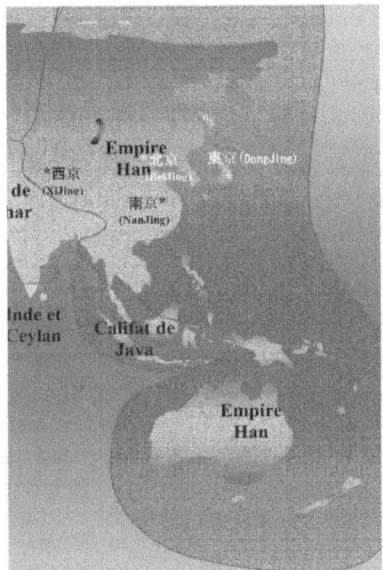

3. L'Empire des Han, aux Alentours de l'An 2188 EC

---

[13] Quoique son nom en Mandarin fût He Kun Qian (何坤強) Ho insistait à ce qu'il fût prononcé en Cantonais (Ho Keum Kam) et à ce que l'inversion courante anglaise entre le nom et le prénom fût utilisée. En tout état de cause, Ho était normalement connu par son pseudonyme Albert dans toutes ses fonctions officielles.

L'Empire des Han comprenait la Chine propre, la Mandchourie, la Mongolie, la Corée, Nippon, toutes les îles de Nippon à Bornéo, une île que l'Empire partageait avec le Califat dans ce qui était appelé Kalimantan, l'Australie et l'ancienne Nouvelle Zélande. Kalimantan était l'île la plus grande du Califat de Java, anciennement connu comme l'Indonésie. L'Empire s'entendait à l'ouest au-delà de la Mongolie, et incluait une partie du Turkestan historique et une portion du Kazakhstan. Il y avait donc une population musulmane d'importance dans ces territoires à l'ouest mais il n'y avait pas d'autres moyens. Les ressources énergétiques et minérales de ces contrées requerraient une telle accommodation.

Ainsi que Yu Lin l'avait souvent observé, les dirigeants Han et le Souverain Suprême en particulier étaient adéquatement informés sur l'histoire des nations. Le Souverain Suprême était spécialement intéressé par la chute de l'Europe et de l'Amérique aux mains du Califat, surtout que pour l'Europe cette chute s'était produite sans effusion de sang. Seulement de l'apathie dans la population dont les membres avaient fini par considérer toutes vérités comme équivalentes et relatives, et pour qui la religion était devenue abjecte, l'ennemi avait souvent sinon toujours raison, et les conflits devaient à tout prix être évités, surtout les conflits violents. Des affrontements internes entre ses membres dans les siècles passés avaient amolli son peuple. Celui-ci avait souffert auparavant un total combiné de pertes de plus de cent million de personnes en l'espace de seulement quelques trois siècles. Bien sûr à l'échelle Han ce nombre n'était pas réellement impressionnant. Et à l'échelle morale, puisque l'avenir de leur race, de leur civilisation, avait en fait été en jeu, ce nombre était plutôt faible en réalité.

Un atout que les Han possédaient et que Yu Lin considérait impénétrable à un assaut du Califat, du moins à un assaut paisible, était que l'apathie de la population n'était pas une caractéristique Han. Ceci avait donc forcé le Califat à monter des opérations physiques, même violentes, pour s'infiltrer et submerger l'Empire des Han afin de pouvoir finalement atteindre leur but d'expansion mondiale, sous la *charia*. Avec Yu Lin en charge, il n'y aurait pas d'invasion rampante des esprits.

Une faiblesse des Han par contre, et celle-ci pouvait devenir un atout dans certains cas, est que les Han n'aspiraient pas à la domination mondiale. Ils désiraient leur fief, sans qu'il fût perturbé par les *étrangers,* c'est-à-dire quiconque n'était pas Han. De plus, à l'extérieur de l'Empire, et même à l'intérieur dans une certaine mesure, les habitants n'étaient simplement pas Han. C'était évident. L'Empire ne voulait pas qu'ils devinssent Han. Ils ne le pourraient de toutes manières, du moins pas avant que la science génétique ne le permît un jour comme procédé courant. Et encore qui voudrait que ces non-Han devinssent Han, en supposant même que ceux-là y consentissent ? Les Han étaient en faveur de l'exclusion des autres, et non pas impérialistes malgré le nom de leur nation. Le but de l'Empire était de réunir assez de puissance pour en faire qu'il fût impossible à des envahisseurs de l'extérieur d'atteindre leur sein, que ces envahisseurs fussent culturels ou autres. Cet équilibre fit de l'Empire une forteresse formidable, une forteresse de l'esprit bien entendu.

Philosophiquement, et pour des raisons qui semblaient absurdes à l'Empire, les dirigeants du Califat voulait que les Han adorassent leur dieu, qu'ils reconnussent leur religion comme la Vraie Religion et qu'ils instituassent avec eux un *Califat Mondial.*

L'Empire était officiellement agnostique ou plutôt athée, ceci étant dû à leur héritage communiste. Le Confucianisme était cependant l'idéologie *de facto,* puisque celui-ci avait défini la composition philosophique de la plupart de ces citoyens depuis des millénaires, et cet état de choses n'était pas prêt de changer suivant Yu Lin. Néanmoins dans les Provinces de l'Ouest l'Islam continuait sa marche inexorable d'expansion et ceci était le problème interne principal de l'Empire, un problème qui était exacerbé par les pressions externes du Califat.

L'Empire avait porté la technologie vers des sommets nouveaux : les Han avaient perfectionné l'effet tunnel quantique à échelle macroscopique, développé la supraconductivité à pratiquement toutes températures, ce qui résultait en des gains en efficacité énergétique de plus de quatre-vingt-dix neuf pour cent, et étaient en avance dans la réalisation de la propagation des faisceaux à quarks quoique ces avances fussent maintenues secrètes.

Le Califat avait utilisé tous ses moyens pour maintenir une parité technologique avec les Han, soit par la recherche ou soit même par l'espionnage. Les Han étaient fiers. Ils s'octroyaient la paternité de toutes les inventions humaines, d'une manière ou d'une autre. Bien sûr ils savaient que l'Occident avait développé et découvert plusieurs choses, mais presqu'invariablement toutes les inventions occidentales avaient une racine orientale, et plus particulièrement une racine Han.

Le défi pour le Califat, Yu Lin le savait bien, était de pouvoir percer la Grande Muraille des Han, ainsi que l'on appelait en métaphore la forteresse Han de l'esprit. Les Han n'étaient pas apathiques comme les Occidentaux l'avait été au temps de leur chute et ils ne voyaient pas les choses en termes relatifs. Les Han croyaient qu'ils étaient supérieurs, cela leur était évident, et ils n'en étaient pas timides. La rectitude politique ne demandait pas qu'ils prissent le côté de leurs adversaires. Les menaces au système Han étaient donc non pas admirées mais punies, le plus souvent violemment.

La justice régnait dans l'Empire des Han. La justice étant définie comme l'adjudication juste des différends entre Han et Han en affaires, contrats, mariages, et autre désaccords possibles. Ce n'était pas l'aberration basée sur des subtilités techniques légales, une aberration qui le plus souvent punissait les victimes et récompensait les coupables dans cet Occident maintenant défunt, et une aberration qui pour une criminalité plus grande, produisait une récompense encore plus généreuse.

La justice politique était aussi répandue dans l'Empire des Han. La liberté d'expression, c'est-à-dire le droit de *critiquer* les institutions et la politique nationales était permise. Ce qui n'était pas permis ni vu comme de la *liberté d'expression* était le droit supposé d'attaquer ou même de dénigrer le système Han et la race Han, et spécialement de mettre en danger son hégémonie sur sa sphère d'influence. Cela n'était point considéré comme de la liberté dans le territoire Han. C'était d'après Yu Lin de la stupidité Occidentale, et c'était cette attitude à son avis qui avait produit la chute de l'Occident ; et le résultat maintenant était que les Han avaient affaire à un Califat problématique qui ne cherchait rien d'autre que de prendre en charge leurs systèmes politique et philosophique.

Yu Lin pensait que « *le Califat ne se reposerait pas avant de nous avoir conquis. Nous ne pourrons donc pas gérer nos affaires en paix jusqu'à ce que cette menace ne soit éliminée.* » Yu Lin savait aussi que la menace ne disparaitrait pas toute seule. Tôt ou tard, l'un des deux, soit le Califat, soit les Han, ferait une erreur et l'autre finirait par dominer. Tout comme dans un jeu d'échecs. Et si l'on se basait sur les ambitions différentes des deux empires, il était plus probable que cette conséquence impensable serait infligée aux Han. Pour Yu Lin, cela ne pouvait l'être.

Bien sûr Yu Lin savait aussi que même après cette conflagration mondiale potentielle qui résulterait en un seul pays, une seule religion, ou l'absence de celle-ci, et en un seul système économique, cet état des choses ne durerait pas longtemps. La nature humaine a besoin de diversité.

Ils aimait à répéter à ses audiences que si le monde entier s'assemblait et adoptait une seule langue, comme aux temps préhistoriques l'Esperanto devait l'être, et que cette langue fût enseignée dans toutes les écoles par des professeurs tous formés dans la même académie, avec le même accent, tout étant exactement égal, cet Esperanto lentement divergerait en plusieurs dialectes, jargons et argots et puis en des langues différentes propres. C'était la loi de l'entropie humaine. Tout comme dans la Thermodynamique qui prédit que l'entropie augmente dans la direction de la flèche du temps, en fait l'entropie définit cette flèche du temps en un sens, ainsi le fait l'entropie humaine. Les êtres humains s'organisent, ils se battent avec ardeur pour réduire cette entropie en dépensant des sommes énormes d'énergie, et puis dès qu'ils relâchent leurs efforts quelque peu, l'entropie augmente rapidement et recrée un état physique très semblable à l'état original.

Il semble que ces efforts sont en vain, mais ce n'est pas exactement vrai. Dans ce processus de transformation, les arts, la littérature, la religion, la technologie et des milliers d'autres choses sont développées au-delà de l'imagination. L'effet tunnel quantique était un bon exemple et un sujet que Yu Lin connaissait bien puisque son Doctorat ès Sciences était basé sur la théorie et la pratique du quantique. En tant que dirigeant de très haut niveau dans ce gouvernement de l'Empire des Han, Yu Lin devait naturellement avoir les plus hautes distinctions dans au moins l'une des Sciences Physiques, en Mathématiques ou en Génie. Comme l'ordre régnait dans l'Empire, le besoin d'appliquer la loi par la coercition était minime. Les différends étaient peu nombreux, et donc ceux chargés d'appliquer les lois étaient des simples administrateurs. Le prestige et les privilèges étaient ainsi réservés à ceux qui travaillaient sur les développements nécessaires au maintien de l'avance technologique et scientifique que les Han avaient sur le Califat et à la protection de l'Empire. L'Empire s'enorgueillissait d'être un Empire de faiseurs, pas de hâbleurs. Dans l'ancien Occident, maintenant disparu, le pouvoir et les privilèges étaient réservés aux juristes de l'académie et de la pratique, aux politiciens, aux créateurs d'opinion et à d'autres professions également non-productives. Dans l'Empire des Han, le pouvoir et les privilèges étaient à ceux qui travaillaient dans les Sciences et leurs applications.

Un autre exemple était l'intrication quantique à grande échelle, une des théories dont Yu Lin avait facilité le développement en une science pratique avec des applications aux systèmes d'armement. Yu Lin soupçonnait le Califat d'avoir *volé* à son avis certaines de ces découvertes des Han et de les avoir mises à usage maléfique.

Basée sur le principe que deux objets quantiques jumelés, normalement deux particules ayant pour origine une source commune, se comportaient de manière mystérieuse sans aucune action externe, l'intrication quantique permettait à ces objets de paraitre connectés, comme enchevêtrés, et ce phénomène était vrai à courte distances et pour des intervalles de temps petits. Il avait été établi ultérieurement que cet enchevêtrement restait vrai même à des distances intergalactiques et sur des séparations temporelles mesurées en milliards d'années. Difficile à croire mais vrai.

Effets Quantiques

« Je m'explique, Yu Lin disait à ses quelques étudiants, les cerveaux les plus brillants de l'Empire des Han, en Physique le principe d'incertitude de Heisenberg bien connu des lycéens nous dit que pour une particule sa position et son impulsion, c'est-à-dire sa vitesse si l'on suppose sa masse constante bien sûr, ces deux quantités ne peuvent être déterminées simultanément avec une précision exacte. L'état physique d'une particule est donc connu seulement avec une certaine probabilité. Un électron peut être ici ou là, avec une probabilité définie, donc techniquement cet électron est aux deux endroits à la fois, chaque position ayant sa propre probabilité. »

Pour illustrer son point Yu Lin d'écrire alors l'équation suivante sur l'espace holographique créé par un champ invisible qui flottait au centre de la salle de conférences :

$$\Delta x \, . \, \Delta p \geq \hbar/2$$

« Comme l'indique cette équation, l'incertitude dans la position multipliée par l'incertitude dans l'impulsion, ce produit est toujours, toujours, plus grand que zéro. En fait plus grand que $\hbar$ divisé par 2. Comme sous savez h *barre* est h divisé par *deux pi* et h, la constante de Planck est une quantité très, très petite et pour la plupart des situations pratiques elle peut être considérée comme nulle. Mais pour l'infiniment petit, cette condition produit des effets qui sont purement extraordinaires. Prenons l'effet tunnel quantique.

« La position d'une particule est définie par sa fonction d'onde qui est donnée par l'équation de Schrödinger et dont la solution conduit à la densité de probabilité de la position de la particule, c'est-à-dire la *probabilité* que la particule soit en un endroit donné et à un moment donné. L'équation de Schrödinger est le résultat de l'accommodation de la dualité onde-particule de la matière comme vous devez vous rappeler. Ecrivons cette équation dans sa forme simplifiée :

$$\partial^2\psi/\partial x^2 = ik\,\partial\psi/\partial t$$

où
$$k = 2m/\hbar$$

« Est-ce que quelqu'un peut me dire sans résoudre explicitement cette équation pourquoi elle nous donne une probabilité plutôt qu'une solution déterminée ? Yu Lin avait-il une fois demandé à sa classe.

– Professeur, avait répondu un étudiant nommé Hsu Liu, n'est-il pas évident que cette équation est différente de l'équation d'une onde classique, en ce que la seconde dérivée par rapport à l'espace est une fonction de la première dérivée par rapport au temps, contrairement à l'équation classique des ondes où les deux dérivées, par rapport à l'espace et au temps, sont du second ordre comme... » Hsu avait alors tracé l'équation suivante dans l'espace holographique tridimensionnel qui flottait dans la salle ?

$$\partial^2\psi/\partial x^2 = k\,\partial^2\psi/\partial t^2$$

« Oui, mais quelle en est la conséquence ? avait demandé Yu Lin

— Bien... hésita Hsu, est-ce que les solutions ne sont pas complexes ? De plus, la constante effective de vibration est ik qui n'est pas un nombre réel car elle contient i, le nombre imaginaire, la racine carrée de *-1*, et l'équation d'onde doit donc conduire à des solutions *réelles* seulement si l'on considère son conjugué complexe et cela conduit à des probabilités diverses, plutôt qu'à une solution déterminée, n'est-ce pas ?

– Très bien. En fait ce sont des équations d'*ondes,* mais nous n'avons pas affaire ici à de *vraies ondes* mais plutôt à des constructions mathématiques qui ressemblent à des ondes, et ces constructions n'ont une signification ou une existence que dans le contexte de la théorie dont elles font partie» , avait répondu Yu Lin avant de continuer :

« Puisque les solutions de l'état d'une particule sont des probabilités, il n'y a donc pas de certitude complète quant à la positon de cette particule, seulement une probabilité que la particule se trouve en un certain endroit. Et par conséquent cette probabilité est non-nulle de quelque côté d'une barrière physique qu'elle se trouvât par exemple, puisque la distribution des probabilités nous donne une valeur non nulle de chaque côté. Donc une particule peut effectivement traverser cette barrière, du point de vue probabiliste.

« En bref, contrairement à la physique classique, on ne peut faire de prédictions simultanées avec précision pour des variables conjuguées, telles que la position et l'impulsion, ou l'énergie et le temps.

« Bien sûr les prédictions de la mécanique quantique convergent avec celles de la physique classique à haute énergie ou, ce qui est équivalent, pour des nombres quantiques élevés. Quand on prend la moyenne des probabilités statistiques de millions de particules, leur comportement apparemment aléatoire conduit à un résultat déterministe. En d'autres termes, un système quantique devient classique à grand échelle. Cependant les effets quantiques demeurent. L'effet tunnel quantique à un impact sur les situations macroscopiques qui nous sont familières. Illustrons ceci par un exemple concret.

« Considérons un électron qui se trouverait derrière une telle barrière, un potentiel électrique par exemple. L'électron ne peut clairement pas franchir cette barrière. Des expériences il y a deux siècles trouvèrent que la probabilité que cet électron se trouvât soudain de l'autre côté, du côté *interdit,* était non-nulle, et en fait cet électron put être *observé* de l'autre côté. La distribution des probabilités de la position de l'électron avait donc permis à cette particule de se trouver de l'autre côté d'une barrière apparemment *interdite*. Comme si l'électron était passé par un tunnel pour traverser la barrière. Voici une représentation graphique de l'effet tunnel quantique. »

Yu Lin avait dessiné un diagramme holographique dans l'espace le séparant de ses étudiants.

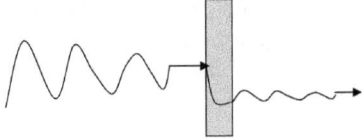

4. *Illustration de l'Effet Tunnel Quantique*
à Travers une Barrière de Potentiel

« Ce qui rend ce phénomène curieux, continua Yu Lin, est que des expériences réalisées par des scientifiques occidentaux avant la Chute de l'Occident montrèrent que sous certaines conditions cet effet est physiquement vrai, et mesurable.

« Les applications de cet effet ont été nombreuses à travers les siècles. Ce que l'Occident n'a pu faire, mais que les Han purent, ce fut d'étendre cet effet tunnel au-delà de l'échelle microscopique. En d'autres termes, est-ce qu'un groupe de particules, tel un atome comme l'Occident l'avait déjà fait, ou même mieux une collection d'atomes, est-ce qu'un tel groupe peut sauter à l'unisson d'un côté à l'autre de cette barrière ? Si ce nombre fût assez grand, est-ce que des *objets* entiers pourraient se transposer d'un côté de la barrière à l'autre?

« Nous pouvons bien sûr parler de la taille de ces objets et considérer la largeur et la hauteur de la barrière. Ces paramètres ont tous été étendus grâce à notre propre recherche et à nos avances. Sans vouloir divulguer aucun secret militaire disons simplement que les objets que nous pouvons faire passer par ce tunnel quantique seraient considérés macroscopiques par les pionniers de l'effet tunnel quantique, disons de la taille d'une cellule humaine, ou de ses composants. La hauteur de la barrière qui peut être franchie dépend évidemment de la taille de l'objet qui doit la traverser et de la longueur du tunnel. On a pu observer, et en fait on a pu induire cet effet tunnel dans des cellules humaines en agissant à une distance et en toute sécurité avec des appareils agissant un peu comme les armes à main, les pistolets des temps anciens.

« Un autre effet du quantique encore plus intéressant et plus mystérieux que nous devrions revoir est celui de l'intrication quantique. Essentiellement la théorie nous dit qu'un effet observé *ici* est le résultat de quelque chose qui arriverait *là-bas*, et ce instantanément, même si l'*ici* et le *là* sont séparés par des distances intergalactiques et des millards d'années. Les objets qui se trouvent être *ici* et *là* doivent bien sûr être intriqués quantiquement. Nous concluons que la théorie quantique, et l'expérience, permettent aux phénomènes quantiques d'avoir un caractère non-local. Observons quelques diagrammes. »

Yu Lin Liao avait alors montré un schéma du diagramme d'interférence classique suivant, un diagramme qui est obtenu lorsqu'une source de lumière passe par deux fentes et se projette sur un écran.

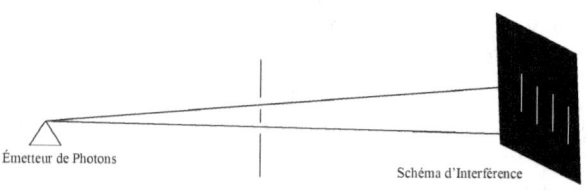

Émetteur de Photons

Schéma d'Interférence

5.Un Faisceau Lumineux Suivant Deux Trajectoires
Produit Un Diagramme d'Interférence

« Un fait connu de tous et que vus avez pu observer au lycée est que les bandes lumineuses que vous voyez ici, d'expliquer alors Yu Lin, que ces bandes sont séparées par des bandes noires et ceci dénote un comportement ondulatoire. L'interférence est dite constructive entre les deux faisceaux créés par la séparation du faisceau original passant par les deux fentes, c'est-à-dire que les deux faisceaux s'additionnent pour produire des bandes lumineuses et par contraste, l'interférence est dite destructive pour les bandes noires, quand ces deux faisceaux s'annulent mutuellement. C'est ainsi que les ondes se comportent.

« Ce qui est intéressant est que cet effet est encore observé si l'on émet un photon à la fois. Les photons comme l'on sait sont des paquets d'énergie qui se comportent comme des particules. Mais ces paquets sont aussi des ondes, comme le montre le diagramme d'interférence. La dualité onde-particule. Rien de nouveau ici. » Et Yu

Lin de montrer le diagramme d'interférence produit par l'émission d'un seul photon :

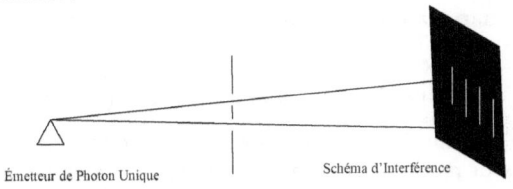

Émetteur de Photon Unique   Schéma d'Interférence

6. Le Diagramme d'Interférence est Observé
Même dans le Cas d'une Seule Particule

« Dans le cas d'un seul photon, Yu Lin avait continué, si on le considère en tant que particule, ce photon devrait être passé par une des deux fentes. À moins que bien sûr le photon n'utilisât les deux fentes en même temps. Et c'est ce qui semble se produire puisqu'on observe un diagramme d'interférence et nous concluons donc que nous ne savons pas par quelle fente le photon est passé. C'est un effet très étrange.

« Nous pouvons de plus faire la même expérience avec des trajectoires différentes pour le photon, ou avec une autre particule. Il n'est besoin de fentes. Ce pourrait être des miroirs ou quelqu'autre arrangement qui permet à des particules jumelées d'arriver à une cible ou un écran par l'intermédiaire de trajectoires différentes.

« Profitons maintenant du fait que la lumière peut être polarisée, et faisons en sorte que lorsqu'elle passe par les fentes elle rencontre un filtre polarisant. On a observé que la présence d'un filtre polarisant près d'une des deux fentes, que ce soit d'un côté ou de l'autre de la fente, fait disparaître le diagramme d'interférence. Voici le diagramme montrant ce résultat :

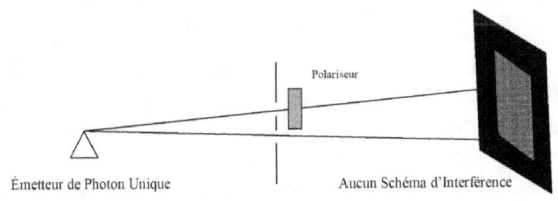

Polariseur

Émetteur de Photon Unique   Aucun Schéma d'Interférence

7. Action sur Une Trajectoire Détruit l'Interférence

« Nous pouvons clairement voir que le diagramme d'interférence disparaît instantanément si la trajectoire est connue et apparaît seulement quand la trajectoire du photon est indéfinie », avait conclu Yu Lin.

Après une pause, Yu Lin était passé à l'explication suivante.

« Cela est plutôt simple jusqu'a présent, vous connaissez tout ça. Faisons passer maintenant une paire de faisceaux obtenus en clivant un faisceau unique en deux faisceaux lumineux de polarisation opposée, une pratique commune, et insérons un modificateur, par exemple une fente double, devant un des détecteurs et équipons chaque fente d'un filtre polarisant. Sur l'autre détecteur plaçons un modificateur équivalent et ajustable tel qu'un filtre polarisant. Manipulons d'abord le filtre dans la trajectoire B pour éliminer l'interférence dans le Détecteur B. Ce qu'on observe d'étrange par la suite est que si l'on agit sur le filtre devant le détecteur A pour produire un diagramme d'interférence sur ce Détecteur A, l'interférence est rétablie sur le Détecteur B. Des diagrammes semblables sont obtenus dans les *deux* détecteurs ! Voici l'installation:

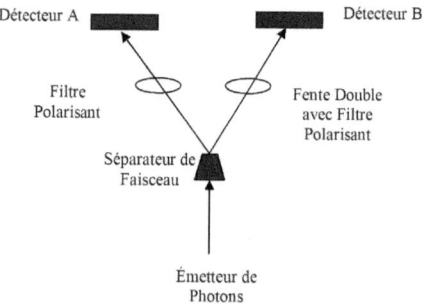

8. Action Quantique à Distance

« Comment donc est-ce que les photons qui arrivent au détecteur B eussent-ils pu savoir que la polarisation avait été modifiée près du détecteur A ? Rappelons que des effets semblables sont observés si l'on utilise des séparateurs de faisceaux intercalés dans les deux trajectoires et l'on relève, ou l'on compte, le nombre de concurrences or de corrélations entre les deux faisceaux, c'est-à-dire leur intrication. Les résultats montrent des corrélations dans plus de 95% des cas selon certaines expériences », avait pu alors conclure Yu Lin avec une certaine satisfaction.

« Nous pouvons conclure que les deux faisceaux sont intriqués, et qu'une action sur l'un affecte l'autre, instantanément » , avait ajouté Yu Lin après avoir pris alors une nouvelle pause.

Après quelques instants, ayant ainsi permis aux étudiants d'absorber l'impact des résultats que Yu Lin venait de décrire, celui-ci avait alors continué :

« Ce phénomène nous permet de provoquer un faisceau pour que celui-ci ait un effet spécifique sur une cible, en agissant seulement sur le faisceau avec lequel celui-là est intriqué, et ceci à distance. Si les faisceaux sont nocifs, vous avez une arme. Nous soupçonnons que le Califat a déjà concentré ses recherches exactement sur ce type d'applications. Si vous préférez utiliser cet effet à des fins paisibles vous avez une méthode sûre de communication, puisque vous transmettez seulement un paramètre, disons la polarisation, et le détecteur détecte un comportement. Vous transmettez une trace d'information et non pas l'information elle-même. Cette information est déjà contenue dans les deux états quantiques intriqués. Vous transmettez le code pour décrypter l'information que les deux états intriqués possèdent, et seul un membre intriqué de la paire peut interpréter ce code. L'interception, qui est donc aisément détectée, est néanmoins inutile. »

Après une dernière pause Yu Lin avait aimé à conclure avec des déclarations d'avant-garde :

« Les effets quantiques sont aussi observés macroscopiquement. En fait la plupart des propriétés macroscopiques d'un système classique sont des conséquences directes du comportement quantique de ses parties. Même la stabilité de la matière qui à son niveau atomique doit résister à l'interaction des charges électriques, la rigidité des solides, et de nombreuses autres propriétés de la matière sont toutes des résultats de la théorie quantique.

« J'aimerais conclure avec un autre effet curieux lié à la nature probabiliste de la physique quantique. Tout comme une particule peut traverser une barrière d'énergie plus élevée par un tunnel quantique, une barrière que la physique classique lui interdirait, une particule peut aussi être réfléchie lorsqu'elle rencontre une barrière de *moindre énergie* et qu'elle pourrait traverser aisément. Pensez aux applications militaires d'un tel effet. »

Yu Lin se souvint encore de son meilleur étudiant, Hsu Liu, qui était assez sûr de lui pour se permettre de lever la main pendant une de ces séances et demander ce qui suit :

« Professeur, si l'on assemblait des *objets* à échelle quasi-macroscopique et qui pourraient altérer les cellules dans le cerveau par exemple, ou les nano-circuits dans les appareils électroniques, et que ces objets puissent par effet tunnel traverser de grandes distances, donc une sorte de *bombe* à effet tunnel quantique pourrait désarmer un réseau, un système de défense, ou faire qu'un cœur cessât de battre, ou qu'un cerveau mourût soudain. Sans aucune trace, sans explosion, sans chaos. L'objet se désintégrerait et s'absorberait dans son environnement en peut-être des particules supplémentaires qui s'intégrerait dans quelque objet macroscopique qui se trouverait là. Les choses, et peut-être même les personnes un jour, simplement disparaitraient dans la toile de l'espace-temps. Est-ce que mon raisonnement est correct, Professeur ?

– C'est correct, Hsu, avait répondu Yu Lin. À l'échelle macroscopique, si de telles particules par millions, ou par milliards, par trillions étaient intriquées et pouvaient transporter de l'information partagée par les membres de cette intrication, un changement dans la détection d'un sous-ensemble ferait agir le sous-ensemble jumelé de manière à ce qu'une série d'actions telles qu'un bombardement ou la désintégration d'une cible puissent se déclencher. Sans traces et sans détection ! Nous croyons que le Califat a essayé de perfectionner une telle arme. Bien sûr je ne puis vous parler de nos progrès en ce domaine. C'est un secret d'État. »

It était évident à tous que c'était une idée que les Han devraient poursuivre, s'ils ne l'avaient déjà fait. Hsu avait quand même insisté :

« Professeur, ces... armes...les diriger et les contrôler, ce doit être difficile, n'est-ce-pas ?

– Oui bien sûr, avait répondu Yu Lin, mais c'est là qu'il y a du progrès à faire. N'oublions pas que les effets quantiques participent aussi au fonctionnement de procédés biologiques et organiques, telle que la photosynthèse, la fondation de la vie dans notre planète. Et bien Hsu, vous serez à l'aise au Ministère de l'Armement. Venez me voir dans mon bureau un peu plus tard. »

Alors que tous ces souvenirs lui revenaient à l'esprit dans sa petite maison rustique dans la forêt en Manchourie, non loin de Manjouli, Yu Lin savait bien sûr que l'étudiant Hsu, maintenant Professeur Hsu, lui avait succédé à la tête du Ministère quand lui Yu Lin était devenu membre du Conseil du Peuple.

Yu Lin se réconforta à l'idée que ses plans avec le Califat aideraient l'Empire et réduiraient le risque d'annihilation qui résulterait de la stratégie du Souverain Suprême.

Yu Lin devait par contre être prudent. Tous les membres du Conseil du Peuple, et nombre d'autres dans l'Empire, un jour ou l'autre devaient s'assujettir aux *séances de gestion de l'esprit*. Celles-ci étaient de simples scintigraphies des ondes cérébrales dans leurs détails les plus intimes, qui pouvaient révéler les pensées et les intentions et dont les résultats étaient enregistrés et constamment analysés par les *engins à conclusion* massifs de l'Empire. Les pensées, les opinions et les intentions étaient détectées et le sujet soit discipliné, *corrigé*, ou éliminé. Puisque Yu Lin était le père de la technologie, il savait comment éviter la détection, mais seulement jusqu'à un certain point bien sûr. Il arriverait un jour où un jeune cerveau scientifique réaliserait une amélioration et les contremesures de Yu Lin échoueraient. Il souhaitait donc que son intrigue ayant pour but de prendre le pouvoir au sein du Conseil du Peuple réussît avant ce jour. Il savait aussi qu'une fois qu'il eût la *pensée* de prendre la place du Souverain Suprême avec l'aide du Califat, quelqu'*engin à conclusion* rudimentaire serait capable de détecter ses intention si l'on donnait assez de temps et d'analyse au balayage de ces données. Il se soumettait donc à des séances d'effacement par scintigraphie du cerveau de temps à autres avec un appareil adapté qui lui était disponible au Centre de Qiqihar.

Yu Lin savait évidemment que tôt ou tard il serait pris. L'humiliation d'avoir trahi son ami d'enfance lui serait pire que la torture qu'on lui infligerait. Ce qui rendait les choses encore plus délicates était que plus il pensait à ce sujet, plus les pensées s'accumulaient et se faisaient enregistrer dans son cerveau, prêtes à être détectées, ou du moins à être analysées et *conclues*. Il s'était donc soumis à de telles séances de déprogrammation qui effaçaient les pensées de son cerveau, de sa mémoire. C'était un procédé plutôt douloureux qui le laissait dans un état d'étourdissement qui durait des heures. De plus le procédé n'était pas complètement efficace :

comme pour les anciens ordinateurs, l'effacement du cerveau était imparfait et il restait toujours quelque trace de quelque chose. Et l'analyste diligent en charge des *engins à conclusion* porterait tôt ou tard son attention sur lui.

Ainsi donc était l'état des affaires dans le cœur de l'Empire des Han en l'An 2188 de l'Ère Commune, comme les Han avait décidé de continuer à compter les années.

Yu Lin se redressa sur sa chaise et fixa son regard sur Keum Kan Ho, *alias* Albert, et lui donna tous les détails sur l'opération avec le Califat dont Albert devait prendre charge, du moins de sa surveillance, sous les ordres exclusifs de Yu Lin Liao. En tant qu'*Albert*, Ho était l'agent de Yu Lin sur *le champ*.

Quand Yu Lin et Albert eurent fini de revoir leur mission, Albert souhaita à son patron avec respect de bons augures pour la journée et quitta la petite maison de forêt. Albert alla alors prendre le train MagLev à Manjouli.

MagLev

Le concept de la MagLev était vieux d'au moins trois siècles. MagLev était une contraction de *lévitation magnétique* dans sa traduction anglaise, et une technologie originellement conçue pour éviter le frottement ou la friction entre un véhicule en mouvement et la surface sur laquelle il se déplaçait. Le concept MagLev avait suivi le trajet habituel des découvertes scientifiques lorsqu'on doit attendre quelquefois des décennies et même des siècles pour pouvoir profiter des bienfaits pratiques et en efficacité économique de leur application. Les premiers essais des trains MagLev avaient été conduits avec succès au service du public quelques cent cinquante ans auparavant, et même les Han avaient dû attendre une autre cinquantaine d'années pour en faire une technologie pratique à usage répandu.

Les trains MagLev en ces temps étaient considérés comme des avions volant à très basse altitude. Tout comme les avions, les véhicules maglev ne se déplaçaient pas sur une surface et donc n'étaient pas soumis à la friction superficielle. Dans le cas des avions par contre la résistance de l'air était intrinsèque à leur vol car celle-ci leur permettait de s'élever. Les avions devaient de plus transporter leur carburant, ce qui normalement résultait en des inefficacités substantielles à cause de la charge supplémentaire que le poids du carburant représentait et aussi parce qu'il y avait peu de choix, ou même pas de choix du tout, quant à la sélection de la source d'énergie la plus appropriée. Les véhicules à lévitation magnétique au contraire recevaient leur énergie par l'intermédiaire de *rails* alimentés par des aimants supraconducteurs massifs qui donnaient à ces véhicules leur lévitation magnétique. Ces véhicules étaient normalement des trains, quoiqu'on trouvât aussi des véhicules privés à lévitation magnétique, et ces trains étaient lancés à des vitesses initialement en dessous de Mach 1 mais bien au-dessus de cette limite depuis lors. À ces vitesses la résistance de l'air était bien sûr la cause la plus élevée de la perte d'énergie et des tunnels maglev avaient été construits pour relier les agglomérations les plus importantes. Ces tunnels étaient appelés Artères et Veines MagLev suivant leur taille et leur importance. Dans ces tunnels on maintenait un vide presque total pendant que les trains les traversaient. Des études avaient montré que les avantages économiques favorisaient la solution maglev même lorsqu'on incluait le coût de la création du vide dans les tunnels et celui de la lévitation des véhicules pour que ceux-ci pussent *flotter* sur les rails. La contribution la plus remarquable à cette efficacité était le fait que des aimants supraconducteurs pouvaient opérer à des températures ambiantes et ceux-ci ne nécessitaient donc pas un refroidissement extrême comme au siècle passé. L'énergie requise pour l'opération de ces routes nationales était produite par de nombreuses Super Centrales à Fusion Nucléaire que les Han avait déployées en des points stratégiques de leur territoire et avait par là libéré leur rivières et fleuves de ces anciens barrages et de la destruction que ceux-ci avaient autrefois apporté à la flore et à la faune des régions où ces barrages avaient été construits.

Les percées en supraconductivité avaient aussi permis la construction de Routes MagLev à Usage Personnel (officiellement connues par leur acronyme en Anglais, PUMs mais normalement appelées les « Prunes»). Pour ces Prunes les rails étaient une sorte de bord de trottoir le long des ces routes et où des champs magnétiques étaient produits pour soulever et guider des véhicules de taille réduite et les faire se mouvoir à des vitesses raisonnables, n'excédant normalement pas 250 kilomètres à l'heure, et le besoin de tunnels à vide ne se faisait donc pas sentir. Ce qui était ingénieux avec ces

Prunes était que les ordinateurs de contrôle de la circulation pouvaient guider un véhicule individuel vers une certaine destination, optimiser sa route et sa vitesse et le diriger en toute sécurité tout au long de son trajet. Les passagers pouvaient donc profiter du voyage sans avoir à piloter le véhicule. Il y avait bien sûr un autre avantage majeur dans cette infrastructure : l'État pouvait savoir à tout instant où quelqu'un se trouvait, où il se rendait, et quand il le faisait. Une vie d'allées et venues était inscrite dans la mémoire des Centres Nationaux à Ordinateurs Quantiques, et ceci pour chaque citoyen et chaque visiteur, et les données enregistrées dans ces archives couvraient alors plus d'un siècle.

Ce qui était d'importance dans ces systèmes maglev, que ce fût pour un usage personnel ou en commun, était qu'ils étaient basés sur une disposition unique des aimants qui produisait à la fois lévitation et poussée. Les Han croyaient que le Califat avait *volé* ces techniques pour les appliquer à la réalisation de leur système magnétique de lancement pour vol suborbital. Bien sûr d'après le Califat cela était faux : le Système de Vol Suborbital du Califat avait été construit en utilisant strictement des méthodes du Génie du Califat où on avait conclu que deux ensembles différents d'aimants supraconducteurs, l'un pour guider une capsule dans son tube de lancement, et l'autre pour sa propulsion pendant ce lancement était une solution bien plus efficace.

Les Han étaient si fiers de leur exploits technologiques qui disait-on dataient de plus de cinq mille ans que parfois ils s'attribuaient la paternité des inventions des autres. En tout état de cause, que ce soit pour les routes maglev ou pour le Système de Vol Suborbital du Califat, aucun n'aurait pu être économiquement et énergétiquement possible sans l'usage répandu des aimants supraconducteurs à température ambiante que les Han avait perfectionnés.

La Supraconductivité

La supraconductivité est le phénomène qui se produit quand la résistance électrique d'un corps ou d'un matériau devient nulle, ou zéro. Cette caractéristique est observée au-dessous d'une certaine température qui varie avec le corps en question, et celle-ci est appelée la température critique. Normalement, la résistance électrique se transforme en chaleur dans un conducteur, donc en pertes dans la transmission du courant électrique. Lorsque cette résistance et nulle il n'y a pratiquement pas de pertes et l'efficacité atteinte peut donc être substantielle. De plus, la conductivité électrique en l'absence de pertes avait permis la réalisation de moteurs extrêmement puissants et de générateurs d'impulsion qu'il aurait été pratiquement impossible de construire en utilisant des techniques traditionnelles quelle que fût leur efficacité.

La supraconductivité avait été d'abord observée à des températures extrêmement basses pour certain éléments et ce plus de trois siècles auparavant. Par exemple le mercure à 4,2°K (degrés Kelvin) soit 268,8°C (degrés Celsius) au-dessous zéro, perdait toute résistance. Le courant dans un circuit fait de matériel supraconducteur à une telle température peut persister *pour toujours* sans pertes appréciables et sans aucune source externe d'alimentation électrique.

Au cours des siècles on développa des matériaux ayant des températures critiques de plus en plus élevées, et spécialement lorsque celle de 90°K (c'est-à-dire −183°C) fut atteinte, ceci fut un point important car le *point d'ébullition* de l'azote est de 77°K et par conséquent ces matériaux pouvaient donc être refroidis à meilleur marché et manipulés plus facilement qu'à la température difficile de 4,2°K qui nécessitait un refroidissement à l'hélium liquide beaucoup plus cher et plus encombrant. On avait découvert que certains composés de mercure et de baryum en particulier étaient supraconducteurs à des températures de 134°K (équivalent à 139°C au-dessous zéro). L'*air liquide* ainsi qu'il était convenu de l'appeler avait été disponible depuis plusieurs siècles à des températures entre le point de congélation de l'azote, soit 63°K (-210°C) et son point d'ébullition.

Dans les conducteurs normaux le flux des électrons à travers la matière est altéré par leurs collisions avec les ions qui y sont présents, et ces collisions créent de la chaleur, et donc l'énergie se dissipe. C'est le phénomène de la résistance électrique. Dans un supraconducteur, les effets quantiques permettent aux électrons de se lier en *paires* qui peuvent dans certaines conditions de température et d'énergie éviter les collisions normales, et donc la dissipation d'énergie.

La dépense d'énergie pour refroidir un matériau jusqu'à sa température critique dépend bien sûr du matériau en considération. Cette dépense rend le déploiement à grande échelle de systèmes supraconducteurs inefficace. À mesure que la science avait progressé et que les matériaux dont les températures critiques étaient de plus en plus élevées, les applications technologiques devinrent plus abordables économiquement.

Quelques cinquante ans auparavant les Han avaient développé un composé spécifique basé sur le niobium, le gallium, le titane et d'autres éléments qu'ils espéraient garder secrets et hors d'atteinte du Califat. Ce matériau avait des propriétés supraconductrices à température ambiante. En fait sa température critique était secrète mais des sources informées l'estimaient à au moins 24°C au-dessus de zéro, sinon plus. Les recherches continuaient et les scientifiques Han croyaient qu'ils pourraient créer un composé avec une température critique de plus de 45°C, ce qui rendrait pratiquement toutes les applications électriques supraconductrices. Un autre domaine de recherche d'intérêt était celui concernant les caractéristiques de surface de ces supraconducteurs. Certain composés étaient supraconducteurs à température ambiante dans leur volume alors que leur surface conservait une haute résistance ou même ne conduisait pas du tout, donc de résistance infinie. Les fils électriques faits de ces composés venaient donc avec leur propre isolation, des supraconducteurs avec une couche isolante extérieure, le tout intégré. L'efficacité dans l'utilisation de l'énergie avait par conséquent atteint des taux d'au-dessus de 99.9% lorsque comparée à celle de seulement un siècle auparavant.

Un autre avantage utile était que lorsque la température d'opération d'un système était basse par rapport à la température critique du matériau dont il était construit, le système pouvait accepter des courants et des champs magnétiques plus élevés, permettant la réalisation de plusieurs applications que l'on trouvait dans l'Empire et qui avaient été impossibles auparavant.

Ayant à leur disposition des supraconducteurs aussi faciles à manipuler, des fils supraconducteurs permirent la transmission du courant sans pertes sur de vastes distances ainsi que la construction de bobines pour la fabrication d'aimants supraconducteurs. Quoique dans les siècles passés ces derniers dussent être refroidis à des températures relativement basses, ce qui est acceptable pour plusieurs applications, les routes maglev avaient été rendues possibles seulement grâce à l'avènement des matériaux supra-conducteurs à température ambiante développés par les Han.

4

QUELQUES PLANS

Préparations Initiales

Al Kansii arriva à la Base des Forces Spatiales No. 7 qui était située au centre du Califat de l'*Améristan*. Le Capitaine Ahmed Dromm, un vétéran des anciens conflits armés l'y accueillit.

« Vous êtes donc ici pour faire vos adieux à la famille ? demanda Dromm.

– Oui mon Capitaine, mais aussi pouvoir réviser nos plans, répondit Al Kansii.

– Bien sûr, bien sûr, dit Dromm sans aucune conviction. Revoyons donc ces plans. Tout d'abord vous allez vous engager dans une opération martyre contre les Han, vous le comprenez n'est-ce pas?

– Oui mon Capitaine », fut la simple réponse d'Al Kansii.

Le Capitaine Dromm demanda alors à Al Kansii si la technologie qu'il allait utiliser contre les Han lui était familière.

« Oui, répondit Al Kansii.

– Allez-y, expliquez. Prenons notre temps. Nous devons examiner tous les détails afin que rien ne nous échappe », dit Dromm.

Dromm était un ancien officier de renseignement formé à l'Académie des Forces Spatiales. Les armes du type de celles qu'Al Kansii allait décrire lui étaient donc familières. Dans la guerre spatiale, l'absence d'obstacles terrestres et d'atmosphère simplifiait considérablement ces armes et rendait leur impact plus final. Les contre-mesures bien sûr étaient aussi plus difficiles à ériger, bien que Dromm eût conçu des tactiques qui lui avaient permis de survivre aux *missiles* spatiaux des Han plusieurs fois.

Un *missile spatial* n'était pas réellement un missile physique mais une concentration d'énergie dirigée, invisible, qui se déplaçait à la vitesse de la lumière et dont la *détection* était exactement ce que l'attaquant cherchait. Le *missile* était destiné à être détecté, et non furtif.

Ces systèmes d'armement étaient basés sur la Théorie Quantique et la *détection* seule du *missile* provoquait un éclat d'énergie qui oblitérait le détecteur, le véhicule qui le contenait, et bien sûr son équipage. L'analogie la plus proche était quelque chose de pas très différent des anciens faisceaux-laser : si on regardait le laser, on abîmait sa propre rétine. Bien sûr les lasers pouvait être dirigés vers n'importe quelle partie du corps sans que le sujet participât, et donc causer des dégâts à cette partie du corps. Dromm avait conçu les *senseurs*, qui étaient essentiellement des détecteurs jetables de ces éclats d'énergie, qu'on lançait à plusieurs kilomètres de distance du vaisseau spatial et qui cherchaient activement les *missiles* en question, qui cherchaient activement à être oblitérés. C'était une vieille technique que l'aviation d'autrefois avait utilisée et où des leurres étaient éparpillés pour attirer les missiles à tête chercheuse thermique mais cette technique était différente et beaucoup plus puissante.

Dromm voulait donc voir Al Kansii commencer son exposé.

« Oui, en fait, dit Al Kansii, et ceci nous donne une autre arme. Si vous le permettez, j'irai un peu en arrière, aux fondements de la théorie de l'effet tunnel quantique et expliquerai comment nous avons développé le Désintégrateur à Effet Tunnel Quantique ou formellement le QuaTunDis dans le jargon militaire, ou comme on l'appelle affectueusement le Quty, que certains prononcent Qudy.

« L'Effet Tunnel Quantique est un phénomène qui nous est familier depuis plus de deux cents ans maintenant, et dans un sens un précurseur à nos Effets Quantique Non Locaux, que les Han ont pu aussi maîtriser, d'après ce que l'on sait. Ça fonctionne de la manière suivante » , et Al Kansii traça le diagramme suivant dans l'écran holographique virtuel qui flottait entre eux :

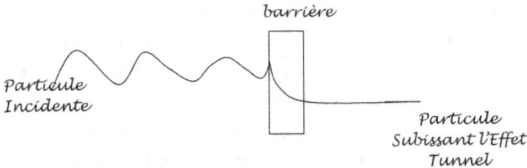

9. Barrière Illustrant l'Effet Tunnel Quantique

« L'effet tunnel quantique est une conséquence de la dualité onde-particule de la matière. Cette dualité est exprimée en termes d'une fonction d'onde qui décrit la probabilité de l'état d'une particule. La fondation de la Mécanique Quantique est le principe d'incertitude de Heisenberg qui nous est maintenant familier. Cette incertitude, pour une particule, ou dans ce cas pour une flotte de particules, est décrite par leur fonction d'onde, et cette fonction d'onde a une valeur non nulle de l'autre côté d'une barrière physique apparemment insurmontable, insurmontable du moins du point de vue classique bien sûr. Par conséquent il y a une probabilité non nulle pour que la particule soit de l'autre côté.

« Donc une particule a une probabilité très faible de traverser cette barrière, mais cette faible probabilité lorsqu'appliquée à un grand nombre de particules fait en sorte que dans l'ensemble ce grand nombre produit une probabilité raisonnable pour que quelques uns des membres de l'ensemble traversent cette barrière. Pour un très grand nombre de particules donc, leurs faibles probabilités individuelles se traduisent en une probabilité plus forte pour un petit nombre de particules. Ainsi, et ceci a été normalement observé dans des centaines d'applications, les particules traversent la barrière. C'est comme si un véhicule roulant en roue libre à une vitesse trop basse pour lui permettre de franchir une pente trop raide, avait quand même une probabilité, quoique faible, de la franchir, comme si ce véhicule était passé par un *tunnel*.

« Ou encore pour une comparaison plus exacte, comme si un très grand nombre de ces véhicules, des millions d'entre eux, essayassent de franchir le sommet de cette pente et qu'un très petit nombre arrivât à le faire quoique ceux-ci n'eussent jamais eu une vitesse suffisante. Comme s'ils étaient passés par un tunnel.

« Bien sûr les véhicules ordinaires sont trop grands pour subir ces effets quantiques et bien qu'au début seules de particules individuelles pussent effectivement traverser de telles barrières, on a observé et on a recréé ce phénomène pour plusieurs particules à la fois, ou pour une flotte, ou un escadron de particules. D'abord des atomes entiers ont pu passer par ces tunnels et ceci il y a près de deux cents ans, et maintenant il en est de même pour des systèmes d'atomes. C'est-à-dire un ensemble spécifique de particules coordonnées. Quand cela fut devenu possible, on a pu créer un faisceau de particules pour lequel la probabilité de traverser une telle barrière est suffisamment élevée pour prévoir cet effet tunnel quand une cible est bombardée par un tel faisceau. Des pistolets en sorte, des pistolets à effet tunnel quantique sont donc possibles. L'avantage ? Pas de gâchis, pas d'effusion de sang, pas de bruit. Seulement un faisceau invisible qui force la désintégration des cellules vivantes par exemple. La cible meurt donc rapidement. Bien entendu on doit s'assurer que le faisceau de particules que l'on désire faire passer par ce tunnel pour attaquer les cellules soit capable de détruire ces cellules.

« En somme, ces armes sont basées sur le concept que quand une particule est d'un côté d'une barrière, la fonction des probabilités fait que cette même particule est aussi, jusqu'à *un certain point*, de l'autre côté de la barrière. On dit que c'est de la magie, mais le phénomène a été vérifié expérimentalement et fait partie de la science ordinaire. Nos lycéens font de telles expériences de nos jours.

– Est-ce que c'est ce que vous proposez pour le Conseil du Peuple des Han ? demanda Dromm.

– Non, les armes à effet tunnel prennent du temps et demandent une surprise totale, répondit Al Kansii. Un agent serait submergé lorsqu'il viserait sur sa cible et essaierait d'éliminer sa première victime. Aussi la mort par effet tunnel de particules mortelles sur des cellules vivantes peut être relativement lente, par conséquent elle n'est pas appropriée pour notre mission. Nous avons l'intention d'employer le nLQD, affectueusement appelé le Noloquad, l'acronyme du Désintégrateur Quantique non-Local. »

« Comme je le disais, expliqua Al Kansii après une brève pause, l'arme la plus appropriée est le Noloquad. Il utilise des particules ambiantes qui au préalable auraient été répandues partout par nos forces, et inoffensives bien sûr, à moins que…je veux dire *jusqu'à ce* que quelqu'un essayât de détecter ses faisceaux, ou mieux même, que quelqu'un concentrât ces faisceaux sur une cible bien déterminée. Le résultat est la désintégration complète, venant de nulle part. C'est pratiquement indétectable, à moins bien sûr que celui qui en tenterait la détection ne voulût se faire désintégrer...

– Vous voulez dire l'Ange de la Mort, interrompit Dromm. Noloquad c'est pour les mauviettes. Je sais que ça a l'air sacrilège, mais appelons les choses par leur nom. »

L'Ange de la Mort

« Oui, répondit Al Kansii, l'Ange de la Mort. Et une fois déployé il est là suspendu sur la Création toute entière, prêt à frapper sur la cible choisie, et quelques fois sur une cible au hasard, tout comme le vrai Ange de la Mort de la tradition biblique.

– Commencez dès le début, dit Dromm, nous devons nous assurer que nous avons les meilleures armes pour notre mission. Allons donc à la base.

– Oui Capitaine, bien sûr, répondit Al Kansii.

« Le principe en fait est simple. Il a été découvert il y a plus de deux siècles, mais son application ne fut conçue que plus tard, comme c'est normalement le cas quand un principe scientifique fondamental évolue vers les sciences appliquées et puis vers l'ingénierie.

« Le Noloquad, ou l'Ange de la Mort si vous préférez l'appeler ainsi, est basé sur le principe d'incertitude de Heisenberg. Comme on sait, du moins la plupart de nous le sait, ce principe, le fondement de la Théorie Quantique nous dit que la position et l'impulsion, c'est-à-dire le produit de la masse par la vitesse d'une particule ne peuvent être connus avec précision et simultanément. En d'autres termes, si on peut déterminer la position d'une particule avec précision, on ne peut en même temps connaître son impulsion. Cela s'exprime comme *delta-x* multiplié par *delta-p* est plus grand ou égal à *h barre* divisé par 2 » , expliqua Al Kansii lorsqu'il traça la formule suivante sur le champ holographique qui existait dans l'espace entre le deux :

$$\Delta x . \Delta p \geq \hbar/2$$

« où x est la position et p est l'impulsion, et $\hbar$ est la constante de Planck h divisée par 2π. L'incertitude dans la position, multipliée par l'incertitude dans l'impulsion est toujours plus grande qu'un nombre non-nul lié à la constante de Planck, c'est-à-dire que nous avons toujours une incertitude. Bien sûr la constante de Planck est extrêmement petite, de l'ordre de 10^{-34}, c'est-à-dire de un précédé de trente deux zéros après la virgule. Pour la plupart des expériences de la vie courante elle est négligeable et supposée zéro. Mais dans le domaine des particules minuscules, dans le domaine quantique, cette constante a un grand impact, et c'est ce qui permet la réalisation de certains systèmes d'armes.

« Quoiqu'étant un phénomène contre-intuitif au début, les scientifiques tentèrent de l'expliquer en disant que la détection de la position d'un objet en elle-même affectait sa position et sa vitesse. Donc l'observation, ou la détection, de toute chose dans l'Univers, affecte cette même chose.

« Bien sûr pour les objets macroscopiques qui nous sont familiers, l'effet est pratiquement sans importance et négligeable. Mais pour des particules de taille extrêmement petite, pour qu'elles soient détectées, quelque chose doit les heurter afin qu'elles deviennent observables, disons un photon les frappe, ou une autre particule bien sûr, et ce photon rebondit sur elles et frappe un détecteur, comme par exemple notre œil ; la particule ayant été ainsi observée a par conséquent été affectée. Donc le fait d'observer affecte ce qu'on observe, et l'incertitude de tout ce qui est observable est une propriété inhérente de l'observable. C'est de la science de lycée bien sûr, mais vous m'avez demandé de commencer au tout début...

« Puisque le principe d'incertitude était contre-intuitif à l'époque où il fut posé, plusieurs scientifiques dans ce que j'appellerais notre préhistoire scientifique se rebellèrent contre cette interprétation de la nature. « *Dieu ne joue pas aux dés avec l'Univers* » avait dit Einstein si je m'en souviens bien.

« En fait Einstein et deux des ses collègues, Podolsky et Rosen, conçurent ce qu'on appelle une expérience mentale pour montrer que le principe d'incertitude ne pouvait se fonder que sur une théorie incomplète et ces idées donnèrent lieu plus tard à la base qui forme le Noloquad, l'Ange de la Mort. L'expérience EPR comme on l'appelle d'après les initiales de ses auteurs, se fondait sur l'idée qu'une observation *indirecte* d'un phénomène peut conduire à une certitude parfaite des variables physiques car il n'y a aucune perturbation comme à la suite d'une détection directe.

« Cela s'explique de la façon suivante… en fait je ne me souviens pas exactement de ce que la EPR originale suggérait, mais mon analogie devrait suffire. Si deux évènements symétriques et exactement égaux sont créés, disons les évènements A et B, d'après l'interprétation la plus acceptée du principe d'incertitude, la détection de l'un (A) affecte sa position et son impulsion, mais non pour l'autre (B) et donc on peut connaître avec exactitude les paramètres de l'évènement qui n'avait pas été mesuré directement car celui-ci n'a pas été affecté, et donc invalider le principe d'incertitude. Par exemple, si un séparateur de faisceaux produit deux faisceaux d'électrons, exactement égaux mais se déplaçant dans des directions opposées, la détection de l'un confirme les paramètres de l'autre sans que l'on ait à détecter celui-ci qui, puisque n'étant pas perturbé, nous permet de connaître la valeur de ses paramètres avec certitude.

– Soyez plus explicite, dit Dromm.

– Disons… disons que vous et moi décidions de faire la course avec deux véhicules à propulsion magnétique montés sur une route magnétique alimentée par la même centrale génératrice électromagnétique, par conséquent allant à la même vitesse, mais supposons que nous ayons décidé de le faire en empruntant des directions opposées. Nous nous attendrions bien sûr à atteindre la même distance du départ après la même durée du trajet, chacun de nous dans sa propre direction. Malheureusement pour vous, puisque nous dépassons tous deux la limite de vitesse et qu'un détecteur de vitesse vous surprend, mais en supposant encore que ce genre d'appareil ne soit pas installé sur mon côté de la route, alors bien que les paramètres de votre trajet eussent été détectés et altérés, les miens ne l'ont pas été et par conséquent ceux-ci peuvent être déterminés avec précision par induction mathématique simple.

« En bref la EPR dit que la mesure indirecte n'affecte pas l'objet qui n'est pas *observé* directement, et son état peut par conséquent être connu avec certitude car l'objet n'a été soumis à aucune perturbation due à son observation. Le principe d'incertitude ne peut être respecté dans ce cas. »

« Cependant, continua Al Kansii, des expériences quelques décennies plus tard déterminèrent que la EPR était en fait *incorrecte* dans le domaine quantique. Oui, incorrecte. Des expériences montrèrent que quand un faisceau laser était clivé en deux faisceaux, l'observation d'un photon cible affectait le comportement de son compagnon, le photon dans l'autre faisceau, les équivalents de vous et moi dans l'exemple plus haut. Ainsi quand votre vitesse est détectée, et donc vos position et impulsion sont affectées, au même moment les paramètres de mon trajet sont aussi affectés ! Comme si nous étions liés l'un à l'autre. Incroyable mais vrai. Et cet effet nous a permis de produire des armes telles que le Noloquad, l'Ange de la Mort.

– Pas si vite, interrompit Dromm, expliquez ces expériences puisqu'elles sont clé pour le succès de notre mission.

– Oui, certainement, continua Al Kansii, si je m'en souviens bien, un émetteur de particules, disons de photons, émet un faisceau qui passe par un séparateur et les deux faisceaux qui résultent de ce clivage se retrouvent sur un écran qui sert de cible après que les deux faisceaux eussent été réfléchis par deux miroirs identiques. Vous pouvez aussi en faire de même avec deux fentes par exemple. On a donc deux trajectoires pour un faisceau clivé en deux faisceaux que je dirais jumelés. Si vous me le permettez, je tracerai la figure suivante. »

Al Kansii prit une sorte de stylo flottant et traça en l'air une figure tridimensionnelle sur l'appareil holographique qui enregistra et reproduit avec une grande précision le diagramme suivant qui flottait dans l'espace :

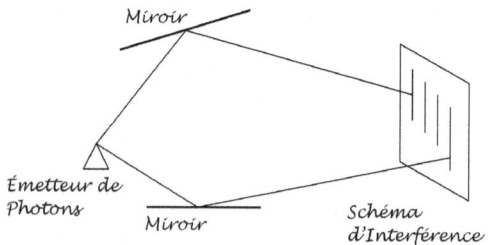

10. *Diagramme d'Al Kansii de l'Expérience du Clivage d'un Faisceau*

« Ainsi on s'attend à voir un schéma d'interférence quand les deux ondes se déplacent sur deux trajectoires différentes avant d'atteindre une cible commune, continua Al Kansii, car il y a une incertitude complète quant à la direction que les deux photons ont prise. Tout comme un faisceau lumineux passant par des fentes produit une interférence sur l'écran. Les bandes lumineuses correspondent à une interférence constructive entre les deux faisceaux, quand ceux-ci *s'accordent* entre eux et leurs amplitudes se renforcent mutuellement, et les bandes noires à de l'interférence destructive quand leurs amplitudes s'annulent mutuellement, tout ceci est du niveau du lycée.

« Ce qui est intéressant est qu'un détecteur placé dans la trajectoire d'un faisceau détruit le schéma d'interférence, comme on le sait. De plus en ajoutant des écrans et des détecteurs sur chaque trajectoire, on observe que la perturbation sur un faisceau se produit aussi bien sur l'autre faisceau, comme si les deux faisceaux étaient connectés, jumelés. Et alors dans ce cas comme si les deux photons se comportaient comme une seule particule frappant la cible, et non comme deux objets ondulatoires sujets à leur interférence.

« Donc en essayant de prouver la EPR, les expérimentateurs en fait prouvèrent que son hypothèse était incorrecte. Afin de s'assurer qu'il y avait rien qu'ils eussent négligé, les expérimentateurs construisirent plusieurs autres installations en introduisant plusieurs détecteurs, des séparateurs de faisceaux supplémentaires, des convertisseurs de fréquence, etc. Chaque fois que la trajectoire d'un faisceau était *connue*, le système entier semblait être connu quant aux deux faisceaux. Comme si les deux faisceaux étaient emmêlés, comme s'ils étaient enchevêtrés.

« C'est un peu comme la croyance populaire qui dit que deux jumeaux qui seraient séparés, même par des continents, et lorsque disons que l'un d'eux vienne à mourir, ou qu'il lui arrivât quelque chose de tragique, l'autre le *sent*. Des expériences en psychologie avec des jumeaux ont montré on le sait cette corrélation étrange, cette connexion. Que celle-ci soit vraie ou fausse, je ne puis le dire. Je ne sais pas si en fait cela se produit ou pas ou comment cela se produirait, ce n'est pas mon domaine, et il est possible que quelque type d'effet quantique non-local en soit responsable, quoique j'en doute. Je prédirais plutôt que quelque type d'*onde* de faible énergie pourrait exister, et certaines personnes sont plus aptes à les détecter que d'autres. Par exemple on peut aussi le *sentir* lorsqu'on est suivi, même si la personne qui nous suit se trouve à distance et hors de notre champ de vision périphérique. Mais revenons au Noloquad… »

« La conséquence de ces effets étranges est très importante, continua Al Kansii, puisque les deux faisceaux ne doivent pas nécessairement être au même endroit, ils peuvent être distants de plusieurs kilomètres l'un de l'autre, ou même séparés par des milliards d'années. Dans ce cas, et ceci est crucial, l'espace dans lequel les faisceaux se déplacent alors que les deux semblent apparemment indépendants l'un de l'autre, cet espace est non seulement spatial mais temporel. Et alors qu'on émettrait des photons, disons aujourd'hui, quelques années plus tard et à une grande distance de la source, on pourrait donc en modifier le comportement comme s'ils avaient été émis de cette façon.

« Donc la détection d'un évènement passé modifie l'évènement original ! Bien sûr ceci n'est pas exactement vrai. La détection modifie notre *perception* de l'évènement passé. Ceci veut dire qu'une radiation inoffensive flottant dans l'espace pendant des éons peut être mobilisée par sa détection pour représenter quelque chose de différent, même une explosion ou un effet tunnel, ou une désintégration, si bien sûr cette radiation pouvait par sa détection effectivement produire de tels effets. Ou plus précisément une émission de particules, qui normalement se manifesterait par une radiation ambiante inoffensive deviendrait plutôt quelque chose de bien pire si on la manipulait ainsi.

« Une paire de faisceaux ainsi intriqués faits de particules inoffensives mais de particules qui pourraient devenir nocives dans certaines configurations, si cette paire est projetée partout et si on agissait sur un membre de la paire, son faisceau partenaire répondrait en conséquence, et ceci même à des milliers de kilomètres, et même si séparé par des siècles ! Si on décidait de *collimater* plusieurs de ces faisceaux pour obtenir un plus grand effet et si on les concentrait sur une cible, l'écran dans les expériences que je viens de décrire, on pourrait produire un bombardement de la cible à volonté. En silence, indétectable, venant de nulle part. Presque comme si le fait de penser à un événement le ferait se produire. C'est ce que les anciens croyaient et qui est le domaine de la superstition. Mais la science réelle nous montre des phénomènes semblables. Ce n'est pas de la superstition, ce sont les effets du caractère non-local du domaine quantique.

« Les faisceaux potentiellement mortels sont déployés disons aujourd'hui, et ils existent simplement là, inoffensifs à tous. Et soudain, lorsque quelque chose se produit quelque part, le faisceau jumelé situé même à distance frappe. Les faisceaux sont là, planant au-dessus de vous et moi, et quelqu'un, quelque part, très loin même, fait que quelque chose se produisît et vous êtes oblitéré. Tout comme l'Ange de la Mort.

« Bien sûr les premiers expérimentateurs n'avaient jamais pensé à de telles armes. Ils continuèrent leurs expériences et développèrent des théories, et ils essayèrent de reproduire ces effets quantiques à plus grande échelle, tout comme ils l'avaient fait pour l'effet tunnel quantique …

– J'attendais que vous en veniez là, tout cela est relié à l'effet tunnel, interrompit Dromm, continuez.

– Oui… c'est ce que les Han ont fait. Comme d'habitude, nous en avons développé une arme quoique je soupçonne les Han d'en avoir fait de même, ou du moins quelqu'un dans leur hiérarchie doit être au courant de ce que nous possédons, ajouta Al Kansii.

– Vous parlez de la trahison d'un scientifique haut placé qui saurait que les Han posséderaient ces armes mais qu'il garderait secrètes, de même que leurs contre-mesures. C'est ce qu'on nous dit du moins, répondit Dromm.

– Peut-être, continua Al Kansii, cela peut être de la spéculation mais ça a du sens. Un traitre au sein des Han sait ce que nous nous proposons de faire, il nous aiderait à faire que les dirigeant de l'Empire *disparussent* et alors il deviendrait le nouveau souverain, tout ceci sans aucune trace…ni sang, ni gâchis. Du moins c'est ce que j'arrive à deviner.

– Est-ce que vous feriez confiance au traitre ? demanda Dromm.

– Capitaine, je n'en sais rien, répondit Al Kansii. S'il peut réaliser son projet et s'il s'endette envers nous, nous pouvons l'exposer immédiatement.

– Mais il peut manipuler l'information, interrompit Dromm.

– Oui, mais à quelles fins ? répondit Al Kansii. D'accord, il nous accuse et alors ? Il lui serait difficile de prétendre qu'il ne fût au courant de l'intrigue, du complot, lui qui serait le seul survivant, miraculeusement.

– C'est comme on dit le code d'honneur entre brigands, jeta Dromm.

– Oui, dans un sens oui. Mais dans la défense de la Vraie Religion cela se justifie. Nous ne sommes pas des brigands, nous jouons simplement pour gagner », conclut Al Kansii.

« Je résume, reprit Dromm, et il continua comme s'il se parlait à lui-même : l'observation ou non d'un effet causé par une particule dépend des conditions d'observation de son compagnon intriqué. Puisqu'une observation peut être faite plus tard, même des millions d'années plus tard selon certains, par conséquent une condition connue aujourd'hui peut être affectée par ce que quelqu'un a fait dans le passé, ou pourrait faire dans le futur ? En une sorte d'action retardée, dans les deux directions du temps ? Comme si une action pouvait changer le passé rétroactivement, pouvait effacer le passé ?

– Pas vraiment. Le passé ne peut être changé. Dieu seul peut changer le passé... » Al Kansii s'arrêta soudain, se demandant si ce qu'il venait de dire avait aucun sens. Il reprit :

« Euh...Dieu est tout-puissant... » et après un courte pause il ajouta :

« Le passé n'est pas changé dans le domaine quantique. C'est notre *perception* des évènements qui change avec ces événements qui se produisent à distance, la distance bien sûr étant l'espace et le temps. On interprète ceci comme si les phénomènes pouvaient prendre plusieurs trajectoires, plusieurs façons de se produire, plusieurs *états* comme ils disent ; et suivant l'observation des phénomènes qui leur sont reliés, c'est-à-dire de leur *états* intriqués, on observe un *état* de ces évènements ou un autre... Le passé n'est pas changé... On ne peut changer le passé.

– Je vois, dit Dromm pensivement.

– Oui, répondit Al Kansii », ne sachant que dire de plus.

'hala Guadal, Califat Central

Al Kansii revint à son lieu de naissance. Un dîner formel avait été organisé et sa famille élargie et ses amis proches avaient tous été invités. Quoique rien ne fût dit de sa mission, qui demeurait secrète, et le fait même qu'il eût une mission était aussi un secret, tous savaient que les *dîners d'honneur* comme on les appelait étaient normalement organisés lorsqu'une opération-martyre était anticipée. L'atmosphère était solennelle et plutôt sombre. Les mets étaient en abondance et fortifiants, et non pas particulièrement raffinés ou délicats. C'était le moment du retour à son origine. Du retour à la poussière. Du retour à ces temps primordiaux quand la vie avait commencé. Tous les convives sentaient cette sorte de relation animale avec la nature.

Confrontés à la mort, à la mort imminente, quoique non la leur, les convives commençaient invariablement à se connecter aux choses éternelles, ou du moins les choses qu'ils considéraient éternelles. Les montagnes, les lacs, les nuages, les forêts et même les phénomènes intangibles comme les tempêtes et les tremblements de terre. Tout ce qui était du monde mais pas la vie humaine. Le monde d'avant la vie humaine et que personne ne connaissait mais que chacun pensait pouvoir concevoir dans leur imagination. Près de la fin, l'homme essaie de saisir le début. Comme lorsqu'un mourant revoit sa vie à la vitesse de la lumière. En un éclat il se rappelle tous les évènements de sa vie, comme si pour en faire un résumé, un résumé complet avant de partir.

Le dîner consistait en un menu traditionnel pour cette région : de la viande et des pommes de terre, et de la tarte aux pommes comme dessert, *à la mode*. La viande était *halal* comme les autorités le requéraient. Chacun des convives reçut un très grand bifteck grillé sur du charbon de bois et au moins une pomme de terre cuite au four qui était fendue tout au long et où on avait mis du beurre, du sel et du poivre. Quelques invités y avaient aussi versé une sorte de crème aigre, d'autres du yoghourt. Le grillage avait été fait par deux hommes, une exception au rôle traditionnel des hommes dans le Califat depuis deux cents ans et qui assignait aux femmes toutes les préparations alimentaires. Il y avait bien sûr une exception pour les établissements commerciaux où la préparation des mets était une occupation masculine exclusivement. La tarte aux pommes *à la mode* était une tarte rustique sur laquelle de la glace à la vanille était servie. Les tartes avaient été faites chez une des dames présentes.

Al Kansii se régala de ce *dernier* repas car il le transportait près de ses racines. Ce n'était bien sûr pas son dernier repas, mais très probablement son dernier repas-maison.

À la fin du dîner, Al Kansii fit un bref discours dans lequel il loua Dieu pour tout ce qu'Il donna. Dieu avait donné à tous ceux qui s'étaient assemblés là leur vie sur terre, en attendant les bienfaits de la vie future. Al Kansii réaffirma sa dévotion au Califat, à sa famille et à la mission que Dieu dans Sa grâce avait décidé de lui octroyer.

Al Kansii embrassa tout un chacun, et remarqua que plusieurs avait des larmes aux yeux, et pas seulement les femmes. Quelques hommes, des hommes adultes, avaient les yeux rouges, des hommes aux yeux humides.

Al Kansii, avec une sorte de boule qui croissait dans sa poitrine, ou plutôt comme on le dit communément, dans son cœur, retourna à la Base des Forces Spatiales.

Base des Forces Spatiales No. 7

« Vous disiez que ça ne laisse aucune trace, demanda Dromm.

– Correct. Ça ne laisse aucune trace. Nous allons utiliser une dérivée de la science de l'intrication quantique pour faire que la cible soit oblitérée, sans aucune trace de son existence précédente. Nous allons utiliser des armes à désintégration quantique.

– Oui, mais vous n'allez tout de même pas lancer des photons de basse énergie. Ils sont inoffensifs !

– C'est vrai. Nous utiliserons donc des particules plus effectives.

– Lesquelles ?

— Cela, on ne nous le dit pas. C'est un secret d'État, puisqu'elles ont été déployées comme la Cape de l'Ange de la Mort sur toute la Création divine. Même ses utilisateurs ne le savent pas.

– Mais enfin, vous devez en avoir une idée quand même.

– Oui, je crois que ce doit être des neutrinos. Peut-être un cocktail de neutrinos.

– Et pourquoi ?

– Parce que les neutrinos sont indétectables et peuvent se greffer au noyau d'un atome et le changer, ou le désintégrer. Le corps humain est un système très fragile, en équilibre instable, comme une balle au sommet d'une colline. Elle ne peut se mouvoir d'un côté ou de l'autre sans tomber. Sa position est *parfaite* en tant que telle, si on ne la dérange pas.

« Bien sûr les humains peuvent encaisser plusieurs coups, mais pas dans leur structure interne. Même l'ADN peut être altéré, et le sujet survit comme une sorte de mutant. Des cellules peuvent être tuées, des membres amputés, mais si vous changez la composition atomique en carbone, en hydrogène, en oxygène, en azote et enfin en phosphore des molécules qui forment la structure ADN de ces cellules, le sujet n'est plus un sujet. L'ADN n'est plus de l'ADN. Il ne reste rien d'humain, ni de mutant, ni de vie.

« Donc un neutrino agissant sur un atome de carbone, ou quelqu'autre atome contenu dans le corps humain, ce neutrino peut le changer en une forme atomique inférieure telle que le bore, ou le béryllium, ou même l'hydrogène, et le corps cesse simplement d'être un corps, il disparaît simplement. Tout ce qui reste c'est quelques atomes qui n'ont pas été désintégrés, comme les minéraux contenus dans le corps ; l'oxygène se combine à l'hydrogène et produit une flaque, l'azote se mélange à l'air ambiant. Et les atomes ayant un nombre atomique plus élevé, quand leurs protons deviennent des neutrons, ou l'inverse aussi, ils génèrent un nombre suffisant d'électrons pour rendre cette expérience neutre. Oui tout ce qui reste de vous est une flaque. Même vos vêtements se désintègrent s'ils contiennent des matériaux organiques. Les parquets de bois sur lesquels vous vous teniez aussi se subliment, quoique ceci soit un terme plutôt incorrect pour une telle désintégration.

« Oui tout ce qui reste de vous est une flaque et quelques poudres métalliques qui seraient peut-être visibles. Les témoins arrivant après votre désintégration ne savent même pas que vous étiez là un moment auparavant et que vous venez de vous faire évaporer. Vous avez disparu. Une sorte de plaie biblique, de malédiction biblique.

« D'après ce que je sais, seuls les neutrinos *muon-* ou *tau-*peuvent causer de tels changements dans les noyaux fondamentaux de la vie. Et la Cape de l'Ange de la Mort est parfaite pour une action dans la capitale des Han avec ses réflecteurs naturels de l'Himalaya et de l'Oural permettant une première concentration locale grosse de ces faisceaux. Les chaines de montagnes suivantes, les Stanovoï au nord de leur capitale et les Kunlun au sud font le reste, et bien sûr notre détecteur quantique nous permet d'atteindre notre cible.

– Vous voulez dire le *collimateur* ? C'est dans le Califat de l'*Al Andalous*, correct ? interrompit Dromm.

– Oui, bien sûr. C'est là qu'est ma première étape » , répondit Al Kansii. Il ajouta :

« Je dis que l'esprit que Dieu nous a donné nous permet d'accomplir de choses extraordinaires. Permettez que je commence au début, dit Al Kansii.

« Quoiqu'ils aient eu leur origine seulement dans l'esprit d'un grand scientifique de l'Occident, les neutrinos sont connus aujourd'hui comme une des particules fondamentales de l'Univers. Les neutrinos n'ont pas de charge électrique, et par conséquent peuvent traverser de grandes distances dans la matière sans qu'ils soient affectés par celle-ci.

« Il y a trois types de neutrinos ν_e, ν_μ et, ν_τ, que l'on dénote par la lettre grecque *nu*. C'est-à-dire des neutrinos-électron (*nu*-e), des neutrinos-*muon* (*nu* avec l'indice *mu*, une autre lettre grecque) et des neutrinos-*tau* (*nu* avec l'indice *tau*, aussi une lettre grecque). Le neutrino-électron est bien sûr associé à l'électron, et les deux autres neutrinos sont associés à des versions plus lourdes de l'électron, les particules *muon* et *tau*.

« Voici comment ça marche. Les neutrinos sont produits ici dans le Califat et ils se déplacent ensuite sur de grandes distances partout dans le monde, peut-être même la galaxie. Ils n'interagissent avec rien du tout, ils sont donc indétectables. Cependant à la source nous clivons le faisceau avant que les neutrinos ne commencent leur voyage et on attend tout simplement. Nous venons d'étaler la Cape.

« À un certain point, quand le Califat décide d'agir, l'action sur une composante de la paire intriquée, sous notre contrôle ici, produit une action équivalente à distance, *une action fantôme à distance...* Einstein l'avait ainsi appelée. L'Ange de la Mort est prêt à frapper.

« Cette action se fait aussi sentir dans l'Empire des Han, et partout ailleurs. Si on est là pour y exploiter le faisceau intriqué, et si ce faisceau est quelque peu nocif, vous avez un diable d'arme à votre disposition.

– Oui, mais vous devez être là pour choisir votre cible, vous devez vous exposer, interrompit Dromm.

– Oui, bien sûr, ceci est l'état de notre science, de notre technologie. Et c'est pourquoi on a besoin de moi, je suppose. Je ne suis pas l'Ange, seulement son aide », répondit Al Kansii.

Dromm et Al Kansii allèrent ensuite au club des officiers et commandèrent comme c'était la coutume du thé vert avec de feuilles de menthe.

Le garçon, un enrôlé récent, accompli le rituel du thé et après qu'il se fût retiré Al Kansii jeta un coup d'œil sur Dromm qui venait de verser furtivement dans le thé le contenu d'un flacon qu'il avait pris de sa poche.

« *De l'Eau de Vie interdite* », pensa Al Kansii.

Après quelques jours d'un entrainement physique difficile qui avait inclus l'essai du vol et de l'atterrissage de plusieurs Appareils de Vol Individuels Autonomes, les AVIAs, dans diverses conditions et même deux jours dans la nature équipé seulement d'un couteau inséré sur le côté de sa chaussure, Al Kansii retourna à Oussamabad, prêt à commencer sa mission. Pendant son séjour dans la nature, Al Kansii avait coupé la gorge à deux chats sauvages dans la montagne et qui avaient surgi de nulle part, de l'obscurité, et ceci deux nuits de suite. Des chats sauvages, ou quelqu'autre animal, il ne pouvait savoir. Néanmoins, Al Kansii était prêt, physiquement et spirituellement et *Incha'Allah* sa mission porterait fruit.

Entre temps au fin fond du territoire Han, Yu Lin entendit, ou plutôt son cerveau crut qu'il avait senti une vibration légère. Il répondit à l'appel crypté quantique de Li Li.

« Ha, dit Yu Lin.

– Notre œuvre d'amour trouvera son âme dans l'*Al Andalous*. Je reviendrai à toi. Comme toujours, dit Li Li.

– Comme toujours », répondit Yu Lin.

Yu Lin alerta alors Albert afin qu'il se tînt prêt pour son interception dans l'*Al Andalous*.

DEUXIÈME PARTIE

LA SECOUSSE

1

AU SOL

*L*a capsule suborbitale ayant franchi la vitesse de croisière de 14.463 kilomètres à l'heure en direction de l'est à partir d'Oussamabad et ayant ainsi atteint la latitude effective d'environ 4,56 degrés à l'ouest de Paris, se tourna en direction de la terre et avec une bouffée de ses activateurs à plasma se poussa vers sa rentrée atmosphérique à an angle de 47,7 degrés à partir de la normale.

À un angle d'incidence plus étroit, c'est-à-dire un angle plus ouvert par rapport à la normale, et à cette vitesse, la capsule aurait rebondi sur les couches atmosphériques et se serait dirigée inexorablement vers l'espace. L'angle d'incidence eut-il été plus grand ou plus près de quatre-vingt-dix degrés, ce qui est de zéro degrés par rapport à la normale, la capsule exploserait et se désintégrerait, car le choc frontal contre l'atmosphère eût été trop fort. C'eût été comme un corps tombant en chute libre, se fracassant contre la surface de l'océan et se pulvérisant ainsi. On avait déterminé qu'un angle de 42,3 degrés était optimal pour cette capsule spatiale au nez émoussé que le Califat utilisait.

La conception du profil de rentrée de la capsule avait demandé qu'une attention méticuleuse fût apportée aux effets thermiques aérodynamiques causés par la friction de la capsule avec les molécules d'air à haute vitesse et donc à la forme et à la structure de boucliers thermiques appropriés. Les premières études sur la rentrée conduites pour divers véhicules avait abouti à des résultats contre-intuitifs : le meilleur profil de rentrée était non pas celui d'une torpille comme on aurait pu le deviner, mais celui d'une surface émoussée, arrondie. Une surface d'impact arrondie avait un avantage qui s'expliquait par le fait qu'une telle aire considérable emprisonnait l'air frontal, ce qui fonctionnait alors comme un coussin. Ce coussin poussait les couches de choc d'air échauffé vers l'avant de la capsule. Puisque la plupart des gaz brûlants n'étaient plus alors en contact direct avec le véhicule, l'énergie thermique était détournée vers les flancs de la capsule pour enfin se dissiper dans l'atmosphère.

La forme arrondie était donc préférable à un nez pointu dans ces circonstances, spécialement si la surface d'impact était construite de façon telle qu'elle pût dissiper la chaleur de manière efficace, et plus cette surface était grande, le plus de dissipation il se produisait. De plus, la forme arrondie du nez du véhicule permettait en rentrée une meilleure décélération dans sa descente vers la surface de la terre lorsque comparée à celle d'un profil pointu.

Dans la réalisation de ces profils de rentrée, l'utilisation de boucliers thermiques *ablatifs* était d'un intérêt particulier. Les boucliers thermiques *ablatifs* utilisaient l'ablation, une technique de dissipation thermique qui était facilitée par l'aspect arrondi du nez du véhicule. La dissipation thermique par ablation avait été utilisée depuis des siècles et était basée sur la caractéristique suivante où une surface, construite avec précaution bien entendu et lorsque soumise à une forte friction, au lieu de résister à son raclage par les molécules d'air créant donc des températures très élevées, se laisserait plutôt comme éplucher, permettant ainsi à ses couches externes d'être progressivement pelées par ces molécules d'air. Les couches internes de cette façon restaient étonnamment froides, comme on l'avait observé.

Les couches pelées du matériau d'ablation avaient au préalable été *ad*sorbées à la surface du bouclier thermique. L'*adsorption*, au contraire de l'absorption, est un procédé d'adhésion de surface par lequel les atomes d'un adsorbat se lient à un matériau. Dans le volume de ce matériau, les atomes forment une structure ordonnée de par les interactions à trois dimensions avec leurs atomes voisins qui les entourent. En surface par contre à ces mêmes atomes il leur manque des voisins au-dessus et ils peuvent par conséquent se lier à ceux d'un adsorbat avec lesquels ils forment souvent une structure ordonnée différente de celle du volume. Cette nouvelle structure à son tour conduit parfois à des propriétés électriques et magnétiques différentes en surface ainsi qu'à des caractéristiques de conduction thermique différentes.

Le bouclier thermique qui formait la couche externe consistait donc en plusieurs couches d'une substance spéciale, normalement un composé de carbone imprégné, avec des couches intermédiaires de conduction thermique faible. Pendant la rentrée, l'ablation forçait l'adsorbat dans une transition de sa phase solide à une phase gazeuse sans qu'il passât par sa phase liquide, de l'évaporation sans fusion, une transition communément appelée *sublimation*.

La structure précise des couches d'adsorption permettait un blindage thermique suffisant de la capsule pour sa rentrée dans l'atmosphère terrestre. Normalement une nouvelle coque externe était installée sur le nez arrondi de la capsule avant un vol si la coque déjà en place se trouvait dégarnie d'adsorbat au-delà de son *point de solvabilité* ; la coque ablatée était alors renvoyée en usine pour qu'elle fût regarnie.

Après avoir percé l'atmosphère supérieure, et poussée par la gravité, la capsule continua à se diriger à une vitesse croissante vers l'Élingue Magnétique Inverse qui la recevrait.

Ma Sling

Quelques instants auparavant l'Élingue Magnétique MagLev au Magnétoport Central d'Oussamabad avait lancé sa capsule très efficacement.

L'Élingue Magnétique était l'orgueil du Califat. Elle permettait aux vols intercontinentaux de durer moins de trente minutes quelle qu'eût été la destination sur terre, ou presque, car pour atteindre le Pôle Sud depuis les latitudes septentrionales tempérées cela ajoutait quelque délai. Cependant ceci n'était pas un problème pour les vols suborbitaux routiniers, comme celui d'Al Kansii.

L'Élingue Magnétique, qui en Anglais se traduisait par Magnetic Sling et était donc affectueusement appelée *Ma Sling* ce qui lui donnait un caractère maternel, consistait en un long tube d'à peu près huit kilomètres de long, creusé perpendiculairement à la surface de la terre, et qui se pointait vers son centre. La largeur de ce tube était de

4,8 mètres et par conséquent pouvait permettre à des capsules de jusqu'à quatre mètres de diamètre de s'y positionner pour leur lancement. La partie externe du tube se projetait pendant une longueur d'environ un kilomètre de la surface de la terre. La *Ma Sling* était d'abord équipée d'un système maglev qui positionnait le projectile parfaitement au centre du tube, le séparait de la paroi de celui-ci d'une distance de 0,4 mètres tout autour et le maintenait dans cette position tout au long de sa trajectoire dans le tube.

Le système Maglev n'était pas réellement un système de lévitation comme ceux utilisés pour les transports terrestres puisque la capsule ne lévitait pas vraiment mais plutôt était forcée de se maintenir au milieu d'une cavité cylindrique le long de laquelle elle devait se déplacer à très grande vitesse en évitant tout contact avec la paroi de ce cylindre. Par conséquent, la précision des systèmes de contrôle du guidage était de la plus haute importance pour éviter les désastres. La technologie était alors bien perfectionnée et les accidents du début du siècle rares sinon inexistants. Seul dans les installations moins bien maintenues aux franges du Califat voyait-on de telles mésaventures. Les contrôles à bord utilisaient aussi des systèmes inertiels et des micro-ballasts pour anticiper et donc corriger les déviations mineures avant que celles-ci ne devinssent critiques. Les systèmes de contrôle externes à la capsule pouvaient aussi altérer avec une très grande précision les champs magnétiques et assurer le centrage parfait de la capsule pendant sa montée vers la sortie supérieure du tube.

Le deuxième système et sous-système principal de la *Ma Sling* était l'Élingue proprement dite qui devait *propulser* la capsule à une vitesse suffisante pour lui permettre d'atteindre une altitude suborbitale d'environ 200 kilomètres au-dessus de la surface de la terre.

Ce que l'on appelait le système de *propulsion* consistait en une série de bobines électromagnétiques supraconductrices très puissantes, chacune de 1000 mètres, c'est-à-dire un kilomètre de long, et séparées l'une de l'autre par des *zones mortes* de 180 mètres. Chaque bobine contrôlait les *mâchoires*, des aimants supraconducteurs géants qui encapsulaient la capsule, et donc appelés les *cap-encaps*, et qui étaient de fait la corde virtuelle de l'Élingue. Les bobines supraconductrices extérieures fournissaient une poussée suffisante au centre magnétique des *cap-encaps* pour permettre une accélération effective vers le haut de 2,25 * 9,81 m/sec², donc gagnant 1,25 g sur la gravité terrestre g. Une telle accélération était normalement tolérable pour des passagers en bonne santé. La gêne physique était donc minimale et l'énergie effectivement utilisée facilement créée par les centrales à fusion nucléaire de quinze à vingt térawatts-heure qui fournissaient l'Élingue.

Il faut souligner ici un point essentiel qui se traduisit par un exploit technologique de la part du Califat. Il est bien connu que le gradient de température à l'intérieur de la terre est d'à peu près de 25 à 30 degrés par kilomètre créant ainsi à huit kilomètres de profondeur une température ambiante plus élevée qu'à la surface d'au moins 200 degrés Celsius. Cela représentait donc un défi important non seulement pour l'opération de n'importe quel système à cette température mais surtout du fait que l'élingue était un ensemble de sous-systèmes supraconducteurs très sensibles à la température. Les ingénieurs du Califat développèrent ainsi des méthodes d'isolation et de refroidissement cryogénique de l'intérieur du tube pour atténuer ces conditions.

Ce qui était aussi unique dans ce mode de propulsion, connu sous le nom d'Élingue Magnétique Pulsée, n'était pas seulement l'opération basée sur les *bobines magnétiques,* une opération commune à d'autres applications comme les pistolets silencieux et furtifs ou les valves magnétiques des sous-marins nucléaires, mais plutôt l'aspect pulsé des poussées de lancement qui conduisait à des effets intéressants et d'une grande efficacité.

Des calculs théorétiques avaient montré que pour une élingue uniforme couvrant les même huit kilomètres, c'est-à-dire une longue bobine de huit kilomètres de long qui produirait une accélération constante nette de 1,25 g, la capsule atteindrait l'extrémité supérieure du tube en tout juste 36 secondes au lieu des 168 secondes requises par le système pulsé. La vitesse de sortie serait cependant de 0,44 km/sec plutôt que les 1,92 km/sec. Donc le système pulsé échangeait du temps contre de la vitesse en soumettant la capsule à une accélération ascendante pendant plus longtemps.

D'après ces calculs, la première impulsion sur la capsule au repos, à vitesse nulle donc, aurait produit une accélération constante pendant 1000 mètres et résulterait en fin de parcours de ce kilomètre en une vitesse de 156,52 m/sec ou 563,5 km/heure ce qui est légèrement au-dessus de ce que la vitesse serait pour une personne tombant en chute libre d'une hauteur de un kilomètre. Cependant à ce point, la capsule entrerait dans la première *zone morte* et serait soumise seulement aux effets de la gravité, et ceci pendant 180 mètres, ce qui la ralentirait à environ 144,30 m/sec. La capsule aurait alors franchi la seconde bobine et reçu une nouvelle impulsion de 2,25 *g* vers le haut pendant un deuxième kilomètre, une impulsion qui quand appliquée à une capsule ayant une vitesse initiale de 144,30 m/sec projetterait cette capsule à une vitesse de 269,06 m/sec à la fin de la seconde bobine. Le processus d'accélération suivie d'un court ralentissement, nouvelle accélération et ainsi de suite permettrait à la capsule de franchir la sortie du tube après 8,080 mètres à une vitesse de 1,9724 km/sec, une vitesse suffisante pour atteindre une altitude suborbitale théorique de 204,12 km au-dessus de la terre.

La méthode qui consistait à donner une impulsion à un objet en mouvement plutôt qu'au repos avait été utilisée pour son efficacité dans les vols spatiaux ordinaires. Elle était connue sous le nom d'effet Oberth, où un *delta V*, un changement de vitesse, était normalement appliqué à un satellite au périgée de son orbite quand sa vitesse était la plus élevée afin de produire le plus grand impact sur son orbite entière.

Bien entendu ces limites théorétiques n'étaient jamais atteintes car la capsule se heurtait à une résistance atmosphérique très forte pendant sa trajectoire ascendante dans le tube. Cependant la capsule atteignait rarement moins de 160 kilomètres d'altitude, ce qui était suffisant pour un vol suborbital et permettait à la capsule d'exécuter sa manœuvre d'orientation vers sa longitude de descente.

La résistance de l'air est normalement proportionnelle à sa densité, au carré de la vitesse, l'aire d'impact effective et bien sûr au coefficient de résistance. Ce coefficient était maintenu bas, comme pour une fusée à haute performance, à environ 0,46 grâce a une enveloppe de forme spéciale appelée la *coquille* et qui recouvrait la capsule. Une fois l'altitude orbitale franchie, on déployait les quatre volets de la *coquille* et ces volets formaient la partie externe du système de propulsion auxiliaire.

Afin de réduire les effets de la résistance atmosphérique pendant le lancement, les ingénieurs de la *Ma Sling* avaient installé un système de pompes à air le long du tube qui forçait l'air d'en dessus de la capsule vers l'espace en dessous de celle-ci. Ceci donnait à la capsule une poussée supplémentaire grâce à la pression de l'air sous cette capsule, facilitait l'opération du système maglev de positionnement puisque la capsule alors *flottait* au-dessus de sa plateforme plutôt que de reposer dessus, et réduisait considérablement la résistance de l'air pendant que la capsule accélérait le long du tube. Bien sûr la retro-résistance était aussi réduite sinon éliminée car il n'existait plus de zone de pression nulle derrière la capsule au moment du lancement et très peu de cette zone pendant son ascension.

Cette technique émulait celle du lancement des fusées à partir de l'océan lorsque le propergol est éjecté sur la surface de l'eau, une surface ferme qui donne l'avantage d'un support solide pendant les stades initiaux de ce lancement, contrairement aux coussins d'air mous des lancements terrestres traditionnels. Une analogie souvent proposée était celle qui disait qu'il est plus facile de courir sur la terre ferme que sur du sable mou.

Un autre effet bénéfique de la dépressurisation du tube était qu'elle retardait la formation d'ondes de choc qui normalement devaient se former dans le tube quand la capsule atteignait Mach 1, quelque temps avant la fin du troisième stade. En dégageant l'air du nez de la capsule par pompage forcé, la formation des ondes de choc était perturbée et celles-ci *luttaient* pour créer les vibrations qui auraient pu causer des problèmes structurels dans le tube. Bien sûr, le tube étant ouvert à son extrémité supérieure, de grande masses d'air étaient aussi attirées depuis l'air ambiant de l'atmosphère aux environs de la sortie du tube un kilomètre au-dessus de la terre, et dégagées vers le bas. Ceci d'un autre côté permettait à la capsule une *entrée* plus en douceur dans la partie libre de son vol.

Un avantage supplémentaire était le confort que cette structure de vol apportait aux passagers de la capsule. L'accélération de 2,25 g, était l'équivalent de seulement 1,25 g ascendant net si on soustrayait la gravitation g. Pour un passager la tête en bas le manque de confort était minime. Néanmoins cet effet était suspendu après 12,77 secondes, le temps nécessaire pour la traversée de la première bobine de un kilomètre de long. L'effet de la gravité dans la première *zone morte* durait 1,247 secondes pendant lesquelles la capsule couvrait les 180 mètres ce qui permettait aux passagers de *respirer*. Le kilomètre suivant durait 10,18 secondes avec un repos dans la *zone morte* de seulement une demi-seconde. Les périodes successives d'accélération devenaient plus courtes à mesure que la capsule gagnait de la vitesse et les périodes de *repos* déclinaient aussi pour n'être que d'un dixième de seconde, à ce point l'ajustement au vol accéléré magnétique n'était plus nécessaire car la plupart des passagers se seraient déjà accommodés de ces pulsations qui caractérisait le système d'accélération.

Un aspect important de l'opération de la *Ma Sling* était l'*assistance* que la terre apportait au lancement vers l'est lorsque comparé à un lancement vers l'ouest. À cause de la rotation de la terre une *économie* d'environ 0,71 km/sec pouvait être réalisée théoriquement pour des lancements vers l'est à la latitude d'Oussamabad, et encore plus si ces lancements se faisaient à partir de l'Equateur. Ceci aidait à déterminer si pour une destination donnée à l'ouest de son lancement, la capsule serait dirigée vers l'est ou vers l'ouest.

Finalement, plutôt que d'utiliser une fusée qui normalement consomme de l'énergie pour transporter son propre poids et celui du propergol très cher et nécessaire à son décollage, la *Ma Sling* était simplement cela, une élingue alimentée par des forces électromagnétiques. Cela permettait à la capsule d'atteindre une altitude très haute avant de mettre en marche ses moteurs légers, les *activateurs à plasma*, si même besoin en était.

Vol Spatial

Dans l'espace de 166 secondes ou moins de trois minutes, la capsule avait maintenant dépassé les sept kilomètres de la portion du tube souterrain et émergé du tube un kilomètre au-dessus de la surface terrestre. Les *caps-encaps* avait relâché la capsule et commencé leur glissement vers le bas pour reprendre leur position de repos, après avoir élingué la capsule maintenant à l'air libre avec une vitesse suffisante pour que la capsule pût atteindre un vol suborbital sans autre dépense d'énergie, ou presque.

Après 338 secondes, la capsule se trouva à une altitude suborbitale. Les tubulures symétriques de ses *activateurs* à plasma une fois déployées produisirent une première bouffée légère qui projeta la capsule en direction de la longitude de Paris. Quand elle eut atteint 165 kilomètres d'altitude, les *activateurs* à plasma furent complètement engagés. Ceux-ci étaient des moteurs magnéto-plasma produisant chacun une puissance de un mégawatt, ce qui était suffisant pour permettre à la capsule de franchir sa longitude de descente et même à relancer celle-ci plus haut sur orbite véritable si cela fût nécessaire. Il en était besoin quelquefois lorsque la capsule avec destination à l'ouest était dirigée d'abord vers l'est, ce qui résultait en un vol balistique plus efficace.

Quand la capsule eut atteint la longitude d'environ 2,56 degrés Ouest, c'est-à-dire 4,89 degrés à l'ouest de Paris, les *activateurs* à plasma commencèrent la manœuvre nécessaire pour placer la capsule pointant vers la terre à un angle d'incidence avec l'atmosphère de 42,3 degrés. La capsule commença alors sa descente. Ses retro-propulseurs, c'est-à-dire les *activateurs* à plasma fonctionnant en mode arrière ralentiraient alors cette descente.

Les quatre *activateurs* étaient placés judicieusement pour permettre une propulsion vers l'avant, vers l'arrière et en des orientations diverses et donc permettant un contrôle du vol de grande précision. Les quatre moteurs étaient aussi calibrés pour réduire l'instabilité que causerait l'opération d'un seul *activateur*, tout comme les anciens hélicoptères utilisaient une hélice arrière pour contrebalancer le moment de torsion de l'hélice principale. Bien sûr cette calibration permettait au pilote en cas de panne d'un *activateur* d'ajuster les trois autres, ou même deux si nécessaire, pour obtenir la même stabilité.

La rétropropulsion était accomplie grâce à un système ingénieux. Comme le plasma à très haute température ne pouvait être détourné une fois qu'il fut prêt à être éjecté, il était préférable de limiter le poids, le risque et le coût de l'inversion de la poussée avant que le plasma n'eût atteint sa température d'éjection. Par conséquent le plasma initial *froid*, tout juste après son ionisation, était dirigé à travers des canaux directs pour une poussée-avant et des canaux retro pour la poussée-arrière. Le plasma *chaud* était alors forcé dans le museau des tubulures dans leur position appropriée pour produire le ralentissement de la capsule. La *coquille* qui avait été utilisée pour réduire la résistance de l'air et qui avait enveloppé la capsule pendant son lancement était maintenant pivotée pour créer la géométrie de retro-propulseurs. Toutes ces opérations étaient bien sûr méticuleusement calibrées pour que l'échappement du plasma se produisît à distance optimum de la capsule et pour éviter quelque dommage au véhicule. L'ablation de la surface d'impact de celui-ci assurait des températures ambiantes acceptables à l'intérieur de l'habitacle de la capsule jusqu'à l'atterrissage de celle-ci.

La poussée et la vitesse de la charge utile pouvaient par conséquent être ajustées suivant les besoins grâce aux *activateurs* à plasma.

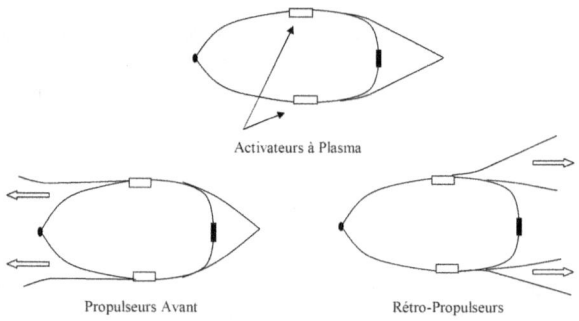

11. *Capsule et Activateurs à Plasma avec Embouts Rangés et Déployés*

Activateurs à Plasmas

Le plasma est un état de la matière pareil à celui de la phase gazeuse mais où les atomes sont ionisés, c'est-à-dire lorsque que leurs électrons s'en séparent sous l'effet d'une chaleur intense, ceci résultant en un océan de particules chargées. En présence d'un champ électromagnétique, ces électrons non liés et ces ions se comportent de manière différente de ce que l'on observe dans un gaz régulier. Dans la capsule, les *activateurs* pouvaient produire de tels plasmas en ionisant un gaz par surimposition d'un champ magnétique statique à un champ électromagnétique de haute fréquence, à la fréquence de résonance cyclotron électronique.

Les *activateurs* à plasma fonctionnaient ainsi : de l'argon ou du krypton, deux gaz, était injectés à l'avant du moteur par un tube court en céramique. L'argon était ensuite ionisé en un plasma qui était alors dirigé par un tube virtuel formé par un champ magnétique fort, ce qui minimisait la friction et le contact physique entre la structure et le gaz ionisé, c'est-à-dire le plasma. L'étape finale consistait à augmenter la température du plasma à des millions de degrés Kelvin, en utilisant des techniques bien établies telle que la résonance cyclotron électronique ; cette étape permettait l'éjection du plasma brûlant, qui se trouvait comme *flottant* à l'intérieur d'un tube magnétique virtuel par un embout magnétique, aussi virtuel et dont la forme pouvait être contrôlée par les champs magnétiques pour obtenir la direction de vol désirée.

La capsule où se trouvait Al Kansii allait maintenant utiliser l'Élingue Magnétique Inversée pour se maintenir en direction du Magnétoport de Paris. C'était le moment crucial de ce système magnétique anti-gravité. L'*Élingue de Réception,* ou d'atterrissage, créait une induction magnétique inverse qui ralentissait la capsule et l'y guidait, tout comme l'*Élingue* de lancement l'avait fait auparavant mais dans la direction contraire. En fait l'Élingue Magnétique Inversée (EMI) n'était pas une élingue dans le sens exact du terme puisqu'elle ne lançait rien du tout mais plutôt agissait comme un frein magnétique géant, une sorte d'anti-élingue qui ralentissait et guidait une capsule dans sa descente sur terre suivant des étapes opposées à celles qui avaient permis son lancement par une *élingue* proprement dite. Les élingues de lancement et de réception utilisaient les mêmes moteurs à induction magnétique mais avec leur poussées effectives inversées l'une par rapport à l'autre.

Dans la manœuvre EMI de ces systèmes cependant, un léger changement du champ magnétique ou quelqu'autre perturbation pouvait détourner la capsule de sa cible et la faire s'écraser sur le sol. Bien sûr des améliorations avaient été introduites sur les premiers concepts depuis ces jours ou plusieurs pilotes d'essais s'étaient acheminés vers leur sainte perte dans la poursuite de la science islamique et l'accomplissement de vols spatiaux par élingue magnétique.

La première amélioration consista en l'addition de systèmes redondants. Ceux-ci transformèrent la simple élingue en un arrangement de plusieurs mini-élingues dispersées sur une aire étendue. La technique était appelée Rentrée à Cibles Multiples ou RCM-EMI et dépendait de plusieurs champs magnétiques coordonnés répartis sur cette grande aire qui contrôlaient la descente de la capsule vers son site d'atterrissage avec une précision parfaite. Bien sûr les premiers pilotes des capsules en ces conditions, malgré l'aide qu'ils recevaient de l'électronique de bord et des superordinateurs qui ajustaient leurs trajectoires, s'enorgueillissaient de leurs compétences. Ces techniques, couplées aux avances dans le domaine des aides à la navigation, avaient rendu ces compétences, le courage, ou parfois l'imprudence de ces pilotes moins nécessaires, moins désirés. Les mauvaises langues disaient que les cieux avaient déjà un nombre suffisant de martyrs, et que mourir pour une technologie n'était peut-être pas la définition propre du martyre en tout état de cause.

Un autre apport bénéfique de la RCM-EMI était que le système de mini-élingues distribuées permettait l'utilisation de champs magnétiques auxiliaires pour guider la capsule pendant sa descente vers des sites d'atterrissage adjoints si besoin était, vers ces magnétoports, ou *aéroports* ainsi qu'on continuait encore à les appeler.

La RCM était dérivée du système de Voies Distribuées MagLev dont l'Empire des Han avait su tirer profit et qui consistait en de routes virtuelles maglev où des véhicules maglev recevaient des instructions du système de coordination de la circulation et commutaient entre des *rails virtuels* pour atteindre leur destination tout en évitant les collisions et en maximisant leur vitesse. La vitesse optimum sans possibilité de collision permettait le voyage efficace dans des régions très diverses, ceci donc pour des trajets intra-urbains et suburbains aussi bien que pour les grandes distances. Al Kansii savait qu'il utiliserait ce système et de tels véhicules pour atteindre le sein du Conseil du Peuple.

Paris sera toujours Paris[14]

Al Kansii venait d'entamer la première phase de son opération de martyre. Il avait donc atteint le point de non-retour.

La capsule descendit sans difficulté aucune sur Paris, une capitale régionale du Califat de l'*Al Andalous*.

---

[14] Un dicton commun parmi la population de sa cité bien-aimée. Quoique ceci soit vrai pour toute autre ville, village, cité ou hameau, la phrase dénote le caractère spécial de la Ville Lumière, un caractère qui demeure inchangé à travers les âges, malgré les bouleversements historiques. Seuls ceux qui ont vécu à Paris, spécialement pendant leur jeunesse, peuvent apprécier la signification de ce fameux dicton puisqu'il porte en lui les souvenirs gravés en leur cœur.

Le Califat s'était étendu au-delà de ses terres originelles d'il y avait mille ans à ce qu'il avait voulu et espéré être alors quand il était destiné à atteindre les confins septentrionaux du continent. Spécialement les terres où les *païens* d'alors vivaient encore en ces temps. Comme Assame l'avait rappelé à Al Kansii, le nord de l'Europe n'avait embrassé le Christianisme que bien après le premier millénaire de l'Ère Chrétienne. Ce fut donc une occasion majeure que l'Islam avait perdue en ces temps. Oui, la marche de l'Islam avait été arrêtée à Poitiers en Gaule Moyenne par un certain Charles Martel en l'An 732 de l'Ère Chrétienne, même avant que les Francs n'eussent consolidé leur dominion sur la région. Les forces de l'Islam avait été si près du but, si près du califat mondial !

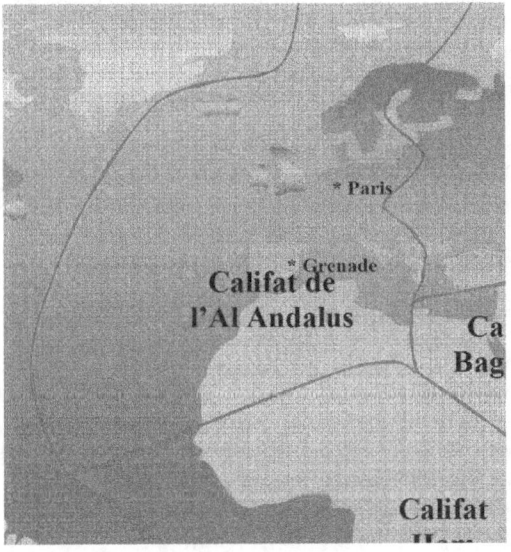

12. *Le Califat de l'Al Andalous*

Cela avait pris seulement une autre quinzaine de siècles pour que la vraie trajectoire de la civilisation fût restaurée dans sa direction correcte. Mille cinq cents ans de plus pour atteindre la vérité n'est pas beaucoup quand l'on pense à ce qui a pu s'accomplir.

La capsule descendit donc sur Paris. Elle semblait être un météorite s'écrasant sur la terre, un objet volant qui commença lentement à flotter, et à flotter encore un peu plus jusqu'à ce qu'il planât au-dessus de l'embouchure du tube d'atterrissage. Quand la capsule put reposer au fond du tube les électro-aimants furent éteints et les passagers purent sortir de ce qui avait été une chaudière électromagnétique quelques secondes auparavant. Les passagers de la capsule, au nombre de douze en plus des deux pilotes, émergèrent un peu secoués. Guidés par l'équipage au sol, ils passèrent dans des salles de recouvrement. Un peu plus tard les passagers et l'équipage de la capsule furent relâchés et se mirent en route vers la cité en toute liberté.

Al Kansii se souvint des ses années ici, de ses années d'étudiant à l'Institut d'Études Islamiques qui quoiqu'ayant été rebaptisé plus de cent ans auparavant était encore appelé *Sciences Po* par ses étudiants. Al Kansii se fixa sur les plaques qui portaient le nom des rues. Elles n'avaient pas changé non plus. Elles étaient encore faites de métal recouvert de cette porcelaine au fond bleu avec de grosses lettres blanches. Ces machins étaient vieux d'au moins trois cents ans et ne changeaient jamais. Ce qui avait frappé Al Kansii alors, et le frappait encore aujourd'hui, c'est que les noms sur ces plaques n'avaient pas changé non plus, ou presque pas.

La conversion de la France et sa transformation en la République Islamique d'*Al Franciya* qui faisait maintenant partie du Califat de l'*Al Andalous* s'était faite sans effusion de sang, même si de mauvaises langues en ces temps anciens avaient prétendu que l'Islam ne se répandit que par l'épée.   Soit que ce fût pour des raisons d'opportunisme pratique, du dégout pour le sang, ou de la couardise comme certains les en avaient faussement accusés, les Français avaient simplement capitulé et adopté la Vraie Religion. L'avantage de cette attitude est qu'ils avaient pu préserver pratiquement toutes leurs traditions, leurs noms et leurs coutumes.

Même l'alcool était d'une manière toléré. Bien entendu il n'avait jamais été question que les Français pussent vivre sans leurs vins fameux, leurs cognacs, ou les merveilleuses liqueurs qu'ils continuaient de produire depuis les débuts de la civilisation. Ainsi qu'on le lui avait expliqué, Al Kansii savait qu'ils avaient négocié un sevrage de l'alcool progressif et contrôlé dans la tradition islamique par l'intermédiaire de l'*Institut pour la Recherche Avancée sur la Saveur des Boissons Préférées.*

Depuis maintenant plus d'un siècle, les *chercheurs* de cet institut essayaient de découvrir la saveur cachée de toute boisson alcoolisée qui leur fût présentée pour leur recherche, une saveur qu'ils devraient recréer sans alcool. Bien entendu, étant donné que les recherches n'avaient pas encore atteint leur conclusion tout un chacun profitait, et ceci pas officiellement bien sûr, des fruits de cet institut de recherches. Toutes les boissons devaient être approuvées par l'Institut, qui publiait ce qu'il appelait par euphémisme le *Niveau Acceptable de Saveur de Dégustation* ou simplement le *Niveau*. Tout ce que l'Institut avait à faire pour demeurer en conformité avec la loi était d'abaisser le *niveau* d'une *cuvée* par rapport à la précédente. Les *cuvées* étaient groupées en *millésimes*, que l'Institut déclarait être un an, deux ans ou même dix ans, suivant l'intensité des pressions politiques auxquelles l'Institut était soumis pour qu'il réduisît le *niveau* du *millésime* précédent.

Beaucoup de Français, tous musulmans maintenant, dégustaient de bonnes doses de ces *Niveaux*, spécialement les vendredis après les prières, chez soi avec la famille, et bien sûr avec les amis. Une conséquence involontaire des travaux de l'Institut était le fait qu'en essayant d'éliminer le contenu en alcool, ses chercheurs en avait augmenté la teneur en réchauffant au bain tiède d'abord puis en chauffant au feu les breuvages. Normalement un alcool lorsque chauffé s'évapore, mais alors la *Saveur* aussi s'en va. Après tout, le *Niveau* était sensé conserver sa saveur. Les chercheurs essayèrent alors de confiner les mélanges dans des systèmes très élaborés et anciens qu'on appelait des *alambics*. Le résultat était en fait de la distillation, que certains soupçonnaient les chercheurs d'avoir su dès le départ, et le produit une boisson encore plus puissante, d'un plus haut *Niveau*, et de grand attrait.

Il faut dire que le Ministère pour la Promotion de la Vertu et la Prévention du Vice était très vigilant. Quand ses agents chargés d'appliquer la loi refusaient de même goûter au nouveau *Niveau* du *millésime* courant, cela conduisait à de sérieux ennuis et des productions entières étaient retirées du marché ou même détruites. Les esprits maléfiques disaient que la destruction de ces productions se faisait aux mains de cette Police, ou plutôt dans leurs bouches et dans leurs ventres.

En tout état de cause, les chercheurs avaient essayé une autre méthode, du *Niveau* par sublimation, où le mélange était d'abord

congelé dans un bain d'azote liquide à 77°K, c'est-à-dire à 196°C au-
dessous zéro, et ensuite réchauffé à très basse pression. En
maintenant la pression constante et en faisant lentement monter la
température, l'alcool devrait se sublimer avant le reste. Puisque
l'alcool gèle à une température plus basse que l'eau, on espérait que
sa saveur pourrait être extraite et réincorporée dans de l'eau pure.
Bien sûr ce qui fut sublimé furent la saveur, la texture et la potabilité
du breuvage résultant. Pour les *connaisseurs*, ce n'était point de la
sublimation.

Il y en avait aussi certains qui croyaient que les chercheurs
n'avaient en fait aucun intérêt à trouver une cure pour l'alcool. Et
plus ils arrivaient à retarder le processus, le plus longtemps
pouvaient-ils absoudre leur *millésime* et servir leur compatriotes. Et ils
pourraient par là-même maintenir leurs boulots bien sûr. Leurs
détracteurs, ceux-ci étaient très peu nombreux, comparaient leurs
activités à un certain canular des siècles passés où des institutions en
apparence respectables avaient consacré leurs énergies et l'argent des
autres à l'étude de l'impact de diverses activités humaines sur le
climat. Comme les scientifiques du climat d'alors, les chercheurs du
Niveau n'avait pas trouvé meilleur moyen d'être nourris, payés et
employés, mais contrairement aux scientifiques du climat, austères et
sans joie, les chercheurs du *Niveau* profitaient de la vie et du fruit
liquide de leur labeurs.

Al Kansii sortit de la station maglev de Sidi Michal et se dirigea
vers la Seine en direction de la *Grande Mosquée*. Celle-ci était
magnifique. La légende disait que des architectes islamiques de l'*Al
Andalous* avaient appris aux autochtones la construction de ces chefs-
d'œuvre qui atteignaient presque la perfection. Bien sûr les
représentations de formes humaines des anciens émaux, que ce fut du
Christ ou de la Madone, avait été remplacées par des dessins aux
formes géométriques méticuleusement exécutées et d'une rare beauté.
Les Persans et les Marocains avaient dit-on contribué à cette
rénovation. La vue de l'intérieur était magnifique quand le soleil
levant illuminait le transept, ou quand la grande rosace projetait sa
lueur sainte dans la soirée.

Un *imam* à l'air vénérable avec sa barbe blanche de longueur
moyenne et vêtu d'une tunique blanche immaculée se tenait debout,
pieds nus, près du transept et une rangée d'hommes se trouvait

derrière lui. Il y avait d'autres rangées plus à l'arrière qui n'étaient pas pleines. « *Allah U Akbar* » , prononça l'*imam*. « *Allah U Akbar* » , répondit l'assemblée d'hommes.

Al Kansii laissa ses chaussures à l'entrée où plusieurs autres paires se trouvaient déjà et se dirigea vers la rangée d'hommes la plus en arrière. Il ferma les yeux, joignit ses paumes ouvertes près de son ventre, le bout de ses doigts pointant vers l'avant et récita ses prières en silence. La congrégation entière suivi les gestes de l'*imam* et les fidèles s'agenouillèrent sur les petits tapis de prière qui étaient à leurs pieds, et tout en fléchissant ses jambes sur ses cuisses, Al Kansii, comme tous les autres, se prosterna très bas jusqu'à ce que sa tête touchât le sol. La soumission à Allah était leur force, leur liberté.

Une pensée lui vint à l'esprit : « *Qu'ils n'oublient pas, ces Han... non, non ces pensées étrangères ne devaient faire intrusion en ce moment saint. Les Han étaient sa mission, et son martyre, mais maintenant sa concentration était sa soumission à Allah, et rien d'autre ne pouvait entrer en interférence avec ses prières.* »

Al Kansii se prosterna encore, et heurta doucement le sol. À son jeune âge, et avec les cellules de son corps capables de se réparer rapidement, il n'avait pas encore acquis la marque de distinction des hommes pieux, une cicatrice sur le front, preuve de leur dévotion. Al Kansii savait qu'il n'atteindrait pas cet âge. Son destin par contre était bien meilleur, il irait au Paradis en tant que vrai martyr.

Après avoir fini ses prières Al Kansii se dirigea de nouveau vers la Seine qui était appelée Al Seyna maintenant, remonta le Boulevard Sidi Michal, tourna à droite sur le Boulevard Sidi Germa'in jusqu'à ce qu'il eût atteint la Mosquée de Sidi Germa'in à sa droite. Remarquant alors que tous les *Saint* dans les noms des rues avaient été remplacés par des *Sidi*, il devina donc que Sidi Germa'in avait en fait autrefois été St. Germain. Tout comme Sidi Michal avait été St. Michel et ainsi de suite.

Sidi Germa'in n'avait pas changé en deux siècles. De l'autre côté de la place où il se trouvait était le *Café des Deux Magots* où la première guerre de libération des terres islamiques avait commencé, ou du moins symboliquement. Des bombes avaient été placées là et des habitants locaux ainsi que des traîtres avaient été éliminés. Des combattants pour la liberté avaient siroté leur café sur cette terrasse. Certains même devinrent martyrs dans ce café...

La *Rue de Rennes* se trouvait de l'autre côté de la place en diagonale d'où Al Kansii se tenait et celui-ci s'y engagea sur sa gauche. Il vira legerement à droite sur la Rue du Four et puis enfourcha la Rue de Sèvres. Quand il eut atteint le coin du *Boulevard Al Raspail,* il s'arrêta brusquement et huma l'air. Il était à peu près cinq heures et demie du matin, quand Paris commençait à s'éveiller. La senteur émanant des boulangeries des alentours et l'odeur du café fraichement percolé venant de plusieurs cafés étaient difficiles à résister.

Al Kansii sentit sa foi en Dieu revigorée par l'odeur des croissants tout chauds venant de partout. Il s'assit à la terrasse du café situé au coin nord-est de l'intersection du Boulevard Al Raspail et de la Rue de Sèvres et commanda deux croissants et un double *café crème.*

Le garçon, continuant une tradition qui n'avait pas changé depuis des siècles, demanda :

« Un petit *Niveau* avec ?

− Non » , répondit Al Kansii qui n'était pas habitué à s'enivrer si tôt dans la matinée, en fait jamais.

Il prit le premier croissant entre ses doigts et réfléchit à ce cadeau que l'Islam avait apporté aux Français, et au monde entier. N'était-ce pas les Viennois qui avaient créé le croissant en l'honneur de leur victoire, quand ils avaient repoussé les forces ottomanes aux portes de Vienne en l'An 1683 de l'Ère Chrétienne ? Oui, les Viennois avaient utilisé ces techniques pâtissières traditionnelles musulmanes qui consistaient en l'alternance de couches de pâte séparées par du beurre, et leur avaient donné la forme du croissant en commémoration de la bataille qui venait de les *sauver. Hamdulillah,* ce *salut* ne devrait être que temporaire, ils étaient vraiment *sauvés* maintenant. Les Français avaient aussi bien sûr utilisé ce processus de couches de pâte alternées pour créer un petit pain tout droit avec du chocolat à l'intérieur. Ils l'avaient appelé *pain au chocolat,* mais pour des raisons difficiles à comprendre le reste du monde l'appelait *croissant,* quoiqu'il n'eût pas cette forme.

Le café accompagné du croissant était parfait. En de pareilles occasions, Al Kansii pouvait reconnaître l'existence et la puissance infinie d'Allah. Alors que par le passé les Chrétiens justifiaient leurs dieux et leurs saints par des miracles en lesquels seuls les enfants pouvaient croire, la force de ces senteurs et la joie interne que cette simple combinaison apportait à l'âme étaient dans l'esprit d'Al Kansii preuve de la création d'Allah.

À une interprétation matérialiste, l'Islam offrait une interprétation spirituelle. Et tout comme la beauté ou l'amour, les sentiments qui ne peuvent être expliqués ou créés artificiellement sont des manifestations de ce qu'Allah a conféré à l'humanité. Est-ce qu'un chien, ou une tortue, ou un poisson, se réjouissent quand ils sentent un pain fraîchement cuit ? Al Kansii en doutait. Alors que l'Occident avait lutté de toute son énergie pour trouver le *comment* de ce monde, il n'avait jamais compris le *pourquoi*. C'était si simple, comme Allah l'avait dit au Prophète (qlpsal) et comme le Prophète (qlpsal) l'avait alors révélé aux fidèles.

En fait, pendant le cours de l'Histoire des millions avaient péri pour le *pourquoi*, jamais pour le *comment*. Un exemple qu'il avait appris ici à *Sciences Po* était dans un cours consacré aux Chevaliers du Temple, les Templiers.

Ces Croisés avaient été bannis et damnés dans tous les media de l'Occident. Mais pour les étudiants de l'Islam, l'ennemi devait être connu et compris, contrairement à l'Occident d'antan qui avait refusé de nommer, ou même de distinguer, ses ennemis pendant au moins deux générations avant ce qu'ils appelaient alors la Chute de l'Occident. Bien sûr pour Al Kansii, la conversion était plutôt un apport éclairé et non une chute, c'était une ascension à la Oumma.

Les Templiers étaient ainsi que l'auteur l'avait décrit, cet auteur qu'Al Kansii avait étudié, les Templiers étaient donc des *Chevaliers du Christ*, prêts à mourir pour leur Seigneur. Tout comme les ancêtres d'Assame l'avait fait avant la Conquête. Douze siècles auparavant, la Chrétienté avait eu ses propres guerriers saints. Mais autour du vingt-et-unième siècle de l'Ère Chrétienne ceux-ci avaient fini par être calomniés par les gens ordinaires comme des meurtriers, comme des criminels, presque comme des bêtes ignorantes. Il se peut qu'il en fût ainsi, d'après le Professeur Ali Mohammed Ghuillemine qui enseigna ce cours. Mais comme Al Kansii l'avait appris, et le Professeur insistait sur cela, quand une civilisation rejette ses propres héros, ou ses images sacrées, ou ses martyrs, cette civilisation est destinée à périr. Il n'en pouvait être autrement de toute façon puisque cela était prédéterminé par Allah.

Al Kansii avait appris que la Chrétienté et le libéralisme de l'Occident tous deux portaient en eux les germes de leur destruction. *Si vous ne croyez pas*, aimait à dire le Professeur Ghuillemine, *c'est parce que ce n'est pas vrai*. Les fidèles luttèrent pour l'Islam non pas parce qu'ils furent des fanatiques aveugles mais parce que c'était la Vraie Religion. L'Occident était arrivé à la conclusion que toutes leurs valeurs, leurs croyances, leur morale, même leurs accomplissements évidents en technologie, toutes ces choses étaient relatives et ne méritaient pas la louange ou même la sauvegarde. Soit qu'ils eussent perdu leur volonté, ou soit plus probablement qu'ils eussent découvert que tout ce en quoi ils croyaient n'était pas vrai. Ils savaient le *comment*, il leur manquait le *pourquoi*.

Leurs enfants faisaient dans la drogue et la promiscuité parce qu'ils n'avaient plus de compas. L'Islam allait tout corriger en démontrant, quelquefois en imposant, quelquefois simplement par la foi que c'était la Vraie Religion. D'aucun en Occident, même le Pape, n'osait en ces temps dire que sa religion était la vraie religion. Ils promurent même des échanges entre les croyances comme pour comparer leurs notes. Les religions qui s'accommodent l'une de l'autre sont réduites au niveau de théories politiques, vraies un jour, fausses un autre. Seule la Vraie Religion peut survivre. Ainsi le Professeur avait posé à ses élèves un défi dont la logique était évidemment très cartésienne :

« Donc, est-ce à cause du manque de conviction que la Chrétienté céda à l'Islam, ou est-ce plutôt que le manque de conviction est un symptôme de l'absence de vérité dans les croyances chrétiennes ? Je vous le laisse à vous, chers étudiants, de décider, mais la réponse est, comme le disaient les Britanniques, dans le pudding. »

Avec ces pensées à l'esprit, Al Kansii revint sur ses pas sur la *Rue de Rennes* et se dirigea vers Sidi Germa'in où il tourna à droite. Quand il eut atteint la *Rue de l'École Islamique de Médecine*, il remarqua le nom sur la plaque au bout de la rue et ses pensées divergèrent vers l'attitude de la population locale. Ils étaient malins, pensa-t-il. Ils avaient peu changé en deux cents ans ; ils avaient ajouté quelques mots ici et là et continué leur bonne vie. Le Christ, bien sûr, maintenant c'était le Prophète (qlpsal). Il semblait que les deux alternatives fussent acceptables. On avait autrefois invité un futur roi, un Protestant, à se convertir au Catholicisme pour qu'il fût reconnu comme Roi de France. Henry IV avait accepté avec joie et avec la fameuse phrase : « *Paris vaut bien une messe.* » Et donc maintenant Paris valait bien cinq prières islamiques par jour.

Armes de Désintégration Humaine

Al Kansii s'arrêta au No. 45 de la rue qui avait pris son nom de l'école de médecine qui s'y trouvait. Il poussa un des douze boutons sur une plaque de métal qui avait douze noms gravés à sa surface, six de chaque côté ; le bouton qu'Al Kansii poussa portait à sa droite le nom de Mahsoud Grenier Al Rishi. L'appareil était une relique d'autrefois. Au bas de la plaque de métal, en caractères latins était l'inscription « *intercom* ». C'était un appareil vieux de deux siècles et il fonctionnait encore. Ces gens avaient réussi à le maintenir en état de marche. Une voix rauque répondit : « *Salam Halikkum.* »

« *Halikkum Salam* », réplica Al Kansii.

Une sorte de bourdonnement fort se fit entendre et la vieille porte s'entrouvrit un peu comme si un loquet l'eut relâchée. Al Kansii entra et commença à gravir les six étages qui le menèrent à l'appartement de Mahsoud. Mahsoud, un homme d'âge moyen un peu rond était là prêt à accueillir Al Kansii. Les deux échangèrent une embrassade et des faux baisers sur la joue. Le thé chaud à la menthe était prêt et les deux s'assirent les jambes croisées sur de coussins posés par terre.

Mahsoud commença alors :

« J'ai rassemblé les appareils suivants. Un pistolet à projectiles congelés à utiliser en cas d'urgence. Il est pratiquement indétectable par leurs systèmes à distance mais bien sûr il est plutôt visible et vous ne le portez que pour l'auto-défense dans les régions inhabitées. J'ai aussi ajouté un prototype de dispositif de propagation de faisceaux à quark pour action rapide, et action martyre bien sûr. Il n'a pas subi d'essais pratiques et est à utiliser uniquement dans des circonstances extrêmes. Ne me demandez pas comment il fonctionne, je ne comprends même pas le principe de base. L'outil clé que nous avons est bien sûr le collimateur pour l'objet principal de notre mission.

– Vous voulez dire le *collimator*, interrompit Al Kansii.

– Oui, le collimateur, continua Mahsoud. Il opère en conjonction avec l'Ange de la Mort. Ce modèle-ci a été perfectionné dans notre laboratoire au sud-ouest d'ici, où certaines des avances dans la théorie du chaos ont vu l'origine. Il faut dire tout de suite que son opération est clairement détectable, mais d'après les principes quantiques le fait de le détecter introduit un élément de connaissance de son état qui alors ...Enfin vous savez... si vous détectez l'Ange de la Mort, vous devenez sa cible. »

Mahsoud montra alors un grand sourire, un sourire aux lèvres fermées typique des habitants de l'*Al Andalous* par contraste aux sourires des gens de l'*Améristan*, qui s'efforçaient toujours lorsqu'ils souriaient de montrer leur dentition qu'ils considéraient parfaite. Mahsoud était excité, le thé qu'Al Kansii soupçonnait d'être augmenté d'une dose subtile de *Niveau*, avait remonté les esprits de Mahsoud, et les siens aussi et les deux se trouvaient dans un état de contentement. Al Kansii lui sourit en retour et quoiqu'ils ne se fussent connus que depuis moins d'une heure les deux semblaient prêts à échanger quelques blagues.

« Je ne sais pas que cela sera suffisant, mais... dit Mahsoud.

– Correction ! Vous devez être fou, interrompit Al Kansii.

– Quoi...Que...Pourquoi ? demanda Mahsoud en éclatant de rire, le *Niveau* ayant commencé à faire ses effets.

– Vous venez de faire état d'un fait et dans la même phrase vous déclarez que vous ne connaissez pas ce même fait. Ceci peut donc seulement être vrai si vous avez perdu la raison, expliqua Al Kansii.

– Que... quoi ? Mahsoud hésita, dans une confusion totale.

— Voyez-vous, continua Al Kansii, vous avez adopté une tournure incorrecte de notre langue familière. Vous avez dit que *que ce serait suffisant* et en même temps vous avez dit que *vous ne le saviez pas*. Ça n'a aucun sens. Vous auriez dû dire *Je ne sais pas* si *ce sera suffisant*, et non pas *que*. *Si*, pas *que*. *Que* indique une certitude, un fait, et vous ne pouvez pas dire que vous ne savez pas une certitude, que vous ne connaissez pas un fait, que vous venez tout juste de déclarer.

– Est-ce que c'est une sorte de blague quantique ? demanda Mahsoud, gêné mais content.

– Non. Non, simplement la langue.

– Je ne savais pas que… c'est vrai... que c'était ainsi.

– Correct. Vous ne saviez pas. Au passé vous pouvez dire que vous ne connaissiez pas un fait que vous connaissez maintenant évidemment, dans le présent. Donc là vous pouvez utiliser *que*, et non pas *si*.

– Prenons un peu plus de thé » , dit Mahsoud.

Et les deux burent leur thé, et le burent à la santé et en l'honneur du succès de la mission d'Al Kansii.

« Vous êtes astucieux, dit Mahsoud.

— Non, seulement attentif aux détails. C'est ce qu'on apprend lorsqu'on s'entraîne à devenir un commando. Tous les détails comptent. Et si vous négligez les détails de la langue, vous pourriez, je dis vous pourriez oublier un détail de la mission. Et ceci peut être fatal.

– Est-ce-que vous avez quelqu'autre truc dans votre langue ?

– Pas maintenant, quand je reviendrai… »

Les deux se turent soudain et restèrent ainsi plongés dans une profonde réflexion. Les deux savaient qu'Al Kansii ne reviendrait pas. Mahsoud apprendrait donc d'Al Kansii des sophistications supplémentaires de la langue dans le monde prochain. Mahsoud était sûr que le thé dans ce monde prochain n'aurait pas de *Niveau*. Et il ne savait pas s'il y serait aussi heureux d'apprendre des trucs de langue de la part d'Al Kansii.

« Retournons à nos armes » , dit Al Kansii d'un ton sérieux. Al Kansii, un spécialiste formé à l'Académie Militaire de Noukhta Al Gharbiya au nord-ouest de la Nouvelle Médine, sur la rivière Ben Hud, examina avec un regard d'expert l'ensemble.

Al Kansii avait ouvert une sorte de coffret et ils se trouvaient tous là, les outils de sa mission. Il examina lentement chacun des appareils. Il n'y avait pas moyen de les mettre à l'épreuve. C'était des armes conçues pour n'être utilisées qu'une seule fois et construites pour qu'elles s'autodétruisissent après usage pour ne donner aux Han par leur désintégration aucun indice à suivre. Il fallait que les Han restassent en suspens sans pouvoir deviner d'où le coup suivant viendrait.

« Oui, dit Mahsoud, celui-là, c'est le pistolet-effet tunnel à impulsion unique. Il est conçu pour l'auto-défense, quand une action rapide est requise et le pistolet à Projectiles Congelés est inopérable. Voyez-vous, nous n'avons pas encore pu maîtriser la recharge de ce pistolet à congélation en un temps suffisamment réduit. On ne peut simplement pas forcer l'humidité de l'air à se condenser en eau et ensuite à se congeler assez rapidement et en quantité suffisante. Bien sûr on charge plusieurs projectiles dans le pistolet, mais une fois ceux-ci expulsés le pistolet devient inutile pendant quelques minutes ; pour ce modèle effectivement ce délai est d'un peu moins de vingt secondes mais pour un seul projectile. C'est trop long pour une recharge. C'est pourquoi nous avons inclus le machin à impulsion unique. Le truc à impulsion unique est plutôt efficace et fonctionne de la manière suivante.

– Vous voulez dire le *cutie*, interrompit Al Kansii.

– *Le Mignon*, dit Mahsoud en riant. C'est ce que *cute* veut dire, n'est-ce-pas ?

– Exact. »

Mahsoud ne pouvait contrôler son rire et ajouta d'un ton saccadé:

« *Mignon* a un connotation ici que l'on ne peut expliquer sans révéler une certaine modestie. Nous ne sommes plus habitués à ce langage ouvert et sans honte. Je m'en excuse, mon frère.

– Ça va, ça va, répondit Al Kansii.

— Le QT, continua Mahsoud, ou ETQ de par ses initiales *à Effet Tunnel Quantique* ou plus exactement Pistolet à Effet Tunnel Quantique à Impulsion Unique. Impulsion Unique, c'est un peu trompeur. Ce modèle-ci a été développé par notre laboratoire ici, près de *H'orsay*, et permet effectivement l'organisation d'un faisceau de particules qui, obéissant aux principes quantiques, concentre un effet tunnel sur une cible. Afin de réduire la possibilité de dommages aux autres, et pour en augmenter l'usage et la portée, ces particules sont d'énergie relativement basse. Pour pouvoir détruire leur cible elles utilisent le QT. Je suis sûr que son fonctionnement vous est familier.

— Ce labo à *H'orsay*, est que c'est la même chose qu'Orsay ? demanda Al Kansii.

– Oui bien sûr, on a ajouté ça et là des sons gutturaux pour se conformer aux règles du *Ministère de la Nomenclature.*

« Comme je disais, les particules nocives s'insèrent par effet tunnel dans les cellules vivantes de la cible et les détruisent. Il y a trois modes : le premier, la désintégration simple ; le deuxième, l'accélération destructive des processus biologiques ; et le troisième, la mort lente par décélération de ces processus. Je m'explique.

« La désintégration est évidente. Les particules, des neutrinos par exemple, agissent sur les atomes individuels dont les cellules sont composées. Puisqu'en moyenne plus de cinquante trillions, ou billions, je ne m'en souviens pas, de neutrinos passent par le corps humain chaque jour, ou à chaque seconde je ne sais plus, et ceci sans causer aucun dommage, le truc est de concentrer un pourcentage même faible de ceux-ci et les faire se comporter d'une certaine manière. C'est ce que le QT fait. Il combine les trois saveurs de neutrinos, *e, mu* et *tau,* en un mélange très instable de faible portée, mais dont la létalité est énorme. À l'intérieur d'un cercle d'environ vingt mètres de diamètre ou de rayon je ne m'en souviens plus, les atomes dans leur trajectoire, ceux du carbone spécialement, commencent à perdre soit des protons, soit des neutrons, suivant que le QT s'empare d'un simple neutrino ou d'un antineutrino. En tout cas ces atomes deviennent ceux d'autres éléments, et donc ils ne peuvent soutenir la vie humaine. On dit que les atomes d'hydrogène dans ces cellules se transforment en ceux d'hélium, ce qui est très possible bien que les expériences n'eussent pas donné de résultats définitifs. Si ceci devait être correct, la portée du QT et son efficacité pourraient être grandement augmentées. Mais ce n'est pas notre cas aujourd'hui.

« Sans carbone, sans hydrogène et sans oxygène, il n'y a pas de vie. Le corps se désintègre en du néant. Une flaque de quelque déchets, ou quelque type de métal ou quelqu'autre élément.

– Tout comme l'Ange de la Mort ?

– En un sens oui, mais c'est ce que vous avez développé en *Améristan.* Un grand système de particules dont les faisceaux planent au-dessus d'une cible très large, des particules qui attendent d'être *collimatées* sur une cible. Cependant comme vous le savez, et vous l'avez utilisée de façon ingénieuse, la détection locale des neutrinos n'est pas nécessaire pour pouvoir transmettre de l'information car l'intrication peut communiquer l'information par implication. Ce que nous avons fait ici est en fait une petite version, une version personnalisée de l'Ange de la Mort. L'Ange de la Mort Personnel en un sens. Mais passons aux deux autres applications.

– Avant que vous n'alliez plus loin… vous dites que ce machin détecte les trois types de neutrinos et les mélange. De la détection des neutrinos par un tel appareil si petit ? Ça prend des installations massives pour détecter ces choses. Ce n'est pas possible.

– Bon… bien… c'est ce qu'ils nous disent. C'est au-dessus de mon niveau. Je ne sais pas en fait. Il se peut que vous ayez raison, mais ce truc marche. Je l'ai vu en action sur des rats, et même sur quelques apostats. Ce truc fonctionne, croyez moi. Je prends Allah comme témoin.

– Je vous croie » , dit Al Kansii. Al Kansii était satisfait de remarquer que même ceux qui colportaient ces appareils n'avaient aucune idée de leur fonctionnement. En fait ils étaient dupés quant à leur fonctionnement de base comme Al Kansii le savait déjà et il n'avait aucun besoin d'explication de la part de Mahsoud.

« Continuez donc, mon frère, ajouta-t-il.

– Bon, vous savez bien que l'effet tunnel quantique agit comme enzyme, c'est-à-dire une sorte de catalyseur qui encourage les processus biologiques. Si vous mettez le QT en ce mode, tout comme en médecine où ces techniques sont utilisées pour la guérison, on peut injecter par effet tunnel une dose forte de particules qui agissent comme enzymes et submergent la cible de ses propres processus biologiques qui sont alors hors de contrôle. On dit que c'est très douloureux, quoiqu'on n'ait pas eu l'occasion de le demander aux victimes des épreuves.

– Des épreuves ? interrompit Al Kansii.

— Oui, comment appelez vous ça, les essais, les tests, qu'importe, reprit Mahsoud. Afin d'expérimenter avec toutes ces armes, spécialement si elles sont destinées à interférer avec le corps humain, une fois que vous ayez sacrifié quelques animaux vous devez les tester sur des humains. Normalement on choisit des apostats, des criminels ou même des prisonniers politiques endurcis et impénitents pour ce travail.

– Je vois.

— Ceci est un point important. Parce que nous les sacrifions à l'autel du martyre, après quoi ils peuvent monter aux cieux malgré leurs crimes. Ils se font racheter en quelque sorte. On croit à la rédemption bien sûr. Mais la rédemption au Paradis, pas ici-bas.

– J'ai entendu que quelques uns de ces apostats dans votre pays avaient été par la suite déclarés innocents. Comment est-ce que vous le justifiez alors ?

– Oh c'est très simple. Si l'apostat est coupable, et ils le sont normalement, alors il méritait de mourir. Il pourrait recevoir la rédemption là-haut. Et s'il est innocent, car quelqu'un l'aurait dénoncé injustement mû par une haine personnelle, alors il meurt en vrai martyr. Il va directement au Paradis et avec encore plus de récompenses que le coupable, celui qui avait dû se racheter. C'est une situation où tous les deux sont gagnants comme vous pouvez le voir, Mahsoud conclut avec un léger sourire narquois.

– Oui, c'est vrai, tous les deux sont gagnants. Le pêcheur est puni, et si en fait il était innocent mais puni néanmoins, il reçoit sa récompense au Paradis. Tous les deux sont gagnants, c'est vrai. Je suis complètement d'accord.

— …Enfin… finalement, le *décélérateur* d'enzyme. C'est, on le suppose, le plus douloureux. Les enzymes dans ce cas agissent comme des accélérateurs en sens inverse, ils ralentissent de façon dramatique, et aussi vite qu'on le désire en ajustant le collimateur du faisceau, ils ralentissent donc les processus biologiques et la cible commence à se désintégrer en tant que personne, et c'est la même chose pour les autres organismes aussi. Bien sûr pour la désintégration des atomes des métaux et d'autres éléments de masse atomique plus élevée, des particules plus énergétiques sont employées et qui changent par effet tunnel le noyau d'un atome en celui d'un autre. Limitons-nous aux atomes de carbone, et peut-être d'hydrogène et d'oxygène mais on n'est pas sûr la dessus, les cibles sont humaines, ou animales bien sûr.

– Vous parliez des éléments de masse atomique plus élevée ; le carbone n'a-t-il pas une masse atomique plus basse que l'oxygène ?

– Oui mais c'est là… c'est le développement dont nous sommes si fiers, ici en *Al Andalous*. On peut façonner l'effet tunnel et la collimation du faisceau destructif à l'intérieur d'un créneau ayant une limite supérieure et un limite inférieure, pour que les atomes spécifiques cibles disparaissent, ou du moins qu'ils soient transformés en d'autres atomes en modifiant leur noyaux. Aussi une fois que le processus est déclenché, il continue de lui-même à mesure que les défenses naturelles du corps viennent à la rescousse de atomes ciblés et provoquent un effet tunnel multiplié. Donc le QT qui tend à créer ces enzymes est un appareil très puissant et ses effets sont très douloureux. Vous ne l'utiliserait qu'en cas d'urgence extrême. Au fait, avant que ces combinaisons des trois types de neutrinos ne se décomposent et deviennent inoffensives, elles arrivent à se réfléchir sur l'émetteur. Comment cela se produit-il ? On ne le sait pas. Les neutrinos ne se réfléchissent pas normalement mais dans ce cas ils le font. Quelques uns de nos chercheurs se sont fait désintégrer en conséquence. On a même insisté à faire nos tests dans des champs vastes, sans possibilité de réflexion comme des murs, des montagnes, des collines, des arbres etc. On a pu limiter les pertes. Mais on finira par résoudre le problème.

– Avant d'être à court de scientifiques j'espère, dit Al Kansii en forme de blague.

— Oui » , répondit Mahsoud en riant et ajouta presqu'en s'excusant :

« Mais le risque est inhérent...

— À ! » s'exclama Al Kansii.

Mahsoud prit alors un air perplexe et Al Kansii continua :

« Inhérent *à*. Je m'attendais à ce que vous disiez inhérent *dans*. L'expression correcte est inhérent *à*, le *dans* est déjà dans le mot inhérent.

— Ah, vous et votre langue. Vous ne pouvez pas sembler abandonner.

– Oh je *semble* tout le temps. Du moins, *il semble que je ne puisse, plutôt que je ne puis sembler...* dit Al Kansii d'un ton sarcastique.

– Comme vous voudrez » , répondit Mahsoud résigné.

Al Kansii demeura en silence et concentra ses pensées sur cette dernière arme, le QT à enzymes. Al Kansii savait que l'effet tunnel quantique augmentait le taux des réactions dans les enzymes, les protéines spécialisées qui catalysent les réactions dans les cellules vivantes et sont nécessaires aux processus biologiques dans ces cellules.

À ce moment Mahsoud présenta à Al Kansii un étui de cuir. Sur le devant, en magnifique calligraphie arabe, ses initiales étaient gravées en or 22 carat. À l'intérieur, des emplacements divers étaient préformés pour accueillir les différents appareils. Al Kansii examina l'étui et éprouva une certaine fierté quand il eut reconnu ses initiales ; il jeta alors un regard plein de gratitude à Mahsoud.

« Très intéressant et très utile en fait. J'ai tout ce dont j'ai besoin. Merci pour votre aide. *Incha'Allah* nous vaincrons, ajouta Al Kansii.

– *Incha'Allah* » , répondit Mahsoud.

Al Kansii et Mahsoud prirent un dernier verre de thé et Al Kansii alors se leva, ramassa ses outils dans l'étui de cuir et se prépara à partir.

Al Kansii se dirigea vers la porte et demanda :

« Est-ce que cet endroit est sûr ? Êtes-vous certain que personne ne nous observe ?

— Paris est très sûr. Je connais mon territoire », répondit Mahsoud avec confiance.

Les deux échangèrent de nouveau une embrassade. Mahsoud, étant donné qu'il était le plus âgé des deux commença à réciter une bénédiction à la fin de laquelle les deux dirent à l'unisson : « *Al Hamdulillah.* »

Al Kansii commença sa descente vers les rues de Paris avec son bagage. L'équipement était en fait plutôt léger et de faible volume. Le tout pouvait être rangé dans un cartable d'écolier typique. Bien sûr aucun des appareils n'avait de source d'énergie. Al Kansii recevrait celles-ci après qu'il eût atteint le territoire Han.

Il revint sur l'élégant Boulevard Sidi Germa'in. Il espérait prendre la correspondance du train maglev local vers le magnétoport de la *Ma Sling* et se trouver peu de temps après en route pour Kandahar. Il n'était pas question d'atterrir via élingue magnétique en territoire Han équipé de la sorte. Il devait donc entrer en territoire Han par voie terrestre, par les cols des montagnes au sud de Tachkent et de Douchanbé.

Al Kansii avait encore un peu de temps sur lui. Il décida donc de faire une promenade sur les rues de Paris, comme il l'avait fait quand il était un étudiant sans soucis quelques années auparavant. Il remarqua encore que les noms des rues étaient bizarres. Il semblait que les autorités avait réussi à garder tous les noms, spécialement ceux de anciens saints, et leur avaient donné une consonance plus musulmane. St. Germain était devenu Sidi Germa'in, St Michel, Sidi Mishal et ainsi de suite. En fait le *t* du St avait été changé en un *d*, *Sidi* au lieu de *Saint*. C'était assez proche. Quelquefois le *t* était simplement peint à la main et changé en un *d*, et la plupart du temps même ignoré et laissé tel quel, comme il avait été deux siècles auparavant. Au lieu du *le* ou du *la*, le *el* ou le *al* avaient été adoptés, et donc *le château* devint *el château* et il semble que personne n'y accordait aucune importance. Un restaurant nommé *Le Conquistador* avait été rebaptisé *El Conquistador* ce qui était plus correct en tout état de cause.

Pendant sa promenade, Al Kansii se dirigea instinctivement vers la résidence d'une des ses amies du bon vieux temps. Il n'était pas sûr qu'elle vécût encore là mais puisque les choses ne semblait pas changer beaucoup dans ce coin du monde, il décida de prendre ses chances. « *Nous sommes toujours amis* », pensa-t-il.

Al Kansii savait que dans cette mission il allait perdre la vie et donc il ne s'opposait pas à partager un dernier moment comme avant, ces moments là qu'il avait vécus quelques années plus tôt ici-même. Comme avant. Quand il était insouciant et innocent. Il semblait que c'était il y avait une éternité. Cette amie s'appelait Leïla Al Durand. D'après ce qu'il en savait, elle n'était pas mariée et donc vivait avec ses parents, indépendamment de son âge comme c'était maintenant la coutume et la tradition partout dans les Califats. Leur demeure était quelque part au nord de la fameuse tour. Il décida de les surprendre tous, elle et ses parents. Il hâta le pas.

Quand il eut atteint l'extrémité ouest du boulevard et le bord de l'Al Seyna, Al Kansii traversa le *Pont de la Concorde* et franchit la *Rive Droite* du fleuve. De l'autre côté du pont se trouvait un obélisque original. Celui-ci était encore là, intact. L'obélisque, d'origine égyptienne, avait été transporté ici, ou plutôt volé, par Napoléon après sa campagne dans les terres musulmanes. Bien sûr les choses avaient changé depuis lors, et l'Occident avait reconnu ses erreurs et tous étaient frères sous l'Islam. Ce qui était surprenant par contre est que l'*Obélisque* n'avait été altéré en aucune façon contrairement au Monument Islamique dans Oussamabad qui avait été orné d'un croissant glorieux fondu sur son capuchon d'aluminium. Même l'endroit, la *Place de la Concorde*, avait gardé son nom. Al Kansii en conclut que *Concorde* était peut-être un nom assez approprié pour tout le monde maintenant.

Al Kansii tourna à gauche et continua le long des quais jusqu'à ce qu'il eût franchi le *Pont de l'Alma* et vira à la droite de ce pont. Tout au long de sa promenade il pouvait apprécier à sa gauche la vue de la Tour Eiffel qui semblait être constamment devant lui mais sur la *Rive Gauche*. Une fois sur la très grande place depuis laquelle on pouvait admirer l'imposant *Palais du Trocadéro* et au bas de cette colline de l'autre côté du fleuve la *Tour Eiffel* toujours présente, Al Kansii remarqua que l'endroit avait été rebaptisé *Poincaré*, tout comme l'*Avenue Poincaré* qui émergeait de cette place et qui était sa destination. Ce qui était encore plus étrange était le choix des inscriptions commémoratives sur la belle pierre calcaire dont la façade du palais était construite. On disait que ces pierres calcaires d'un orange-marron rayonnant provenaient de la Provence dans l'*Al Andalous* méridional. Al Kansii savait qu'à Paris on appelait ce type de place des *Ronds Points*. Il savait aussi que sauf pour un *t* et un *r* qui manquaient dans Poincaré, l'endroit avait donc été rebaptisé littéralement le *Rond Point du Point Carré*. Etait-ce une blague, ou une coïncidence ? Ou un message ? Et pourquoi en premier lieu avait on rebaptisé cette place ?

Ce qui était plus sérieux était que les inscriptions, gravées dans la pierre des murs du palais et visibles à tous, portaient une des citations les plus célèbres de ce mathématicien et scientifique :

« *Dieu est l'hypothèse la plus inutile pour l'explication du monde* »

La signification en était sacrilège. Al Kansii pouvait à peine lire ce texte et ne pas sentir de la honte, de la gêne et même de la culpabilité. C'était littéralement un blasphème.

Al Kansii ne pouvait pas comprendre comment cette citation avait pu échapper à la Police pour la Promotion de la Vertu et la Prévention du Vice. Comment avaient-ils permis cela ? « *Dieu est la plus …* » Al Kansii n'avait même pas la force de se répéter ces mots.

Al Kansii savait qu'en tant que grand mathématicien d'une autre époque Poincaré pouvait être excusé peut-être, mais de reproduire ce sacrilège maintenant, ici !

À l'époque de Poincaré la classe intellectuelle, les scientifiques et les philosophes, et non pas les hâbleurs qui les succédèrent et détruisirent l'hégémonie de l'Occident sur le monde, en ces jours donc Al Kansii le savait bien, ces grands penseurs croyaient que le progrès scientifique résoudrait les problèmes de l'humanité et inaugurerait une ère de bonheur et de justice. C'était l'époque déterministe, quand l'Univers était perçu comme une grande horloge et où l'homme croyait pouvoir comprendre les forces de la nature et les contrôler, ou du moins en contrôler les effets. Aussi bien que l'histoire de la science avait montré avec l'avènement de la théorie quantique que le déterminisme en Physique était plutôt naïf, l'histoire sociopolitique avait suivi une trajectoire différente de celle prédite avec tant d'optimisme et de confiance alors.

De l'Ordre vers le Chaos

Jules Henri Poincaré avait été un des plus grands mathématiciens de son époque et nombreux étaient ceux qui pensaient, et ceci était spécialement vrai dans ces terres, qu'il méritait au moins un crédit égal à celui qu'Einstein avait reçu pour la formulation de la théorie de la Relativité, sinon plus. Les historiens moins passionnés attribuaient normalement le développement de cette théorie à trois grands scientifiques, Lorentz, Poincaré et Einstein.

Une autre citation de Poincaré qu'Al Kansii remarqua résumait la philosophie déterministe de ce temps et était aussi gravée dans la pierre :

> « *Si nous connaissions exactement les lois de la nature et*
> *la situation de l'univers au moment initial, nous*
> *pourrions prédire exactement la situation de ce même*
> *univers à un moment ultérieur* »

La théorie quantique avait prouvé que cette certitude n'était pas justifiée et que seulement des probabilités pouvaient être calculées, mais pour Al Kansii la citation de Poincaré pouvait être correcte si l'on ajoutait que Dieu tenait la clé de tout et avait déjà déterminé ce qui se devait d'être.

L'Histoire avait aussi prouvé autrement. À l'origine, en ces temps là, on pensait que le progrès technique conduirait à l'avènement de l'athéisme dans la civilisation puisque *la religion était l'opium du peuple* d'après le perfide Marx. L'inverse s'était produit et comme Al Kansii l'avait appris, le matérialisme par son incapacité à satisfaire l'âme avait plutôt apporté le vrai fondamentalisme religieux. Al Kansii dut conclure que pour Poincaré et ses collègues le monde serait allé en arrière, que la civilisation aurait reculé. Mais ils auraient eu tort de le voir ainsi. La science d'après lui répondait au *comment*, l'Islam au *pourquoi*. On avait enseigné ces préceptes à Al Kansii dès son jeune âge ; ils étaient donc vrais.

Pour Al Kansii, l'Homme porte en lui le mal et c'est seulement par sa soumission à Allah qu'il peut trouver sa liberté et sa paix. C'est ce qui avait évolué de ce grand siècle avec ses grands esprits scientifiques. La science stérile avait cédé à la spiritualité et maintenant on avait un Grand Califat et *Incha'Allah* bientôt un Califat Mondial. Et lui, Al Kansii, allait jouer un rôle primordial en déchaînant les conditions initiales qui aideraient à atteindre ce résultat majeur. Tout comme dans la *Théorie du Chaos*. Les conditions initiales quelquefois imperceptibles et en apparence insignifiantes conduisent souvent à des résultats importants.

Quand il reprit sa marche sur l'Avenue Poincaré et s'éloigna du rond-point, Al Kansii dans ses réflexions remarqua que Poincaré en tant que mathématicien avait été un pionnier dans plusieurs des théories qui formaient le fondement de la Physique moderne mais aussi et plus particulièrement dans la *Théorie du Chaos*.

La *Théorie du Chaos* est basée sur l'observation que de petites différences dans les conditions initiales peuvent conduire à des résultats qui divergent considérablement des prédictions même pour des systèmes déterministes. L'exemple dont Al Kansii se souvenait était celui du papillon proverbial qui battrait des ailes en Amazonie et cette seule perturbation minime serait amplifiée par une série d'évènements qui provoqueraient une tornade au centre du continent de l'*Améristan*. Ainsi même Poincaré avait commencé à comprendre et à conclure que la nature déterministe d'un système ne le rend pas prévisible.

Tout ceci avait une profonde signification pour Al Kansii car deux cents ans auparavant une série d'évènements apparemment sans conséquence avait conduit à l'Islamisation de l'Occident, quoiqu'aucune théorie déterministe ne pût prédire un tel résultat en se basant uniquement sur la richesse, la technologie et la puissance militaire.

Et ce n'était pas la première fois, Al Kansii le savait bien. La même chose était arrivée à Rome, à l'*Al Andalous* et à plusieurs autres civilisations. Ce qui avait une profonde importance dans l'esprit d'Al Kansii est que ce système *chaotique* qui avait existé dans l'Occident de ses ancêtres, une fois déclenché, personne ne pouvait le contrôler. Quelles avaient donc été ces conditions initiales ? Et quel serait le monde aujourd'hui si ces conditions eurent été différentes ? Le monde de ses ancêtres ? Serait-il d'une autre religion ? Ou peut-être même sans religion du tout ? C'était difficile à concevoir, difficile à comprendre.

Bien sûr Al Kansii et tous les autres avaient étudié à un jeune âge, et donc savaient instinctivement, qu'à l'Occident il avait manqué de la conviction et de la fortitude spirituelle. Cependant il savait aussi que d'autres sociétés avaient été dans la même condition et n'avaient pas péri en tant que telles. Qu'était-ce donc le *papillon* de l'Occident ? Etait-ce le Cheik Hussein ? Peut-être. Mais ce serait donner trop d'importance à l'influence d'une seule personne, et même encore le Calife Hussein, le premier Calife, aurait lui-même pu être la conséquence d'un autre évènement fatidique qui aurait déclenché le comportement *chaotique* imparable de cette société, *chaotique* dans le sens scientifique bien sûr. Était-ce le code du Droit qui dans l'Occident semblait avoir été créé si mécaniquement pour protéger l'innocent mais avait fini par récompenser le criminel ? Ou la protection aveugle du droit à la soi-disant libre expression qui en fait protégeait les ennemis de la libre expression et ainsi avait mené une société libre à sa perte ? C'était des questions qu'Al Kansii normalement essayait d'éviter mais dans ce Paris avec tant de signes qui provoquaient sa pensée, il ne pouvait s'empêcher de jeter un regard en arrière vers ses ancêtres et de s'émerveiller à sa propre histoire.

Au sud-ouest de Paris, comme Mahsoud l'avait indiqué, était l'énorme complexe universitaire connu comme *Paris Sud* où des avances scientifiques majeures avaient été faites depuis des siècles et continuaient de l'être. Cela avait commencé avec l'ancien Centre de la Recherche Nucléaire qui avait mis les Européens dans l'âge nucléaire, et avait été suivi par la coopération multinationale sur les installations massives construites pour étudier les collisions des hadrons, une coopération qui donna de nouvelles perspectives sur le comportement des neutrinos et dont la manipulation avait contribué aux armes quantiques modernes.

Les théories des cristaux liquides avaient aussi vu leur conception ici et cela avait permis la réalisation d'écrans encore en usage en ces jours lorsque les projections holographiques à trois dimensions créées en l'air n' étaient pas pratiques. Et bien sûr la *Théorie du Chaos* avait aussi vu des avances majeures dans ce centre académique.

Les Califats occidentaux, l'*Al Andalous* inclus, n'existeraient pas si ce n'avait été grâce à ces conditions initiales avant le *chaos*. Quelles avaient été donc ces conditions ? Al Kansii se demanda comment ces évènements, s'ils étaient présents dans son monde, finiraient de la même manière par affecter l'histoire des Han. Faisait-il partie de ces conditions initiales ? Est-ce qu'un hoquet insignifiant dans sa mission, un petit délai, un incident sans pertinence, quelque *perturbation* initiale comme les scientifiques le disent, ferait que sa mission prendrait une direction qu'aucun n'eût pu prévoir ? Est-ce que sa mission pouvait déclencher une série d'évènements, un système *chaotique* que personne ne pourrait contrôler ? Et s'il en était ainsi, sa mission était-elle si critique ? Était il même, lui Al Kansii, de quelque valeur ?

Assame avait partagé avec Al Kansii les résultats des analyses des systèmes d'ordinateurs quantiques sur un nombre de combinaisons presqu'infini de conditions initiales, de contretemps, de changements, de la *mauvaise chance*, et d'autres impondérables qui pourraient conduire à un résultat à l'opposé de ce qu'ils espéraient. En d'autre mots est-ce que les Han pourrait avoir un coup de chance inespéré tout comme les forces du Califat l'avaient eu contre l'Occident deux siècles auparavant ? Al Kansii savait que la mission d'Allah était prédestinée. Indépendamment des conditions initiales. Du *chaos* de l'Occident, l'Islam s'était levé. Tout comme le prophète (qlpsal) l'avait promis.

Al Kansii se rappela soudain une autre citation gravée dans la pierre qu'il avait pour quelque raison négligée. Elle était d'un autre mathématicien d'antan nommé Laplace. Laplace avait étudié les orbites des planètes Saturne et Jupiter et avait dit-on présenté ses résultats à un groupe d'élite qui avait inclus Napoléon. Napoléon lui aurait demandé pourquoi il avait omis de mentionner Dieu dans son discours, à quoi Laplace aurait répondu : « *Je n'ai pas besoin de cette hypothèse* ». Presque la même intention que celle de Poincaré.

Al Kansii n'en croyait pas ses yeux que ces inscriptions fussent gravées dans la pierre en plein cœur de l'*Al Andalous*, et que ceux qui avaient prononcé ces mots fussent glorifiés, leurs noms donnés aux avenues et aux places les plus importantes dans la ville, et ce même après la Conquête. C'était très étrange. Al Kansii se demanda s'il y avait dans cette contrée un groupe subversif qui s'était infiltré dans les structures de l'État. Il pensa à rapporter ces infractions à l'Escouade de la Vertu et du Vice, mais sa présence en ces lieux devait demeurer discrète, et de plus c'était leur problème, pas le sien. À moins que bien sûr ces développements ne fissent partie d'un mouvement plus grand qui travaillait clandestinement avec l'intention de défaire le Califat. Et ceci rendait-il peut-être sa mission encore plus pertinente, ou contrairement même une sorte d'anachronisme ? Il ne pouvait en décider. En fait, qu'est-ce qu'Al Kansii essayait d'accomplir exactement ? Perturber l'équilibre aux dépens de l'Empire des Han alors qu'en même temps peut-être leur propre Califat était miné de l'intérieur ? Est-ce que les autorités du Califat, et donc spécialement Assame, ne devraient-elles pas se concentrer peut-être sur ces problèmes avant d'en créer de nouveaux?

Al Kansii était maintenant profondément engagé dans sa mission; il ne pouvait donc pas alimenter de doutes. Il conclut qu'Assame avait dû penser à toutes ces questions et en tant que soldat, en tant que Soldat d'Allah, son devoir était d'obéir aux ordres, d'accomplir sa mission. Il n'était maintenant pas d'humeur à rencontrer qui que ce soit. Il abandonna son plan de rendre visite à Leïla, si même elle fût là.

Il décida de se diriger vers la station maglev la plus proche qui se trouvait au Rond Point Laplace à l'autre bout de l'Avenue Poincaré. Il se souvint alors qu'en ses jours d'étudiant il avait connu une rue appelée *Rue Laplace* sur la Rive Gauche, il y était passé plusieurs fois puisque la *Sorbonne* n'en était pas loin ; il conclut donc que quelqu'un avait rebaptisé aussi ce rond-point du nom d'un autre scientifique athée. Il y avait un schéma très clair.

Il remarqua bien sûr que ce quelqu'un n'avait pas poussé son sarcasme jusqu'au point de nommer ce rond-point une *Place,* en un étrange jeu de mots semblable à ce qu'on avait fait avec le *Rond Point Poincaré.* Non, ils n'avaient pas poussé si loin jusqu'à l'appeler *Place de Laplace.* Al Kansii était dans la confusion et pouvait sentir que quelque chose n'allait pas, tout comme il s'enfonçait dans le tunnel le menant à la plateforme du maglev.

Pendant le court trajet en direction du magnétoport de la *Ma Sling,* Al Kansii réfléchit sur l'existence d'un Créateur car les mots gravés dans la pierre l'avaient troublé considérablement, ces mots de deux géants de la science et des mathématiques. La question de savoir qui avait créé, Dieu bien sûr, ou de Création, qui lui avait été si simple et si évidente quelques instants auparavant, était maintenant un nuage. La Création suppose l'existence d'un Créateur. Se poser la question était en soi un acte d'athéisme. Al Kansii sentit quelque chose de lourd dans la gorge. Il allait bientôt mourir pour une cause imposée à ses ancêtres, qui avaient été trop faibles, ou trop naïfs pour résister, à moins que la cause ne fût bien sûr la vraie cause. Tout reposait maintenant non seulement sur la supposition que l'Islam était la Vraie Religion, quelque chose à laquelle il croyait car on le lui avait enseigné depuis son plus jeune âge, mais sur la question de savoir s'il y avait en fait une Vraie Religion du tout, et si Dieu existait. Al Kansii commença à douter de tout. Il décida alors d'envoyer un dernier message à Assame par l'intermédiaire d'Al Kenii comme convenu, maintenant qu'il était prêt à s'envoler vers Kandahar :

> *« Il ne peut y avoir de Création sans Créateur*
> *Il ne peut y avoir de Créateur sans Création »*

La première partie du message avait été convenue d'avance. C'était une sorte de code pour *tout va bien.* Le reste, Al Kansii l'avait ajouté pour qu'Assame le déchiffrât après sa mort. Al Kansii n'était pas encore tout à fait sûr de la signification que la deuxième phrase prendrait car il était envahi de doutes. Si un jour soit pendant la vie d'Assame ou des siècles après on eût pu déterminer qu'il n'y avait pas de dieu après tout, cela voudrait dire que la mission d'Al Kansii aurait été en vain, une mystification complète de la réalité, une perte totale. Et la perte aurait été celle de sa vie. Bien sûr, ainsi qu'il l'espérait, Dieu serait confirmé *pour toujours et à jamais,* dans l'*univers des univers* ainsi qu'Assame le lui avait dit, et alors sa mission aurait été une mission à Sa gloire. Et cette gloire l'attendrait là-haut dans les cieux.

Al Kansii se rappela alors le texte sur la petite plaque au coin de l'Avenue Poincaré et du Rond Point Laplace et qu'il avait interprété comme la science exigeant une foi dans la vérité, dans le prouvable, dans le vérifiable. La plaque citait Planck : « *Pour les croyants, Dieu est le début, et pour les Physiciens il est à la fin de toutes les considérations.* » Et si la science ne pouvait atteindre et n'atteindrait jamais la fin de toutes ces considérations ? se demanda Al Kansii.

Al Kansii se replia donc dans la première pensée, que Dieu existait, et que sa mission était ainsi justifiée. Tout en entrant dans la salle dite de *pré-vol* du magnétoport de la *Ma Sling*, Al Kansii savait aussi au fond de lui que même le fait de poser la question de l'existence de Dieu c'était déjà reconnaître que dieu en fait n'était qu'une hypothèse, *une hypothèse*, comme il était inscrit si clairement dans la pierre calcaire du Palais du Trocadéro. Ce qu'il sentait, et qu'il lui était difficile d'admettre, était que la seule question qui restait maintenant à éclaircir était de savoir si l'*hypothèse* était inutile, *inutile*, ou à l'inverse utile.

Vue sur Cour

Bashar Kadour, un agent des Han dont le nom réel était Heh Jin, transmis immédiatement la *signature* de chacun des objets qui étaient dans l'étui d'Al Kansii. Ce que Mahsoud et Al Kansii ne savaient pas c'est qu'un voisin de Mahsoud, Kadour, avait suivi leurs délibérations, pas nécessairement les mots mais leurs *signatures*.

L'appartement de Mahsoud à Paris était dans un immeuble du dix-neuvième siècle. Comme la plupart de ceux-ci, il était conçu autour d'une petite cour centrale qui permettait à la lumière du jour d'éclairer les chambres des appartements à l'arrière de l'immeuble, *vue sur cour* comme on disait. La structure était une sorte de cylindre creux à base carrée. La chambre de Kadour était au huitième étage, et heureusement pour Kadour l'appartement de Mahsoud au sixième lui donnait une vue raisonnablement claire de sa pièce principale. La fenêtre de Kadour était presqu'en diagonale de celle de Mahsoud et ceci facilitait considérablement l'observation. Kadour avait installé un appareil discret qui ressemblait à un spectromètre, une sorte de caméra à l'air étrange et d'autres instruments. Bref, Kadour pouvait déterminer la composition chimique de n'importe quel appareil dans l'appartement de Mahsoud et l'ADN de ceux qui s'y trouvaient présents.

Kadour n'habitait pas là en réalité. Comme dans la plupart de ces immeubles, l'étage supérieur, dans ce cas le huitième, était un étage destiné aux domestiques et était composé des petits appartements à une seule pièce qu'on appelait des *chambres de bonne,* et dont les toilettes, les lavabos et les douches étaient communs. Les *chambres de bonne,* originellement conçues au service des riches qui vivaient dans les appartements distingués des étages inférieurs et ce pour héberger leur domestiques, étaient maintenant occupées par des étudiants, des travailleurs immigrés aux salaires très bas et d'autres individus dans les mêmes conditions. C'était donc une situation très auspicieuse qui permettait à Kadour de demeurer incognito. Il pouvait résider là et espionner Mahsoud, qu'il traquait depuis qu'il l'avait reconnu comme colporteur d'armes de haute sophistication. Mahsoud vivait la bonne vie dans les cafés de Paris et ce mode de vie imprudent avait de façon incompréhensible échappé à l'attention du Califat.

Il se produisit cependant que Kadour se trouva dans l'appartement ce jour là et put donc ajuster ses instruments. En particulier il avait pu reconstruire les signatures ADN de l'étui en cuir et même déterminer le contenu en carat de la calligraphie qui y était gravée et qui portait les initiales d'Al Kansii.

Albert, à Qiqihar, reçu l'information de Kadour. Il pourrait maintenant calibrer ses systèmes de détection dans l'expectative de l'entrée d'Al Kansii en territoire Han et suivre ses allées et venues. Et ce qui était encore plus important, il serait le seul à pouvoir en faire ainsi. Et le Centre National de la Surveillance à Golog Maqen serait hors-circuit aussi longtemps que possible.

Entre temps à Oussamabad la *Ma-Sling* était prête pour son lancement. Douze passagers et deux membres de l'équipage allaient partir en direction du territoire Han, à DongJing – la Capitale de l'Est, connue autrefois comme Tokyo. Tous les passagers s'étaient soumis à l'analyse de leur ADN par scintigraphie, et tous furent déclarés admis à quitter le Califat. Entre eux se trouvait un homme Han de petite taille qui récitait des poèmes qu'il avait retiré d'une une sorte de serviette en cuir. Le petit homme ne cessait de revoir et de réciter en silence ses vers dans la salle d'attente, et ceci après qu'il eût été autorisé à quitter le territoire par la Police pour la Promotion de la Vertu et pour la Prévention du Vice qui avait conclu que tout était en ordre. Bien sûr il n'y avait aucun besoin de vérifier le vice et la vertu en ces lieux. La police en question était en réalité une police politique chargée d'empêcher quiconque voudrait aller en territoire Han avec des intentions indésirables, de le faire. Le chef de police avait été prévenu de ne laisser passer aucun employé de l'Ambassade des Han, spécialement les femmes, et de détenir celles-ci pour quelque raison que ce soit jusqu'à ce que les autorités eussent été consultées. Ces autorités, c'était Assame lui-même.

Tous les passagers étaient hommes, et tous des hommes d'affaires. Bien sûr ils pouvaient être des agents doubles, mais les scanographes d'ADN ne mentaient jamais. Tous les passagers étaient comme étiquetés, et les ordinateurs pouvaient révéler en temps réel leur identité et s'il leur était permis de voyager après avoir vérifié leurs données d'arrivée, le but de leur voyage, la durée de leur séjour, l'hôtel où ils avaient séjourné, la composition de leur dernier repas comparée à ce qui se trouvait dans leur estomac en ce moment et d'autres indices. Personne ne pouvait prendre la place de quelqu'un d'autre.

Quand la capsule eut atteint l'atmosphère supérieure, les *activateurs* à plasma firent virer la capsule vers le nord-ouest et celle-ci franchit une altitude de 180 kilomètres au-dessus du Pôle Nord. Un changement de *plan orbital* permettrait à la capsule d'orienter sa descente dans n'importe quelle direction car les arcs de longitude se rencontrent tous aux pôles. La longitude 165 degrés Est fut choisie et la *Ma Sling* descendit en douceur vers sa destination.

Après la session de *recouvrement à l'arrivée,* les passagers sortirent du port spatial et Li Li s'en alla avec sa serviette de cuir qui contenait des poèmes et se mêla à la foule. Li Li choisi alors la forme plus traditionnelle du transport supersonique pour rejoindre Yu Lin dans sa petite maison rustique dans la forêt en Mandchourie.

Dans le Califat de Kandahar

Al Kansii prit la *Ma Sling* en direction de l'est de Paris à Kandahar. Le vol dura 28 minutes et il se retrouva dans la chambre de décompression de la Station d'Élingue Spatiale Maglev Mullah Omar de Kandahar. De là il se dirigea vers la résidence de Rachid où il passa quelques jours. La météo avait prédit du beau temps pour l'ouest du territoire Han dans les jours suivants. Al Kansii devait donc attendre la pluie. Quoiqu'imparfaite, la nature donnait toujours une marge de sécurité supplémentaire. Bien sûr le Califat pouvait induire cette pluie mais les Han détecterait immédiatement cette altération et toutes leurs antennes seraient comme des oreilles tendues et ultra sensibles. Il devait donc attendre.

Rachid lui offrit pour épouse une jeune femme de seize ans qui appartenait, c'est-à-dire qui était la fille d'un paysan du coin. Après tout Al Kansii allait devenir martyr, seulement lui-même et Rachid le savait, mais il méritait quand même quelque gratitude de la part du peuple avant sa mort. La fillette bien entendu n'en savait rien. Elle se conforma volontairement tout de même car c'était ainsi que les choses étaient, et devaient être. La vérité est la vérité, indépendamment de l'opinion de quiconque. Et Rachid savait que ce qu'il faisait là était bien. D'autres, en d'autres temps *pensaient* qu'ils avaient raison et alors ils s'engageaient dans des débats, argumentaient et expliquaient. Rachid *savait*.

Raïssa avait à peu près un mètre soixante, elle était mince et ses yeux verts étaient parfaitement coordonnés aux cheveux châtain foncé. Ses traits étaient délicats et plus proches de ceux des régions du nord de la Méditerranée que des terres plus proches de la Perse ou du sud de l'Inde. Quelques millénaires plus tôt, Alexandre, dit le Grand, était passé par là.

Le communiqué arriva soudain d'Oussamabad. « *Averses 4.5 cm étendue 70-76 E 34-36 N 20:32 - 22:48 locales 27 Safar 1615.* »

Les données étaient précises. Al Kansii avait les prévisions exactes pour la pluie qu'il attendait et ceci avec une précision de quelques minutes et dans moins d'un kilomètre carré. Ces chiffres étaient plus que suffisants pour lui permettre d'atteindre le col de la montagne avec son appareil autonome de vol, son AVIA, se faire détecter peut-être en chemin mais pouvoir tout de même disparaître avant que le vaste réseau de surveillance des Han ne pût prendre quelqu'action. Il serait alors en territoire Ouïghour, dans le cœur de l'Empire des Han.

Un jeune analyste dans le Centre de Golog Maqen détecta comme de routine ces prévisions précises et fut légèrement intrigué par leur spécificité si détaillée.

Et ainsi après que Raïssa se fut dûment retirée dans ses quartiers sur ses ordres, Al Kansii s'endormit mais pas avant d'avoir revu en mode rapide sa mission. Il le fit avec appréhension et avec la conviction de sa vérité, mais un peu confus quant à son identité en ce moment où il allait entreprendre le processus de sa mort. Qui étaient ses ancêtres ? Allait-il mourir pour eux ? Ou pour ceux de quelqu'un d'autre ?

Non, il était dans la cause de la Vraie Religion. Il se devait de l'être.

« *Est-ce que j'ai couvert toutes les éventualités ?* » pensa-t-il. Le *contact* dans l'Empire des Han qui était sensé le faire entrer au cœur du Conseil du Peuple, « *est-ce qu'on pouvait lui faire confiance ? Était ce trop facile ?* » Il eut envie d'appeler Assame, mais il n'en était pas question, cela augmenterait le danger de détection. Il avait confiance.

Al Kansii se sentit détendu. Et en paix. Et donc il s'endormit.

2

La Duperie

Aux petites heures du matin en son troisième jour dans le Califat de Kandahar Al Kansii se mit route avec Rachid et les deux se dirigèrent vers le nord-est de Kandahar.

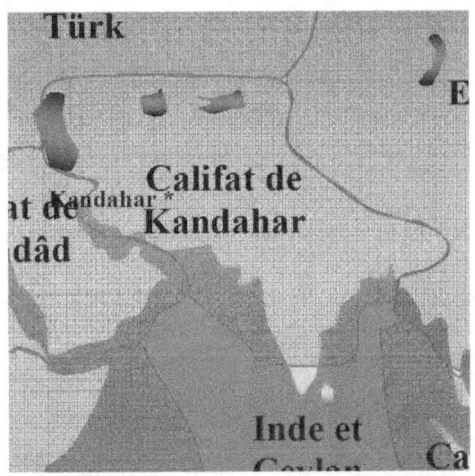

13. *Le Califat de Kandahar*

Le Califat de Kandahar, comme il était officiellement connu, comprenait un vaste territoire qui amalgamait plusieurs nations dont les frontières avaient été définies autrefois par le colonialisme occidental. À l'ouest, le Califat de Kandahar suivait une ligne nord-sud qui commençait sur la rive sud de la Mer Caspienne à Amol et continuait vers le sud en passant par Qom, Ispahan, et Chiraz, pour finir à Buchehr sur le Golf d'Arabie. Au nord, le Califat de Kandahar se partageait la Mer Caspienne avec le Califat de Baghdâd grâce à une ligne imaginaire allant de la péninsule au sud de Balyski jusqu'à quelques kilomètres de Gouriev, le point de démarcation du Califat Türk au nord de celle-ci. De ce point la frontière suivait une ligne courbe d'ouest au nord-est vers Astana, frôlant de près l'ancien Kazakhstan et atteignant le territoire Han dans les montagnes à l'ouest de Oulan-Bator à la longitude approximative de Tacheng.

La frontière avec l'Empire des Han formait alors un grand croissant commençant avec la ligne au sud-ouest de Karakol, à l'ouest d'Almaty, et qui continuait ensuite le long de l'Himalaya vers l'est, et de nouveau vers le sud pour déboucher dans le Golfe du Bengale, à l'ouest de Chittagong qui était en territoire Han. Finalement le Califat Kandahar s'étendait au sud dans la Péninsule Indienne jusqu'à Cochin sur la Mer d'Arabie, par Madurai au centre et à Pondichéry sur le Golfe du Bengale. Au sud de cette ligne était la République d'Inde et de Ceylan.

Ayant quitté la ville de Kandahar, Rachid et Al Kansii demeurèrent au sud des localités de Zaboul, Ghazni, et Kabul, et ils virèrent ensuite légèrement au nord de Nurestan vers Badakhchan où ils tournèrent en direction de l'est vers le *col*. Le terrain était maintenant très accidenté et presque pas carrossable pour le véhicule antique que Rachid avait choisi. Le véhicule était un ancien *camion* alimenté par du carburant liquide qu'il était difficile de trouver en ces lieux. Rachid avait pris la précaution de placer dans la benne ouverte à l'arrière du véhicule plusieurs bidons de ce carburant liquide pour les trajets aller et retour.

En deux jours de route Rachid et Al Kansii avaient presque franchi le territoire Han. Ils devaient maintenant se séparer. Rachid arrêta d'abord son véhicule et puis exécuta une manœuvre dangereuse qui consistait à faire tourner le camion dans la direction opposée pour entamer son retour. La route était très étroite dans ces régions montagneuses et Al Kansii avait dû donner un coup de main pour que le demi-tour se fît en toute sécurité. Al Kansii avait même eu à pousser le véhicule pour le dégager quand les roues arrière se furent enlisées dans la vase endurcie par son mélange avec la neige qui se trouvait à cette altitude. Quand Rachid fut prêt à partir, il vint à l'esprit d'Al Kansii que peut-être Rachid ne serait pas en mesure de retourner avec ce véhicule. De toutes façons, pensa-t-il, au pire Rachid pourrait retourner à pied.

Rachid et Al Kansii se donnèrent une embrassade et échangèrent des faux baisers sur les joues avant de se séparer. Rachid récita une bénédiction rapide qu'il finit par un *Incha'Allah wal Hamdulillah* que les deux répétèrent. De la fenêtre de son *camion* Rachid salua Al Kansii de la main en signe d'au-revoir, et Al Kansii remarqua les larmes fines qui coulaient de ses yeux. Rachid, dont il n'avait fait la connaissance que quelques trois jours auparavant s'était quand même attaché à Al Kansii, et en un sens Al Kansii s'était aussi attaché à lui, quoique la fondation émotionnelle d'Al Kansii fût quelque peu plus froide – *la génétique ne ment pas.*

En ces régions, Al Kansii le savait bien, les habitants étaient très bons et très émotionnels. Ils vous aimaient dès qu'ils faisaient votre connaissance et vous accueillaient dans leur cœur, leur maison, leur vie, mais s'ils se sentaient provoqués ou qu'ils se croyaient trahis ou menacés, ils pouvaient devenir particulièrement cruels. Il était donc préférable de se trouver en bons termes avec eux et le contraire était bien sûr à éviter. Rachid et les siens étaient les plus affectueux sur terre. Al Kansii n'avait qu'à se rappeler le don de Raïssa.

Rachid n'était maintenant qu'un grain de neige ou de poussière à l'horizon, et son véhicule en dégageait un nuage sur cette route de terre et de boue mélangée à de la neige. Ce véhicule émettait aussi des fumées de plusieurs couleurs, bleuâtre disait-on de par la combustion inopportune de l'huile du *moteur*, blanche de l'eau qui s'infiltrait dans ce *moteur* et que Rachid devait ajouter de temps à autre pour éviter que ce *moteur* ne *se figeât* comme Rachid l'avait expliqué, et noire en conséquence de la combustion inachevée du carburant, le résultat d'un ajustement inadéquat du mélange air-carburant, d'une technologie antique et de pièces complètement usées et obsolètes. L'avantage que ce *camion* avait donné à Rachid et à Al Kansii est que leur trajet demeura inaperçu pendant plusieurs jours, et s'il fut perçu, considéré sans intérêt, simplement deux pauvres paysans menant leur vie insignifiante.

Rachid disparu alors rapidement. Il ne devait être témoin d'aucun détail du plan secret qu'Al Kansii apparemment suivait. Et s'il se trouva qu'il fût pris et torturé par les agents Han qui erraient dans cette partie du territoire du Califat, il ne dirait rien car il ne savait rien. Oui, il avait voyagé avec un coreligionnaire musulman dans ce terrain accidenté et montagneux. Dans quel but il ne le savait pas. Il l'avait simplement quitté là.

Al Kansii alors seul dans le col de montagne entre Tachkent et le territoire Han commença sa descente. Il s'avança lentement sur cette pente raide vers ce qu'il savait devrait être un fleuve. Cela lui prit plus de deux heures pour franchir une rivière plutôt étroite dont les eaux coulaient irrégulièrement, le dégel n'étant pas complet dans ces hauteurs.

Il se faisait sombre et à mesure qu'il descendait cette pente, la lumière diurne qui illuminait sa trajectoire s'atténuait un peu plus car d'une part l'incidence des rayons du soleil était de plus en plus basse avec la soirée qui descendait dans cette partie de la terre, et de l'autre car ceux-ci étaient obstrués par l'écran naturel de la pente. Al Kansii savait aussi que même les signaux des satellites qui dépendaient d'une ligne de mire ininterrompue pour communiquer ne pouvaient traverser de tels obstacles dû à la géométrie du terrain. Des techniques palliatives telles que l'adoption de trajectoires diverses et la réflexion des signaux lui permettraient de communiquer si ces signaux étaient suffisamment puissants. Par contre même dans ce cas sans pouvoir définir un lieu et une heure précis, un satellite devrait utiliser une puissance considérable pour balayer jusqu'aux recoins les plus profonds et ce pendant des longues périodes et donc subir des pertes substantielles. Al Kansii savait qu'il serait difficile pour un satellite passant au-dessus de lui de concentrer de l'énergie supplémentaire sur un lieu spécifique et à un moment spécifique sans que ce satellite eût connu par avance ce lieu et quand en faire ainsi. Il était donc inefficace de bombarder la région entière de transmissions électromagnétiques, et ce tout le temps, dans l'espoir de détecter quelque chose. Même l'Empire des Han, ainsi que le Califat bien sûr, se devait d'optimiser ses ressources. Tôt ou tard de toute façon le signal d'un intrus, tel qu'Al Kansii, serait détecté et à partir de là le Centre National de la Surveillance le prendrait en charge.

Quand il eut atteint le point où il put se satisfaire qu'aucun satellite ne pourrait détecter sa présence, sauf bien sûr dans le cas d'une coïncidence malheureuse mais improbable, Al Kansii décida de s'arrêter pour reprendre son souffle et ses esprits. Cette décision s'avéra être un présent d'Allah car elle lui sauva la vie.

Le Pistolet à Projectiles Congelés

Al Kansii s'assit par terre, s'appuya contre le tronc d'un arbre et se prépara à manger une sorte de galette *halal* de contenu calorique élevé qui lui permettrait de se soutenir pendant plusieurs heures.

Non loin d'où Al Kansii s'était arrêté dans cette pente, à une centaine de mètres en amont, le forestier Hekmatyar faisait sa promenade habituelle dans ces montagnes. Il remarqua soudain les empreintes de pas en direction de la rive. La direction de ces empreintes lui indiquait clairement que quelqu'un portant de bottes de terrain s'était dirigé vers la rivière. Hekmatyar retira son vieux fusil de son épaule droite et s'avança prudemment. Ayant examiné la forme et la profondeur des empreintes, Hekmatyar conclut que l'intrus était encore à une centaine de mètres de lui, et qu'il n'avait pas encore ralenti là où lui, Hekmatyar, se trouvait. Il avait donc encore un peu de temps. Il se pencha pour analyser d'un peu plus près les empreintes et remarqua qu'il ne s'agissait pas simplement d'un autre forestier. L'intrus était un homme jeune, en bonne forme physique.

Hekmatyar savait que l'intrus ne pouvait avoir plus de vingt-quatre ans, et probablement n'avait que vingt ou vingt-deux ans. Il avait pu le conclure en étudiant les marques laissées sur le sol par les pas de l'intrus. Les hommes âgés, les vieux, placent d'abord leur talon au sol puis la partie antérieure de leurs pieds ; les talons d'un vieux s'enfoncent donc dans le sol un peu plus profondément que ceux d'un jeune. L'angle d'attaque que le pied fait avec le sol et qui se reproduit dans l'empreinte est un signe de l'âge du marcheur qui ne trompe pas. Les jeunes enfants, Hekmatyar le savait bien, ne laissent pratiquement pas de trace du talon, ils bondissent sur la pointe de leurs pieds. Et à mesure qu'ils prennent de l'âge, et qu'ils deviennent de jeunes hommes, ils placent la pointe des pieds en premier et puis finissent leur pas avec le talon avant de prendre le pas suivant. Les vieux, comme lui même, et Hekmatyar le sentait déjà, enfoncent leur talon et n'appliquent presque pas de pression sur le reste du pied. Hekmatyar savait tout ça. Bien sûr il y avait des exceptions : les citadins quelques fois, à mesure qu'ils deviennent paresseux, gras et fainéants ont tendance à marcher sur leurs talons comme les vieux même quand ils sont jeunes. Mais ici ce n'était probablement pas le cas ; il ne se pourrait pas que ce type de citadin se promenât tout seul dans ce territoire *interdit*, si même l'intrus fût un citadin. Hekmatyar était donc convaincu qu'il avait affaire à un homme jeune. Un homme jeune qui avait une raison d'être ici. Il devait donc être très prudent.

Hekmatyar avait reçu des instructions spécifiques des autorités. Il n'était pas à la solde de l'état, mais comme forestier qui se baladait dans ces régions sauvages où pratiquement personne n'allait, il avait une sorte de contrat pour qu'il rapportât quoi que ce fût d'inhabituel. Bien sûr le contrat en question était informel, simplement une sorte de code basé sur l'honneur et par lequel il avait accepté de rapporter quelqu'incident qui se produirait. Le contrat ne lui payait rien, mais quand il avait besoin d'assistance, de munitions ou d'autres faveurs, le chef de la milice locale s'obligeait. Ses instructions étaient cependant de rapporter ces incidents et non de les résoudre lui-même. Il décida comme il l'avait toujours fait d'aller voir quand même. Il connaissait bien la région, bien mieux que toute la milice officielle qu'ils enverraient enquêter trop tard de toutes façons. Il demeura fidèle à ses instincts.

Al Kansii bien sûr ne se doutait pas de la présence du forestier.

Comme il finissait sa galette Al Kansii entendit soudain un froissement venant des arbres un peu plus haut à sa gauche. Il se raidit immédiatement et tous ses sens se mirent en état d'alerte. L'entrainement dans la nature près de *'hala Guadal*, ces exercices de rappel n'avaient pas été en vain après tout. Al Kansii était prêt à confronter un chat sauvage ou quelqu'autre bête qui bondirait sur lui. Il lui vint à l'idée que le long couteau qu'il portait plongé dans son fourreau qui était attaché à sa botte droite ne serait pas assez. Il savait aussi qu'il ne devrait laisser aucune trace. Il retira alors de son sac lentement et sans aucun bruit le Pistolet à Projectiles Congelés, inséra la batterie que Rachid lui avait fournie à Kandahar et se serra contre l'arbre comme pour se mêler au tronc. Et il attendit. Quelques minutes plus tard il vit une forme humaine se dessiner parmi les arbres situés plus haut sur la pente qui était maintenant moins raide. Il poussa sur le bouton de marche situé sur le côté du pistolet et une faible vibration se fit à peine sentir dans la poignée.

Le Pistolet à Projectiles Congelés opérait sous le principe que l'humidité dans l'air ambiant pouvait être forcée à se condenser et à se congeler dans une chambre fermée et produisait un projectile de glace qui pouvait être lancé en relâchant la pression de l'air créée à l'arrière du projectile. La congélation était faite par un mécanisme de refroidissement basé sur l'effet magnétocalorique.

L'effet magnétocalorique avait été découvert quelques siècles auparavant mais n'avait vu sa réalisation pratique que récemment et il était basé sur le principe que la température d'un matériau magnétocalorique subit des changements importants quand ce matériau est soumis à un champ magnétique variable. Quand le champ dans ce matériau tombe, sa température tombe aussi. Un matériau magnétocalorique est simplement un matériau sensible aux variations du champ magnétique auquel il est soumis. Les variations peuvent être induites en faisant glisser à plusieurs reprises un centre fait de ce matériau entre les deux pôles d'un aimant spécialement construit. De la perspective du matériau dans le Pistolet à Projectiles Congelés le champ magnétique changeait quand le matériau *sortait* du champ magnétique, une chute brutale qui produisait donc une chute de température correspondante.

Le Pistolet à Projectiles Congelés ne faisait aucun bruit. L'énergie délivrée par sa pile activait le système magnétocalorique miniature qui causait à la température dans sa chambre de chuter très rapidement à 127° Kelvin, c'est-à-dire à 146° Celsius en dessous de zéro, suffisamment pour éviter la liquéfaction de l'air, puisque l'azote liquide requiert une température de 77°K ou moins, mais assez pour faire que l'humidité de l'air ambiant dans la chambre fermée pût se condenser et se congeler.

Des températures extrêmement basses étaient ainsi obtenues par cette technique et quoique dans son enfance cette technique eût seulement fonctionné pour des volumes à refroidir relativement restreints, elle avait depuis atteint la grande échelle et était utilisée pour la réfrigération ordinaire dans les deux Empires. Le Pistolet à Projectiles Congelés ne nécessitait cependant pas de grands volumes mais plutôt une application précise et sans bruit de cette technologie. Des alliages spéciaux basés sur un élément appelé le gadolinium était utilisés, la composition desquels demeurait un secret d'État.

Le *tir* du pistolet consistait simplement à ouvrir une valve qui permettait l'éjection du projectile vers une cible. Le projectile pouvait normalement atteindre une vitesse de plus de 50 m/s, ce qui était comparable à celle obtenue par les armes à feu ordinaires de cette époque, alors que la friction de l'air produisait une ablation de la surface d'attaque du projectile qui réduisait son diamètre ; celui-ci par contre était encore de plus d'un centimètre après une trajectoire de sept cents cinquante mètres. Bien que le projectile se fût dégradé rapidement en fondant à sa surface et qu'il se fût ramolli quelque peu, deux effets qui dépendaient de la température ambiante, il pouvait encore causer des dommages considérables. Les spécifications ci-dessus étaient au-dessus de ce dont Al Kansii avait besoin. À une distance de moins de cinquante mètres et avec un canon d'à peu près un demi-mètre de long, Al Kansii avait amplement de marge de manœuvre que ce fût en précision ou en efficacité.

Al Kansii revit dans son esprit le dessin qu'il avait d'abord observé à Oussamabad, aux Archives Nationales qui se trouvaient dans un édifice impressionnant non loin de l'*Al Dar Baïda* sur l'Avenue de la *Charia*. Le diagramme était sensé être le dessin original du Pistolet à Projectiles Congelés, exécuté quelques siècles auparavant quand ce concept n'était qu'une possibilité théorique puisque la congélation de l'humidité ambiante en un volume suffisant dans la chambre du pistolet n'était pas encore réalisable.

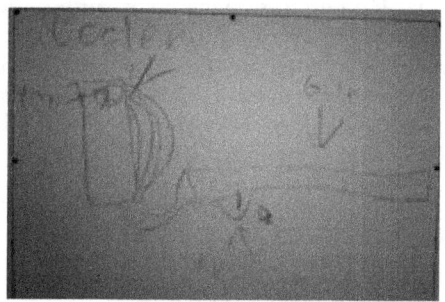

14. Dessin Original du Pistolet à Projectiles Congelés
(Musée des Armes, Archives, Oussamabad)

Pendant que le processus de congélation abaissait progressivement la température à 146°C au-dessous de zéro, les molécules d'eau de l'air ambiant se condensaient rapidement et se concentraient sur les parois d'une grande cavité ou chambre primaire. Le défi était de concentrer un nombre suffisant de molécules d'eau et ceci demandait que de telles cavités fussent de grande dimension. Un mécanisme à centrifuge produisait des *fournées* successives d'eau condensée mais le temps requis pour recharger le Pistolet causait quelques fois des délais inacceptables. En tout état de cause l'eau était dirigée en étapes vers la chambre secondaire où les *fournées* successives étaient maintenues juste au-dessus du point de congélation pour éviter le craquage du projectile formé de plusieurs de ces *fournées*. Quand une *balle de glace* d'à peu près deux centimètres de diamètre et cinq centimètres de longueur était formée, la congélation finale était alors effectuée et un glaçon de la forme d'une torpille était prêt au *tir*.

L'air dans cette chambre secondaire était donc maintenu à une température au-dessus de celle de l'azote liquide soit à peu près à 87°K pendant qu'un système de pompage associé à la centrifuge augmentait la pression à l'arrière de la chambre secondaire. Une fois le projectile prêt, quand cette pression atteignait la valeur de trois cent quarante atmosphères, le système s'arrêtait et était prêt à éjecter ledit projectile. À la vitesse ainsi obtenue quelque projectile substantiel pouvait pénétrer dans le corps humain, même un projectile liquide, ce que le glaçon durci n'était pas bien sûr.

Les faibles vibrations qu'Al Kansii sentit dans la poignée du Pistolet étaient le résultat de la glissière magnétique du sous-système magnétocalorique et de l'action de la centrifuge qui suivait. Le Pistolet à Projectiles Congelés n'utilisait pas de balles, ni de pastilles, ni de cartouches. Il stockait de l'énergie dans ce qui était appelé une *pile nucléaire* et cette énergie pouvait être libérée à petites doses au besoin et pouvait donc durer pratiquement pour toujours.

Le processus complet de *recharge* du Pistolet à Projectiles Congelés prenait environ de vingt à trente secondes. Des Pistolet à Projectiles Congelés avec plusieurs chambres et avec la capacité d'accumuler suffisamment de pression pour de tirs successifs avaient aussi été réalisés. À cause des contraintes sur les dimensions, le pistolet d'Al Kansii avait une capacité d'un projectile seulement. Étant données les averses prévues par la météo, l'air ambiant dans la région permit à Al Kansii d'économiser quelques secondes sur le temps de charge puisque l'humidité en était bien au-dessus du minimum requis par les spécifications techniques du Pistolet à Projectiles Congelés.

Al Kansii visa sur Hekmatyar. Il ne pouvait se permettre le luxe de poser des questions, ni d'éviter de l'éliminer. Il ouvrit la valve et le projectile de glace surgit du canon et fila vers le cœur du forestier.

Au même moment Hekmatyar, dont l'âge ne lui permettait pas d'ajuster sa rétine aussi vite qu'il en eût besoin et s'avançant sur ses talons, ne put distinguer la forme humaine qui se dégageait de celle de l'arbre : pour lui la « *lumière et les ténèbres* » étaient mêlées, et puis il y eut une lumière suivie de ténèbres éternelles. Un instant plus tôt, quand il avait pu discerner l'intrus, une lueur faible avait atteint ses yeux fatigués, la réflexion de la lune naissante sur le petit projectile de glace. Puisqu'il n'avait pu reconnaître aucune arme de forme familière, il avait hésité pendant une fraction de seconde. Ce fut trop tard. Il ne sentit rien. Il était déjà parti.

Les avantages du projectile de glace étaient nombreux. Tout d'abord son silence total. De plus, le projectile était indétectable à l'inverse d'un objet en métal se déplaçant à une telle vitesse qui pouvait aisément se faire détecter par le réseau satellitaire. Les techniciens au Centre National de la Surveillance à Golog Maqen n'avaient pas programmé leurs systèmes pour que ceux-ci suivissent des glaçons, de l'eau ou de la neige car une telle décision eût résulté en un nombre immense de fausses alertes. Et quoiqu'ils sussent qu'un Pistolet à Projectiles Congelés pourrait pénétrer dans l'Empire, ils s'attendaient à ce que l'intrus montât aussi d'autres opérations et si le coût du délai dans sa détection était d'un ou de deux paysans ou forestiers qui se promenassent dans la nature sauvage et dont la chance les eût placés sur le trajet de cet intrus, et bien tant pis. L'alternative eût paralysé toute l'infrastructure.

Un autre atout du projectile de glace était que la *balle* pour ainsi dire pénétrait comme une aiguille à coudre et fondait rapidement à cause de la chaleur du corps qui la recevait. Le froid du projectile par contre fermait la blessure du dehors et aucune trace de quelqu'arme n'étaient visible à l'œil nu.

Une fois dans le corps, le projectile de glace déclenchait un processus rapide de destruction de la victime, un processus qui s'arrêterait seulement quand la torpille-glaçon se fût complètement fondue ce qui prenait normalement plusieurs secondes. À ces basses températures, près du point de l'azote liquide ou plus exactement de son point d'ébullition, les cellules autour de la région frappée, et le cœur était préféré, étaient immédiatement tuées par le froid et l'on trouvait des cellules mortes bien loin du point d'impact, suivant la pression atmosphérique locale, la température ambiante et le métabolisme de la victime.

Quoiqu'il n'en fût d'aucune d'importance ici, un autre avantage était que lors de la pénétration le projectile de glace ne causait pas

d'hémorragie externe. La blessure d'entrée était presqu'instantanément suturée par le froid, comme lorsqu'on presse de la glace sur une
coupure de la peau. Bien sûr quelques cicatrices visibles restaient,
mais quand la température à l'intérieur du corps atteignait finalement
son niveau normal la victime était déjà morte et l'hémorragie
presqu'entièrement interne, sans qu'il y eût un point d'entrée visible.
Une autopsie était nécessaire pour déterminer le point d'entrée si cela
présentait un intérêt quelconque aux enquêteurs, et cette autopsie
était facile à faire de toutes façons.

Al Kansii compta mentalement : le Califat 1, les Han 0. Il se reprit
immédiatement de cette erreur. Non, l'exécution de ce pauvre paysan
n'était pas un point en sa faveur. En fait, tôt ou tard cette mort
compterait contre lui – « *celui qui tue un innocent tue le monde entier* »
(*Sourate* 5.32).

Les enquêteurs éventuellement découvriraient pendant
l'autopsie qu'un Pistolet à Projectiles Congelés avait endommagé le
cœur de la victime. Mais pas tout de suite. Une crise cardiaque serait
probablement la cause initialement attribuée à ce décès, spécialement
que la victime n'étaient pas si jeune.

Al Kansii savait que quand la victime serait finalement
découverte et l'enquête se concentrerait sur un Pistolet à Projectiles
Congelés en examinant les faible déchirures sur le tissus des
vêtements de la victime par exemple, Al Kansii serait alors loin dans
les profondeurs du territoire Han. De plus, puisqu'il eût alors
annoncé sa présence dans ce territoire Han et dans cette région,
n'importe quel analyste pourrait deviner qu'un intrus se dirigeait
pour des méfaits plus prometteurs vers la capitale. L'analyste alerte
serait donc en mesure de calculer les routes possibles et commencer à
se fixer sur lui. Tous les systèmes de détection examineraient ces
routes. Le seul espoir qu'Al Kansii pouvait donc avoir était que le
paysan dont probablement personne ne se souciait sauf peut-être sa
famille, s'il en eut une, ne fût découvert trop tôt.

Al Kansii traîna le corps de la victime jusqu'à l'arbre, récita une
prière pour son âme et se prépara à partir. Il retira son AVIA, passa
ses bras sous deux lanières qui reposèrent au-dessus de ses épaules et
serra une ceinture près de la taille. Il mit alors en marche ses moteurs.
Il était maintenant prêt à s'envoler directement vers l'est pour son
rendez-vous avec Mahmout.

L'accélération subite le surprit quoiqu'Al Kansii eût piloté ces engins auparavant. Peut-être était-ce qu'il se sentait mal à l'aise à cause de l'incident récent qui lui avait fait éliminer un être humain apparemment innocent, pour la seule raison de maintenir le secret de sa mission. Aussi, comme il se trouvait en territoire Ouïghour, il était fort probable que sa victime fût en fait un confrère musulman. Ce qui comptait par contre c'était la mission. La mission est au-dessus de l'individu. L'individu doit se soumettre. Ce précepte était clé.

Equipé de lunettes à vision nocturne Al Kansii se hâta donc de traverser le reste du col de cette montagne et fonça dans la direction de Qaghiliq puis d'Hétián, deux villes qu'il savait qu'il devrait éviter.

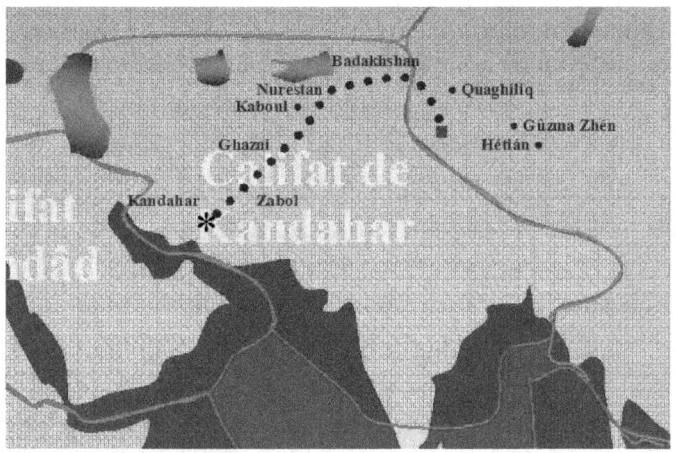

15. *Itinéraire d'Al Kansii à son Entrée en Territoire Han*

Le col à l'est de Badakhchan était impressionnant. Une pente particulièrement raide et enneigée conduisait à une rivière au fond d'une sorte de canyon. De très grands arbres peuplaient ce canyon et Al Kansii se maintint près de la rive pour éviter une collision avec ceux-ci, et bien sûr pour demeurer aussi indétectable que possible. Il savait que le Centre National de la Surveillance à Golog Maqen avait déjà soit relevé sa présence soit qu'il le ferait de façon imminente. Il devait donc se hâter. En même temps il lui fallait changer sa *signature* pour leurrer les *engins à conclusions* du Centre pour que ceux-ci indiquassent une trajectoire différente de celle qu'il suivrait. Bien entendu Al Kansii savait qu'il ne pouvait duper ces machines sophistiquées que jusqu'à une certaine limite seulement. Les *engins* relèveraient une signature différente, corréleraient celle-ci à la précédente qui serait demeurée sans suite et finalement reconnecteraient les deux. N'importe quel humain pouvait faire cela mais la raison pour laquelle ces machines étaient si utiles est que le volume d'information était si grand. Si grand que les humains ne pouvaient suivre et corréler tous les évènements qui se produisaient dans le territoire des Han, ou en fait le monde entier puisque le monde était le domaine du Centre National de la Surveillance. Le recueil de l'information était la tâche la plus facile disait-on, le défi étant dans son analyse et dans les conclusions utiles que l'on pouvait en tirer.

Après qu'il eût parcouru plusieurs kilomètres en direction du nord, Al Kansii atterrit près d'un coude que la rivière formait en aval d'où il se trouvait à un endroit où la région montagneuse semblait s'achever. Il éteignit ses moteurs, s'avança vers un fourré dans les bois et se mit à manipuler des instruments divers dans le tableau de bord de son AVIA. La signature sonique était maintenant altérée. Il ouvrit un grand sac fait d'un alliage contenant du plomb et qui était plié à l'origine et y fourra l'AVIA. Aucune onde électromagnétique ne pourrait alors pénétrer et donc la trace de l'AVIA serait perdue, pour l'instant du moins. La signature altérée émulerait un mouvement rapide de l'appareil vers le nord pendant quelques centaines de kilomètres. On pouvait accomplir ceci en modifiant un état quantique qui décrivait certain éléments dans cet AVIA et qui étaient intriqué avec un autre état quantique contrôlé à distance par le Califat. Le membre détecté de la paire intriquée qui se trouvait du côté du Califat donnerait alors l'apparence d'avoir continué vers l'Océan Arctique, et quiconque suivît la trace de l'AVIA serait induit à conclure que l'appareil continuait sur cette trajectoire. Une alerte de l'ordinateur s'ensuivrait probablement basée sur le fait que la trajectoire fût devenue illogique, mais Al Kansii espérait qu'il serait alors loin. Il se mit à courir vers le sud et il parcourut ainsi plusieurs kilomètres, et s'arrêta pour se reposer.

Il resta assis un bout de temps. Il lui restait encore quelques dix-huit kilomètres à couvrir avant d'atteindre le relais avec Mahmout dans le désert. Son appareil d'orientation était précis et *indétectable* car il reposait sur une nouvelle constellation de satellites qui calculaient la position de manière furtive par intrication quantique. Il n'y avait aucun signe d'émission ou de transmission de données qui seraient visibles à des intercepteurs.

Al Kansii reprit sa marche vers son rendez-vous avec Mahmout. Il le fit sans aucun incident en une heure et trente-huit minutes. Son retard était donc de moins de dix minutes, et ce malgré la distraction due à l'élimination du forestier.

Al Kansii était alors définitivement en plein territoire XinJiang Ouïghour où il savait que la surveillance était en alerte. Al Kansii était maintenant dans le désert de Taklimaklan, aux confins extérieurs du désert de Gobi, et il fallait qu'il s'orientât correctement car le reste de son trajet allait se faire à pied. Après ce qui ne fut qu'une courte pause, il se dirigea vers le sud jusqu'à un tiers de la distance de Gúmâ Jèn. Il parcouru ensuite quelques kilomètres de plus en direction du sud-est vers une sorte de hutte qui semblait émerger du sable et de la roche. C'était probablement un abri pour les caravanes qui passaient par là, ou peut-être pour des migrants égarés.

Al Kansii se sentit particulièrement exposé pendant sa marche en terrain ouvert en direction de la hutte isolée qui se dressait au-dessus du sol dénué. Il lui arriva de trouver que ce paysage était presque surréaliste. Al Kansii pria que ce fût le bon endroit car s'approchant de la hutte, qui en fait était une petite maison de bois, Al Kansii senti une sorte d'appréhension le gagner. « *Et si le contact n'était pas là ?* » Néanmoins il continua sa marche et lorsqu'il eût franchi la porte il s'enquit de l'heure locale.

Il était exactement 11 heures 33 et 5 secondes sur son horloge atomique. Il frappa trois fois sur la porte de bois et attendit exactement dix-neuf secondes avant de frapper de nouveau par trois fois. Cela lui sembla un peu idiot de frapper comme ça sur cette porte puisqu'il n'y avait personne sur plusieurs kilomètres à la ronde et quelqu'un fût-il là, ceci serait évident. Mais c'était le signal qui devait être donné et auquel on devait répondre. Et si Al Kansii n'eut pas reçu la réponse attendue il utiliserait le Pistolet Quantique à Pulsation Unique, le Pistolet à Projectiles Congelés n'étant pas très efficace dans ce désert et Al Kansii ne pouvait se permettre les quelques secondes nécessaires pour son chargement. Si Al Kansii activait le Pistolet à Pulsation Unique, Golog Maqen le détecterait immédiatement et tout l'Empire serait sur ses talons. Bien sûr tout ceci supposait que de l'autre côté de cette porte de bois quelqu'un ne serait pas encore plus rapide à l'éliminer lui, Al Kansii, en premier.

De l'autre côté de la porte, après qu'il eût entendu la deuxième série de trois battements, Mahmout Asghar regarda sa montre et prononça à haute voix « *Allah u Akbar* ».

« *Allah u Akbar* », répondit Al Kansii. Mahmout ouvrit la porte et les deux échangèrent une embrassade.

Ils s'assirent sur le sol et demeurèrent en silence pendant plusieurs minutes pendant qu'Al Kansii enlevait ses bottes. Mahmout venait de servir du thé vert chaud que les deux burent pendant qu'ils semblaient méditer ou prier.

Mahmout dit alors :

«Vous devriez vous changer. Nous partons dans treize minutes.»

Al Kansii se dirigea vers une partie de la pièce qui servait de salle de bains à côté de la cuisine et qui était séparée de celle-ci par un drap qui pendait d'une corde tendue entre les deux murs en guise de rideau. Il se lava les bras et le cou avant de mettre une tenue de paysan Ouïghour que Mahmout lui avait donnée et se couvrit la tête d'une toque en laine qu'il trouva attrayante. Cela le surprit qu'il eût à porter une toque de laine en plein désert mais il conclut que Mahmout savait ce qu'il faisait. La toque était une sorte de casque mongolien en laine avec un sommet pointu et des couvre-oreilles amples de chaque côté. Deux lanières fines pendaient de ces lobes. Al Kansii ne les noua pas.

« On va prendre le NAV et passer par des sentiers interdits. On ne prend aucun raccourci. En fait on va plutôt prendre des rallonges » dit Mahmout avec un sourire sournois, très fier de sa blague.

Al Kansii ne répondit pas. Ils s'approchèrent du véhicule qui était caché sous une sorte de hangar ouvert situé sur le côté sud de la hutte et comme ils se préparaient à s'embarquer et remarquant l'air surpris d'Al Kansii, Mahmout dit :

« C'truc là est utilisé pas mal ici comme véhicule tout-terrain. Je suis sûr que vous en connaissez les origines. »

Les origines du NAV étaient intéressantes. Al Kansii s'en souvenait du temps des préparations de sa mission.

La Terre Plate

Al Kansii et Mahmout s'embarquèrent dans ce qui était considéré comme un véhicule de paysan. D'une construction intéressante que le Califat n'avait pas utilisée, ce véhicule avait été conçu quelques décennies auparavant par le grand inventeur et scientifique Deng Li Chao.

Deng Li était membre de la Société de la Terre Plate, une société dite philosophique. Bien sûr les membres de celle-ci étaient des hommes instruits et savants qui ne pensaient pas que la Terre fût plate en réalité mais ils continuaient quand même dans la tradition des penseurs Occidentaux qui s'étaient poussés à imaginer ce que la vie serait dans un monde bidimensionnel.

La Société de la Terre Plate s'était multipliée en plusieurs nouveaux chapitres au cours des ans. Les deux premiers de ceux-ci étaient les chapitres D4L et D4R. Ces derniers traitaient du monde quadridimensionnel mais il y avait une différence majeure entre les deux et qui était à la base du comportement plutôt élitiste que les membres des deux chapitres avaient adopté l'un vis-à-vis de l'autre. Ils étaient tous bien sûr d'accord sur les trois dimensions apparentes du monde dans lequel nous vivons et qui nous sont familières. Cependant, en accord avec la théorie de la Relativité, les adhérents au D4L considéraient que la quatrième dimension était non Euclidienne, et ils la définissaient comme le Temps. Ils se considéraient les héritiers de Lorentz (donc le L), Poincaré et Einstein et croyaient fermement qu'ils se plaçaient sur la terre ferme de la réalité. Ils discutaient à longueur de journée de l'interdépendance du temps et de l'espace, et comment l'unité temporelle de Planck et la longueur de Planck étaient reliées aux théories d'unification de l'Univers alors en vogue. Toutes ces considérations faisaient partie de la science fondamentale, cependant un des aspects les plus curieux de leurs délibérations concernait un univers où la constante de Planck n'était plus une vraie constante mais il lui était permis de varier. La question clé était de savoir en fonction de quoi elle varierait. Le Temps ? L'Espace ? Quel serait donc l'impact sur la longueur de Planck, et une question encore plus critique, sur l'unité temporelle de Planck ? De la manière dont les choses étaient définies la variation de la constante de Planck c'était comme si le temps dépendait … eh bien du temps. Comme le serpent de la mythologie Han qui se mordait la queue.

Bien sûr un monde tel que le leur permettrait à *c*, la vitesse de la lumière, de ne plus être une constante non plus. Mais *c* varierait en fonction de quoi ? En fonction du temps, mais si le Temps était défini comme la mesure des changements non *dans* l'Espace mais *de* l'Espace ... « *Ahah !* disaient-ils à leurs détracteurs du D4R, *ce n'est pas aussi simple qu'on le pense !* »

La plupart de ces *détracteurs* étaient membres du Chapitre D4R et ceux-ci s'imposaient de nombreuses contorsions cérébrales en essayant d'imaginer différentes analogies en deux ou trois dimensions pour décrire un univers euclidien à quatre dimensions spatiales, un effort dont Riemann avait été le pionnier, donc le R dans le nom de leur Chapitre. Ces penseurs se concentraient sur les quatre dimensions *traditionnelles,* un effort qu'ils savaient déjà être une extension mentale, spécialement si l'on considérait que les Chapitres de la Société représentant les dimensions supérieures à quatre aspiraient au titre de Sociétés de par leur propre droit.

Le D4R insistait sur les applications pratiques dont ses membres s'attribuaient la paternité au nom de la Société de la Terre Plate originale, et ceci spécialement pour le véhicule unique qui servait l'Empire des Han, la création de Deng Li Chao. Ils remarquaient avec raison que pour être réalisées les applications de la science devaient attendre des décennies et parfois des siècles après leur formulation en termes scientifiques fondamentaux. Même alors la théorie quantique, vieille de presque trois cents ans, commençait à peine à produire cette nouvelle classe d'armes mystérieuses. Et l'idée d'en faire autant avec les structures de particules sous-élémentaires, encore non-prouvées si jamais elles le devinssent, prendrait très longtemps pour que l'on vît des applications. En fait le véhicule que ses membres avaient réalisé avait vu sa conceptualisation dans les temps archaïques, dans la science archaïque.

Les membres de la D4R insistaient d'abord à expliquer leur mission. Imaginer le monde en quatre dimensions, c'est-à-dire quatre dimensions spatiales, était vraiment difficile. Une expérience mentale *facile* qui était proposée aux nouveaux membres était la suivante.

Imaginez, disaient-ils, un espace bidimensionnel, une Terre Plate, en d'autres termes une surface sans hauteur ou profondeur. Tout ce qui existe dans ce monde repose sur cette surface. Imaginez de plus que deux formes symétriques mais irrégulières, par exemple le découpé d'une bouteille, ou plutôt bien sûr la silhouette à deux dimensions d'une bouteille. Imaginez encore que les fonds de ces deux *bouteilles* se fissent face. En tournant simplement une bouteille vers l'autre dans le plan à deux dimensions on peut les voir se superposer l'une sur l'autre sans qu'il n'y eût besoin de sauter, de bondir en dehors du plan car les deux silhouettes ont une épaisseur nulle.

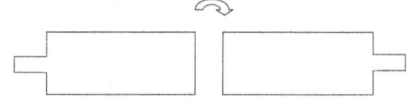

16. La Rotation de Deux Bouteilles Bidimensionnelles
Permet leur Superposition

Imaginons donc maintenant, continuaient-ils, que ces deux bouteilles ne fussent pas symétriques le long de leur axe, c'est-à-dire qu'un côté de l'axe central fût plus volumineux que l'autre, le renflement de chacune des bouteilles pointant dans la même direction. Bien sûr par la simple rotation d'une des bouteilles dans le plan on ne peut superposer une bouteille sur l'autre. Les deux bouteilles demeurent toujours symétriques l'une de l'autre mais ne peuvent coïncider, ne peuvent être identiques quoiqu'on les tourne ou qu'on les glisse dans le plan bidimensionnel. Si on veut qu'elles coïncident on doit inverser, retourner une bouteille *en dehors* du plan, donc dans la troisième dimension et alors les deux bouteilles peuvent coïncider.

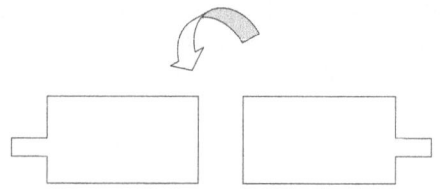

17. Retournement d'Une des Deux Bouteilles
Asymétriques en Dehors du Plan

Les scientifiques avaient postulé il y avait bien longtemps qu'une quatrième dimension permettrait à une forme tridimensionnelle d'être tournée ou *retournée* pour pouvoir coïncider avec son image inversée, comme son reflet donné par un miroir. Si l'on regarde nos deux mains par exemple, les paumes nous faisant face, on rencontre le même problème qu'avec les deux bouteilles. On ne peut tourner, faire glisser ou retourner les mains et les rendre identiques si on reste dans l'espace tridimensionnel, quoique l'on fasse comme rotation ou retournement à trois dimensions. En retournant une main, celle-ci demeure toujours opposée à l'autre bien que symétrique. Le même phénomène s'applique à deux gants qui sont en fait les mains de notre expérience ci-haut mais coupées. On peut donc imaginer qu'en allant à une quatrième dimension, les deux mains peuvent être rendues identiques dans l'espace tridimensionnel.

Une autre analogie était celle des ombres, une analogie qui était démontrée dans la visualisation holographique présentée dans le hall du centre de conférences du Chapitre D4R. La légende qui accompagnait cette visualisation était la suivante.

> « *Une ombre dans notre monde ordinaire*, le commentaire expliquait, *est vraiment la projection à deux dimensions d'un objet tridimensionnel. Cependant, dans un monde à quatre dimensions l'ombre d'un objet quadridimensionnel a trois dimensions, comme le montre le holographe. Une ombre avec de la substance. Une ombre avec du volume. Vous pouvez facilement imaginez l'objet quadridimensionnel à partir de son ombre à trois dimensions.* »

La visualisation holographique était déconcertante. Une ombre *avec de la chair* comme l'avait décrit un critique. Le commentaire sur le hologramme fournissait en guise de clarification l'explication suivante :

> « *Par analogie dimensionnelle, un objet bidimensionnel dans un monde bidimensionnel projetterait une ombre unidimensionnelle, et la lumière tombant sur un objet unidimensionnel dans un monde unidimensionnel projetterait une ombre zéro-dimensionnelle, c'est-à-dire un point d'ombre, un point sans épaisseur et de rayon nul donc une ombre invisible, mais néanmoins une ombre.* »

Et le commentaire d'ajouter : « *Nous vous encourageons à visiter l'exposition de la Société D11 où tout ceci commence à prendre sens, car les objets de dimension nulle semblent exister.* »

Une manière moins abstraite de *voir* à quatre dimensions avait été proposée par un autre scientifique, le Dr. Wu, qui aimait à rappeler à son audience que le problème de l'esprit humain était que l'Homme tendait à réduire toutes formes d'analyse à trois axes *orthogonaux*. Certains calculs dans les cristaux avaient dans le passé disait-il utilisé des axes *non-orthogonaux* et cela avait réduit considérablement la complexité de ces calculs. Avec trois-axes séparés l'un de l'autre de soixante degrés plutôt que quatre-vingt-dix degrés, le Dr. Wu croyait qu'il y avait de la place pour au moins trois autres axes, donc trois dimensions supplémentaires et la figure qui en résulterait pouvait être une projection à deux dimensions d'objets de quatre, cinq ou même six dimensions spatiales, puisque les trois-cent-soixante degrés autour d'un point pouvaient inclure six axes séparés de soixante degrés.

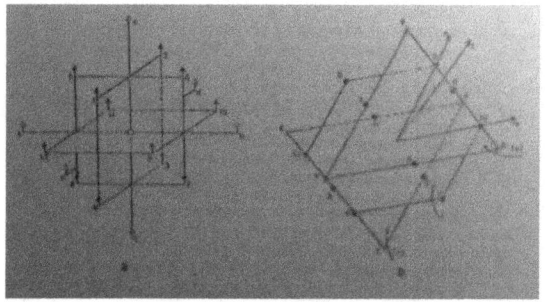

18. Axes Orthogonaux et Non-Orthogonaux
pour l'Étude de Certains Cristaux

Bien sûr la simplicité que le Dr. Wu vantait semblait exister seulement dans sa vue, ou plutôt son esprit. Le Dr. Wu était capable de tout voir en quatre dimensions et même de contempler une quatrième dimension dans des objets qui étaient clairement tridimensionnels aux yeux du commun des mortels.

Une autre considération de ces sociétés était l'extension à quatre dimensions de la conjecture de Poincaré, dont la solution avait été trouvée plus de deux siècles auparavant, et qui déclarait qu'un cercle tracé sur la surface d'une sphère *se contracte* progressivement et se réduit à un point, si on ne permet pas à ce cercle de se séparer de la sphère. Par analogie dimensionnelle, la question était de savoir si une surface sphérique se contracterait *autour* de la limite à trois dimensions d'une *sphère* quadridimensionnelle de façon continue jusqu'en un cercle.

Bien sûr ceci n'était ni original, ni nouveau. Mais Poincaré, un des fondateurs de la discipline de la topologie, avait prévu ces questions et l'on sait que cela avait pris à peu près cent ans pour que sa conjecture fût résolue. Il n'y avait donc aucun mal à ce que ce Chapitre se plongeât dans des considérations de stimulation intellectuelle.

En tant que stimulation, un chapitre clé de la Société de la Terre Plate était le D11 qui en fait se déclarait être la Société de la Terre D11, comme si ce chapitre fût une société de plein droit et non un simple chapitre de la Terre Plate. D11 comprenait essentiellement les mêmes membres que ceux de la Société de la Terre Plate, y inclus les D4L et D4R, dont les membres aussi appartenaient à ces trois chapitres. La Société de la Terre D11 était évidemment basée sur les dix dimensions spatiales et une dimension temporelle comme il était alors postulé depuis deux cents ans par la Théorie M.

Bien sûr d'après l'hypothèse M, contestée par certains, mais depuis *prouvée* dans quelques cas, non seulement mathématiquement mais expérimentalement aussi, toutes les dimensions spatiales sauf les trois qui nous sont familières étaient comme *enroulées* sur elles-mêmes et donc difficiles sinon impossibles à être perçues par le commun des mortels. En particulier il était postulé qu'à des distances extrêmement courtes, la gravitation révélerait ces dimensions *supplémentaires,* une à la fois à mesure que l'échelle des observations serait réduite.

La logique de ceci était la suivante : puisque la force de la gravitation est considérée comme le résultat d'un champ gravitationnel enveloppant un objet, à la surface de la sphère qui l'entoure et à une distance spécifique de cet objet la force de la gravitation est la même. Lorsqu'on s'éloigne de cet objet, la force prend une autre valeur dans la sphère suivante et ainsi de suite. Donc la force se répand sur une surface sphérique et la grandeur de la force est fonction de cette surface donc du carré de son rayon, c'est-à-dire la distance de la surface de la sphère à son centre. La condition que les scientifiques cherchaient à vérifier était donc si les changements dans la force gravitationnelle à des distances de plus en plus courtes varieraient en fonction non pas du carré de la distance mais du cube de celle-ci. Ce dernier résultat potentiel indiquerait que la *région* de gravité constante à une telle distance est un volume, et non pas une surface, donnant donc la *preuve* de l'existence d'une dimension spatiale d'un ordre supérieur. Si ces *volumes* de force gravitationnelle constante étaient non seulement tridimensionnels mais de dimension plus élevée, cela validerait expérimentalement ces dimensions *enroulées*. Cela avait pris plus de cent ans pour que l'on pût observer des résultats, et ceux-ci étaient encourageants il fallait bien l'admettre mais néanmoins ils étaient contestés.

La D11 insistait à analyser les dimensions *non enroulées*, c'est-à-dire les trois dimensions familières et le temps dans un univers théorique où celles-ci seraient aussi *enroulées*. Et cet univers théorique retournait donc à la Terre Plate originale si la troisième dimension était *enroulée*.

De plus, si la dimension temporelle se trouvait ainsi de même *enroulée*, les considérations qui en découleraient ne se limiteraient pas au simple et mondain voyage dans le temps de la science-fiction mais s'adresseraient aux questions de l'éternité, à la *définition* d'un *dieu*. En fait, si le Temps étaient *retroussé* sur lui-même, le passé et le présent, et donc l'avenir aussi, seraient en un sens *emmêlés*, et il n'y aurait ni commencement ni fin.

Le travail de ces sociétés avait donc une importance politique aussi car le concept de l'univers venant du Néant et allant vers le Néant était un pilier clé de la philosophie de l'Empire des Han et une différence primordiale avec les croyances du Califat

La base de toutes ces considérations était ce qui était connu comme la Théorie Y. Au début celle-ci était destinée à être la Théorie Z mais ses auteurs, Han bien sûr et porteurs des vertus Han d'humilité contrairement à l'arrogance de l'Occident, ses auteurs donc avaient insisté à ne pas l'appeler Z, z étant la dernière lettre de l'alphabet latin encore en usage dans les sciences. Les auteurs de la Théorie Y, humbles qu'ils étaient, savaient que des améliorations seraient apportées à cette théorie et qu'il y avait amplement de temps – si le Temps existait bien sûr – pour élaborer les théories Y-1, Y-2 et ainsi de suite, pour culminer à la théorie Z. On eût dû l'appeler la Théorie Z non seulement parce qu'elle pourrait être la théorie finale, mais parce que ses composants ultimes étaient non pas les *cordes* unidimensionnelles ou les membranes multidimensionnelles ou *p-branes* de la Théorie M mais le concept bien nouveau, et non encore observé, du *zéron,* un objet zéro-dimensionnel qui était postulé être la base de tous les composants de l'Univers.

En plus d'envisager l'enroulement de la dimension temporelle, les membres de la Société de la Terre D11 essayaient néanmoins d'imaginer l'étalement des dix dimensions spatiales restantes. Ils tâchaient d'envisager la vie sur terre si les dimensions 4 à 10 n'étaient pas *enroulées.* Bien sûr six sous-sociétés distinctes existaient et pour être admis dans la Sub-5 on devait d'abord recevoir un *diplôme* de la Sub-4. Ceci était déjà un accomplissement majeur puisque le fait d'imaginer quatre dimensions spatiales défiait la nature humaine en premier lieu, mais une fois ceci fait, passer de la Sub-5 jusqu'à la Sub-10 était considéré comme un *jeu d'enfant.*

Il y avait pour faire bonne mesure la Sub-1 qui comme on disait en plaisantant n'avait qu'un seul membre qui ne pouvait se mouvoir que vers l'avant ou vers l'arrière pour se rendre aux *réunions,* ce qui veut dire qu'il ne pouvait y aller. Et la société la plus mystérieuse était la Sub-0, de dimension nulle et qui n'avait aucun membre, et pourtant ces *membres,* qui existaient mais sans aucune substance autre que comme des points mathématiques, *se réunissaient* régulièrement. Bien sûr la découverte du *zéron* avait donné une nouvelle vigueur à la Sub-0. Ses *membres* sans substance allaient être très occupés.

Ce qui aidait par conséquent était que l'ensemble des membres des ces chapitres divers et concurrents était le même groupe d'individus qui aimaient à défendre des points de vue divergents et se ranger de tous les côtés des débats. On considérait ainsi que c'était un privilège et une activité mentale très stimulante, et très intrigante en fait, de prendre part à l'une de ces réunions. Tout le monde était bien sûr membre agrée de la Sub-3 qui représentait les trois dimensions traditionnelles connues de l'homme et palpable à ses sens. La Sub-3 incluait donc les membres de la Terre Plate et de tous ses chapitres. Pour préserver la collégialité dans leur délibérations, ils se réunissaient tous mensuellement pour une *Célébration Dimensionnelle* où un élément unidimensionnel était la direction du flux des libations dont la teneur en alcool n'était sujette à aucune restriction dans l'Empire des Han. On disait que des scientifiques invités du Califat assistaient à de tels séminaires.

Ainsi étaient donc les considérations de la Société de la Terre D11. Néanmoins, la Société de la Terre Plate avait posé un problème à ses membres plus de deux siècles plus tôt. Le problème stipulait que la roue ne pouvait exister dans un monde plat car la roue a besoin d'un moyeu autour duquel elle puisse tourner. Et ce moyeu exige une troisième dimension. La Société de la Terre Plate avait donc lancé un défi à ses membres pour que ceux-ci conçussent un mode de transport pour un monde à deux dimensions.

Le concept que Deng Li créa, et auquel l'Occident n'avait pas pensé – bien sûr pensait Deng Li, ils étaient Occidentaux, pas Han – était de faire de la roue-même le véhicule de transport. Ainsi le moyeu ne serait pas nécessaire. C'était l'équivalent de la roue du hamster, un cercle interminable sauf que dans ce cas le cercle n'était attaché à aucun moyeu. À mesure que l'homme bidimensionnel poussait sur le côté du cercle à l'intérieur duquel il se trouvait, le cercle avançait. Afin de pouvoir enter et sortir sans bondir dans une troisième dimension, une *porte* à une dimension pouvait glisser le long de la circonférence du cercle et donc il n'était pas nécessaire d'avoir de charnières – un concept tridimensionnel.

19. Dessin Original du Véhicule Bidimensionnel

Ce que Deng Li avait donc conçu était le Véhicule Sphérique. Il projeta à trois dimensions le cercle du *hamster* de la Terre Plate avec bien sûr des charnières si besoin, et mit en son centre un moteur qui activerait des rayons connectant le moteur au cercle de la périphérie. Deux sièges un de chaque côté du moteur permettaient aux occupants de prendre place dans ce véhicule. Les sièges étaient placés sur des roulements à billes, ce qui assurait une position horizontale indépendamment de la rotation de cette roue géante, les passagers demeurant toujours à niveau, la gravité aidant bien sûr. Afin de prévenir les accidents, c'est-à-dire que les occupants ne touchassent les rayons qui balayaient l'espace entre eux, des cloisons en céramique avancée transparente de chaque côté des rayons glissaient aussi sur des roulements à billes. Ceux-ci étaient faits d'un alliage spécial de molybdène et étaient considérés lubrifiés naturellement *à vie*. La visibilité était assurée par des nano-senseurs dans la coque extérieure qui transmettaient des images vidéo tridimensionnelles des environs proche et lointain du véhicule à un ordinateur situé du côté du pilote, et cet ordinateur reconfigurait ces images à trois dimensions en des projections holographiques pour les deux occupants.

Le pilote pouvait appliquer une légère pression pour faire basculer un peu le moteur et donc l'ensemble du véhicule, cette roue, ou plutôt cette boule, géante se dirigeait alors vers la gauche ou vers la droite. L'avantage essentiel de ce véhicule était qu'il utilisait la roue, la méthode de transport la plus efficace par l'absence des pertes inhérentes à la conversion du mouvement circulaire en mouvement linéaire qui existaient dans les véhicules à roues traditionnels. L'efficacité était spécialement notable pour les voyages dans les régions où il n'y avait pas de routes maglev, ou dans les aires résidentielles et rurales où cette infrastructure était absente. Les paysans avaient adopté cette création avec enthousiasme.

Même quand des accidents se produisaient, par exemple une sphère qui glisserait dans un fossé ou même un précipice (pas trop abrupt cependant), la roue sphérique pouvait se reprendre et même ralentir sa chute si les pneus, des bandes qui encerclaient la sphère dans plusieurs directions et qui permettaient le déploiement d'une sorte de ventouses, comme le font certains insectes avec leurs pattes, ces bandes produisaient donc suffisamment de friction pour faire marche arrière. Le puissant moteur était capable de lutter contre la gravité qui attirait l'ensemble vers le bas. Les nombreux exploits de ces machines étaient dignes de légende : on disait par exemple qu'une équipe d'arpentage dans une sphère était *tombée* sur la muraille inclinée du Shanxi Daba, connu comme le Barrage des Trois Gorges, et que sa chute avait été interrompue, sa direction changée et que cette roue était remontée sur la terre ferme.

La grande taille de la roue, comparée aux roues des autres véhicules, spécialement de ceux utilisés dans le Califat avec quatre ou même six ou huit roues, cette grande taille donnait une conduite très stable et confortable. Le grand rayon permettait au véhicule d'absorber les obstacles du terrain avec beaucoup plus de douceur qu'avec des roues traditionnelles dont la taille n'en était qu'une fraction.

20. Schéma d'un NAV Tridimensionnel

Les membres de la Société de la Terre Plate étaient très fiers de ce véhicule puisque la plupart de leurs efforts se concentraient sur la logique et cette invention était née de l'intuition. Une citation de Poincaré dans leur hall résumait leur orgueil :

« *C'est par la logique qu'on prouve, et par l'intuition qu'on invente.* »

Le véhicule aussi symbolisait leur philosophie qui disait que la patience dans la science conduit à la technologie, même si l'on doit parfois être extrêmement patient.

Pour permettre à cette sphère énorme de tourner et se déplacer, et spécialement escalader des pentes raides, de très puissants moteurs étaient requis. Des piles nucléaires autonomes alimentaient ces véhicules en carburant, intarissable à vie. Les sphères étaient ainsi nommées Véhicules à Activation Nucléaire, ou NAVs, ou même simplement des *navs*. Bien sûr à l'extérieur de l'Empire des Han, tout le monde pensait que NAV c'était pour navigation ce qui n'était pas le cas. Les piles nucléaires étaient en fait des microcentrales nucléaires, bien scellées et avec des structures de confinement, survivaient bien plus longtemps que les NAV dans leur service et n'avaient jamais besoin de recharge ou de remplacement.

Pour leur voyage Mahmout montra à Al Kansii une carte du territoire Han. Le territoire Han avait quatre capitales provinciales, dont l'une, celle du Nord, servait aussi de capitale nationale. Ces capitales étaient les traditionnelles *Jing* ou cité, ou capitale (京) et pour le Nord, *Bei* (北), pour le Sud, *Nan* (南) et pour l'Est, *Dong* (東). Cette dernière, DongJing était autrefois connue comme Tokyo.

Deux décennies auparavant BeiJing, NanJing et DongJing avait reçu une sœur, XiJing, la capitale de l'Ouest – Xi (西). XiJing s'était dressée du désert et était une implantation stratégique qui assurait la cohésion des terres agitées des Ouïghour. XiJing était située à 38 degrés de latitude Nord et 76 degrés de longitude Est. Cette combinaison de latitude et longitude avait été choisie en tant que des multiples de 19 comme signe d'apaisement envers la population Ouïghour. Par conséquent, au centre du désert une nouvelle cité avait émergé des sables désolés. Elle s'enorgueillissait de ses cent dix-neuf minarets et 190 madrassas. Quelques unes de ces madrassas était sujettes à de la controverse car elles n'enseignaient pas la philosophie officielle *du peuple* qui avait survécu depuis la Révolution des siècles passés et qui avait défini le fondement philosophique de l'Empire des Han.

Le Conseil du Peuple à BeiJing avait amplement raison d'être inquiet lorsqu'il se concentrait sur le sort de l'Occident. Ses membres avaient par conséquent conclu que le regroupement des opposants et la fourniture de moyens d'expression et d'assemblée non seulement pouvait assouvir leurs revendications changeantes et parfois irrationnelles, mais en même temps évitait leur dispersion en une région plus vaste. En d'autres mots on devait viser à assembler ses ennemis en un endroit unique plutôt que de les voir se disperser. L'Empire des Han avait par conséquent investi de très grandes sommes et des efforts considérables pour créer XiJing, sortie de la désolation du désert. XiJing était donc située directement au sud de Kashgar et non loin au sud-est du Qia'erlongxiang.

Pour la vieille génération, XiJing était un anathème car pendant des millénaires l'Empire n'avait toujours eu que seulement trois capitales reconnues, quoique sous des suzerainetés diverses suivant l'époque, mais jamais de *capitale* à l'ouest, une région que cette génération considérait sauvage et sous-développée. Mais les temps avaient changé. Les gens peu sophistiqués, le *peuple*, les bergers et les nomades, revendiquaient maintenant les mêmes privilèges que ceux pour lesquels les classes supérieures avaient œuvré durement pour se les octroyer. Pour les autorités, tel était le prix à payer pour garder la paix, du moins pour le moment.

Bien entendu il n'était question pour Mahmout et Al Kansii de passer par XiJing qu'ils choisirent d'éviter en prenant un détour à travers les régions sauvages de ce territoire Han dans leur NAV. Ainsi donc commença leur magnifique voyage.

Mahmout et Al Kansii prirent position à leur poste dans le NAV et se dirigèrent vers le nord-est, vers Aksu[15], une des portes au nord du désert de Taklimaklan et qui s'opposait à Hétián, sa porte au sud. Quand ils atteignirent la longitude d'Aksu ils accélérèrent au cœur du désert et ensuite firent rouler cette roue géante en une trajectoire nord-est presque parfaite vers Korla. À mi-chemin de Korla, ils virèrent à l'est afin d'éviter de traverser la route principale que Mahmout savait avoir déjà été *maglevée*, c'est-à-dire qu'on y avait déjà installé tous les senseurs capables de déterminer qui se trouvait sur cette route. En allant un peu plus loin à l'est par le désert, ils pouvaient éviter cette détection et donc ils roulèrent à toute vitesse laissant Korla au nord de leur trajet tout en se maintenant à mi-distance entre Dunhuang au sud-est et Hami au nord-ouest.

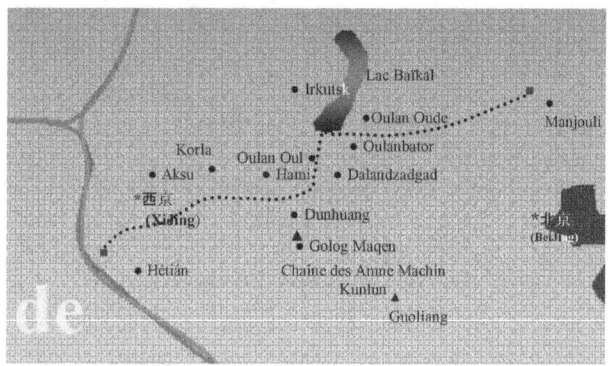

21. Itinéraire d'Al Kansii et de Mahmout

Mahmout et Al Kansii avait un véhicule qui était parfait pour le type de voyage que Mahmout avait prévu. Ils devaient prendre des

---

[15] Aksu avait été le théâtre d'un soulèvement soudain et inexplicable quelques années auparavant. Quoique les conditions économiques et sociales eussent été stables à l'époque, la population avait subitement arrêté de travailler et avait commencé à faire des revendications contradictoires que les autorités centrales considérèrent irrationnelles. De la violence avait même été observée quoiqu'à des niveaux bas. Ces évènements donnèrent lieu à la création d'un verbe, *s'aksuer*, c'est-à-dire être soudain saisi d'un mécontentement irrationnel et la personne en cette condition étant considérée *aksuée*.

chemins de terre battue, et même des sentiers qui n'étaient pas des routes du tout, coupant à travers la campagne, sur les collines et par les vallées, les dunes de sable et les roches dénuées, les troncs d'arbres morts et la végétation déchue, les rochers et même les flancs de montagne, pour enfin franchir un autre carrefour de routes improbables. De cette manière ils zigzagueraient du sud-ouest du territoire Han vers le nord-est pour atteindre la Mandchourie en à peu près vingt-deux heures. À quelques uns des endroits les plus difficiles Mahmout avait dû utiliser ses quatre *propulseurs* d'urgence qui permettaient à son NAV de se lancer de l'avant indépendamment du terrain, comme si le NAV pouvait voler, une méthode que Mahmout utilisa avec parcimonie afin d'éviter de se faire détecter. Ces propulseurs n'étaient jamais installés sur les NAV que les vrais paysans possédaient puisque ceux-ci n'en auraient que rarement besoin.

Une fois qu'ils furent au-delà de Hami ils purent voir au loin la chaîne d'Amne Machin au sud-est dans la province de Qinghai. Al Kansii nota que l'Amne Machin, qui faisait partie des Kunlun, était un des déflecteurs que son arme à neutrinos utiliserait comme il l'avait revu avec Dromm. Cette déflection, combinée à une première déflection produite par le massif de l'Himalaya au sud et celle de la chaîne des Stanovoï au nord du territoire de l'Empire qui refléterait les faisceaux eux-mêmes redirigés par l'Oural, cette déflection donc des Amne Machin étaient l'un de deux déflecteurs finaux qui guideraient les faisceaux de neutrinos à leur destination à BeiJing. On espérait que ces quatre obstacles naturels pourraient diriger un échantillon de neutrinos en un nombre statistiquement suffisant pour qu'il eût l'effet dont Al Kansii avait besoin. Ou du moins c'est ce que Dromm et lui avaient calculé en se basant sur l'émission des *usines à neutrinos* du Califat.

Le tunnel de Guoliang, taillé à mains nues dans la roche se situait plus au sud. Mahmout avait exprimé à Al Kansii son dépit de ne pouvoir faire un détour pour admirer le *tunnel du roc* comme on l'appelait, spécialement qu'ils en étaient si prés. Pour Mahmout le tunnel était une des *merveilles* du monde. Il se souvint du voyage qu'il avait fait par NAV il y avait de cela bien longtemps et montra à Al Kansii une projection holographique de son NAV filant à travers ce tunnel, pendant que leur NAV d'à présent roulait dans le désert.

La région de Guoliang était d'une nature interdite. Deux siècles plus tôt un tunnel routier avait été taillé dans la pierre sur le flanc de la montagne, et ceci disait-on à mains nues. Le paysage était beau et sauvage. Le spectacle de ce NAV qui apparaissait et disparaissait à une vitesse aveuglante lui donnait l'air d'un disque lancé vers la montagne et qui taillait celle-ci en son flanc. La réflexion du soleil sur la coque extérieure en céramique du NAV était *irréelle* d'après Mahmout.

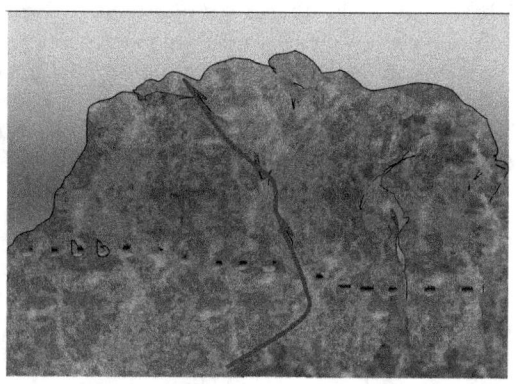

22. *Le Tunnel du Roc dans le Guoliang*

Quoiqu'il fût à l'intérieur du véhicule, Al Kansii pouvait effectivement voir son NAV comme si de l'extérieur grâce à un système d'imagerie holographique inversée que Mahmout avait fait installer. Le système utilisait la réflexion troposphérique, une technique de diffusion très vieille qu'on avait reprise et ce qui était encore plus important, qui se comportait aux mesures de sécurité actuelles grâce aux atténuateurs de distance. Ceux-ci assuraient que les émissions faibles fussent réfléchies vers l'émetteur avec peu ou pas de dispersion, et avec une réfraction nulle et donc les signaux ne pouvaient atteindre les satellites de surveillance qui planaient au-dessus dudit émetteur.

L'interface entre les couches atmosphériques était donc utilisée comme une sorte de miroir pour les ondes à haute fréquence, de fréquence assez haute pour qu'elles ne pussent atteindre les satellites de la surveillance sans une atténuation presque totale à cette distance. Les ondes de basse fréquence se déplacent très loin, celles de haute fréquence s'atténuent beaucoup plus vite. Les ondes de fréquences ultra élevées alors utilisées ne pourraient donc pas traverser les couches atmosphériques sans une atténuation presque complète. Mahmout et Al Kansii pouvaient de cette manière voir ce que l'on pourrait en théorie observer depuis les couches atmosphériques supérieures. C'était la même méthode d'autoréflexion que Mahmout avait utilisée pour créer la projection de son NAV coupant sur la roche du tunnel et qu'il avait montré à Al Kansii. Pour l'instant Al Kansii se régalait la vue. Il pouvait voir le paysage passer de façon intermittente et en même temps voir son propre véhicule filer à toute vitesse. *Quel spectacle !*

Au sud-est et non loin d'où ils se trouvaient alors, se dressait le Centre National de la Surveillance de Golog Maqen, au nord de la ville de Golog Maqen. Al Kansii jugea qu'il était bon de n'en pas être trop loin car les analystes dans de tels centres normalement concentraient leurs efforts au loin, dans les terres lointaines. « *Pour dévaliser un banque il est préférable de choisir celle située près du poste de police.* » Al Kansii se rappela ce vieux dicton qu'il comprenait instinctivement quoiqu'il eût grandi et vécu dans un monde où il n'y avait plus de banques physiques, ni de postes de police fixes, mais ces dictons, des reliques des temps anciens, demeurent dans toutes les cultures. Comme celui qui disait qu'*on ne doit pas vendre la peau de l'ours avant de l'avoir tué* et qui était normalement repris par des citadins qui avaient rarement vu un ours et n'en auraient certainement jamais tué un.

Quand ils eurent atteint la longitude approximative de Xining, Mahmout et Al Kansii virèrent vers le nord encore une fois et pénétrèrent bientôt en Mongolie tout en laissant Dalandzadgad à l'est, et fonçant dans la direction de Oulan-Bator ils restèrent à une distance sûre à l'ouest de celle-ci alors qu'ils s'approchaient du Lac Baïkal. Ils choisirent de se diriger vers le point le plus au sud du lac entre Irkoutsk – la ville la plus froide sur terre – et Oulan-Oudé. Oulan-Bator et Oulan-Oudé étaient toutes deux maintenant en territoire Han, leurs populations ayant choisi avec enthousiasme l'Empire des Han plutôt que de se joindre au Grand Califat malgré des siècles d'animosité entre les Han et le groupes ethniques locaux.

Au bout de dix-sept heures depuis leur départ, Mahmout et Al Kansii se trouvèrent sur la rive sud du Lac Baïkal. Leur NAV se logea derrière quelques arbres non loin du lac et les deux en sortirent. Le

NAV donnait un air un peu bizarre dans ce décor mais il semblait n'y avoir personne aux alentours. Al Kansii se détendit les jambes et se mit à admirer la beauté naturelle du lac, une sorte de mer intérieure.

Al Kansii nota que le Lac Baïkal avait la forme d'un croissant, et que la partie concave de celui-ci faisait face à l'ouest comme il se devait. Al Kansii, remarquant que le croissant du Lac Baïkal était une étape importante dans leur long voyage considéra donc que c'était un signe divin prouvant que sa mission était sacrée. Al Kansii avait étudié les caractéristiques du lac avant son départ d'Oussamabad et savait qu'il avait une longueur de plus de six-cents kilomètres et une largeur de près de cinquante kilomètres. Ce qui en faisait un lac unique par contre était sa profondeur, de près d'un mile marin. Un lac d'une telle profondeur ! La profondeur du Lac Baïkal en faisait le réservoir de plus d'un cinquième de l'eau douce du monde entier et était à l'échelle océanique. En fait Al Kansii avait aussi lu que le Lac Baïkal, se situant à l'intersection de trois plaques tectoniques, était destiné à devenir un océan d'après certains géologues car sa largeur grandissait de plus de deux centimètres par an.

En portant son regard sur l'horizon Al Kansii ne pouvait s'empêcher de voir que le lac était complètement entouré de montagnes. Al Kansii essaya de s'imaginer ce dont ce lac avait eu l'air deux cents ans auparavant quand le Lac Baïkal, malgré qu'il fût le lac le plus profond du monde, se congelait quand même pendant la saison froide et la glace y était si épaisse disait-on qu'une ligne de chemin de fer passait sur sa surface en hiver.

On était maintenant en été et le lac n'était donc pas gelé. Son volume substantiel d'eau douce provenait de trois-cent-trente-six rivières et se vidait en une seule, l'Angara. Al Kansii fixa son regard sur les eaux claires et comprit comment les courants divers résultant de ces affluents créaient plusieurs bassins dans lesquels une grande variété de vie sous-marine prospérait.

Il regarda encore à l'horizon et remarqua ce qu'il jugea être des navires de haute mer. Ce lac était vraiment une mer pensa-t-il, une mer d'eau douce. Un vent léger produisait des vagues de petite hauteur qui venaient se briser sur la rive sud. Les vagues ne semblaient avoir aucune direction définie. Des vagues d'eau étonnement claire aussi loin que le regard de l'œil pouvait porter. Et ces vagues continuaient de se briser, pas trop fortement ce soir là, sur le sud-ouest et après trois ou quatre cycles, elles se brisaient sur le sud-est. Al Kansii se demanda si les vents influençaient cette configuration et si un schéma diamétralement opposé ne se produisait sur les rives du nord. La réflexion du vent contre le flanc des montagnes qui entouraient le lac, couplée à la forme en croissant de celui-ci et les courants de ses nombreux affluents et tributaires conspiraient à créer cette magnifique dance aquatique de la nature.

Cette paisible chorographie des eaux sur les rives sud du lac Baïkal remplirent le cœur d'Al Kansii d'une chaleur bienvenue. Chaque fois qu'il admirait la nature il se sentait envahi d'une certaine joie. Pour Al Kansii la beauté dans la nature était non pas un signe de l'existence de Dieu comme le croyaient plusieurs païens, puisque pour Dieu la nature était ce qu'elle était et rien d'autre, et Dieu existait au-dessus et au-delà de la nature. Cependant ses sentiments de joie interne lorsqu'il admirait cette beauté, c'en était la preuve que Dieu avait créé l'homme, l'homme avec une conscience, l'homme qui devait se soumettre à Lui. Pour Al Kansii, et pour la plupart des citoyens du Grand Califat qui avaient reçu une éducation semblable depuis leur petite enfance, la nature n'était pas preuve de Dieu, puisque Dieu n'avait besoin d'aucune preuve. La vraie essence de Dieu était immanente. Et l'Occident avait perdu cette notion bien des années avant sa chute. Et quand les choses matérielles commencèrent à manquer, quand l'échafaudage spirituel qui aurait pu supporter un mode de vie différent ne fut pas là, l'Occident ne put plus fonctionner. Jusqu'à bien sûr ce que l'Islam se fût étendu à tout l'Occident. Al Kansii se sentit plein de joie et ce simplement à cause de la beauté, de la tranquillité et de la sérénité du paysage.

« Mon frère, dit Mahmout, on doit se mettre en route. On devrait arriver à la maison de forêt en Mandchourie avant l'aube. »

Mahmout et Al Kansii prirent leur place et le moteur silencieux commença à faire tourner les rayons à l'intérieur du NAV. La sphère commença à glisser comme un cercle de lumière douce créée par la lueur du crépuscule réfléchie par le lac.

Il ne leur restait plus qu'une dernière étape en direction de l'est puis le nord-est vers Manjouli et le *contact*.

Le voyage dans le NAV était parfait. Al Kansii essaya de comprendre pourquoi le Califat avait évité, effectivement *rejeté,* cette technologie. En fait elle aurait dû avoir été développée là en premier.

Al Kansii attribua cette décision de ne pas le faire au fait que le Califat évitait toutes discussions sur les dimensions si possible, spécialement le concept d'un monde à deux dimensions. Des mauvais esprits avaient interprété certains passages du Coran comme entérinant le concept d'une Terre Plate et quelque rappel de cette fausse conception était donc évité.

Des millénaires auparavant en fait, le Coran avait donné une première indication que de grandes choses pouvaient être accomplies si on *imaginait* du moins idéalement une Terre Plate. La sourate 20:53 dit que Dieu ...*étendit la terre pour toi comme un tapis...* Bien sûr Al Kansii, et presque tout le monde dans le Califat interprétait cette phrase comme une métaphore pure pour l'expansion de l'Islam, sans y attribuer quelque forme que ce fût à la Terre.

Ce qui était un peu plus difficile à expliquer, quoique non pas impossible considérant le contexte, était que le Coran commande que les cinq prières quotidiennes se fassent en faisant face à La Mecque (Bukhari 1:146-151). Du point de vue d'une terre plate, ceci peut avoir un sens strict. Avec une Terre sphérique par contre, quelqu'un priant vers La Mecque donnerait aussi son dos à La Mecque en même temps. Bien sûr une des distances serait beaucoup plus courte que l'autre et en tout état de cause ceci était une sorte de parler idéalisé. Les germes étaient là pour que le Califat créât une machine qui roulerait sur ce tapis mythique. Et les Han en avaient pris tout le crédit. Et le Califat avait perdu une opportunité.

Le Centre National de la Surveillance de Golog Maqen

Le Centre était situé au nord du territoire central de l'Empire des Han. Son emplacement avait été prudemment calculé pour permettre l'interception de signaux primaires venant de n'importe où sur terre en utilisant le système spatial Han. Les satellites de celui-ci, se plaçant sur des orbites très elliptiques qui couvraient les quatre coins du globe, avaient une visibilité commune avec le Centre à partir de n'importe quel point sur l'Hémisphère Nord. Ce que cela voulait dire pratiquement est qu'un signal émis de l'autre côté du monde, même à 180 degrés de séparation, un signal qui est normalement masqué par la terre de la vue des satellites géostationnaires traditionnels, ce signal pouvait être reçu par le Centre de Golog Maqen via un simple *saut*.

Un simple *saut* voulait dire que le signal émis au centre du Califat irait vers un tel satellite Han qui le relaierait directement au Centre, sans que le signal eût à prendre un trajet intermédiaire avant qu'il ne fût finalement acheminé vers le Centre. Yu Lin l'avait expliqué de façon simple à l'Assemblée du Peuple quelques années auparavant.

« Considérons le diagramme suivant » , avait commencé Yu Lin.

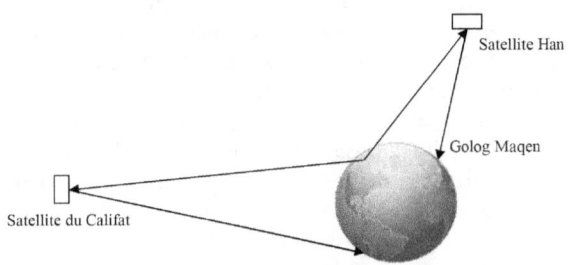

23. *La Terre Masque un Satellite Géostationnaire,*
Mais Non Pas un Satellite Han

« Graphiquement cela est facile à voir comme illustré ci-dessus : si un satellite se trouve sur le plan équatorial bien au-dessus de la terre, il peut à peine *voir* une moitié de la terre au mieux, et les ondes électromagnétiques traditionnelles, pas les faisceaux de neutrinos bien sûr, ces ondes ne peuvent traverser la terre. La terre les masque. Ainsi le Centre à Golog Maqen situé de l'autre côté de la longitude d'où un signal du Califat serait émis, le Centre donc ne peut recevoir ce signal directement du satellite géostationnaire qui le relaie. Ce signal doit normalement être acheminé par l'intermédiaire d'une destination sur terre et qui aurait une visibilité commune avec Golog Maqen soit à l'est, soit à l'ouest, et ensuite relayé via un deuxième *saut* avant d'atteindre Golog Maqen. Puisque le Califat contrôle la plupart des longitudes, et l'espace au-dessus de celles-ci, l'Empire des Han ne peut par conséquent pas dépendre de tels relais spatiaux en tout sécurité. L'architecture spatiale Han doit donc assurer qu'un signal du Califat puisse en un seul *saut* arriver à Golog Maqen, et au centre auxiliaire à Qiqihar. »

Les satellites Han avaient donc été placés sur des orbites qui leur permettaient de *flotter* en quelque sorte au-dessus des latitudes élevées, ce qui permettait à la plupart des points dans le Califat et Golog Maqen d'être dans le champ de vision d'un même satellite à tout temps. Comme ces satellites Han n'étaient pas géosynchrones, plusieurs en étaient requis et ceux-ci semblaient toujours *flotter* au-dessus du ciel septentrional et permettait des transmissions continues par un simple *saut* à partir du Califat vers Golog Maqen et Qiqihar et en sens inverse.

Ce système satellitaire des Han consistait en plusieurs sous-constellations de satellites qui utilisaient des trajectoires spécifiques ou orbites autour de la terre. Cette architecture n'était pas d'origine Han car elle avait été *héritée* de l'Occident, au diable les brevets et les secrets. Les Han avaient de la chance. Après la Chute de l'Occident, quelqu'émir obscur avait conclu que les systèmes spatiaux comme les constellations de satellites faisaient intrusion dans le divin et décréta par conséquent l'arrêt de tout déploiement ultérieur. On avait permis au Califat qu'il gardât ce qui était déjà déployé alors mais aucune amélioration ou remplacement pour *tricher sur le divin* ne furent permis. Ces mesures ressemblaient un peu à la destruction par la Chine de sa propre flotte au seizième siècle CE, ou à la décision des Samurai japonais d'*interdire* l'usage des armes à feu quelques siècles plus tard.

Une Architecture Spatiale Unique

Yu Lin était le père du Centre. Quand il avait proposé le Centre dans un de ses discours à l'Assemblée du Peuple, il l'avait présenté comme le noyau du système national de la surveillance.

« Les systèmes satellitaires utilisent normalement des orbites, avait-il commencé à expliquer, c'est-à-dire la trajectoire qu'un satellite suit pour tourner autour de la terre, et celles-ci sont semblables pour des missions semblables. Je m'explique. À trente-six mille kilomètres et au-dessus de l'équateur, un satellite tourne autour de la terre une fois par jour. En apparence donc il demeure stationnaire par rapport à la terre. Nous appelons cela une orbite géostationnaire.

« Afin d'obtenir les avantages qui découlent de la proximité à la terre et que j'expliquerai plus tard, des orbites satellitaires non-géostationnaires sont aussi utilisées. Quand une altitude plus basse est choisie, se trouvant plus près de la terre les satellites ressentent une attraction plus forte due à la gravité. Cette attraction est contrebalancée par la force centrifuge créée par la rotation du satellite autour de la terre. Comme vous le savait les forces centrifuges sont une conséquence du mouvement non-rectilinéaire d'un corps. Plus on tourne vite, plus la force est grande. »

Yu Lin sourit alors avant de continuer :

« Vous êtes tous des ingénieurs et des scientifiques. Vous connaissez alors l'équation $F = GMm/r^2$ comme vous devez vous en souvenir. »

Une rire général se fit entendre car il était évident que plusieurs sinon tous étaient maintenant transportés de retour en enfance dans leur lycée. Et Yu Lin ajouta, avec un large sourire :

« Et la force centrifuge est donnée par $F = m\omega^2/r$. Vous vous en souvenez, n'est ce pas ? »

Un rire encore plus fort s'ensuivit.

« Donc, continua Yu Lin, quand les deux forces sont égales, le satellite demeure stable, et à une distance spécifique correspond un taux de rotation spécifique. Bien sûr les équations sont en réalité un peu plus complexes, mais je n'essaierai pas de gêner qui que ce soit ici. »

Des rires se produisirent encore et l'on vit certains dans l'audience partager des commentaires avec leur voisin immédiat dans le Hall du Peuple. L'audience commençait à aimer la séance. Certains par contre ne riaient pas du tout. C'était de vrais ingénieurs-politiciens qui étaient restés techniciens au fond du cœur. On pouvait déjà les voir calculer des modèles plus complexes de ces simples équations pour inclure les effets du bombement de la terre, de l'attraction de la lune sur le satellite quand celui-ci se trouvait entre la terre et la lune, de l'impact de la gravitation du soleil, de la stabilité de l'orbite et d'autres effets.

Yu Lin continua.

« Puisqu'à une altitude plus basse les satellites passent autour de la terre plus d'une fois par jour, par conséquent ils ne demeurent pas au-dessus de nos têtes comme dans le cas précédent.

« Afin d'offrir un service continu à quelqu'un qui se trouverait disons à NanJing, on doit ajouter un satellite après que le premier se fût placé hors de sa vue, et ensuite on doit bien sûr coordonner entre ces deux satellites pour que la transmission ne s'interrompît pas. Et quand ce deuxième satellite s'éteint à l'horizon, un troisième est nécessaire pour garantir la continuité de la transmission et ainsi de suite jusqu'à ce que le premier satellite retournât au-dessus de NanJing quelques heures plus tard. Plus l'orbite est basse et donc le plus vite le satellite se déplace, et plus le nombre de satellites dont on a besoin pour couvrir un point sur notre territoire est grand. Mais quand un de ces satellites *s'en va* de notre vue, il est sur quelque point autre de la terre, car la terre a aussi tourné. Ce satellite est par conséquent encore utile, mais pas à vous puisqu'il couvre maintenant un autre point sur terre, et non pas votre position. Le résultat est qu'avec les nombreux satellites que vous venez de déployer pour NanJing, vous vous êtes donné une couverture globale.

– Ah, s'exclamèrent plusieurs membres de l'audience.

— On peut donc déployer des systèmes de surveillance globaux en utilisant cette technique. Nous savons que le Califat a repris ses efforts de déploiement spatial, mais nous sommes en avance sur eux. Je dois vous dire pourquoi, et pourquoi ce Centre nous est essentiel.

« La plupart des systèmes non-géostationnaires ont été conçus autour d'une orbite, c'est-à-dire un lieu géométrique dans lequel plusieurs satellites sont lancés et peuvent se déplacer. Supposons qu'une telle orbite passe par les deux pôles, Nord et Sud, et que sa période soit de deux heures c'est-à-dire qu'un satellite prenne deux heures pour faire le tour de cette orbite. Il nous faudra donc douze satellites pour couvrir la terre aux longitudes se trouvant en dessous de cette orbite, douze fois deux heures étant vingt-quatre heures, et si les empreintes au sol sont suffisamment larges on obtient un chevauchement entre elles qui peut réduire le nombre de satellites à onze par exemple ou même moins. Nous disions donc que onze ou douze de ces satellites donneraient une couverture suffisante sur terre... si la terre ne tournait pas bien sûr. Mais la terre tourne sous cette orbite qui couvre alors d'autres longitudes, donc une seconde orbite, une troisième et ainsi de suite sont aussi requises pour couvrir toutes les longitudes, tout le temps. Pour un service continu de vingt-quatre heures sur vingt-quatre, le système basé sur des orbites polaires à période de deux heures demanderait au moins six de ces orbites, chacune contenant onze ou douze satellites. Je dis seulement six de ces orbites plutôt que douze car chacune passe par la terre

deux fois, une fois du côté ascendant et une autre du côté descendant.
Rappelons encore une fois que le chevauchement des couvertures
peut exiger sept de ces plans orbitaux. Ce qui fait qu'un minimum de
soixante six ou un maximum de quatre-vingt-quatre satellites
définissent un tel système. Je viens de vous décrire un système
ancien, qui fut plus tard modifié et construit par l'Occident. Le Califat
dans son zèle religieux l'a ensuite détruit. Ils sont maintenant en train
de le reconstruire. Mais nous avons mieux que ça. Voici ce dont leur
système a l'air vu de là-haut. » Et Yu Lin montra la couverture du
système du Califat :

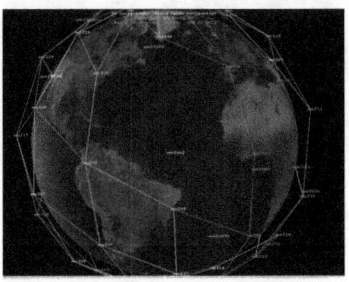

24. *Couverture de l'Ancien Système en Reconstruction par le Califat*

L'audience était captivée. Ceci devenait intéressant. Et c'était si
différent de l'habituel le *peuple, la patrie, la terre* et toutes ces
platitudes patriotiques qui caractérisaient les discours à l'Assemblée.
L'audience était transportée de retour à l'école et c'était un répit des
harangues de tous les jours, de la démagogie et de la posture qui
marquaient les intrigues politiques depuis la nuit des temps. Sauf
bien sûr pour ceux qui, dispersés dans la Chambre, calculaient
furieusement, cherchaient, essayaient de vérifier chacune des
affirmations que Yu Lin avait faites.

Les intentions de ces techniciens n'étaient peut-être pas toutes
purement scientifiques ou intellectuelles. S'ils pouvaient jeter un
bâton dans les roues de Yu Lin, ils seraient en mesure d'entamer sa
puissance et de mettre leur propre génie à sa place. Et la construction
d'une infrastructure spatiale conçue par eux exigerait que les contrats
les plus lucratifs se situassent près de chez soi, près de chez eux. Un
génie donc qui améliorerait leurs fortunes sociales et politiques.

« Comme le montre cette carte plate du monde, c'est ce que le
Califat possède » , Yu Lin de continuer tout en montrant un monde

dans sa projection à deux dimensions. Sur cette carte il y avait plusieurs lignes, comme des oscillations, ou des sinusoïdes, des courbes allant du Pole Nord au Pole Sud à un angle et émergeant du Pole Sud vers le Pole Nord, et ce cycle se répétant sur la carte. Chaque ligne se trouvait adjacente à une autre ligne identique mais décalée de quelques fractions de millimètre, et ensuite une autre ligne et ainsi de suite jusqu'à ce que le monde entier fût couvert.

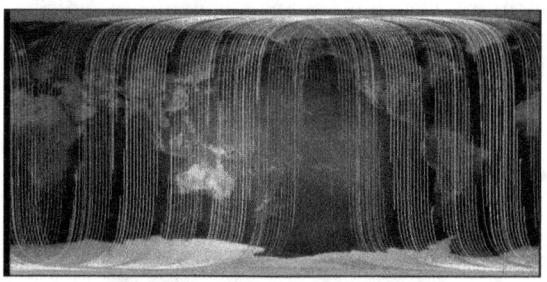

25. Traces au Sol du Système Satellitaire du Califat

Yu Lin avait continué :

« Ces sont les projections sur terre des trajectoires orbitales, ou les traces au sol. À mesure que la terre tourne, un satellite trace une empreinte sur le sol centrée sur cette ligne. Et chaque orbite représente une ligne. Chaque satellite dans son orbite suit un trajet spécifique. Vous pouvez le voir ici, cette ligne est l'orbite numéro 3, et ces points sont les sept satellites dans cette orbite particulière. »

Yu Lin fit une pause et but un grand verre d'eau.

« Ce dont je vais parler maintenant consiste en des secrets d'importance nationale et je les révèle ici seulement à vous, membres de confiance de l'Assemblée du Peuple. Voyez-vous, la plupart de ces lignes se trouvent au-dessus des océans, puisque le monde est fait surtout d'eau. Et des terres qui s'y trouvent, peu en sont d'intérêt, ou plutôt certaines ont un intérêt militaire plus important que d'autres.

« C'est ainsi que pour réduire le gaspillage de nos moyens de surveillance et les maximiser, nous avons adopté l'idée suivante. Au lieu d'utiliser des orbites uniques pour chaque groupe de satellites et qui produiraient toutes ces traces au sol décalées l'une par rapport à l'autre, nous avons décidé de voir si l'on pouvait maintenir une trace au sol unique, centrée sur les continents par exemple, en décalant les orbites elles-mêmes pour que celles-ci produisissent la trace unique, plutôt que le contraire. »

Un grondement se fit entendre dans le Hall du Peuple, et l'un des technologues aigres assis vers l'arrière de la salle leva soudain la main et demanda :

« Cette conception, n'était-elle pas brevetée dans l'Occident il y a de cela longtemps ? »

Un énorme éclat de rire engouffra le Hall du Peuple et ce fut comme si l'Assemblée entière n'était qu'une seule personne géante. Oui, le rire d'un géant à la pensée que quelque chose fût brevetée par l'Occident. Un des délégués, un homme rond qui par l'aspect de ses yeux, légèrement rougis et qu'il pouvait à peine maintenir ouverts, et qui semblait être tout juste sorti d'un déjeuner copieux accompagné du liquide approprié, s'adressa volontairement à tous à très haute voix et déclara d'une manière tout-à-fait irresponsable :

« Des brevets ? Quels brevets ? » et il se mit à rire de façon incontrôlable.

Il n'était pas le seul à rire. Yu Lin continua d'un ton sérieux :

« Indépendamment de qui eût pu y penser en premier, c'est nous qui l'avons réalisé. Une idée, brevetée ou pas, si elle n'est pas réalisée est sans valeur aucune. »

Avec ce commentaire sévère et plein d'autorité, l'audience revint au silence et à l'ordre.

« Une trace au sol unique, déclara Yu Lin. Supposons maintenant que vous choisissiez une altitude qui produisît trois révolutions par jour, vous auriez alors une trace au sol d'un tel satellite sur le Califat Occidental pendant à peu près cinq heures, sur le Califat Oriental pendant aussi cinq heures, mais une période de cinq heures qui commencerait trois heures plus tard, et enfin sur notre Empire pendant les cinq dernières heures commençant encore trois heurs plus tard. Si l'on choisissait la position de l'apogée de cette orbite telle que les latitudes d'intérêt fussent couvertes en priorité et que les traces au sol fussent centrées sur les longitudes préférées, et d'autres paramètres pour que l'ensemble fût stable, nous aurions un système quasi-géostationnaire. Un satellite peut planer sur le Califat sans occuper une position orbitale permanente qui serait vulnérable à des contre-mesures. Avec ce système, nous pouvons corriger quelque contre-mesure durant la passe suivante, c'est-à-dire toutes les huit heures au plus, et effectivement moins encore, je dirais plutôt toutes les trois heures. Et nous pouvons aussi injecter nos propres contre-mesures.

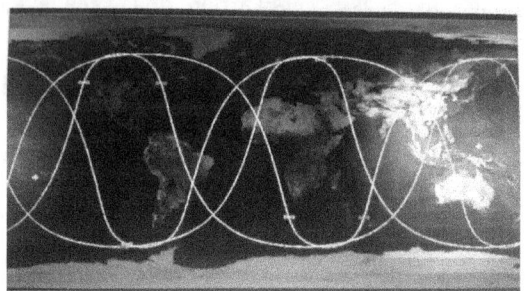

26. Traces au Sol du Système Satellitaire Han

« Je m'explique. Ces orbites ne doivent pas nécessairement être circulaires. En fait les lois de la Physique nous disent que toutes les orbites tendent à être elliptiques. Celles-ci sont plus elliptiques que de nature mais elles permettent néanmoins à un satellite de planer au-dessus d'une région par priorité, disons les latitudes Nord, et dans les longitudes se rapportant aux atouts stratégiques du Califat. Bien sûr, un tel satellite éventuellement se pose à l'horizon mais pas avant qu'un autre satellite ne se fût levé au même endroit et eût suivi la même trace au sol. Et le monde entier semble enveloppé à l'intérieur d'un cocon fait de nos satellites opérant à des altitudes changeantes pour confondre le Califat.

« Voici ce Cocon » , ajouta Yu Lin pendant qu'il projeta avec une certaine fierté le diagramme suivant sur l'espace holographique :

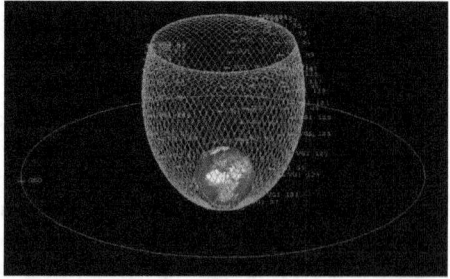

27. Le Cocon du Système Satellitaire de l'Empire des Han

« Et de combien de satellites a-t-on besoin ? Soixante-dix sept, quarante-quatre ? demanda le technologue apparemment mécontent, qui ne semblait pas très impressionné et projetait l'air d'en savoir plus.

– Bien moins que soixante-dix sept ; une fraction de cela en fait. Mais c'est un secret d'État, que même cette auguste Chambre n'a besoin de savoir, mais si je vous disais moins de vingt... réplica Yu Lin d'un ton sec.

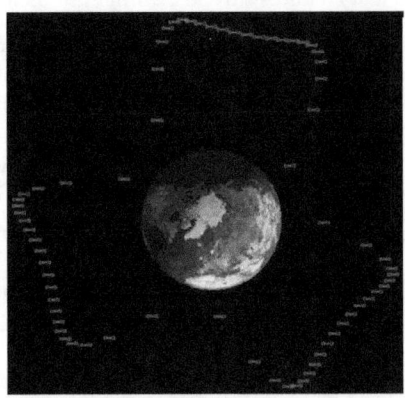

28. Vue Polaire Nord des Satellites Han

« J'aimerais insister sur un point. Ici, continua Yu Lin en montrant une projection où le Pole Nord faisait face à l'audience, le globe étant incliné vers elle. Nous avons à un moment donné un satellite ici au-dessus de Oussamabad, il reçoit un signal, de l'information et quoi d'autre. De Golog Maqen qui se trouve à une latitude d'approximativement 35,5 degrés Nord, ce satellite peut transmettre cette information directement au Centre. En un seul *saut*. Aucun autre système ne le permet. Les satellites géostationnaires peuvent couvrir l'axe Nord-Sud en un seul saut, mais pas celui d'Est-Ouest. Nous pouvons le faire d'Est en Ouest, en fait on couvre l'hémisphère toute entier en un seul *saut*. Dois-je insister sur la signification militaire de ceci ?

– Et le sud, est-ce que nous n'avons pas des alliés là-bas ? dit le technologue provocateur.

– Nous y avons pensé, répondit Yu Lin. En déployant une sous-constellation symétrique avec des apogées au-dessus de l'Hémisphère Sud, nous pouvons aussi bien couvrir cet hémisphère. Cependant nous n'avons pas un Golog Maqen dans le Sud. Enfin, nos alliés naturels dans le Sud, en Patagonie, ne désirent que cela, de nous aider…mais c'est un jeu dangereux pour eux… cette information ne doit pas quitter cette salle… D'un autre côté le Califat sait que nous œuvrons avec ces alliés en Patagonie, ou du moins que nous essayons. Que peuvent-ils faire ? Une guerre de diversion pourrait condamner leurs aspirations contre nous. Le monde chrétien survit maintenant grâce à la rivalité entre le Califat et nous. Je me corrige…

« Nous ne sommes pas rivaux. Nous voulons simplement qu'on nous laisse en paix. Pour quelque raison inconnue, ils veulent nous convertir à leur croyance, et ainsi accomplir leur but d'un Califat Mondial. Ceci maintient le Vatican en sécurité en Patagonie pour le moment. Franchement, nombreux sont ceux de chez nous qui se sentent coupables que nous n'ayons pas protégé l'Occident de lui-même. Après tout, ils étaient bénins dans leur rivalité. Ils étaient inoffensifs, et nous avons fait que leur chute se précipitât. Nous avons un problème bien plus grave maintenant… »

Un murmure tout-bas traversa la Chambre, un murmure d'approbation et d'inquiétude.

« En tout état de cause, continua Yu Lin, les satellites de la sous-constellation du Sud sont équipés pour permettre des liaisons inter-satellitaires, tout comme l'ancien système que je viens de décrire.

− Est-ce qu'on utilise des liaisons optiques ou les bandes V, W, P, Q ou R pour ça ? » interrompit le technologue.

Un grondement lourd se fit maintenant entendre signalant la désapprobation de l'attitude du technologue et des ses interruptions.

« Vous devriez vous joindre au Centre pour les aider à avancer leur technologies », dit un délégué d'un ton sarcastique.

Yu Lin continua :

« Je ne peux vous révéler cela. C'est un secret d'État. Tout ce que je puis dire est que nous utilisons tous les moyens disponibles à notre grand Empire pour assurer sa sécurité… Je viens donc de vous décrire, chers Camarades, l'architecture du système de détection et de communications déployé par le Centre de Golog Maqen. »

Le technologue mécontent lança encore un défi à Yu Lin :

« Pourriez-vous nous décrire plus en détail les méthodes de détection basées sur autre chose que les ondes électromagnétiques ? On dit que nous les Han avons développé de telles alternatives pour la communication et que... »

Le Souverain Suprême intervint alors.

« Camarade Yu Lin, dit le Souverain Suprême. Je vous demanderais que vous réserviez la description des mesures de détection basées sur des moyens de communications autres pour une présentation préalable devant le Conseil du Peuple.

− Oui Camarade Souverain Suprême » , répondit Yu Lin.

Le Souverain Suprême annonça alors que ce devrait être la fin de la discussion :

« J'approuve ces efforts et je les trouve louables et dignes de notre grand Empire. Est-ce-que l'un de vous désirerait faire quelque commentaire utile ? »

L'addition du mot *utile* était évidemment destinée à faire taire le technologue qui semblait avoir aussi ennuyé le Souverain Suprême. Tous comprirent de toute façon qu'il avait aussi demandé s'il y en avait qui n'étaient pas d'accord au sujet du Centre, spécialement après avoir entendu les louanges du Souverain Suprême à ce sujet. Bien sûr aucun n'osa, quoique pour être franc, et ceci sauf peut-être en ce qui concernait le technologue et quelques-uns de ses collègues, il semblait que tous pensaient sincèrement que la présentation de Yu Lin avait été convaincante.

« Quoiqu'il en soit, nous devons nous défendre, commença à conclure Yu Lin. Et le premier pas est de savoir où se trouve l'ennemi et quels sont ses plans. Le Centre va recueillir un nombre vaste de données et nos Engins d'Analyse et de Conclusion, nos ACE, nos As comme on les appelle, aideront nos scientifiques géniaux et nos analystes brillants pour que ceux-ci puissent déterminer les menaces avant que celles-ci ne se développent.

« Humblement, je vous remercie de votre support patriotique » , conclut Yu Lin.

L'Assemblée du Peuple se leva d'un pied et se mit à applaudir. Dans la tradition Han, Yu Lin aussi se mit à applaudir en retour à ses admirateurs.

Les fonds pour le Centre furent donc approuvés. Et durant toute sa construction chaque Yuan put être comptabilisé. Pas un ne manqua. La corruption était inconnue dans l'Empire des Han. Ceci était bien sûr dû à un sens civique supérieur, mais c'était aussi préférable car les systèmes de contrôle pouvaient identifier immédiatement toutes tentatives de pots-de-vin ou de détournement de fonds, et celles-ci seraient suivies de conséquences désastreuses pour le scélérat.

Keum Kam Ho, alias Albert

Dans la petite maison dans la forêt près de Manjouli, Yu Lin et Keum Kam Ho avait discuté de ce qui suit.

Keum Kan Ho, *alias* Albert, était un ingénieur en communications d'un talent raisonnable. Il était bien formé dans le repérage par satellite et d'autres méthodes de détection. En particulier il avait une sorte de tour de main spécial qui lui permettait de comprendre les effets du décalage Doppler même avant que les calculs eussent été faits, et spécialement ceux qui résultaient du décalage Doppler *variable*. Ceci était important car à Qiqihar, le repérage par le vaste réseau de satellites était plus complet qu'à Golog Maqen, le Centre National, tout comme Yu Lin l'avait voulu. Après tout Qiqihar n'était que le Centre Annexe.

Le décalage Doppler, comme cela est bien connu, se produit quand un objet en mouvement émet ou réfléchit des ondes et transfère sa vitesse à ces ondes, causant ainsi un décalage de la fréquence de ces ondes. Le son d'un train quittant la gare est d'un ton plus bas que celui d'un train arrivant en gare. Tout le monde savait ça. Par contre quand un signal est communiqué à une fréquence spécifique à un satellite qui le relaie à un récepteur ici sur terre, Albert savait que le récepteur devait corriger le décalage de cette fréquence dû au mouvement du satellite pour rétablir le signal à son état original. Ces techniques étaient vieilles de plusieurs siècles et ne demandaient aucune habilité particulière.

Albert savait que les objets proches de la terre doivent tourner plus vite que les objets à distance afin de compenser une attraction gravitationnelle plus forte à plus basse altitude. En fait la science commune nous dit que la vitesse de rotation d'un corps céleste tournant autour d'un autre varie en fonction inverse du carré de la distance entre les deux corps. Ceci n'était pas nouveau. On savait bien que cela prenait un jour pour qu'un satellite géosynchrone – situé à approximativement trente-six mille kilomètres de la terre – tournât une fois autour de la terre. La Lune, située beaucoup plus loin, requiert un mois pour faire le tour de la terre, et celle-ci prend un an pour faire le tour du soleil. Plus la distance est grande, plus la vitesse de rotation est basse.

Albert savait cependant que la constellation de satellites qui était au cœur du système national de surveillance utilisait des orbites elliptiques définies de façon très précise. Une orbite elliptique a normalement un apogée, le point le plus éloigné de la terre, et un périgée, le plus proche de la terre ; pour un cercle l'apogée et le périgée sont égaux. Les satellites Han qui se déplaçaient sur de telles orbites étaient donc à des distances diverses de la terre à des instants différents. La vitesse d'un satellite Han en orbite autour de la terre et le décalage Doppler de ses signaux n'étaient par conséquent pas constants mais variaient avec la position de ce satellite dans son orbite à des moments spécifiques.

Dans le système satellitaire des Han un satellite à son apogée semblait suspendu, semblait planer au-dessus de la terre pendant un long moment et ensuite il commençait sa descente avec une accélération vertigineuse vers l'autre extrémité de l'orbite, son périgée, ou il atteignait sa vitesse maximum avant de décélérer vers son apogée où le satellite planerait pendant des heures encore une fois. Pour la majeure partie du temps de l'orbite, de sa période, l'effet Doppler était donc pratiquement constant, et pendant à peu près un tiers de cette période, le décalage variait violemment avant de reprendre son rythme tranquille à l'apogée. Et ceci se répétait sans fin.

Les ingénieurs à Golog Maqen avaient choisi d'utiliser les satellites uniquement pendant que ceux-ci planaient aux environs de l'apogée de leurs orbites. En effet, leur période d'activité commençait à peu près à vingt-cinq degrés de latitude dans chaque hémisphère, continuait jusqu'au zénith et interrompait la communication quand ils eurent atteint vingt-cinq degrés du côté descendant de l'orbite. Le reste de l'orbite était réservée pour la recharge des piles solaires et pour d'autres fonctions de maintenance. C'est ainsi que Yu Lin avait conçu le système.

L'intuition qu'Albert avait eue, et qu'il développa avec Yu Lin, était d'utiliser les satellites dans la partie interdite, ou ignorée, de leur orbite. Le repérage des objets sur terre depuis des satellites à une altitude bien moins élevée et la communication avec ceux-ci, quoiqu'ils se déplaçassent à des vitesses plus hautes, pouvaient donc se faire d'une manière furtive pendant que les satellites étaient ignorés par Golog Maqen et supposément aussi par un Califat peu méfiant. Yu Lin et Albert étaient consternés que personne à Golog Maqen non seulement n'eût même pas pensé à cet atout si évident, mais que personne n'eût même pu imaginer le danger potentiel. Yu Lin savait que tout comme la politique est trop importante pour qu'elle fût laissée aux politiciens, et la justice trop précieuse pour être mise entre les mains des juges, la technologie aussi était trop critique pour être laissée aux techniciens.

Yu Lin et Albert avaient donc développé un système de détection et de communications furtif, là en pleine vue de tous et que personne ne soupçonnait d'exister. Bien sûr par mesure de sécurité supplémentaire ils adoptèrent le cryptage quantique tout comme l'intrication quantique pour protéger leurs activités, au cas où.

Albert avait conçu et construit des correcteurs Doppler pour supporter la communication dans ce réseau national dans les espaces et aux temps où ce réseau n'était pas utilisé, quand tout le monde pensait qu'il était au repos. Dans un champ laissé en friche, Yu Lin et Albert avait planté les germes de la vraie puissance, l'information exclusive.

Un autre usage furtif de la partie *interdite* de l'orbite, comme Yu Lin l'appelait en guise de plaisanterie, était que les caractéristiques constamment changeantes des paramètres de vol du satellite dans son orbite, un vol une fois hautement accéléré, une autre fois décéléré, résultaient en un état où le satellite paraissait avoir un ensemble de coordonnées différentes à des moments différents. La triangulation précise et la détermination de la localisation des objets sur terre était donc accomplie indépendamment des systèmes globaux de positionnement en usage depuis des siècles et connus comme les systèmes GPS.

Yu Lin et Albert avait leur système GPS privé. En fait, ils en avaient plusieurs et le calcul différentiel des données produites par ces systèmes conduisait à une résolution de l'information sur terre non-disponible avec les GPS standard.

« Professeur, dit Albert, comme on s'y attendait, nous avons pu détecter le mouvement d'un système pseudo-organique dans le XinJiang Ouïghour, un mouvement qui semble avoir continué à travers les déserts de Taklimaklan et de Gobi et remonté jusqu'au Lac Baïkal. » Albert s'adressait toujours à Yu Lin en utilisant le titre de *Professeur*, bien que leur relation dût être définie suivant l'ordre hiérarchique officiel du gouvernement, mais Yu Lin avait insisté à retenir une aura académique dans presque toutes ses relations.

« Bon, répondit Yu Lin. Est-ce que vous êtes sûr que c'est le système que nous devrions suivre ?

— Rien n'est absolument sûr, mais la probabilité qu'un tel système se meuve à vitesse uniforme par montagnes et vallées, tout en évitant les agglomérations majeures, la probabilité qu'un tel système en fît ainsi par accident est pratiquement zéro. Ce doit être un système artificiel et avec un objectif précis.

— Il se pourrait aussi bien que ce fût quelqu'objet résultant d'une expérience ratée quelque part et qui serait transporté par les vents.

— Oui bien sûr cela se pourrait. Mais l'objet en question a atterri, ou s'est arrêté au bord du Lac Baïkal, et à ce moment-là nous avons pu détecter des signatures organiques additionnelles. L'une de celles-ci, on a pu la tracer à un certain Mahmout Asghar, un révolutionnaire Ouïghour de peu de conséquence, l'autre aux données que Heh, al*ias* Kadour, nous avait transmises plus tôt de l'*Al Andalous*. L'ADN et la signature organique d'objets inanimés aux alentours concordent. Professeur je m'excuse que cela ait pris plus longtemps qu'on ne le désirait mais nous avons dû attendre d'abord que les sujets quittassent leur véhicule que nous croyons être un NAV. L'ADN de Mahmout fut facile. L'autre signature d'ADN, on a dû la transmettre à Li Li pour qu'elle fût examinée localement, pour qu'on la confirmât bien sûr. Même nous, l'Empire, nous n'avons pas à l'échelle mondiale une banque de données exhaustive de toutes les signatures individuelles possibles.

— Êtes-vous sûr alors que Golog Maqen n'est pas sur la même voie ?

— Encore une fois, je ne puis le garantir. Pour pouvoir lire une signature ADN à distance, vous devez en premier lieu avoir une vue sans obstruction, un signal pur. C'est pourquoi nous dûmes attendre que les sujets sortissent du NAV qui obstruait la transmission. De plus nous devions être plus près bien sûr et avoir une empreinte satellitaire plus serrée qui se concentrerait sur le sujet. On a pu prendre virtuellement un échantillon sanguin à distance.

– Vous avez utilisé l'échantillonnage par oxygénation ?

– Oui… en fait, non. On utilise une technique semblable mais on relève autre chose. On envoie un faisceau qui contient des détails très spécifiques. Le faisceau traverse le sujet organique, est altéré par la composition du sang et de la matière organique, et le faisceau est ensuite réfléchi par l'obstacle suivant dans ses environs ; on souhaite que ce fût quelque métal et non pas un matériau organique, et dans l'espoir que quelque fraction de cet échantillon repasse par le sujet, par sa matière organique, on mesure les mêmes paramètres. De cette manière nous recevons une confirmation. Bien sûr nous répétons l'échantillonnage un million de fois pendant quelques secondes, et à moins que les deux sujets ne soient entrelacés, ce qui s'est produit souvent dans le passé, le résultat est clair. Dans le cas des sujets entrelacés, les paramètres en conflit corrompent les résultats. Heureusement ici les deux sujets que nous avons échantillonnés semblent s'être maintenus à une certaine distance l'un de l'autre tout le temps. Et c'est comme ça que nous avons pu identifier Mahmout, sans aucune difficulté, et Al Kansii grâce à Heh et bien sûr à Li Li.

— Ces mesures, est-ce la même technique que dans la pratique médicale où on utilise une sonde autour de votre doigt pour prendre un échantillon de votre sang et en mesurer l'oxygénation sans avoir à vous piquer le doigt avec une aiguille ?

– Exactement. Mais ici nous devons détecter un signal beaucoup plus faible. Le principe, vieux de trois siècles dit-on, est le même.

– J'ai quand même une certaine inquiétude que quelqu'analyste à Golog Maqen, qu'un analyste intelligent et dédié à la cause ne soit sur la même voie. Vous devriez suivre cette piste, discrètement bien sûr.

– Oui, Professeur, je vais la suivre » , répondit Albert en quittant la petite maison dans la forêt.

Albert avait programmé les satellites du système Han pour que ceux-ci prissent des échantillons de toutes les signatures possibles d'une manière régulière dans le XinJiang Ouïghour, dans chaque centimètres carré, et à chaque seconde, et ce par plusieurs satellites simultanément. Les résultats, des quintillions d'états quantiques, ces *qubits*, avait été fournis aux ordinateurs quantiques dont une partition spéciale était le domaine exclusif d'Albert, et donc de Yu Lin. Des recherches et de l'analyse intensives de toutes ces signatures avaient conduit à la *conclusion* qu'un matériau pseudo-organique se mouvait dans les régions éloignées de l'Empire. Les *yeux* des satellites, dans la partie interdite et furtive de leur orbites, avait été ainsi programmés par Albert pour qu'ils pussent suivre la trace de ce matériau.

La matière organique est normalement très diverse, son ADN est complexe et des combinaisons innombrables d'atomes et de molécules sont présentes même dans l'échantillon le plus minuscule. Un matériau organique artificiel par contre est plus simple et plus régulier. Ces matériaux consistent en des arrangements prévisibles de molécules d'hydrogène, d'oxygène et de carbone avec l'atome occasionnel de phosphore. Ils sont donc plus faciles à détecter car ils ressortent facilement. Un cristal par exemple est plus ordonné qu'un muscle dans sa composition. De la même façon, à une masse musculaire artificielle par définition il lui manquera le grabuge dans sa structure, le grabuge qui crée la vie. Albert ne savait pas ce que le matériau représentait, peut-être de la nourriture artificielle, un robot humain qui simulait la vie ou quelqu'autre objet bizarre. Il savait cependant que deux hommes, des êtres humains réels accompagnaient ce matériau en question. Et il alerta Yu Lin. C'est tout ce qu'il pouvait faire. Il lui fallait maintenant espionner ses collègues à Golog Maqen pour s'assurer qu'ils n'étaient pas sur la même piste, ou du moins pas encore. Il décida d'aller à Golog Maqen en personne.

Ce qu'Albert ne pouvait deviner, et qu'Al Kansii ne soupçonnait pas, est que ce dont Qiqihar suivait la trace était le *collimateur* pour lequel Mahsoud avait exprimé tant d'orgueil à Paris. Rien dans l'étui en cuir où Al Kansii l'avait mis ne pouvait prévenir sa détection par des satellites suffisamment précis. En fait la signature du matériau organique simulé était si simple que même à travers les parois en céramique du NAV, les satellites d'Albert pouvaient le percevoir, contrairement aux échantillons organiques d'ADN humain réel. Pour ceux-ci Albert avait dû attendre que Mahmout et Al Kansii sortissent de leur NAV, un peu comme un message court ou un bip se transmet à travers les murs même si la réception est mauvaise, mais des conversations complexes comme celles de la voix ne peuvent le faire dans les régions de réception faible.

Qiqihar avait donc été le premier à détecter le *collimateur* et il l'avait caché de Golog Maqen. Albert savait cela. Il devait maintenant trouver un moyen de sonder les analystes de ce Centre sans révéler ses techniques secrètes ni le fait bien sûr qu'il avait dissimulé l'existence du système furtif et ses résultats récents. L'intrigue de Yu Lin, si en fait intrigue il y avait, devait réussir. Albert savait que tôt ou tard il se ferait prendre. À moins que Yu Lin ne prévalût. Il le fallait donc.

Quand Albert eut quitté la petite maison dans la forêt il se rendit à Manjouli dans un NAV. Yu Lin gardait quelques NAV à la disposition de ses visiteurs et ceux-ci étaient stationnés à la gare maglev de Manjouli où Yu Lin bénéficiait d'une grande aire réservée à son usage comme il était de coutume pour les officiels de haut niveau dans l'Empire et spécialement ceux qui avaient affaire à la sécurité nationale.

Albert monta dans le train Maglev et prit la Veine Manjouli-BeiJing vers Beijing – les Veines étaient des routes de moindre importance que les Artères majeures. Il y en avait plusieurs bien sûr. Du sud, la route principale maglev partait de la capitale du Nord – BeiJing – et avait trois connections majeures : au nord vers l'ancienne Vladivostok, au nord-ouest vers Manjouli et au sud-est en direction de la nouvelle capitale de l'Ouest, XiJing, ou comme on l'appelait souvent, la capitale musulmane de l'Empire des Han.

La Veine Manjouli-BeiJing était nouvelle, et elle permit à Albert d'éviter d'avoir à prendre l'Artère Maglev de Qiqihar et retarder ainsi son arrivée à Golog Maqen. Il se demanda quand ils construiraient une connexion directe entre Qiqihar et Golog Maqen. Bien sûr les NAV ultra-rapides permettaient aux travailleurs de se déplacer entre les deux, mais Albert en ce moment préféra l'intimité privée du transport en commun.

Au moment où Albert s'installait dans le train Maglev en direction de BeiJing, Mahmout et Al Kansii convergeaient en un point sur le bord d'un lac au nord-ouest de Manjouli pour leur rencontre avec Yakoub, le Ouïghour membre du Comité du Peuple et l'agent spécial qui conduirait Al Kansii à l'intérieur de la Chambre du Conseil du Peuple pour sa mission fatidique.

De Beijing Albert changerait de train et prendrait l'Artère Beijing-Xian et ensuite la Veine Xian-Lanjou. De Lanjou il irait en NAV à Golog Maqen, où le Centre National de la Surveillance était situé et qui se dressait sur le sommet des montagnes Kunlun.

Qiqihar, Territoire de l'Empire des Han
Latitude 48,139 Nord
Longitude 124,98 Est

Le Centre de Surveillance Annexe de Qiqihar était une version plus petite de Golog Maqen. Il avait été construit comme centre auxiliaire pour donner de la redondance. Sa taille trahissait par contre son importance et l'échelle de ses fonctions.

Yu Lin avait choisi ce site pour deux raisons primaires : sa proximité de Manjouli et donc de la petite maison dans la forêt, et sa latitude, plus élevée que celle de Golog Maqen.

Les quelques degrés additionnels de sa latitude comparée à celle de Golog Maqen lui donnaient une vue sans obstruction du territoire du Califat de quelques 20 degrés de plus en direction du sud, un avantage qui avait apparemment échappé aux techniciens de Golog Maqen.

Qiqihar aussi avait un type spécial de superordinateurs quantiques qui quoique de taille plus petite étaient de la dernière génération et incluaient des *engins d'intrication* capables d'accomplir des tâches impossibles même aux plus puissants ordinateurs de Golog Maqen et probablement même du Califat. L'intrication permettait à une série d'ordinateurs quantiques d'exécuter ces tâches en utilisant de paires successivement intriquées qui formaient ainsi des chaînes intriquées et donc de communiquer d'une façon qui ressemblait à la pensée humaine. En fait Yu Lin avait pu intriquer dans ces chaînes des ordinateurs innocents dans l'Empire pour qu'ils l'aidassent dans l'acquisition et l'analyse des données. Les chaînes s'étendaient probablement au-delà de l'Empire et incluaient certains ordinateurs du Califat que Golog Maqen avait pu intriquer indépendamment. Ainsi la partition de Qiqihar contrôlée par Yu Lin était une sorte de cerveau géant qui englobait peut-être toutes les connaissances du monde entier et utilisait les ressources de toute cette puissance liées d'une manière cohérente. Albert avait une fois suggéré qu'on appelât cet assemblage virtuel le *cerveau mondial* mais Yu Lin l'en avait dissuadé. L'infrastructure cybernétique sous le contrôle de Yu Lin n'avait pas de nom, comme il se devait de l'être car elle n'existait pas. Du moins pas officiellement.

Les applications basées sur l'intelligence artificielle y étaient de grande portée et le calcul intuitif était possible. Yu Lin s'était amusé avec de tels jouets pour que ceux-ci produisissent de la poésie, de l'humour et d'autres représentations des émotions humaines. Il demandait de temps à autre à ces ordinateurs de déterminer quelle part spécifique de sa pensée représentait un danger de détection par les machines moins avancées de Golog Maqen. De cette façon il pouvait minimiser les sessions de balayage du cerveau auquel ils devait se soumettre pour effacer les traces de ses intentions politiques, de ses actions et de ses plans et qui inscrivaient normalement en son cerveau, son cerveau humain, le résultat de ses pensées et de ses désirs.

Contrôle de l'Esprit

Les *engins à décision* agissaient un peu comme des agents psychiques. En fait ils assemblaient ce qu'on ne pouvait voir ou percevoir clairement un peu comme l'artiste formé de profession. L'artiste voit une ellipse quand le commun de mortels voit un cercle parce qu'il sait que c'est un cercle, non parce qu'il en voit un. Un vrai artiste voit des nuances de rouge et de marron dans un bleu profond alors que l'œil rustre ne voit que les couleurs de base sans profondeur, sans vie. L'idée de base des *engins à décision* était d'analyser un nombre élevé de données plus ou moins connectées, de pouvoir décerner ce qui est évident et en tirer des conclusions qu'une personne ordinaire, si elle ouvrait les yeux, pourrait voir aisément.

Par exemple un *engin à décision* pouvait recommander une politique économique ou de simples actes requis pour atteindre un résultat. Lorsque comparés avec ce qu'un cerveau humain déciderait, accablé de ses préjugés et de ses idées reçues, les résultats étaient révélateurs.

Ces moyens étaient utilisés aussi politiquement. Quand un dissident était jugé trop dangereux, un *engin à décision* était consulté pour déterminer la validité de sa cause. Quand l'*engin* concluait que la politique avancée par ce dissident était contre les intérêts de l'État, la technique avait l'avantage de donner aux autorités une sanction légale et une justification morale pour son élimination. En fait nombreux étaient ceux qui avaient suggéré que la Chute de l'Occident aurait pu être évitée si celui-ci avait eu accès à ces *engins*. Ceux-ci auraient pu en effet déterminer objectivement que la haine de soi de la classe de ses élites l'avait conduit à sa ruine. Ceci était clair aux humbles, ceux dont les préjugés et les préférences étaient d'une nature ancienne, tels que la xénophobie, la religion organisée, les sports et autres préférences sans conséquence. Pour l'élite, leur mode de penser sophistiqué avait créé une société où le droit était faux et le faux était droit, et ce qui était incroyable est que ces élites ne pouvaient le voir. Un oracle, ce que ces *engins* étaient réellement, eût donc été ce dont ces élites auraient eu besoin.

Certaines personnes, rares il faut l'admettre, peuvent prédire l'avenir en se forçant à évaluer chaque élément jouant un rôle dans une situation donnée et transforment la prémonition en prédictions logiques. Les *engins à décision* exécutaient leurs fonctions d'une manière semblable. C'était la forme ultime de la *clairvoyance*.

Comme au Centre des Hautes Études du Califat, Golog Maqen et Qiqihar faisaient de l'analyse avancée des ondes cérébrales. Ces analyses se concentraient sur les détails intimes des composants de ces ondes cérébrales. A l'instar d'une onde porteuse électromagnétique à une fréquence spécifique qui peut transporter de l'information telle que la musique ou la vidéo qui y sont intégrées, une onde cérébrale comprend une multitude de composantes dont la juxtaposition résulte des données d'entrée venant de plusieurs centres du cerveau.

Un simple exemple était donné comme suit. Une composante de l'onde cérébrale porteuse principale émanant de la partie cognitive du cerveau contiendrait de l'information d'une certaine valeur, par exemple *un mets*. Une autre composante juxtaposée à cette première composante et venant de la section appropriée du cerveau indiquerait une senteur, ou plutôt la *mémoire* d'une senteur ; une autre composante encore contribuerait à cette onde le désir d'*acquérir* le mets, et une autre de l'*absorber*. Plusieurs autres composantes raffineraient l'onde composée. Les composantes pourraient être la modulation de l'amplitude ou de la fréquence de l'onde porteuse ou des mini-ondes semi-indépendantes qui contribueraient au processus complet de cette pensée. Une analyse radicale de l'onde cérébrale résultante conduirait seulement à une conclusion sensée si un grand nombre de solutions possibles étaient simulées et vérifiées quant à leur base raisonnable. Pour une onde de seulement cent composantes, une onde plutôt rudimentaire, le nombre de combinaisons serait donné par la fonction mathématique appelée *factorielle* 100 et denotée *100!,* soit 10 suivi de 158 zéros, un nombre extrêmement grand. Les ordinateurs quantiques avec leurs processus parallèles à plusieurs couches, et ceux-ci intriqués avec les processus d'autres machines de capacité semblable étaient en mesure de produire des résultats raisonnables pour l'analyste humain en un temps acceptable. Dans l'exemple ci-dessus un résultat probable pourrait évidemment être : « *Je vois un mets, celui-ci me rappelle des bonnes senteurs, et je désire le manger* ». Un autre pourrait être : « *Je vois une mets, je désire le voler* », mais des composantes additionnelles liées à la présence ou non d'agressivité permettraient de distinguer entre ces deux possibilités évidentes. Une solution illogique serait évidemment : « *Je désire manger le mets et ensuite l'acquérir* », une solution que les ordinateurs quantiques naturellement élimineraient[16].

L'échange d'information se faisait à travers les synapses, ces quelques centaines de billions de jonctions qui connectent les dix milliards de neurones d'un cerveau humain. Bien sûr un ensemble complet d'interconnexions de tous les neurones entre eux, deux à deux, requerrait un nombre de synapses bien plus grand encore que ces centaines de billions. Ce chiffre serait une fois de plus relié à la *factorielle* de ces dix milliards et le résultat serait dénoté comme $10^x!/(2 \times 10^y!)$, x étant dix milliards et y étant dix milliards moins 2, ce qui conduirait approximativement à dix milliards au carré sur deux, un chiffre incroyablement grand. La plupart des ces connections possibles entre synapses ne sont bien sûr d'aucune utilité et

---

[16] Pour l'expression commune de l'Anglais américain : « *to have a cake and eat it too* », les ordinateurs quantiques avaient indiqué la nature illogique de ce dicton qui avait par conséquent été corrigé dans la culture populaire comme « *to eat the cake and have it too* », indiquant le désir de quelqu'un voulant les deux versants d'une proposition. La suite correcte était donc logique car elle décrivait quelqu'un voulant avoir le cake – le gâteau – même *après* l'avoir mangé, alors que le vouloir et *puis* le manger ne reflétait aucune intention incohérente.

serviraient simplement à ralentir le fonctionnement du cerveau, comme elles le feraient pour un ordinateur surchargé. Cependant ce qui est crucial est que lorsque le cerveau nécessite une synapse qui n'existait pas auparavant, ou qu'il déterminerait qu'une telle synapse fût nécessaire dû à l'activité d'une autre synapse, le cerveau est capable de créer cette jonction, cette relation, soit directement ou par l'intermédiaire d'autres synapses tout comme le fait un réseau de communication. Et c'est comme cela que le cerveau apprend et s'instruit. Ce phénomène était donc interprété par certains comme un effet tunnel d'une synapse à une autre, même très éloignée, et un accomplissement plus apte chez les personnes intelligentes, ou quelque fois même chez les fous d'une manière perverse bien entendu.

Les ordinateurs quantiques travaillant avec les cerveaux humains s'organisaient de la même manière. Des senseurs relevaient des ondes se déplaçant d'une jonction quantique à une autre tout comme l'effet tunnel le faisait entre les synapses dans le cerveau. Le même effet était observé pour des ondes subissant l'effet tunnel à travers des jonctions distantes et non physiquement connectées directement dans le cerveau, ou donc des synapses quantiques dans les ordinateurs quantiques. La superposition de ces composantes d'ondes avait conduit à l'analyse de la pensée dans le cerveau et à l'émulation de celle-ci dans les ordinateurs quantiques.

La théorie de la superposition des composantes d'ondes cérébrales extrêmement faibles, toutes éléments de matrices multidimensionnelles représentant l'activité aux synapses et dont la superposition aboutissait à la construction d'ondes cérébrales macroscopiques de peu d'information spécifique, cette théorie donc avait ouvert la voie à un champ de recherche en pleine expansion consacré à l'effet tunnel de ces composantes d'ondes, à l'intérieur du cerveau et aussi à l'extérieur de celui-ci.

À l'intérieur du cerveau d'*étranges* interconnections étaient détectées quand des composantes normalement sans rapport passaient de l'une à l'autre par effet tunnel quantique et produisaient des pensées soit incohérentes, ou soit même quelquefois le coup de génie lorsque deux concepts apparemment distincts sont soudain reliés, ce qui constitue comme certains le disent la mère de l'intuition, de l'invention. Une plaque sur le mur de la salle de conférences du Centre de Golog Maqen avait encore cette citation de Poincaré mais sans qu'elle fût attribuée :

« *C'est par la logique qu'on démontre, c'est par l'intuition qu'on invente* »

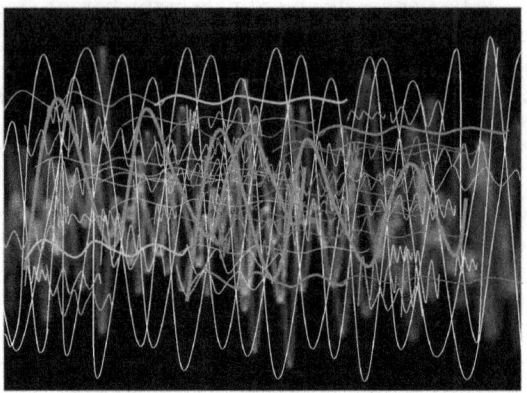

*29. Exemple de Superposition des Composantes
d'Ondes Cérébrales Rudimentaires*

L'intuition et l'invention étaient considérées comme le résultat de synapses sujettes à l'effet tunnel entre des régions cérébrales diverses et apparemment sans connexion entre elles. La folie bien sûr était considérée comme un phénomène semblable mais corrompu. Cela confirma du moins pour quelques uns le vieil adage de la culture populaire qui dit que le génie et la folie étaient les deux visages d'une même chose.

Pour l'extérieur du cerveau, la recherche de pointe s'était orientée vers la prémonition, les prophéties, la pensée dans la vie après la mort et d'autres domaines ésotériques. En particulier, la survie de la conscience après la mort, donc l'existence d'une *âme* dans la tradition religieuse était étudiée activement dans le Grand Califat.

Le balayage des ondes cérébrales d'un sujet permettait la détermination de ses intentions et de ses sentiments, et ceux-ci étaient utilisés à des fins politiques et idéologiques. De plus la manipulation des composantes de ces ondes par le placement méticuleux d'*impulsions de pensée* telles que prescrites par les ordinateurs quantiques permettait à un spécialiste d'altérer les pensées d'un sujet à volonté. Bien sûr ces expériences étaient extensives et n'étaient conduites que sur des sujets sélectionnés et n'étaient un phénomène à l'échelle de masse ni dans l'Empire ni dans le Califat.

Les Ordinateurs Quantiques

Les ordinateurs classiques étaient basés sur le stockage et la manipulation d'éléments d'information appelés *bits* qui pouvaient prendre les valeurs soit de zéro, soit de un. Les ordinateurs quantiques avaient été développés un peu plus tard c'est-à-dire deux siècles avant ces jours-ci et étaient basés sur ce qu'on appelait des bits quantiques ou *qubits*. Ceux-ci pouvaient être n'importe quelle *superposition* quantique de un et de zéro, incluant strictement le zéro et le un bien sûr comme dans les ordinateurs classiques. Le nombre de superpositions possibles de ces deux états était considéré être une fonction du nombre de *qubits* et augmentait exponentiellement lorsque comparé à un ordinateur classique. La complexité de tels ordinateurs avait retardé leur mise en œuvre effective mais quand ils eurent finalement atteint une capacité opérationnelle leur puissance était aussi exponentiellement plus élevée.

En termes simples, un *qubit* au lieu qu'il eût une valeur strictement de zéro ou de un, avait une probabilité d'avoir zéro et un simultanément et pouvait prendre les valeurs résultant des combinaisons diverses de ces deux états, chacun de ces états ayant une probabilité définie. Alors que les ordinateurs classiques exécutaient leurs opérations en usant des portes logiques binaires, les ordinateurs quantiques manipulaient les *qubits* en utilisant des portes logiques quantiques qui étaient basées sur des phénomènes quantiques tels que la superposition et l'intrication quantiques.

Au lieu d'une application dite de force brute à des séquences de ces possibilités diverses dont les ordinateurs classiques étaient accablés, les ordinateurs quantiques, des machines intrinsèquement parallèles, permettaient la considération simultanée d'opérations ou d'alternatives diverses, tout comme fonctionne le cerveau humain. Non seulement cette méthode produisait-elle des résultats plus rapidement, mais des solutions interdites auparavant telles que l'analyse de l'esprit et de la pensée qui étaient prohibitives ou simplement impossibles avec les ordinateurs classiques était entrées dans le domaine du possible. L'intelligence artificielle avait finalement trouvé sa plateforme opérationnelle.

Yu Lin pouvait parler en prose ou en vers à son ordinateur et celui-ci lui répondait intelligemment.

En tant que nœuds de communication, les ordinateurs quantiques utilisaient l'intrication pour déterminer l'état d'un *qubit* qui n'avait donc pas besoin d'être effectivement transmis. Et des perturbations méticuleusement calibrées produisaient des effets corrélés à distance. La communication quantique avait rendu la communication classique efficace et sûre en transmettant seulement une clé de corrélation qui permettait au récepteur de recréer l'information réelle, donnant ainsi un exemple crédible de téléportation de l'information proprement dite.

Entre temps à Golog Maqen, le jeune analyste Soun alerta son supérieur et l'informa qu'il avait observé un phénomène irrégulier concernant quelque matériau apparemment organique et qui se produisait en des espaces divers du territoire Han et à des moments différents. Ce qui intrigua Soun était que le matériau observé semblait avoir une signature qui corrélait parfaitement d'une détection à l'autre. Il avait conclu que le matériau se déplaçait et n'était pas quelque sorte de déchet qui se produisait en plusieurs endroits à la fois. Il avait aussi remarqué que quand le phénomène était observé à un certain point, il ne pouvait être observé en aucun des points précédents. Ceci indiquait du transport, ou du mouvement.

Son patron, Jeh Ha, lui posa une question simple :

« Combien de mesures as-tu-prises ?

– Huit, répondit Soun.

– Huit ? Huit ce n'est rien. Tu entends des voix. Va en relever quelques millions et ensuite on pourra en parler. »

Soun se retira avec respect, un peu déçu.

3

Le Conseil Du Peuple

Après un peu plus de deux heures de route Mahmout et Al Kansii firent rouler leur NAV vers un petit lac au nord-ouest de Manjouli. Ils se dirigèrent lentement vers une petite maison au bord du lac et s'arrêtèrent.

Ils attendirent là et exactement treize minutes et douze secondes après leur arrêt complet, la porte de la maison s'ouvrit. Cinq secondes plus tard le NAV roula vers la maison et s'arrêta à mi-chemin. Le protocole de la rencontre, ou son code, avait alors été exécuté. Mahmout et Al Kansii sortirent du NAV et Yakoub, du Comité du Peuple, les accueillit d'un simple hochement de la tête. La porte de la maison était encore entr'ouverte et Al Kansii put y apercevoir la silhouette d'un homme musclé de taille moyenne. Quoiqu'aucun mot ne fût échangé, les quatre hommes entrèrent dans la maison et s'assirent autour d'une table carrée. Yakoub s'adressa alors Al Kansii:

« Soyez le bienvenu en Mandchourie. Vous devez être celui du Califat, dit-il.

– Oui » , fut la simple réponse d'Al Kansii.

À ce moment-là Yan se leva et signala à Mahmout qu'il était temps qu'il partît. Mahmout se leva alors et regarda Al Kansii d'un air triste. Ils avaient voyagé ensemble dans un monde aux paysages variés et pleins d'histoire. Le voyage dans le NAV avait été presque magique, du moins aux yeux d'Al Kansii. Sans attendre une invitation de Yakoub ou la permission de le faire, Al Kansii se leva soudain et échangea une embrassade avec Mahmout qui alors se tourna et quitta la pièce et Al Kansii put percevoir qu'il avait les yeux enflés et rouges.

Al Kansii vit alors la grande sphère du NAV s'éloigner dans son roulement. C'était une vue étrange. Quoiqu'il en eût vu la projection holographique de l'intérieur du NAV grâce à la réflexion troposphérique, de le voir pour de vrai valait le coût. Un peu comme le lancement d'une capsule de la *Ma Sling*, l'expérience réelle ne pouvait être répliquée par l'imagerie indépendamment de la précision de celle-ci. Il pensa encore à ce que le Califat avait manqué en refusant de développer un NAV. Si jamais il retournait il introduirait certainement ce véhicule… mais il ne retournerait pas. Al Kansii remarqua que bien que sa mort eût été planifiée et donc fût certaine, il continuait instinctivement à faire des plans pour l'avenir comme s'il allait un jour rentrer chez lui. Il était difficile d'éviter de tels réflexes naturels, de tels instincts, même pour un martyr.

Quand les trois, Yakoub, Yan et Al Kansii furent de retour à la table, Yakoub commença :

« Voici notre plan. Un peu plus tard aujourd'hui nous nous rendrons à Qiqihar avec notre propre NAV. Là vous allez subir une reconstruction faciale par imagerie quantique pour vous préparer à entrer dans la Chambre du Conseil du Peuple pour le compte de notre commandant, l'homme que vous connaissez comme le *contact*. Vous serez lui. Entre temps, j'aimerais que vous expliquiez à Yan les détails de votre arsenal et ses fonctions pour assurer le succès de la mission. »

Arsenal

Yan conduit Al Kansii dans une autre pièce où Al Kansii ouvrit son étui de cuir. Yan semblait surpris par l'aspect peu familier des appareils que l'étui contenait ; ces appareils n'avaient pas l'air d'armes puisque c'était surtout des prototypes de pointe. Yan en saisit un qui lui semblait proche d'un pistolet et demanda :

« C'est ça l'arme ?

– Non, c'est une arme mais pas *l'arme*, dit Al Kansii en replaçant le Pistolet à Projectiles Congelés dans son creux préformé au fond de l'étui…C'est pour les cas d'urgence. On ne l'utilisera plus, ajouta-t-il sans vouloir en dire plus.

– Alors, où est l'arme ?

– Là. Ça s'appelle un *collimateur*, mais on l'appelle quelquefois un *collimator*.

– Quoi ?

— Ce n'est rien. Cet appareil peut concentrer la Cape de l'Ange de la Mort sur la cible.

– Je vois. »

Al Kansii alors expliqua la science et la technologie qui formaient les fondements de l'Ange de la Mort et du *collimateur*.

« Vous voulez dire que ces rayons, ces faisceaux sont déjà là ? demanda Yan.

— Ils sont partout. Ils sont ici aussi. Ils sont dans tout l'Univers depuis le Grand Boom. Nous n'avons pu les exploiter à cette fin auparavant. En fait à aucune fin. En ce moment même cinquante milliards de neutrinos viennent de passer à travers nos corps et nous ne les avons même pas remarqués.

— C'est vraiment un Ange de la Mort alors, dit Yan. Qu'est-ce-qui arrive à la personne derrière ce *collimateur* ? N'est-ce pas dangereux ? »

Al Kansii fut surpris par la question. Est-ce que Yan se souciait de sa santé à lui Al Kansii ? Probablement pas. Yan était un soldat, Al Kansii pouvait le voir. Yan ne semblait pas avoir beaucoup d'émotions, par conséquent la raison pour laquelle Yan voulait connaître les effets de l'Ange sur la personne tenant le *collimateur* laissa Al Kansii un peu perplexe.

« Ça, c'est à Allah de décider, répondit-il.

– Je vois, bien sûr. Et ça ? demanda Yan.

— Oh c'est le Pistolet à Impulsion Quantique Unique. Si tout s'écroule, vous pouvez vous défendre alors avec ce truc ou plutôt *en finir* avec vous-même et tout le monde autour de vous. On dit que c'est très douloureux, mais vous pouvez choisir votre enfer.

– Qu'est-ce-que ça veut dire ?

— Vous pouvez accélérer vos processus biologiques, ou les décélérer par action sur vos enzymes. Voyez-vous, l'effet tunnel quantique peut soit accroitre, soit restreindre les enzymes.

– Mais si vous devez l'utiliser contre vous-même et vous dites que c'est douloureux, pourquoi pas ne pas utiliser simplement du cyanure, et en finir avec moins de souffrance ?

— Parce que vous existez après. Je veux dire votre corps est encore là et on peut vous identifier et suivre la trace jusqu'au sommet du complot. Avec ça, quoique douloureux, seulement votre âme survit. Et elle monte directement aux cieux.

– Je vois. Ça a du sens. Donc le *collimateur* d'abord, et ensuite si les choses vont mal, l'Impulsion Unique, correct ?

– Oui. Est-ce que vous anticipez des problèmes ?

– Non, ces deux appareils devraient suffire. Et celui-ci, qu'est-ce-que c'est ?

– Oh, le propagateur de faisceaux à quarks. C'est vraiment un prototype. Personne ne sait exactement comment il fonctionne, ou même pourquoi il fonctionne. On m'a dit de ne pas le toucher... à moins que bien sûr tout le reste échoue. Alors on pourrait l'essayer. Il est possible que tout aille avec, c'est-à-dire le monde entier, ou rien du tout s'il ne marche pas. Qui sait ? Je ne suis même pas sûr que les scientifiques qui l'ont développé le sachent non plus.

— Voici les sources d'alimentation. On me dit qu'elles marchent sur n'importe lequel de ces appareils. On les chargera quand nous serons plus près.

— Oui. J'allais vous demander. Vous dites *nous*, est que c'est vous qui venez avec moi, ou votre collègue ?

— ...Euh... vous voulez dire Yakoub. Oui il va... avec vous. Je suis ... je suis simplement son conseiller... son conseiller technique.

– Est-ce que ça n'aurait pas plus de sens que ce soit lui...je veux dire, qu'il en sache plus sur ces appareils ?

— Il n'est pas très compétent dans les techniques ou dans les armes... c'est un politicien. Il n'utilise pas les armes ou fait-il la guerre. Il s'arrange pour que les autres le fassent pour lui. Mais je vais l'en instruire. Je suis le seul qui puisse lui expliquer les choses complexes en termes simples. Ce n'est qu'un politicien. Je crois qu'il était juge, ou avocat, avant. Il ne comprend donc rien du réel. C'est un politicien maintenant.

– Je vois.

– Il faut qu'on y aille maintenant », dit Yan.

Les trois se dirigèrent vers l'arrière de la maison où un NAV se trouvait dans une sorte de hangar ouvert. Ce NAV semblait être plus récent que celui de Mahmout. Al Kansii pouvait le voir aisément. Ce NAV avait l'air plus racé.

Les trois s'installèrent à l'intérieur. Ce NAV avait trois sièges côte à côte, et il n'y avait pas de rayons en son centre. C'était une sphère vide, et la lumière extérieure s'y infiltrait amplement. Le NAV avait l'air très confortable et très agréable.

Yan remarqua l'air surpris d'Al Kansii.

« C'est un nouveau modèle. Sans rayons. On a des nano-activateurs à plasma qui nous donnent un contrôle parfait de la tenue de route et une atmosphère comme chez soi à l'intérieur. Ces nano-propulseurs sont tout autour et on les contrôle avec notre mini-ordinateur quantique. De cette façon on n'a pas de ces rayons dangereux et on peut accepter plus de passagers. Celui-ci est pour trois personnes. Aussi la navigation est totalement automatique, et il est compatible avec le système maglev.

— Compatible avec le système maglev ? demanda Al Kansii comme se parlant à lui-même.

– Ce n'est pas un véhicule maglev, mais il peut rouler, glisser plutôt, sur nos routes maglev et donc être intégré aux systèmes de contrôle de la circulation. Ainsi vous n'avez pas besoin de détourner votre attention de vos activités. Et si vous devez quitter le système maglev vous pouvez le faire. Les autres véhicules maglev ne peuvent pas en faire autant. Ils sont comme les trains d'antan. Ils sont coincés sur leurs rails... » ajouta Yan en riant très fort.

Al Kansii ne voyait pas l'humour dans ces remarques mais ils ria légèrement par politesse envers Yan. Yan, qui se disait technicien avait ce type d'humour, c'est-à-dire qu'il en avait un manque total. En plus, il n'y avait aucune chaleur dans ses manières.

Le NAV roula en toute douceur au sud-est vers Qiqihar. Le premier arrêt des trois voyageurs était non pas le Centre Annexe mais la mosquée de Boukouï au sujet de laquelle Yakoub avait dit à Al Kansii qu'elle était la plus grande et la plus ancienne dans la province de HeilongJiang, et qu'elle précédait la ville même de six ou sept ans, il ne s'en souvenait pas exactement. En tout état de cause Yakoub semblait fier que la cité et la mosquée fussent vieilles de plus de cinq siècles.

Al Kansii et Yakoub entrèrent dans la mosquée et prirent quelque temps pour visiter les lieux et faire leurs prières pendant que Yan, qui n'était visiblement pas musulman attendit dehors et s'occupa à revoir les armes dans le coffret d'Al Kansii. Il semblait intrigué et peut-être préoccupé aussi. Ce qui l'inquiétait c'était l'impact du *collimateur* sur la personne qui le manipulait, presque comme si c'était lui qui allait réaliser la mission. Al Kansii avait déjà remarqué cette préoccupation mais ne pouvait discerner aucun fait objectif auquel il pût attacher sa logique incertaine. Al Kansii n'était après tout pas un *engin à conclusion*. Il sentait simplement quelque chose et il aurait aimé pouvoir sortir de son propre corps et voir la réalité telle qu'elle était, mais l'homme avait désiré cela depuis la nuit des temps quand il sentait quelque chose mais que son cerveau refusait de lui dire ce que c'était exactement.

Yakoub et Al Kansii émergèrent de la mosquée où ils avaient prié en faisant face à l'ouest. Ils paraissaient reposés et en paix, d'une paix intérieure. Yan nota leur sérénité, une chose qu'il savait qu'elle lui manquait. Peut-être dans une prochaine vie il serait un peu moins robot, pensa-t-il.

Leur arrêt suivant était le Centre de Surveillance Annexe de Qiqihar. Al Kansii demanda à Yakoub pourquoi le Centre Annexe était situé à Qiqihar et s'il y avait des fonctions qui lui étaient réservées et que Golog Maqen n'avait pas, ou vice versa. Yakoub répondit qu'il ne savait pas. Yan avait peut-être raison, Yakoub ne semblait pas savoir grand chose. D'après ce qu'Al Kansii pouvait voir, Yakoub ne jouait pas de jeux et il ne cachait rien. Il semblait qu'il ne savait vraiment pas. Yakoub se préoccupait de choses autres que la science, la technologie ou quoique ce soit qui fût relié à la réalité comme la surveillance. Al Kansii conclut, comme Yan l'avait indiqué, que peut-être était-ce de cette manière que les politiciens et les juges pensent, ou plutôt évitent de penser.

Les portes du Centre de Qiqihar étaient gardées mais leur NAV semblait avoir les autorisations nécessaires. Ils s'arrêtèrent à côté d'un petit édifice dans le complexe qui semblait être une annexe de l'Annexe. Sur sa façade les mots Laboratoire d'Imagerie Quantique étaient inscrits dans ce qui paraissait être une enseigne peinte à la main. Al Kansii fut un peu surpris qu'une science aussi avancée que celle qu'il pouvait deviner qu'elle se pratiquait dans ce laboratoire ne lui eût conféré plus d'importance pour que ce laboratoire méritât une enseigne faite professionnellement.

Une fois à l'intérieur, un certain Docteur Jou Chi les accueillit d'un air professoral et sans un mot. Yakoub et le docteur échangèrent quelques murmures qu'Al Kansii ne pouvait comprendre et le Docteur Jou leur montra quelques exemples de visages dans un espace holographique. Quand Yakoub sembla acquiescer, Jou fit un geste à Yan dans la direction d'une pièce, et à Al Kansii vers une autre pièce adjacente. Al Kansii n'aimait pas la nature passive de ces évènements, il était un homme d'action mais il n'avait pas le choix. Il ne pouvait pénétrer dans la Chambre du Conseil du Peuple de lui-même. Il avait besoin de ces deux étranges individus pour l'aider à le faire. Ils étaient les contacts et il devait présumer qu'ils répondaient aux instructions et aux ordres correctement et qu'ils poursuivaient la même mission que lui.

Al Kansii resta tout de même songeur. Pourquoi est-ce que Yan était entré dans une pièce adjacente ? Yakoub était visiblement resté dans l'antichambre. Al Kansii pouvait comprendre que ses propres traits faciaux allaient être altérés pour émuler ceux du visage dans la projection holographique d'il y avait quelques minutes. Comment, il ne pouvait le dire. La personne dans la projection était visiblement un Han, mais Assame et Dromm lui avait assuré que les Han savaient comment le faire. Et ses propres recherches indiquaient que les altérations faciales pouvaient être effectuées et pouvaient durer quelques jours ou même plus. Il n'avait d'autre choix que de se conformer. De plus, les trois Han, même Yakoub, n'étaient pas très loquaces. Il était difficile d'extraire des mots de ces gens.

Al Kansii entra dans sa Chambre avec son étui.

À peu près deux heures plus tard, Yakoub accueilli en souriant le nouveau Yu Lin qui émergea dans l'antichambre avec son étui de cuir. Il ressemblait vraiment à Yu Lin. Yakoub remercia le Docteur Jou et les deux, Yakoub et le nouveau Yu Lin prirent un véhicule maglev personnel et sortirent du complexe.

Une Réunion du Conseil du Peuple

Les membres du Conseil du Peuple s'était réunis plusieurs fois avant cette occasion. Une des réunions les plus remarquables était celle qui avait eu lieu du temps de l'ouverture du Centre National de la Surveillance de Golog Maqen, et où Yu Lin avait été invité à présenter de façon confidentielle les compétences de l'Empire relatives à la détection des mesures que le Califat avait déployées contre lui.

« Camarade Yu, je vous ai demandé d'exposer au Conseil les méthodes de détection au-delà de celles qui sont évidentes. »

Yu Lin s'était levé et était allé directement au point.

« Oui, Camarade Souverain Suprême, dit Yu Lin. Et ceci est un point relativement faible de notre part, mais on peut le transformer en un avantage.

« Une méthode de transmission développée il y a bien longtemps est celle des ondes de neutrinos, comme vous le savez tous. J'insiste ici sur les mots méthode de transmission car nous avons plusieurs raisons de penser que le Califat ait décidé d'aller au-delà de la communication ou la transmission et dans la destruction, dans le développement d'armes qui utiliseraient cette même méthode.

« Comme plusieurs de vous le savent déjà les détecteurs de neutrinos, et je vous prie de m'excuser car vous devez le savoir mais je rappellerais qu'il ne faut pas les confondre avec les neutrons qui sont à la base de nos bombes à neutrons, et que j'expliquerai plus tard par rapport aux méthodes quantiques de désintégration, comme je disais, les détecteurs à neutrinos sont difficiles à construire.

« Les neutrinos ont une masse presque nulle, et n'ont pas de charge électrique. Ce sont des électrons neutres en un sens. Ils peuvent se déplacer dans de grandes distances et une fois émis ici peuvent se trouver de l'autre côté de la terre presqu'instantanément. Aucun obstacle de matière ordinaire ne les perturbe, comme les murs, les montagnes, même la terre entière. Oui un neutrino peut apparaître de l'autre côté de la terre. Le fait qu'ils puissent passer par toute la matière signifie aussi qu'ils passent aussi à travers leurs détecteurs.

« Initialement donc les neutrinos avaient du potentiel en tant que méthode unique de communication, spécialement pour les activités militaires des sous-marins, car les ondes électromagnétiques ne se transmettent pas facilement dans l'eau, et les ondes acoustiques ont les limites que nous connaissons, et surtout que leur utilisation peut être fatale du fait qu'elles sont facilement détectables. Les ondes de neutrinos présentaient alors une grande opportunité.

« Comme je le disais, les neutrinos peuvent se déplacer en des distances quasi infinies sans aucune atténuation mesurable, et traversent même les galaxies sans être détectés, ou presque. C'était alors l'espérance, et le problème. Et dans notre cas, le problème est encore exacerbé par notre géographie.

« Je disais sans être détectés. Pas exactement. Bien sûr, comment pourrait-on observer quelque chose, ou déterminer l'existence de ce quelque chose si on ne peut la détecter ? » Yu Lin fit une pause pour créer de l'anticipation dans l'audience.

« Ah, c'est là que la science est extraordinaire. Il y a plus de deux siècles, continua Yu Lin, une particule neutre fut d'abord *postulée* par un des ces scientifiques éminents de l'Occident, quand l'Occident était dans son âge d'or. Et cette particule fut postulée pour résoudre des conditions de conservation de l'énergie, de l'impulsion et du moment angulaire quand un neutron dans un noyau atomique se désintégrait en un proton et un électron. Dans cette désintégration on avait observé qu'une particule supplémentaire était nécessaire pour rétablir l'équilibre. Ils l'appelèrent le neutrino, de symbole ν, la lettre grecque *nu*. » Et Yu Lin d'écrire la relation suivante dans l'espace holographique de la Chambre :

$$p^+ + \nu \rightarrow n^0 + e^+$$

où un neutrino fait qu'un proton se décompose en un neutron et un positron. Et Yu Lin d'ajouter :

« Bien sûr les antineutrinos se produisent quand un neutron se décompose en un proton et un électron. » Et il écrivit :

$$n^0 \rightarrow p^+ + e^- + \nu^{-1}$$

« Des décennies plus tard, des expériences confirmèrent l'existence d'une particule élémentaire qui se déplace à près de la vitesse de la lumière, et qui ne possède pas de charge électrique, donc du neutrino.

« Ce que nous savons cependant est que les interactions des neutrinos sont dues à ce qu'on appelle *l'interaction faible* ou la *force faible* qui est d'une portée beaucoup plus courte que celle de la force électromagnétique qui nous est familière à tous, et de nos jours on utilise cette particularité pour permettre leur détection. Bien sûr plusieurs de ces méthodes sont classées comme secrètes, et je ne suis pas ici pour les publier, en présumant que vous puissiez tous le comprendre … »

Un rire général et gêné se fit entendre dans la Chambre. Yu Lin continua :

« La courte portée de la *force faible* permet aux neutrinos de traverser d'énormes distances dans la matière ordinaire, et comme je l'ai dit, sans qu'ils soient perturbés. Quoiqu'ils fussent considérés, ou même *postulés,* comme n'ayant probablement pas de masse, on a observé que les neutrinos ont en fait une masse, bien qu'extrêmement faible, et donc interagissent avec la force gravitationnelle, une force encore plus faible que la *force faible.*

« Comme indiqué plus tôt, un neutrino est créé quand la décomposition d'un noyau se produit. Lorsqu'il est associé avec un proton qui se transforme en un neutron, on l'appelle un neutrino-électron. Deux autres formes de neutrinos furent postulées plus tard, et ensuite observées, le neutrino-*muon* (v_μ) et le neutrino-*tau* (v_τ). La forme qui nous intéresse le plus est le neutrino-*tau,* qui a la masse la plus élevée, et qui est donc le plus facile à détecter. » Yu Lin fit alors une longue pause en partie pour créer encore de l'anticipation mais aussi parce qu'il croyait que ce qu'il allait dire était d'une importance grave.

« On a pu observer, continua Yu Lin, que les neutrinos-électron peuvent se muer en les autres formes sous certaines conditions. Et cette mutation permet leur détection pendant qu'elle se produit. Cependant et ce qui est important ici est le fait que l'état de migration d'une forme à l'autre n'est pas instantané. La mutation dure un temps court, un temps fini et non nul. On a aussi observé, spécialement quand plusieurs faisceaux de neutrinos subissent cette transformation quelque peu simultanément et dans un espace commun délimité, il arrive que dans ce cas une *mixture* des trois types de neutrinos peut être induite et survit pendant quelques unités temporelles de Planck. Ce qui est remarquable est que si l'induction de cette *mixture* est faite près d'une usine à neutrinos, et si cette usine produit des neutrinos intriqués, la mixture est recréée pendant ces quelques unités temporelles de Planck mais alors ailleurs. Pourquoi est-ce cela remarquable ? »

Yu Lin fit encore une pause pour permettre aux membres de l'audience de reprendre leur souffle intellectuel.

« Cela est remarquable, continua-t-il, parce qu'on a aussi observé que cette *mixture* est très nocive aux structures atomiques fondamentales du corps humain. Il en est ainsi car plutôt que de traverser le corps comme le ferait normalement n'importe quel neutrino, pour quelque raison que l'on ne connaît pas ce cocktail, comme je l'ai déjà dit, peut induire la désintégration des noyaux de certains éléments.

« On sait depuis des siècles qu'un atome de chlore est converti en un atome d'argon, et celui du germanium se transforme en celui du gallium, et que l'inverse est aussi possible, toutes ces mutations étant le résultat de l'absorption ou de la production d'un neutrino. En d'autres mots les neutrinos peuvent causer des mutations à l'intérieur des noyaux donc changer un élément en un autre. Pour des raisons que l'on ne comprend pas encore entièrement, ce *cocktail* peut induire la désintégration du noyau de certain éléments, spécialement celui du carbone, un des ingrédients de base des cellules organiques, en le noyau d'un autre élément, le bore, un metalloïde. Si on considère les atomes de chlore et d'argon, deux éléments voisins dans la Table des Éléments, on remarque que les deux ont une couche intérieure de deux électrons, une couche intermédiaire de huit électrons et une couche extérieure de sept électrons pour le chlore et huit pour l'argon. Le chlore a aussi 18 neutrons alors que l'argon en a 22. De la même façon les structures pour les deux voisins, le gallium et le germanium, sont très près l'une de l'autre : 2, 8, 18, 3 et 2, 8, 18, 4 pour les électrons et 41 et 31 pour les neutrons respectivement, et ces deux éléments se transforment l'un en l'autre quand des neutrinos prennent part à certaines interactions.

« Le noyau de carbone a deux électrons extérieurs et nous croyons que le *cocktail* attaque ceux-ci en tant que paire, forçant ainsi le noyau à devenir un noyau de bore. Quand toutes ces interactions causées par le cocktail de neutrinos prennent place, un équilibre général de neutrons, protons et électrons doit en résulter. Le reste de ces particules se combine alors et cause la mutation d'autres éléments aussi, ceci étant bien sûr facilité par les neutrinos ambiants du cocktail, et cette dance continue jusqu'à ce que tous les atomes de carbone eussent disparu et alors de la matière résiduelle est observée.

« En conséquence les atomes d'oxygène et d'hydrogène résiduels se combinent pour former de l'eau, et un amalgame de divers atomes et ions essaie de trouver son équilibre en la forme d'autres éléments, ou dans le cas des électrons ou ions résiduels, en des décharges électrostatiques. Le point essentiel ici est que sans atomes de carbone, les molécules nécessaires à la structure qu'on appelle ADN se désintègrent. Sans structure ADN et sans carbone, le corps humain, la chair, les os tels que nous les connaissons n'existent pas. Suivant le niveau d'énergie et le nombre de neutrinos présents, cette désintégration peut être plus ou moins rapide. »

Après une brève pause, Yu Lin continua :

« Si l'on plaçait près d'une cible humaine un appareil qui pût *collimater* de telles *mixtures* de neutrinos, et que ceux-ci arrivassent depuis de vastes distances et pussent être manipulés depuis ces même distances par intrication, on pourrait éliminer une cible humaine ou animale ou de quelqu'autre matériau organique, en faisant que tous les atomes qui composent cette cible fussent affligés par cette transformation de leur noyaux. Les noyaux de ces atomes, spécialement ceux du carbone, deviendraient ceux du bore, ou comme on l'a aussi observé, de l'azote qui se trouve à côté du carbone dans la Table des Éléments. Comme je l'ai dit plus tôt le reste des électrons errent et se placent sur d'autres ions ou simplement produisent un grand nombre de décharges électrostatiques, et les atomes d'hydrogène et d'oxygène alors libres se combinent pour ne laisser que ce qu'on appelle une *flaque*. Un corps humain peut donc se désintégrer en une flaque d'eau, ou quelque chose contenant de l'eau. Oui bien sûr, quelques autres métaux et des metalloïdes se trouvent en la forme de granules très petits. Quelqu'un qui aurait été vivant quelques fractions de secondes plus tôt, simplement disparaît. Nous croyons que le Califat aurait peut-être perfectionné cette arme.

« Bien sûr, et ceci est de bon augure, quelqu'un doit être présent pour éradiquer une cible. À notre connaissance l'intrication quoiqu'intrinsèquement possible à distance, commande seulement à la particule jumelée de subir les mêmes changements que sa particule correspondante subit au loin. Cependant le ciblage à distance n'a pas encore pu être accompli. Ce n'est peut-être qu'une question de temps, ou même *interdit* par les lois de la Physique. On ne le sait pas encore. Ce que cela signifie par contre est que quelqu'un ou quelque chose doivent être physiquement en présence de la cible, et être en position de recevoir le signal, de recevoir le feu vert de la part du côté intriquant pour viser la cible.

« De plus, on ne sait pas si tout ceci est même pratiquement possible. Nous n'avons aucune confirmation que la détection, même dans la sécurité du Califat puisse être accomplie si facilement et d'une manière indétectable, et nous n'avons pas encore observé de telles tentatives. Et finalement nous ne savons pas s'ils peuvent combiner les trois types de neutrinos et les intriquer, même pendant un temps court. Théoriquement il semble que ça ait du sens, mais en pratique, on ne le sait pas. Une chose dont on est sûr est que le Califat de l'*Al Andalous* où la plupart de ces recherches ont eut lieu a perdu un nombre inhabituel de scientifiques dans des tests secrets.

« Tel est l'état des choses aujourd'hui » , Yu Lin de conclure.

Yu Lin fit une dernière pause et avait l'intention de rester en silence jusqu'à ce que le Souverain Suprême l'invitât à donner des informations supplémentaires à ceux qui s'étaient assemblés là. Il savait ce que Yan avait rapporté. Ce qu'il prétendait ne pas savoir, il le savait. C'était de peu d'importance puisqu'aucun de ces hommes présents dans l'audience n'existerait bientôt plus si Al Kansii exécutait sa mission come prévu. Yu Lin savait que le Califat de l'*Al Andalous* avait percé le défi technique du ciblage par l'appareil qui manipulait ces faisceaux intriqués, et que le Grand Califat en *Améristan* avait maitrisé le problème de la détection et le défi de l'intrication, du moins en autant que les besoins de cette mission spécifique le requerraient.

Pensées Inquiétantes

Yu Lin but un autre verre d'eau. Il se sentait excité mais commençait à être fatigué. Il était dans son élément. Ah, qu'il pouvait briller ! Il le savait. Il pensait aussi que même le Souverain Suprême le trouvait plus capable intellectuellement que lui-même, ce qui était vrai. Mais le Souverain Suprême savait des choses qui semblaient échapper à Yu Lin. La prouesse intellectuelle n'est pas nécessairement la puissance. Bien sûr les dirigeants, les chefs, les leaders sont intelligents mais ils n'ont pas besoin d'être des génies. En fait, ils ne devraient pas être des génies même si rarement ils l'étaient de toutes manières.

Yu Lin savait que le *génie* était naturellement honnête envers la science et la réalité. On ne peut pas tricher avec les lois du monde physique, avec le caractère immuable de la nature. On peut par contre manipuler les personnes, et les chefs de tous temps en ont fait ainsi. Ils avaient manipulé les masses, les conquis, les riches, les pauvres, les fous et les malins. C'était ça le leadership. Pas la compétence intellectuelle. Triste mais vrai. Ainsi Yu Lin savait que le Souverain Suprême se sentait en sécurité même si les membres assemblés là considéraient que Yu Lin avait un quotient intellectuel plus élevé que celui de tous les autres. Yu Lin savait tout cela bien sûr mais quelque chose en lui disait que l'heure pour que la capacité intellectuelle vraie prévalût était arrivée. Cela changerait la nature des relations entre les humains et leurs leaders.

C'était quoi un chef, un leader après tout ? Et pourquoi quelqu'un était leader ? Pour Yu Lin c'était une des questions les plus importantes. La plupart des leaders ne savent pas grand-chose sur quelque sujet spécifique, quel qu'il soit. Mais ils connaissent la personne, le caractère humain. Ils attirent des fidèles qui les suivent, des gens prêts à les servir. Les intellectuels comme Yu Lin produisent souvent sur autrui l'effet contraire. Par leur intelligence ils attirent de l'envie, de la jalousie et de l'antagonisme tout court. Un technocrate d'intelligence moyenne préférerait comme patron quelqu'un qu'il saurait assez intelligent, mais pas trop, plutôt que quelqu'un qu'il saurait être un génie. Pourquoi ? Yu Lin essayait de répondre à cette question mais il savait qu'il n'était pas psychologue, en présumant que les psychologues sachent quoique ce soit de la condition humaine bien sûr. Peut-être était-ce parce que les gens se sentent inférieurs en présence de ceux d'un intellect supérieur, alors que des leaders compétents, *mais pas trop*, décisifs et qui semblent puissants sont capables de s'imposer, comme ça. C'est ce qui était arrivé au Conseil quelques années auparavant quand le Souverain Suprême avait prévalu. Yu Lin avait été brillant dans sa présentation, plus qu'aucun d'entre eux. Tout le monde le savait. Ils en firent même des commentaires après la sélection. Et encore, librement, ils avaient choisi le Souverain Suprême, et pas lui.

Yu Lin savait que le Souverain Suprême n'était pas un simplet bien sûr, mais à part son intellect il était *charismatique*, il avait du *yin et* du *yang*. Yu Lin avait peut-être trop de *yang* et pas assez de *yin*. Il était aussi beaucoup plus court de taille que le Souverain Suprême, plus mince et probablement moins fort. Peut-être était-ce cet instinct primordial qui avait survécu des dizaines de milliers d'années et qui dit qu'une tribu choisissait un leader qui serait fort et pourrait de ses mains nues la sortir, littéralement, de quelque pétrin où elle se serait enlisée. Et l'humanité n'avait pas encore évolué, du point de vue cérébral, pour qu'elle pût reconnaître les formes supérieures de leadership pour lesquelles Yu Lin croyait que l'heure était arrivée.

Yu Lin bien sûr avait un plan. Il ferait en sorte que l'Empire aurait un leader avec le quotient intellectuel le plus élevé parmi tous les prétendants. Ce serait un pas vers l'avant pour l'humanité. Le triomphe de la capacité intellectuelle sur les talents insignifiants.

Yu Lin se rappela que les élites dans l'Occident d'antan considéraient toujours ceux de leurs dirigeants qui étaient patriotes comme moins intelligents qu'elles ne l'étaient. Elles les avaient même appelés idiots. Peut-être qu'ils l'étaient lorsque comparés aux génies. Mais ils n'étaient réellement pas plus bêtes que les charlatans de la soi-disant élite qui informait les masses, et les conduisirent en fin de compte à leur chute ; ou à leur renaissance comme le croyait le Califat dans sa version officielle des évènements d'il y avait deux siècles. Peut-être qu'une renaissance était nécessaire après tout. Aucune élite dans le Califat ou dans l'Empire des Han ne raillait les siens. Et si elles le faisaient, ces élites ne seraient plus.

En tous cas, Yu Lin était prêt. Il ne pouvait revenir en arrière. Quoiqu'il se vît comme politiquement astucieux, il était au fond un scientifique, et donc politiquement pas très compétent. Perdu dans ces considérations historiques et psychologiques, son esprit erra encore un peu plus. La Science surtout l'intriguait, et il commença à essayer de comprendre comment le Califat avait pu détecter et contrôler ces faisceaux de neutrinos.

Usines à Neutrinos

La détection de neutrinos avait toujours été un problème depuis les jours où ils avaient été postulés. Les neutrinos ont une masse pratiquement nulle et n'ont pas de charge électrique. Puisqu'ils n'interagissent avec presque rien, non seulement ils traversent les planètes et les galaxies sans qu'ils se fassent remarquer mais ils traversent de la même manière leurs détecteurs potentiels.

Bien sûr la théorie quantique permet toujours à certain nombre de neutrinos de se faire observer par un détecteur, puisqu'elle se base sur la distribution des probabilités. Afin de pouvoir détecter un nombre significatif d'entre eux, des détecteurs de neutrinos géants furent par conséquent construits. Et afin de pouvoir discerner les neutrinos des autres radiations de fond ces détecteurs furent aussi souvent souterrains.

Aussi les neutrinos interagissent de préférence avec les noyaux de masse plus élevée qu'ils transforment en d'autres noyaux, et puisque la probabilité de ces interactions croît avec le nombre de neutrons et de protons dans le noyau original, ces conditions donnent un moyen de détecter ces neutrinos élusifs.

On savait qu'une fraction de l'énergie des réacteurs nucléaires rayonnait toujours en tant qu'antineutrinos et dont un pourcentage faible était détectable si l'énergie de ceux-ci étaient au-dessus d'un certain seuil, typiquement 1,8 MeV[17]. Le reste traversait l'enceinte pour disparaître dans la terre et à travers celle-ci dans le cosmos.

De la même façon, les accélérateurs de particules pouvaient aussi produire des neutrinos. En créant des collisions entre des protons et une cible fixe, la décomposition des particules qui en résultaient produisait des faisceaux de neutrinos lorsque ceux-ci étaient concentrés dans de longs tunnels magnétiques.

Le Califat avait perfectionné ces techniques et pouvait produire des neutrinos-électron et des neutrinos-*muon* dans ses *usines à neutrinos*. La rumeur circulait que même des faisceaux de neutrinos-*tau* pouvaient être créés.

---

[17] Un eV ou électron volt est l'énergie acquise par un électron quand il est accéléré dans un potentiel électrique de un volt. Un MeV est un million de eV.

Le Califat avait aussi pu maitriser l'intrication des neutrinos dans ces faisceaux par clivage. On disait même que le Califat pouvait causer la mutation de ces neutrinos d'un type à l'autre et diriger la combinaison de ces faisceaux intriqués en des *mixtures,* quoique celles-ci fussent de très courte durée.

Une technique poussée par l'équipe internationale connue sous le nom de OPERA (Projet d'Oscillation à Appareil de Traçage d'Émulsion) avait utilisé plus de deux siècles auparavant un long tunnel souterrain pour diriger un faisceau intense de neutrinos-*muon* produits à une distance de presque mille kilomètres de son détecteur. Cette équipe avait pu observer que les neutrinos-*muon* avaient muté en des neutrinos-*tau* alors qu'ils se déplaçaient à une vitesse proche de celle de la lumière, ou même d'après certains au dessus de celle-ci.

Après avoir été invité par le Souverain Suprême à résumer les compétences de l'Empire lorsque comparées à celles du Califat, Yu Lin reprit :

« Donc, les détecteurs de neutrinos permettent maintenant à un signal d'être détecté avec l'équipement approprié. En ce domaine le Califat a un avantage essentiel puisqu'il contrôle des territoires diamétralement opposés sur terre. Ils peuvent envoyer un neutrino vers le centre de la terre et le recueillir à 180 degrés de son origine. Mais on parle ici de structures très grandes qui sont nécessaires à la détection des neutrinos. À ce sujet nous serions en avance sur le Califat, et ceci que ce soit pour l'exploration spatiale, pour les études en cosmologie et d'autres activités scientifiques ; nous n'avons rien à leur envier. Cependant, il semblerait que pour la détection à petite échelle, ou du moins pour la manipulation de faisceaux de neutrinos, que le Califat donc eût réussi à faire quelques percées.

« Ainsi alors que nous les Han, nous nous sommes concentrés sur la détection des neutrinos à des fins scientifiques, si nos renseignements sont exacts le Califat a utilisé cette détection pour l'oblitération de ses ennemis. Ceci conclut mes remarques. Je vous remercie de votre attention. »

L'Assemblée se leva tout d'un et se mit à applaudir. Le Souverain Suprême était aussi debout et applaudissait avec un sourire paternel envers son ami d'enfance. Il semblait content à l'égard de Yu Lin, il était fier de lui, il ferait n'importe quoi pour l'aider. Alors que Yu Lin applaudissait en retour envers son audience, ses pensées n'étaient pas celles de gratitude mais de désir, peut-être même de jalousie, certainement de puissance inassouvie et d'une impulsion de changer l'histoire.

Après que le Souverain Suprême eût conclu que les applaudissements furent suffisants, comme prologue, il demanda à Yu Lin d'élaborer sur les événements que l'on pourrait anticiper.

La réponse de Yu Lin fut concise :

« Camarades, si ce que je viens de décrire peut être exécuté, nous sommes en présence de ce que le Califat utilise pour ce qu'il appelle l'Ange de la Mort ; je suis sûr que vous avez entendu ces mots. »

Un silence profond plana sur la Chambre pendant ce qui sembla une durée interminable. À la simple mention de l'Ange de la Mort, les membres du Conseil du Peuple pouvaient sentir leur vulnérabilité. On pouvait presque sentir la colère flotter dans le vaste Hall du Peuple, la colère au fait que des découvertes scientifiques de génie eussent été détournées, transformées en instruments de mort. L'Occident en avait fait autant, avec les inventions des Han, des siècles, des millénaires auparavant. Il avait changé les feux d'artifice en poudre à canon, en fusées et en armes à feu mortelles et s'était engagé dans une marche pour dominer le monde avant qu'il ne se fît prendre à son propre piège par le Califat. Et maintenant le Califat avait, selon les rumeurs, une arme qu'il pouvait simplement déployer comme une Cape de Mort, prête à frapper quand cet Ange le désirerait. Et quelquefois aussi, même si l'Ange ne le désirait pas. Tout ce que quelqu'un devait faire pour être frappé était de savoir que l'Ange était là, et d'essayer de l'observer.

Effets Quantiques.

Effets Quantiques : « *Quoiqu'il arrivât à une particule affecterait donc immédiatement l'autre particule, où que ce fût dans tout l'Univers.* » Les théoriciens interprétaient ce phénomène en déclarant que la *connaissance* de l'état d'une particule changeait l'état de la particule qui lui était jumelée. « *Des effets fantômes à distance* » , ainsi que les avaient appelés Einstein.

Einstein ne croyait pas cela possible. Avec ses collègues Podolsky et Rosen, il avait conçu l'expérience mentale qui est connue comme le paradoxe EPR d'après Einstein, Podolsky et Rosen et qui disait ce qui suit :

> « *Dans une théorie complète il y a un élément correspondant à chaque élément de la réalité. Une condition suffisante pour la réalité d'une quantité physique est la possibilité de la prédire avec certitude, sans perturber le système. En mécanique quantique dans le cas de deux quantités physiques décrites par des operateurs non-commutatifs, la connaissance de l'une exclut celle de l'autre. Ainsi soit (1) que la description de la réalité donnée par la fonction d'onde en mécanique quantique ne soit pas complète ou (2) que ces deux quantités ne puissent avoir une réalité simultanée. La considération du problème des prédictions concernant un système sur la base de mesures faites sur un autre système qui aurait préalablement interagit avec lui conduit au résultat que si (1) est faux donc (2) est aussi faux. One est donc conduit à conclure que la description de la réalité telle qu'elle est donnée par une fonction d'onde n'est pas complète.* » [18]

Un ancien du Conseil s'avança, son âge lui permettant de s'adresser aux autres membres même si le Souverain Suprême ne l'eût pas invité à le faire au préalable.

« Le mystère et la beauté de la science quantique sont maintenant utilisés d'après les rumeurs à la désintégration des cibles, littéralement. Et ces cibles peuvent aussi être des personnes. Et il semble qu'il n'y ait aucune défense, du moins pas avec les connaissances actuelles. »

Pensées Intimes

Pendant les nombreuses pauses, Yu Lin ne pouvait chasser de son esprit le fait qu'il était engagé à fond dans sa mission. Autant qu'Assame et Al Kansii. Et Li Li bien sûr, sa chère Li Li.

---

[18] A. Einstein, B. Podolsky and N. Rosen, Institute for Advanced Study, Princeton, New Jersey, Reçu le 25 Mars 1935, publié dans la revue datée de Mai 1935.

Yu Lin trouvait plutôt déprimant le fait qu'il dût s'adresser à cette audience de soi-disant preneurs de décisions et qui en fait en savaient moins, et qui étaient moins capables que le plus cancre de ses étudiants. Comment l'Empire des Han pût-il se protéger avec de tels individus si inutiles ? Pourquoi était-il là lui, à leur expliquer ce qui était si évident ? Ils étaient sensés être au courant de tout ceci. À la veille du déclenchement de l'arme de l'Ange de la Mort par le Califat, ils savaient à peine que l'Ange existait et certainement pas comment il fonctionnait. Il avait dû le leur expliquer. Que faisaient-ils pendant les heures du jour, ou de la nuit ? Rien !

Bien sûr ceci ne s'appliquait pas au Souverain Suprême. Il savait. C'est pour cela qu'il lui avait demandé de résumer la situation d'une façon concise et il l'avait fait en une seule phrase, une phrase qui mentionnait simplement l'Ange de la Mort. C'était tout ce que ces hommes dans le Conseil pouvaient comprendre. Maintenant ils étaient effrayés. Et des millions de leurs concitoyens qui les avaient mis là, et qui leur avaient accordé tous les privilèges de leur classe, étaient en danger d'extermination.

L'erreur du Souverain Suprême était d'avoir permis cet état de fait. Bien sûr le Souverain Suprême savait que ces membres étaient des apparatchiks inutiles. Et qu'ils existaient probablement dans le Califat aussi. En fait ils avaient toujours existé, et partout ailleurs. « *Il y en a de deux sortes : ceux qui créent, et ceux qui en parlent* ». Sauf que Yu Lin n'était pas sûr qu'ils pussent même parler. Yu Lin était furieux. Il savait que le pouvoir politique devait s'accommoder de compromis, et quelquefois faire affaire à des imbéciles et les cajoler. Mais Yu Lin était un homme de science, et les cerveaux supérieurs d'après lui devaient diriger. C'est ainsi que ce devait l'être.

Surtout maintenant que la survie de l'Empire était en jeu. Lui, Yu Lin ne le permettrait pas. Même si le Souverain Suprême fût devenu un politicien, et jouât maintenant par les règles des politiciens. Il ne pouvait en faire autant. Non, pas quand l'enjeu était l'Empire !

Yu Lin senti une sorte d'orgueil, de fierté dans sa mission. Il en avait besoin car plus souvent encore il avait le sentiment d'avoir trahi. Ce n'était pas facile et en un sens il aimait ces *zombies*, c'est ainsi qu'il les appelait, car ils lui permettaient de justifier sa mission, de la rendre patriotique et non une mission d'ambition et de cupidité, ou une trahison. Non, les Han devaient éviter les erreurs de l'Occident.

Ah enfin… ces pensées au sujet de l'Occident le soulageaient car alors tout prenait forme, tout avait du sens.

Sous Yu Lin, les Han ne répéteraient pas les erreurs d'antan. Oui les Han avaient permis à l'Occident de poursuivre le développement de toutes leurs découvertes pour enfin dominer le monde et forcer les Han à vivre pendant deux siècles dans la dépendance. Ces temps étaient maintenant lointains. L'appétit insatiable de l'Occident pour les produits bon marché avait créé en ces jours une ruée pour la fabrication de ceux-ci. Cela avait financé la reconstruction de l'économie des Han et établi la base pour la recherche avancée.

Les Han étaient malins. Ils n'avaient pas modifié de façon exorbitante leur mode de vie, et donc plus ils profitèrent du commerce avec l'Occident, plus ils économisèrent, et plus ils investirent dans leur avenir. Ils acquirent même souvent des atouts économiques et technologiques de l'Occident. Les pressions économiques que les Han exercèrent sur l'Occident firent à celui-ci qu'il réduisit son mode de vie et il aurait pu avec quelque volonté en survivre, si la volonté eût été là. Plutôt il y eut la disette, de la pénurie de carburant, des émeutes et une perte de confiance dans leur leadership. Il est vrai que la classe intellectuelle en ces jours avait été en guerre contre elle-même pendant des siècles, une guerre intellectuelle bien sûr. Dans l'Empire des Han, et même dans le Califat comme Yu Lin devait le reconnaître, ces esprits pervertis étaient des traitres. Dans l'Occident, ils étaient l'élite.

« Par exemple, pensa Yu Lin, dans les escarmouches qui nous ont permis d'annexer la Mongolie, le Tibet et l'Himalaya, que nous avons définitivement provoquées, des atrocités furent commises. Mais nos adversaires aussi en commirent. Néanmoins, Jug Chin, un journaliste *engagé* comme ils appelaient ça en ces jours, écrivit avec force et passion sur tous les méfaits des Han. Cela prit trois jours de procès pour que son exécution fut inscrite au calendrier, et cette exécution eut lieu une semaine plus tard, un mois avant que l'appel de la sentence eût même pu être soumis à la Cour de Justice.

« Il fut déclaré traitre et l'Empire des Han depuis avait fleuri. En Occident par contre on cracha sur les soldats revenant de guerre, des héros furent insultés et devinrent victimes d'agression, et les traîtres, ceux qui s'opposaient à l'intérêt national soit en temps de guerre, soit en temps de paix, ceux-là recevaient des louanges, on les idolâtrait et certains furent même élus aux postes les plus hauts de l'État. » Yu Lin se rappela un exemple bien décourageant qui était souligné avec insistance dans les livres d'histoire pour les petits écoliers de l'Empire afin que ceux-ci ne l'oubliassent pas :

« À peu près cent ans avant la Chute de l'Occident, un attaque terrible en terre nationale perpétrée par des agents étrangers coûta la vie à des milliers. La réaction qui s'ensuivit, quoique populaire au début ne dura pas, du moins pas en popularité. Des accusations de brutalité et même de torture furent levées contre les leurs par les soi-disant élites. Ces élites étaient les enfants gâtés du privilège. Les insultes aux militaires, à leurs vrais héros, étaient la norme dans les institutions de hautes études. Cette attitude prépara la voie pour la chute de l'Occident. »

Telle était la leçon qu'on enseignait aux enfants Han. Par crainte qu'ils ne comprissent pas. Et ceux qui après maintes répétitions et l'inculcation qui les accompagnait ne comprenaient toujours pas, ceux-là finiraient comme le journaliste Jug Chin.

« Bien sûr les Han avait précipité cette Chute, Yu Lin se le rappela. Auraient-ils dû avoir été plus prudents, car maintenant ils faisaient face à un ennemi beaucoup plus déterminé, plus obstiné et irrationnel ? Peut-être que oui, peut-être que non. Comme disaient les penseurs du Califat, l'Occident portait en lui les germes de sa propre destruction. Une chose était certaine, les Han ne répéteraient pas les erreurs de l'Occident. »

Quand l'audience se fut levée encore une fois et que chacun d'entre eux insista à s'approcher de Yu Lin pour le féliciter pour son excellente présentation, Yu Lin pouvait difficilement contenir son mépris. Il venait tout juste de leur annoncer leur ruine imminente et tout ce à quoi ils pouvaient penser c'était de le féliciter pour son exposé ? Et Yu Lin pouvait aussi deviner qu'ils ne le faisaient même pas parce qu'ils avaient compris grand-chose, mais plutôt ils ne le faisaient que pour gagner des faveurs de la part du Souverain Suprême qu'ils savaient être un protecteur de Yu Lin. Ce tableau renforça en Yu Lin sa conviction que sa mission était une bonne chose pour l'Empire.

Une Réunion du Conseil du Peuple

Des conditions sinistres semblaient se dessiner dans l'Empire. Quelque chose était en marche mais personne ne savait ce que c'était. Même les centres de Golog Maqen et de Qiqihar avaient obtenu des résultats peu concluants.

Le Souverain Suprême, se basant sur des alertes apparemment aléatoires et certains évènements non reliés et à l'insistance de Yu Lin, avait convoqué une réunion en personne plutôt qu'une conférence holographique étant données les circonstances.

Les Membres du Conseil étaient essentiellement les mêmes que ceux qui avaient assisté au discours sur l'Ange de la Mort et les neutrinos que Yu Lin avait fait quelque temps auparavant. Non pas que cela fît une différence puisqu'à part le Souverain Suprême, quelqu'explication détaillée qu'on leur eût donnée serait une perte de mots. Oui bien sûr Chung, Soun, Liu Chi, Djao Ping, Joh Tang et les autres étaient encore là. Ils ne comptaient pour rien par contre. Spécialement aujourd'hui.

Le *Rapporteur* attendit le signe du Souverain Suprême et commença à lire une *tablette*, qui était immédiatement disponible à tous grâce aux projections tridimensionnelles calibrées pour qu'elles fussent visibles à chacun des membres du Conseil du Peuple, indépendamment de la position dans la salle de celui-ci. Chaque membre était équipé d'un *connecteur personnel* dont la signature était celle de leur code ADN spécifique. Par conséquent le Bureau de l'Information pouvait faire suivre, altérer, modifier, rejeter ou ségréguer à volonté, en temps réel, n'importe quelle information à quelque membre que ce fût.

Le poste de Commissaire de l'Information était donc très important. Le Commissaire résidait dans la suite adjacente au complexe présidentiel du Souverain Suprême dans la *Cité Interdite*. Le Commissaire de l'Information pouvait aussi semer de la désinformation aussi bien que de la fausse information. Quoique le Souverain Suprême pût outrepasser les décisions de rédaction du Commissaire, il ne pouvait analyser toutes les informations. Un engin d'analyse puissant ou plutôt quatre de ces *engins à décision* puissants recevaient normalement les données des deux Centres de la Surveillance et d'autres *points d'entrée de données*, traitaient celles-ci et filtraient pour le Souverain Suprême ce qui était pertinent suivant des *clés quantiques* qui étaient choisies sur une base aléatoire par le Souverain Suprême et connues seulement de lui. Le Commissaire par conséquent risquerait d'être pris la main au piège s'il tentait quelque faux pas mal calculé. Mais le Commissaire était aussi choisi à sa naissance et éduqué pour qu'il prît ce rôle depuis le berceau, un rôle qui continuait jusqu'à la tombe, et il en était de même pour un groupe d'à peu près cent personnes. De ces cent *commisarets* ouvertement déclarés au Conseil, trois étaient sélectionnés : un pour le service actif et les deux autres en réserve dans un lieu indéterminé et secret. Ceux-ci cependant suivaient tous les événements et recueillaient de l'information donnant ainsi un niveau additionnel de sécurité pour le Souverain Suprême pendant qu'ils remplissaient une fonction de *redondance.*

Le Rapporteur lut ce qui suit :

> « *Un Exposé Explicatif General des Buts*
> *Stratégiques du Groupe en Amérique du Nord* »

C'était un texte ancien qui avait été publié par ce *Groupe* quelques décennies avant la Chute de l'Occident et qui soulignait les étapes que le Groupe considérait nécessaires et suffisantes pour atteindre son but. Bien que le groupe en question semblât avoir disparu par son absorption dans le courant politique dominant du Califat, son influence aussi bien philosophique que politique était la base de la crise qui se dessinait et par conséquent de la plus haute importance pour l'Empire.

Le concept de base de cette philosophie était la prise de contrôle, ou plutôt la destruction *à partir de l'intérieur*, des tenants de la civilisation de la société ciblée et de rendre la religion de Dieu, la Vraie Religion, victorieuse sur toutes les autres religions.

Le point essentiel que tous ceux qui étaient présents purent retenir après que le Rapporteur eût fini la lecture du texte était contenu dans les mots *à partir de l'intérieur.*

Le Souverain Suprême dit alors :

« Il n'abandonneront jamais. Ils veulent que nous adoptions leurs croyances. Nous n'avons aucune croyance. Bien sûr le Confucianisme, la recherche de la *perfection intérieure personnelle,* est une sorte de croyance, mais nous ne l'exportons pas. En fait, on la garde pour soi. C'est ce qui nous rend différents, même supérieurs. Nous connaissons nos vérités, nous n'insistons pas à ce que ceux qui vivent dans l'obscurantisme soient d'accord avec nous.   Ils le peuvent s'ils le désirent... Des commentaires par là ? Quelqu'un désire parler ? »

Personne ne répondit. Ils regardèrent tous d'un côté puis de l'autre pour voir qui aurait le courage de prendre la parole. On remarqua alors que Yu Lin n'était pas encore arrivé. Et ils savaient tous que normalement c'était Yu Lin qui arrivait en premier dans la Chambre du Conseil. C'était ce à quoi le Souverain Suprême s'attendait.

« Il nous manque qui pour commencer ? dit le Souverain Suprême.

— Le NAV du Camarade Yu Lin a été retardé à cause d'une urgence déclarée par le Centre de Golog Maqen, annonça le Rapporteur. Nous anticipons que cette alerte sera levée dans dix minutes.

— Oui, je sais. Pendant qu'on attend, y a t-il d'autres affaires à considérer ?

— J'ai toujours dit, dit Dong Liu avec un certain mépris dans la voix, qu'on ne peut se fier à quiconque veuille imposer sa croyance. Pourquoi auraient-ils besoin de notre sanction, celle de notre conscience, pour se convaincre qu'ils ont raison ? C'est une preuve de leur insécurité dans leurs croyances. Et cette insécurité crée pour nous un problème de sécurité nationale, car ils sont dangereux.

— Quelles sont nos alternatives d'après vous? Une guerre totale? La guerre par la cybernétique ? L'infiltration ? La diplomatie ? » demanda le Souverain Suprême.

Dong n'avait bien sûr pas de réponse. Le Souverain Suprême savait bien que combattre un ennemi qui ne peut accepter de compromis veut dire que ce combat est une lutte jusqu'au bout, jusqu'à la fin de l'un des deux combattants. La diplomatie et l'espoir que les adversaires changeraient était la seule voie possible. Yu Lin avait normalement des idées intéressantes et son intuition était remarquable. Mais il n'était pas encore là.

« Nous ne sommes pas l'ancien Occident naïf. La guerre d'attrition ne marchera pas en faveur du Califat. Nous avons tout le temps nécessaire, on peut attendre. Tôt ou tard, et nous y sommes déjà dans une certaine mesure, notre technologie sera des années-lumière en avance sur la leur et nous serons capable de miner leur ordre interne, et faire en sorte qu'ils se battent entre eux, les uns contre les autres. Nous n'avons pas besoin d'eux. Ce en quoi ils croient ne nous importe pas. De plus, je ne serais pas étonné de voir l'Occident ressurgir. Le General de San Juan dans l'Antarctique a déjà commencé à leur créer des problèmes. Et nous avons l'intention de le supporter avec encore plus de vigueur dans l'avenir, et bien sûr discrètement.

— Oui, dit un petit homme qui semblait être en charge des *rapports sur les évènements récents*, à la suite de l'invitation du Souverain Suprême. On vient d'apprendre qu'il y a seulement trois semaines un centre religieux a été bombardé et des croix ont été peintes sur ses murs. Le groupe Martel je crois qu'on l'appelle. Et ce groupe penserait qu'il pourrait accomplir ce qu'un groupe du même nom avait apparemment accompli dans l'Europe du huitième siècle. Du moins c'est ce qu'ils disent, c'est leur but.

– Est-ce qu'on leur fournit de l'aide ? Et qui sont-ils au fait ? demanda le Souverain Suprême.

– On ne sait pas en vérité. Des groupes comme ça émergent ici et là et choisissent des noms pleins d'histoire. Ils changent tout le temps. Peut-être que nous leur fournissons de l'aide sous un autre nom. Le groupe Martel doit son nom à Charles Martel qui vainquit le Maures en l'an 732 CE à Poitiers. Et c'est cette victoire qui avait arrêté la marche triomphale de l'Islam en Europe. C'est évidemment un nom chargé de connotations et d'une signification qui n'est pas trop populaire dans le Califat. Donc pour répondre à votre question, Camarade Souverain Suprême, en tant que tel, sous ce nom, nous ne les assistons pas. Mais on devrait regarder de plus près pour voir s'il y a quelque chose que l'on puisse faire.

– Nous devons être prudents. Toujours prudents. Ces gens, que nous ne contrôlons pas, pourraient eux-mêmes perdre le contrôle de leurs troupes, de leurs insurgés, ou simplement perdre le contrôle de leurs esprits, de leur tête et provoquer alors une conflagration dont nous n'avons pas besoin. Notre faiblesse, si je puis dire, est que nous donnons de la valeur à la vie, eux ils disent qu'ils aiment la mort. Ça, et bien sûr plusieurs autres choses, la trahison de l'intérieur spécialement, est ce qui accabla l'Occident.

— Nous ne somme pas affligés de cela, pas nous, dit le vieillard. Nous sommes des Han. Les Han ont une identité depuis la nuit des temps. Nous n'incluons pas des groupes sans aucune affinité avec nous.

– Camarade Tang, dit un autre membre, mais les Ouïghours ?

— Oui, je sais. Nous n'avons pas le choix puisque leur territoire est notre zone tampon et notre accès aux régions riches en énergie et en minéraux. Et pour le moment la région est bien contrôlée. Des nouvelles de Yu Lin ? » demanda le Souverain Suprême avec une certaine impatience.

À cet instant le Rapporteur annonça que le NAV de Yu Lin avait franchi la porte de la *Cité Interdite* et que Yu Lin serait là quelques minutes plus tard.

Le nouveau Yu Lin entra dans la salle du Conseil. Il était accompagné de Yakoub qui le suivait de quelques pas. Pour les réunions importantes comme celle-ci et qui tenaient de la sécurité nationale, et spécialement si le Conseil entier était présent, il était politiquement recommandé que l'on invitât un observateur du Comité du Peuple, spécialement un Ouïghour. Yakoub par conséquent était attendu et entra dans la Chambre avec le nouveau Yu Lin.

Tout monde lâcha un soupir de soulagement, non pas parce que Yu Lin leur manquait car le plus souvent ils détestaient la relation spéciale que Yu Lin avait avec le Souverain Suprême. Mais ils étaient soulagés que le Souverain Suprême ne piquerait pas une colère à cause du retard.

Pour une raison inconnue, instinctivement, le Souverain Suprême jeta d'abord son regard sur les pieds de Yu Lin, comme s'il cherchait quelque chose. Yu Lin portait la tunique traditionnelle Han en soie et qui le couvrait jusqu'aux chevilles. Il avait porté cette tunique à toutes les réunions importantes du Conseil. De son côté, le Souverain Suprême se vit inexplicablement surpris par les chaussures de Yu Lin, ou plutôt par ses talons. Les talons étaient plus courts que d'habitude. Aucun autre ne l'avait remarqué bien sûr. Aucun autre que le Souverain Suprême ne put noter que Yu Lin était un peu plus grand de taille que de coutume. Le Souverain Suprême le regarda. Droit dans les yeux, les yeux du nouveau Yu Lin. Soudain il comprit et l'horreur dans l'expression de son visage se transporta à tous ceux qui étaient présents et qui avaient leur attention fixée sur son visage. De façon curieuse, Yakoub et le nouveau Yu Lin tous deux partagèrent cette expression de surprise et d'horreur, cette expression de terreur. Le Souverain Suprême chercha un mot dans les microsecondes qui suivirent. « *Merde !* » se dit-il.

À peu près quinze minutes plus tôt Yu Lin, dans sa petite maison dans la forêt en Mandchourie avait reçu un appel crypté de Yakoub et qui exprimait son inquiétude à cause du retard. Leur maglev personnel s'était arrêté, tout comme tous les autres véhicules maglev dans la cité à la suite de l'alerte émise par Golog Maqen. Personne ne pouvait bouger. Ils étaient à une centaine de mètres de la porte de la *Cité Interdite*. Si près.

Yu Lin n'avait pas répondu. Il avait plutôt contacté Golog Maqen.

4

Une Explosion

Le Centre National de la Surveillance de Golog Maqen, Plus Tôt

Albert sortit de la station Maglev de Lanjou et choisit un NAV à deux places pour se rendre à Golog Maqen. Après avoir remplit les formalités requises il se trouva en face de Jeh Ha dans le bureau de celui-ci.

« Rien à rapporter. Tout n'est que routine. Il n'arrive rien du tout. De la perte de temps je suppose. Peut-être devrait-on utiliser ce temps perdu pour trouver des techniques pour la réduction des coûts, dit Jeh.

– Je suis d'accord. Mais c'est quelque chose de bon quand on y pense, vous ne croyez pas ? répondit Albert.

– Euh... oui, bien sûr. Une vraie urgence, une situation comme ça, elle justifierait nos atouts, mais elle pourrait aussi être dévastatrice... » dit Jeh Ha qui se mit alors à rire de bon cœur comme si ce qu'il se préparait à dire fût vraiment drôle :

« C'est comme dans l'Occident d'avant, du moins c'est ce qu'on nous enseigne à l'école. Il parait qu'il y en avait qui se suicidaient pour que leur assurance-vie soit rentable. Ah haha !

« C'est la raison pour laquelle nous n'avons pas besoin d'assurance-vie. C'est idiot, ça n'a aucun sens. L'État nous prend en charge ici. Et notre succès comme nation est inégalable. Nous avons la meilleure société que la terre n'eût jamais connue. Et l'Occident... Ah haha.

— Bon, et bien je vais aller vérifier quelques systèmes, comme ça ma paie sera justifiée, répondit Albert en sortant du bureau de Jeh Ha, s'efforçant de rire malgré lui à l'absurdité de sa blague.

— Oh au fait, si vous avez besoin de justifier votre paie, allez voir Soun. C'est un jeune type, bon gars, un peu naïf mais aux bonnes intentions. Il entend des voix. Une signature pseudo-organique qu'il dit… Ah haha, ajouta Jeh.

— …Euh… j'y vais bien sûr » , répondit Albert, un peu étonné.

Pendant que Soun montrait à Albert les vingt mesures additionnelles qui confirmaient sa théorie mais qu'il venait d'effectuer contrairement aux ordres de son patron qu'il abandonnât cette enquête, Albert commença à s'inquiéter.

Albert prit la mesure du temps. Il fallait encore à Yakoub et au nouveau Yu Lin au moins une heure pour qu'ils atteignissent la porte de la *Cité Interdite* et pussent assister à la réunion du Conseil. Il ne savait pas s'il pourrait retarder pendant si longtemps le processus que Soun avait commencé. Il lui fallait ralentir Soun.

« Soun, dit-il, il semble que vous puissiez avoir raison. Mais je ne veux pas qu'on ait l'air idiot pas plus que vous ne le voulez. Je vais revérifier tout ça pendant que vous cherchez des données additionnelles. On se rencontre dans une demi-heure.

— C'est bon. Je pense que les données commencent à nous arriver plus vite maintenant que les *engins à conclusion* peuvent établir leurs corrélations plus facilement. Je reviens bientôt » , répondit Soun.

Tout en quittant la salle de contrôle où Albert allait faire ses vérifications, Soun se retourna et ajouta :

« Merci pour votre aide. Je commençais à douter de mes propres capacités. J'apprécie sincèrement votre support dans tout ceci.

– Oh, ce n'est rien. C'est notre boulot » , répondit Albert.

Albert commença l'analyse de ce qu'il savait déjà. Il devait trouver comment Soun avait pu repérer et identifier Al Kansii et suivre sa randonnée dans ces régions sauvages. Il observa très rapidement que l'étui en cuir, fait de vrai matériau organique, contrairement à la composition pseudo-organique des appareils de mort qu'Al Kansii transportait sur lui, avait déclenché les capteurs logiques des *engins à décision* quantiques. Une masse organique vraie se mouvant de façon apparemment erratique était quelque chose qu'il fallait enquêter un peu plus, et Soun avait suivi la trajectoire d'une manière assidue.

Au bout de douze minutes Soun retourna, très excité.

« J'ai cent quatre points maintenant, et ils convergent sur BeiJing à la vitesse d'un maglev », dit-il.

Albert n'aima pas que même la demi-heure qu'il s'était donnée était maintenant perdue. Et cette demi-heure n'était pas suffisante en tout état de cause. Il garda par contre son sang froid et dit :

« Voyons un peu. Oui, vous avez quelque chose de bon ici. Mais on a encore le temps. Je ne voudrais pas alerter Jeh avec des informations fausses, ou simplement incomplètes. Vous savez comment il est.

– Je sais, répondit Soun.

– Donnons nous une autre demi-heure.

– C'est bon », dit Soun.

Une demi-heure plus tard exactement, c'est-à-dire à peu près quinze minutes avant que le maglev de Yakoub n'atteignît la *Cité Interdite*, Soun fit irruption dans la salle de contrôle. Albert était surpris que Soun eût attendu si longtemps. Il ne voulait évidemment pas déranger encore une fois Albert et celui-ci avait maintenant un peu de temps pour manipuler les événements.

« Qu'est ce que vous avez donc ? demanda Albert.

— Plus d'un million de corrélations, répondit Soun d'un ton triomphal. Le patron Jeh a dit qu'il voulait un million. Allons-y !

— Allons-y, répondit Albert » , ne pouvant plus retarder l'échéance.

L'alerte fut donnée à 9 heures 44 exactement. Yakoub et Yu Lin étaient attendus à 9 heures 54 à la porte de la *Cité Interdite* pour leur réunion de 10 heures.

Jeh était fier de sa manière péremptoire, sa vivacité sous pression et sa commande des moyens nécessaires à la sécurité de l'Empire. Il prit soin de rédiger une note à l'attention de la Direction pour la

Sécurité du Territoire expliquant comment il avait découvert la menace et agit en conséquence sans tarder.

Un ton annonça à Jeh un appel quantique crypté à 9 heures 56. C'était Yu Lin :

> « *Doit passer par la Porte pour réunion du Conseil. Maglev bloqué dans toute la cité. Débloquez Maglev.* »

– Oui, bien sûr », fut la réponse de Jeh. Jeh pouvait espérer maintenant une double promotion, d'un pour avoir identifié le danger et donné l'alerte par le verrouillage du système maglev, et de deux pour avoir déverrouillé celui-ci uniquement pour Yu Lin, le tout-puissant Yu Lin. Jeh était satisfait de sa journée de travail. Il' n'y avait pas de gaspillage dans ses labeurs.

Quelques minutes plus tard que prévu, à 9 heures 59 exactement, Yakoub et le nouveau Yu Lin franchirent la porte de la *Cité Interdite*. Ils avaient trois minutes de retard quand ils entrèrent dans la Chambre du Conseil du Peuple.

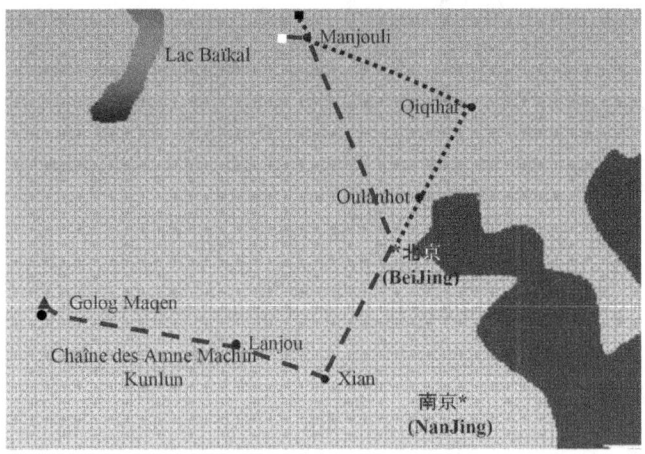

30. Itinéraires Concurrents de Yu Lin et Yakoub, et d'Albert

Yu Lin avait donc donné l'ordre de lever l'alerte uniquement pour *son* véhicule. Il pouvait seul entrer dans la *Cité Interdite*. Tout le monde dans la Capitale et dans ses alentours serait paralysé pendant des heures.

Plusieurs préparations avaient précédé ce moment. Un nouveau Yu Lin avait du être créé, et celui-ci avait du être prêt à mourir pour sa cause, ou du moins ne pas en connaître les conséquences. Le nouveau Yu Lin était le résultat de la *cosmétique quantique* que le Laboratoire d'Imagerie Quantique à Qiqihar avait entreprise un peu plus tôt.

La Cosmétique Quantique

Qiqihar était une des villes les plus vieilles du nord-est de l'Empire des Han, ayant été fondée à la fin du dix-septième siècle de l'Ère Commune. Son nom original était Boukouï, qui veut dire *de bon augure*, et avait donné à la mosquée son nom. C'était un nom approprié pour le procédé qui consistait à changer l'apparence de quelqu'un en une apparence plus heureuse, de meilleur augure.

La Cosmétique Quantique était une technique très précise dont le fondement résidait dans la peinture classique à l'huile. Tout comme dans la peinture à l'huile où un tout petit grain de peinture d'une teinte plus sombre, du marron par exemple, modifie un visage et un sourire devient alors une autre expression faciale, l'effet tunnel quantique employé comme modificateur d'enzymes pouvait altérer la couleur apparente projetée par une cellule spécifique et donc impliquer sa forme dans les détails les plus intimes pour donner la perception de l'image désirée. Comme la modification de certains pixels donnerait une image différente, mais d'une façon moins grossière.

Une image de base était d'abord créée par l'analyse de l'imagerie, et un ordinateur simulait des alternatives diverses de cette image de base. Ainsi l'image d'une personne, l'image d'*avant* pouvait être modifiée disons avec des joues plus pleines, des rides spécifiques près des yeux, et même en modifiant les ombres près du nez afin qu'il parût plus ou moins proéminent. Quand une image d'*après* était choisie par le sujet, la technologie de l'imagerie suggérait une ensemble de modifications minutieuses des cellules qui altéreraient la couleur, la taille et la forme de certaines régions de la peau pour arriver à la perception de l'image désirée.

C'est ainsi qu'un artiste exécute son œuvre. On dit que ceux qui peignent à l'huile sont en réalité des sculpteurs. Et ils le sont d'une certaine façon. Ils travaillent à trois dimensions ; par exemple ils aplatissent un globule de peinture et le distribuent sur la surface, le déplacent ici et là, y ajoutent un soupçon d'ombre ici, un éclat de lumière là et ils font que leur sujet commence à prendre une forme différente suivant les coups de brosse qu'ils appliquent. Ils déplacent la peinture comme s'ils la sculptaient. Une poussière de marron clair sur la joue et la personne prend vie. Un soupçon plus sombre sous la joue produit un sourire. Un changement presqu'imperceptible de la position de cette poussière et d'un ton subtilement différent rend le sujet sérieux, même sévère, ou triste. Des merveilles ont été peintes dans les siècles passés en utilisant ces secrets. Les rides à l'extrémité des yeux de par leur flexibilité cosmétique en particulier ont pu être exploitées à merveille par les artistes dans le passé. La forme, la proéminence et la rondeur des joues peuvent aussi projeter de l'émotion et du caractère. Et bien sûr les détails minutieux de la bouche déterminent d'autres traits essentiels du sujet.

Ainsi comme un déplacement ici et une lueur là-bas présentaient une personne différente dans un tableau, les techniques quantique d'imagerie de ressemblance émulaient ces méthodes en soumettant quelques atomes à l'effet tunnel pour produire les ombres nécessaires, ou même des formes ou une taille légèrement différentes. Il y avait bien sûr des limites. Une mâchoire trop prononcée ne pouvait être effacée, un nez proéminent pouvait être atténué mais jusqu'à une certaine limite seulement, mais pour les applications de routine, et spécialement si le but était d'avoir l'air de quelqu'un aux yeux de ceux à qui le sujet original était peu familier, la technique était un moyen rapide et facile et définitivement plus sûr que la manipulation génétique avec ses effets secondaires et la longueur d'adaptation qui lui était nécessaire.

Bien sûr les modifications par la cosmétique quantique ne duraient pas longtemps. Suivant l'intensité des changements désirés, ces modifications duraient de quelques jours à deux ou même trois semaines. Ceci était donc idéal pour fins d'infiltration, où un agent pouvait avoir l'air Han, si on ne regardait pas de trop près et un Han pouvait prendre n'importe quel visage parmi les milliers d'exemplaires dans le Califat. À la fin de sa mission l'agent pouvait rentrer chez lui et reprendre ses traits sans aucun effet secondaire notable.

Après que la procédure au Laboratoire d'Imagerie Quantique eût été exécutée, Yakoub et le nouveau Yu Lin se dirigèrent vers la gare maglev de Qiqihar. Ils ne prirent pas l'Artère Maglev de BeiJing mais choisirent plutôt un véhicule maglev privé à deux places qui suivrait l'Artère et pourrait s'engager dans le réseau maglev local une fois dans la capitale. De là ils pourraient franchir la porte de la *Cité Interdite*. Les systèmes d'ordinateurs de la circulation prévoyaient leur arrivée à cette porte pour 9 heures 50.

Tôt ce matin là, Yakoub et le nouveau Yu Lin avaient donc attaché leur ceinture dans ce véhicule maglev et foncèrent vers le Sud, avec une légère déflection vers l'Ouest, le long de la l'Artère Maglev vers la Capitale du Nord, BeiJing. S'ils avaient plutôt pris le Maglev à Haute Vitesse vers BeiJing, leurs identités auraient bien sûr été enregistrées et tous leurs signes vitaux saisis par le vaste réseau de renseignements. Dans un véhicule maglev privé ceci était moins probable et de toute façon sujet à un certain délai dû au traitement des données par les *engins à conclusion*.

En moins de trois heures ils avaient atteint sans incident les faubourgs de BeiJing. Ils purent alors utiliser les échangeurs automatiques du système maglev qui les sortirent de l'Artère et les placèrent sur le réseau local et ainsi ils flottèrent, ou planèrent vers la *Cité Interdite*. À peu près à cinq kilomètres au sud était l'Hôtel Boukouï où Yakoub descendait d'habitude quand il venait dans la capitale pour des réunions comme celle-ci. Il n'y irait pas cette fois-ci, ni à aucun autre hôtel. L'Hôtel Boukouï avait une petite salle pour les prières qu'ils appelaient la *mosquée* et qui était propice pour ses prières quotidiennes, des prières dont il avait besoin dans ses relations avec la hiérarchie Han qui était inflexible à ses yeux. Par contre les *boîtes*, ça ne lui manquerait pas, ces endroits fermés mesurant deux mètres de long par une mètre et demi de large, avec une hauteur de un mètre quatre-vingt centimètres, qui étaient offertes aux visiteurs et qu'on appelait affectueusement les *cercueils*. Les douches communes ne lui manqueraient pas non plus. Cette visite allait être une visite éclair. Ce que Yakoub bien sûr ne soupçonnait pas c'était à quel point cette visite allait prendre ce caractère éclair.

Quand le véhicule maglev s'arrêta brusquement à moins de cent mètres de la porte de la *Cité Interdite*, Yakoub fut alarmé. Il regarda le nouveau Yu Lin, et vit seulement un visage imperturbable. Yakoub se souvint que quoiqu'il lui arrivât dans la Chambre était dans les mains d'Allah. Il le savait déjà. La question était de savoir ce qu'Allah avait prévu pour cette fois-ci. Dans sa dernière prière, Yakoub avait remercié Dieu pour sa miséricorde, et il avait même commencé à rêver de gloire pour ses actions en faveur de sa cause, de son peuple. Son idée de gloire était par contre fondée dans ce monde, pas le suivant. Il était *dans les mains d'Allah,* Yan le lui avait dit.

Avec ces pensées pleines d'appréhension, et celle-ci rendue plus aigue par le gel abrupt du système maglev, Yakoub décida d'envoyer un message crypté à Yu Lin.

Oussamabad, à Peu près au Même Moment

De l'autre côté de la terre, Assame reçut un message. Il devait bien sûr être décodé. Tous les appareils dans le coffret d'Al Kansii avaient été programmés pour relayer quelque signal qui émanerait des alentours immédiats du coffret s'il était émis dans un rayon de cent mètres de la *Cité Interdite.* Assame savait donc que quelque chose était arrivée à la mission d'Al Kansii. Quelques minutes plus tard Al Kenii l'informa que le système maglev avait été bloqué autour de la capitale et qu'Al Kansii était encore à l'extérieur de la *Cité Interdite.*

Assame devait maintenant décider s'il devrait activer à distance l'appareil à Impulsion Unique qui oblitérerait tous ceux à l'intérieur du véhicule d'Al Kansii. Assame ne pouvait se permettre de voir Al Kansii se faire prendre avant qu'il n'eût une chance de s'autodétruire.

Assame décida quand même d'attendre jusqu'à quatre minutes avant l'heure limite, c'est-à-dire jusqu'à 9 heures 58. À 9 heures 57, le véhicule maglev commença lentement sa glissade vers la porte de la *Cité Interdite.* Assame ne confirma donc pas la commande de destruction à distance du véhicule. Assame apprendrait un peu plus tard que ce fut une bonne décision. Allah était de son côté.

Le *collimateur* qui fut introduit dans la Chambre avec Yakoub et le nouveau Yu Lin dépendait de la capacité de détecter des faisceaux de neutrinos produits dans les usines à neutrinos du Califat et qui étaient intriqués en paires, un membre de la paire étant détecté dans le Califat, l'autre ailleurs. La fonction du *collimateur* était d'agir sur le second membre de la paire à la suite de cette détection. Cette fonction était facilitée par la détection dans le Califat, et une fois un membre de la paire détecté, l'autre membre était sensé avoir été détecté ou du moins se comportait comme s'il l'avait été. Tout ce que le *collimateur* devait faire une fois les paramètres de cette détection étant connus, c'était de concentrer les faisceaux dans une région spécifique. La détection par le Califat du premier membre intriqué de la paire était donc essentielle.

IceCube, le Glaçon

Des méthodes diverses de détection des neutrinos avaient été utilisées depuis des siècles. Elles étaient toutes basées sur les expériences originales conduites en Occident et qui furent améliorées et raffinées par la suite. Un système de détection célèbre avait été développé dans les profondeurs des glaces de l'Antarctique et était connu sous le nom de Ice Cube Neutrino Observatory, ou simplement l'*IceCube*, le *Glaçon*.

L'*IceCube*, et d'autres projets dans l'Antarctique tels que l'AMANDA utilisait la couche épaisse de glace en Antarctique près du Pole Sud avec des tubes photomultiplicateurs distribués à travers le volume de cavités très profondes creusées dans la glace.

Tous ces détecteurs cherchaient à observer le rayonnement de Tcherenkov, une sorte de *halo* bleu produit par les particules de haute énergie qui se trouvaient autour des tubes photomultiplicateurs.

Le Collimateur

La fonction d'un collimateur est d'assembler des faisceaux diffus de lumière en un arrangement cohérent de rayons parallèles à une certaine direction. Le *collimateur* était en fait presque l'opposé. Les faisceaux de neutrinos étaient déjà ordonnés par l'action à distance sur leurs compagnons intriqués. La fonction du *collimateur* était donc de les concentrer en une région spécifique. Il ne pouvait se fixer sur une cible-point spécifique mais simplement en une région en général. Par conséquent, toute matière organique autour du *collimateur* était affectée.

Annihilation

L'explosion avait été plutôt molle. En fait ce ne fut pas une explosion du tout. La désintégration des noyaux des atomes de carbone des molécules qui formaient la structure ADN de tous ceux qui étaient présents dans la Chambre avait perturbé ces structures ADN. Une réaction en chaine avait commencé dans le coffret que le nouveau Yu Lin avait entre ses mains et se répandit dans un cercle ou plutôt une sphère d'environ vingt-deux mètres de rayon. La zone d'impact inclut bien sûr les murs de la Chambre du Conseil. Tous furent sublimés. Aucun n'exista plus. Aucun n'exista plus dans l'espace de quelques unités temporelles de Planck, c'est-à-dire en secondes, un, précédé de quarante-deux zéros après la virgule. La désintégration actuelle des corps et de toute la matière organique dans la Chambre fut bien sûr graduelle mais rapide en général. Les portes et les murs de la Chambre étaient protégés par plusieurs couches de plomb avec des couches alternantes de tantale. La probabilité de fuite des neutrinos était donc réduite. Celle d'entrée dans la Chambre était elle-même atténuée, mais les deux grandes portes avait permis l'entrée du nouveau Yu Lin et de Yakoub, et avec eux d'une armée de neutrinos produits par les usines à neutrinos du Califat et ceux-ci ayant déjà été jumelés par intrication avec d'autres à des milliers de kilomètres. Il y avait donc un nombre suffisant de particules pour permettre à la distribution des probabilités de *collimater* quelques neutrinos intriqués. En d'autres mots, cela était suffisant pour les annihiler tous dans la Chambre.

Quelques heures plus tard, le Chef de la Sécurité avait décidé d'entrer dans la Chambre, après qu'il eût ignoré des rapports parlant d'un certain sifflement venant de la Chambre peu de temps après l'entrée de Yu Lin et de Yakoub. Ce que les gardes de la Chambre trouvèrent ne fut rien. Strictement rien. Il n'y avait personne à l'intérieur non plus bien sûr.

Les responsables de la Sécurité qui se ruèrent alors dans la Chambre virent les trous béants sur les murs. Le sol de marbre était intact tout comme les poutres en métal qui partaient radialement dans une forme hémisphérique et qui formaient une sorte de dôme en guise de plafond et ces restes de structure avait prévenu l'effondrement total de l'édifice. La réaction première du Chef de la Sécurité, qu'il garda pour soi mais dénota une obsession egocentrique, fut que cette situation était préférable à celle qui aurait résulté d'une bombe à neutrons car au moins dans le cas présent il n'y avait pas de corps à ramasser.

Assame reçut une confirmation vers 10 heures 40, heure de BeiJing que le rayonnement de Tcherenkov observé après l'*incident* résultait en fait de la source anticipée. Sous ses ordres, la maison au nord-ouest de Manjouli où Al Kansii, Yan et Yakoub s'était réunis fut oblitérée par une forte explosion, un acte de sabotage traditionnel. Par cet attentat Assame s'assurait que le vrai Yu Lin avait été éliminé. Tout ce qui restait du complot était Lili. Et d'après les renseignements qu'Assame avait reçus, elle était encore dans le Califat. La tête du serpent avait bien été coupée. Le serpent avait été décapité. La nouvelle structure du pouvoir dans l'Empire ne serait pas sous le contrôle de Yu Lin et de Lili comme ces deux l'avaient souhaité. Et Khalid Ashgahar encore dans le XinJiang Ouïghour était prêt. C'était le plan d'Assame. Il remercia donc Allah pour sa grâce et attendit.

Pendant ce temps Yu Lin dans sa petite maison dans la forêt au nord-ouest de Manjouli *poussa sa conscience* à appeler le Rapporteur Assistant. Il l'informa qu'un enlèvement par des agents étrangers lui avait sauvé la vie. Malheureusement, tel qu'il le lui expliqua, l'alerte de Golog Maqen avait été donnée trop tard pour que le Conseil pût être épargné. Il commanda au Rapporteur Assistant d'*étendre* la vie du Souverain Suprême de deux mois. L'ordre devait être maintenu dans l'Empire et lui Yu Lin assemblerait un nouveau Conseil. Entre-temps il devrait rester dans la sécurité de l'anonymat et de la clandestinité.

Le Rapporteur Assistant était soulagé. Sa voix tremblante avait semblé à Yu Lin quelques instant auparavant comme s'il venait de l'au-delà ; le Rapporteur Assistant était visiblement pris de panique.

L'édifice sur lequel reposait la vie du Rapporteur Assistant s'était soudain effondré avec la disparition du Conseil. Quelle allait être la réaction de la population ? Il avait besoin d'un appui, d'un pilier, d'une cane, de n'importe quoi pour se tenir debout. Et c'était maintenant Yu Lin, un officiel haut placé du gouvernement qui se présentait. Il était vraiment soulagé de voir que quelqu'un, quiconque, dirigerait, mènerait la nation et la sortirait de sa misère. Et que ce quelqu'un fût Yu Lin, le brillant Yu Lin, seulement Dieu, s'il y avait un Dieu, aurait pu permettre une telle grâce au milieu d'une telle calamité.

Un leader, n'importe quel leader ! Et Yu Lin serait le meilleur. Yu Lin eut le sentiment après qu'il eût conclu sa conversation avec le Rapporteur Assistant et qu'il eût donné ses ordres que, eût-il été présent, le Rapporteur Assistant se serait jeté sur ses genoux et lui aurait embrassé les pieds. Le mépris de Yu Lin pour la condition humaine crût encore plus. « Pourquoi est-ce que ces animaux ont-ils besoin d'un leader ? » se demanda-t-il. « Et pourquoi était il, lui Yu Lin, un leader ? » Il était sûr que sa capacité intellectuelle, ou même sa force physique qui était moindre en tout état de cause, n'étaient pas la base de la vénération que lui portait le Rapporteur Assistant. C'était simplement son besoin d'avoir un chef, comme la plupart de ces serfs qui avaient besoin d'un guide, d'un chef, d'un leader, et à l'extérieur de l'Empire, d'un Dieu.

C'était si simple. Il venait de s'imposer grâce à un complot compliqué, il pouvait clairement le voir. Mais Yu Lin commença à réaliser que sans une intrigue d'une telle complexité il aurait pu accomplir la même chose avec ces gens en leur inspirant la confiance et la sécurité qui leur manquaient. Yu Lin conclut que cette insécurité qui se logeait au fond des cœurs du peuple, des gens grands et petits, faisait que chacun avait besoin d'un chef, d'un leader, sauf peut-être bien sûr le leader lui-même. Il projeta ses pensées sur le Califat et conclut que là, en plus, tout le monde avait besoin d'un dieu, sauf Dieu bien sûr.

Un monde de moutons. Un monde de suiveurs. Et pendant que tous ceux-là se soumettaient à quelque chose ou à quelqu'un, lui Yu Lin était maintenant seul aux commandes.

À Oussamabad entretemps, Li Li était arrivée plus tôt au magnétoport de la *Ma Sling* et s'était lancée vers l'espace. Quelques trois cent quatre vingt secondes plus tard elle était dans sa capsule en position suborbitale et planait *sous la voile*, en attendant que la terre tournât vers l'Est et que la capsule se trouvât au-dessus du Royaume du Soleil Levant qui faisait partie de l'Empire des Han, et ensuite vers la Mandchourie. Une action courte des *activateurs à plasma* accéléra la capsule juste au-dessus de l'atmosphère. La rentrée fut souple et Li Li atterrit quelques quarante minutes après son départ.

Li Li avait pu échapper à la détection au magnétoport d'Oussamabad. Des agents avaient été placés à chaque coin et étaient à l'affût d'une femme qui aurait l'ADN de Li Li. Mais aucune femme n'était entrée dans la capsule à destination de l'Empire. Aucun homme, ou femme déguisée en homme avec l'ADN de Li Li n'était passée par les appareils à scintigraphies, qui étaient organisés en ce qu'on appelait des *cascades,* c'est-à-dire une série d'appareils à scintigraphies avec pour objectif la réduction des erreurs et autres contremesures qui auraient pu déjouer la détection.

Li Li s'était donc évaporée du Califat.

Un NAV avait ramassé Li Li au magnétoport de BeiJing, où elle arriva après un court vol supersonique depuis DongJing ; elle prit ensuite la direction de la vieille petite maison dans la forêt où Yu Lin l'attendait. Li Li et Yu Lin devaient maintenant s'occuper à organiser un Conseil digne de ce nom, et établir les règles appropriées pour gouverner l'Empire, et ceci pendant la courte période que Yu Lin s'était donnée pendant l'*extension* du Souverain Suprême annihilé. Dans deux mois au plus tard, les *engins à décision* s'arrêteraient d'émuler les pensées et les désirs du Souverain Suprême et celles-ci ne seraient plus produites par les *engins à conclusion,* leur processus étant alors désengagés et le Souverain Suprême déclaré *parti avec pleine vie.* C'est-à-dire parti pour toujours, mort.

Les préparations pour des funérailles d'État furent faites et prévues six mois plus tard après la tourmente, lorsque les passions, s'il en fait il y en eût, se fussent calmées. Bien sûr il y en eut peu car les évènements ne furent remarqués comme de coutume que par ceux proches de la *Cité Interdite.*

Tcherenkov

Au milieu de l'euphorie initiale qui saisit le cercle de ceux autour d'Assame, on pouvait sentir qu'il y avait un problème. Le rayonnement de Tcherenkov avait indiqué que l'incident avait eut lieu, mais aucun signe d'Al Kansii n'avait été reçu annonçant qu'il était vraiment mort, contrairement à ce qui avait été prévu. De plus, aucun communiqué officiel n'avait été émis annonçant l'explosion en Mandchourie, et donc la disparition de Yu Lin. Ceci aurait dû être de routine puisqu'il n'était pas prévu que Yu Lin recevrait une *vie étendue*, un privilège réservé d'habitude uniquement au Souverain Suprême. Il n'y avait par conséquent aucune raison de retarder l'annonce de cet événement. Bien entendu les Han auraient pu avoir quelques autres raisons, et au milieu de la panique dans la *Cité Interdite* ils auraient peut-être omis d'émettre une telle annonce pour l'instant. Assame décida donc de garder son calme et d'attendre, quoique ces deux inconnues le troublassent.

Le rayonnement de Tcherenkov avait été détecté par les satellites Han et par ceux du Califat. Il avait émané de la Chambre du Conseil du Peuple pendant un temps très court. Les deux puissances avaient donc la même information, mais la signification en était bien sûr beaucoup plus critique pour le Califat.

Le rayonnement de Tcherenkov est une lueur bleuâtre qui est produite à proximité des sites où des réactions impliquant des particules de haute énergie ont lieu. C'est le résultat d'un phénomène équivalent aux ondes de choc que l'on observe, ou qu'on entend, avec le son mais pour les ondes lumineuses. On sait bien que la lumière se déplace à la vitesse c dans le vide et que c ne peut être dépassé. Cependant dans un milieu autre et qui aurait un indice de réfraction n, la lumière se déplace plus lentement, à la vitesse de c/n en fait. À la suite de certaines réactions les particules émises, quoique se déplaçant toujours à des vitesses inferieures à c, le font à une vitesse plus grande que c/n et ce phénomène crée les ondes de choc qui se manifestent par le rayonnement de Tcherenkov. On observe cette aura bleuâtre près des réacteurs nucléaires et dans les installations pour l'observation des neutrinos en Antarctique. Elle fut aussi observée dans la Chambre du Conseil du Peuple.

Le rayonnement de Tcherenkov donna à ceux qui furent annihilés dans la Chambre une aura de sainteté, un vrai halo. Bien sûr, personne ne se trouva là pour observer leur ascension à la sainteté et le halo ne put être conféré sur la tête d'aucun puisque tous ceux qui étaient présents venait de se faire désintégrer. Mais l'aura avait été observée de là-haut. Par les satellites des deux Empires, comme une lueur faible mais infaillible.

Les satellites Han étant plus près de la terre et leurs signaux ayant une incidence presque normale par rapport à la *Cité Interdite*, le rayonnement de Tcherenkov leur étaient plus fort et plus défini que pour le système équatorial plus distant des Han et pour lequel l'angle de vue à la Chambre, l'*angle d'élévation*, était beaucoup plus petit.

Le Califat avait donc pu conclure avec un certain retard que l'*explosion* avait dû oblitérer le Conseil du Peuple, et Al Kansii tout aussi bien. Les neutrinos avaient donné de l'énergie à des protons pour les faire se muter en neutrons et en positrons. Des neutrons s'étaient décomposés en protons et en électrons avec l'émission d'antineutrinos. Des atomes de carbone en particulier s'étaient mutés en d'autres éléments, spécialement du bore, l'hydrogène s'était combiné avec de l'oxygène, et des décharges électrostatiques massives avaient été la conséquence des électrons rendus libres, et des photons avaient été émis. Tout s'était déroulé comme prévu. Et la lueur pâle de Tcherenkov prouvait que le processus avait pris place tel qu'on l'avait anticipé.

Une greffe avait été placée dans le cerveau d'Al Kansii pour capter ses ondes cérébrales et cette greffe était sensée émettre une impulsion unique quand Al Kansii percevrait la lueur de Tcherenkov. Elle avait été programmée pour en faire ainsi. Le procédé confirmerait qu'Al Kansii avait été oblitéré et qu'il avait vu sa propre mort. Qu'il était devenu un vrai martyr.

Ce qui ennuyait donc le Califat était qu'Al Kansii n'avait pas communiqué par l'intermédiaire de cette greffe. C'était un appareil simple et il n'y avait aucune raison pour qu'il ne fonctionnât pas. Les yeux et le cerveau d'Al Kansii avaient certainement pu observer ne serait-ce qu'un instant le rayonnement de Tcherenkov. La greffe avait été programmée pour détecter cette sensation et pour transmettre ensuite un signal par satellite. Ce signal était court et crypté, quelques bits seulement qui étaient répétés plusieurs fois et dont la répétition assurait qu'au moins une partie du signal passât, même si les Han eussent déjà déployé leurs techniques d'interception et de brouillage, ce qui était peu probable du temps de l'émission du rayonnement de Tcherenkov. Al Kansii n'avait donc pas informé le Califat de sa propre mort bien que cette notification eût dû avoir été faite. Il n'y avait aucune explication pour son absence.

Une Théorie de la Mort

La science de l'analyse cérébrale avait conclu que toutes les pensées remontaient à des réactions chimiques entre les neurones dans le cerveau et étaient portées par des ondes de faible intensité, d'ordinaire appelées *ondes cérébrales de second ordre* ou quelques fois *ondes cérébrales d'ordre élevé*. Ces ondes n'étaient pas très différentes des ondes électromagnétiques, mais elles ne pouvaient être caractérisées comme telles. Leur nature était encore l'objet d'un débat passionné car on avait à l'origine cru que de telles ondes produites par un cerveau mourraient immédiatement à la mort de celui-ci. La recherche actuelle postulait que ce à quoi on se référait comme les *ondes de pensée* étaient en fait des *ondes cérébrales d'ordre élevé*, et celles-ci pouvaient transmettre de l'information entre le cerveau qui était à l'origine de la pensée en question et un autre sujet à distance, et ce phénomène expliquait en partie l'attraction et la répulsion entre les êtres humains. Il expliquait aussi du moins partiellement quelques autres phénomènes tels que la télépathie qui était bien sûr plutôt un canular, quoique quelques cas nous laissassent perplexes. Un exemple bien connu dans la culture populaire était celui de l'un de deux jumeaux qui *sentait quelque chose* quand l'autre mourrait, même si les deux fussent séparés par une vaste distance. *Des effets fantômes à distance*, comme en Théorie Quantique.

Ceci n'était pas nouveau, ni de la science exacte. Il avait par contre été établi que le cerveau était en fait une sorte d'ordinateur quantique très avancé. La première conséquence de ceci était que les processus à l'intérieur du cerveau, spécialement les processus de la pensée n'étaient pas simplement le résultat de neurotransmissions unidimensionnelles et séquentielles aux synapses mais plutôt le point de culmination de milliards de processus parallèles agissant en un tout coordonné et unique. Deux questions importantes en découlaient : d'un, comment est-ce que l'effet tunnel s'appliquait à de tels processus, et de deux, l'intrication quantique était-elle limitée aux régions du même cerveau ou plutôt aussi à celles à l'extérieur de ce cerveau ; en d'autres termes, est-ce-que l'équivalent pour un cerveau d'un *qubit* pourrait être intriqué avec un *qubit* d'un autre cerveau, ou même d'un autre lieu à l'extérieur du cerveau en question.

Ce qui était intrigant en outre et qui n'avait pas encore reçu de réponse définitive était de savoir si ces *ondes de pensée*, ou en fait ces états quantiques contenant de l'information, s'évanouissaient exactement au moment de la mort d'une personne. Ou plutôt si l'information dans le cerveau ne mourrait pas instantanément quand le cerveau de la personne cessait de fonctionner immédiatement après sa mort, comme ce l'était normalement accepté. On savait par exemple que certains animaux pouvaient sentir leur propre mort imminente, s'y préparaient en se couchant dans un endroit paisible et s'endormaient d'eux-mêmes, comme s'ils induisissent leur mort inévitable. Une personne n'agit normalement pas de la sorte quoique la prémonition de sa mort à la suite d'une longue maladie fût commune.

Le défi pour les spécialistes des ondes cérébrales était donc de déterminer ce qu'une personne pouvait sentir quand la mort arrivait, spécialement si la mort était lente. On savait qu'il y en a plusieurs qui sur leur lit de mort annoncent des faits importants, ou donnent des commandes, ou même font des confessions. Il semble qu'ils savent déjà ce qui va arriver, car le processus a déjà commencé. On pouvait donc supposer qu'un mourant pourrait voir la mort approcher lentement, communiquer avec son environnent et observer les évènements comme ils arriveraient. La question était donc de savoir quand une personne cessait d'observer sa propre mort. C'était la question essentielle à laquelle on essayait de répondre.

Certains théoriciens faisaient avancer l'idée qu'à mesure que la mort progresse lentement, les *ondes de pensée* informent le sujet des évènements en cours. Si on décomposait alors la durée de la mort en unités temporelles infinitésimales, comme les physiciens le font par exemple lorsqu'ils analysent les débuts de l'Univers, ou quelqu'autre effet quantique, on peut tracer un graphe du mouvement des *ondes de pensée* en incréments temporels petits, tous précédant la mort. La question alors devient : quand la mort finalement se produit, c'est-a-dire quand le cerveau cesse de fonctionner, y a-t-il des *ondes de pensée* rémanentes ?   Est-ce que celles-ci s'attardent là un peu plus longtemps ?   En d'autre mots, est-ce-que le sujet est témoin de sa propre mort, complètement témoin jusqu'au bout ?   Est-ce qu'il se voit mourir et ensuite meurt ?   Ou est-ce qu'il meurt plutôt tout simplement sans savoir ce qui est arrivé ?

Si la première proposition est vraie, la probabilité que l'on puisse être témoin de sa mort au-delà du moment de cette même mort est non nulle. Une expérience pionnière de cette recherche consistait à placer des sondes sur un cerveau mourant, à en enregistrer les ondes cérébrales rémanentes et à les analyser afin de détecter les pensées contenues dans les *ondes de pensée*. Une application de cette technique qui fut proposée consistait à installer une petite greffe dans le cerveau d'un sujet et à programmer celle-ci pour qu'elle transmît un message qui refléterait les pensées du sujet au moment de la mort ou même après cet évènement. Le sujet dans ce cas informerait le monde des vivants en effet qu'il venait de mourir quelques instants auparavant, bien sûr en supposant que les *ondes de pensée* survécussent à la mort pendant au moins une courte durée.

C'en était l'essence de la greffe dans le cerveau d'Al Kansii et qui était sensé informer le Califat de sa mort, par son propre cerveau, *après* sa mort. De cette façon il n'y eût eu aucune équivoque quant à sa mort, aucune.

Bien entendu la théorie était complètement basée sur l'existence après la mort d'*ondes cérébrales d'ordre élevé* détectables et non nulles. Les théoriciens des ondes cérébrales se concentraient naturellement sur la question de savoir si ces ondes cérébrales pouvaient traverser par effet tunnel la *barrière de la mort*. Les deux corollaires de cette supposition étaient d'abord si ces ondes pouvaient se réfléchir sur cette *barrière de la mort* et donc informer le mourant, ou quelqu'autre détecteur, de sa mort imminente ; et ensuite si quand ces ondes traverseraient cette barrière vers l'avant grâce à l'effet tunnel elles pouvaient communiquer avec les vivants les pensées du mourant, *après* sa mort.

L'analogie avec l'effet tunnel quantique appliqué aux ondes cérébrales était basée sur le fait que de la même façon qu'une particule traverse par effet tunnel une barrière *interdite* et se trouve souvent de l'autre côté de cette barrière, une composante en est aussi réfléchie, ces phénomènes étant dus aux probabilités données par leurs fonctions d'onde. L'analogie s'étendait aussi au cas où l'onde serait incidente sur une *barrière* d'énergie inférieure à la limite d'*interdiction* c'est-à-dire pas une barrière du tout au sens classique, et qui donc ne devrait pas réfléchir l'onde, du point de vue classique. Dans ce cas donc, du point de vue classique du moins, l'ensemble des particules devrait se trouver de l'autre côté de cette non-barrière et la probabilité d'observer une réflexion serait nulle. Pour les états quantiques par contre plusieurs expériences avaient montré que ces réflexions se produisaient car elles étaient observées même sur des *barrières* qui ne barraient rien du tout. L'analogie s'étendait donc à ce cas particulier.

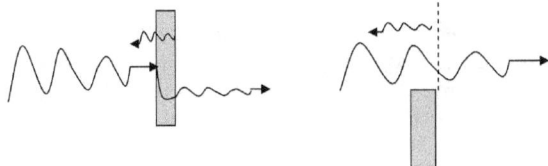

31. *Comportement d'États Quantiques en Présence
de Deux Types de Barrières*

Ainsi pour les ondes cérébrales, cette analogie voulait dire que quand la barrière de la mort commence à se former, mais est encore un évènement éloigné, ces ondes cérébrales n'ont pas besoin de la traverser puisque le sujet est encore vivant, mais la barrière de la mort réfléchit quand même les ondes, d'un point de vue probabiliste. Et plus la mort devient proche, plus le degré d'*interdiction* s'élève et à mesure qu'on s'approche de la mort une plus grande réflexion de ces ondes cérébrales annonçant sa propre mort devrait être observée, comme venant du néant. Les scientifiques appelaient cela de la *prémonition quantique* de même qu'ils appelaient l'effet correspondant après la mort la *survie quantique de la conscience*. Bien entendu certains avaient une capacité très aigue à voir leurs ondes se réfléchir sur des barrières invisibles et non interdites et d'autres pouvaient même voir la réflexion de ces ondes depuis la barrière de la mort de quelqu'un d'autre.

Si donc un tel effet tunnel se produisait dans les deux directions comme on l'avait postulé, on pourrait alors comprendre la prémonition de la mort connue depuis la nuit des temps, et les expériences incorporelles de la tradition populaire.

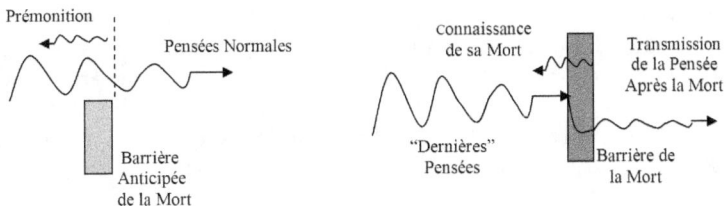

32. *Communication par Effet Tunnel à Travers la Barrière de la Mort*

L'effet tunnel après-mort de l'autre côté était considéré comme dépendant bien sûr des *pensées* qui demeuraient en existence après la mort, l'âme de l'être, et qui persistaient quelque temps jusqu'à ce que l'atténuation normale de leurs ondes dans le temps et dans l'espace les rendît si faibles jusqu'au point de les éteindre. C'est seulement alors que la personne était définitivement éteinte, ou comme on le dit communément, morte.

Survie de la Pensée après la Mort

Une question importante sur laquelle les théoriciens des ondes cérébrales concentraient donc leurs énergies était celle de l'intensité des ondes cérébrales survivantes, et en particulier si cette intensité était la même pour tout le monde, indépendamment de leur âge, leur origine ethnique, leur capacité intellectuelle et d'autres facteurs. Un comportement qui fut observé est que certain individus pouvaient maintenir leur ondes cérébrales pendant des périodes beaucoup plus longues que d'autres, alors pour que la plupart les ondes s'éteignaient quelques courts instants au-delà de leur mort physique, leur mort médicale. Ceux qui pouvaient maintenir leur présence en ondes pendant de longues périodes pouvaient être *entendus* ou *sentis* dans leur environnent immédiat. Il était par conséquent supposé que les prophètes, les saints, et autres individus spéciaux qu'on avait vu ressusciter pendant de courtes périodes, auraient pu avoir émis des ondes cérébrales particulièrement fortes et qui auraient continué à émaner de l'énergie bien après leur mort.

Une autre école de pensée se basait sur le fait que l'intensité des ondes cérébrales, c'est-à-dire leur amplitude n'était pas le facteur différentiel entre les morts inconséquents et les morts uniques mais plutôt le coefficient d'atténuation de l'onde, avec une amplitude minimum bien sûr. Ceci était illustré dans le diagramme comparatif ci-dessous où l'atténuation de l'amplitude était donnée pour des sujets de conditions normale, infranormale, et supranormale :

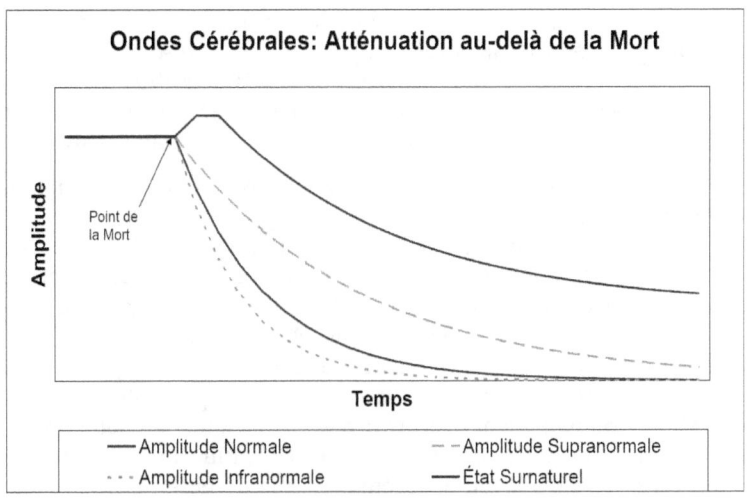

Ondes Cérébrales: Atténuation au-delà de la Mort

Amplitude

Point de
la Mort

Temps

— Amplitude Normale — – Amplitude Supranormale
· · · Amplitude Infranormale — État Surnaturel

33. Atténuation des Ondes Cérébrales Après la Mort

Une observation d'un intérêt particulier mais bien sûr un résultat qui était très contesté, était celle qui montrait un pic dans l'amplitude de l'onde cérébrale immédiatement après la mort et ce pic était suivi d'une atténuation très lente, si même atténuation il y eût, pendant une très longue période. Cette condition particulière, encore une fois très contestée, avait été nommée *surnaturelle* et avait conduit certains à attribuer un caractère d'inspiration divine à la personne, très rare il faut le dire, chez qui cette condition était présumée avoir été observée.

Un diagramme équivalent pour diverses espèces animales montrait des atténuations très prononcées allant vite à zéro sauf pour les mammifères supérieurs pour lesquels la courbe se trouvait dans la région au-dessous de la condition infranormale pour les humains. Certains théologiens prétendait de bon cœur que ce phénomène seul indiquait l'existence d'une âme chez les humains, et était preuve de leur caractère spécial *hérité de Dieu – à l'image de Dieu*. Bien sûr il supportait aussi une autre prétention théologique qui dit que la réincarnation des humains en certains animaux en effet se produit aux niveaux sous-normaux.

La survie de la pensée, après la mort, n'était pas limitée à l'analyse de l'analogie avec l'effet tunnel quantique. L'intrication quantique donnait aux chercheurs scientifiques un autre outil puissant pour étudier la survie de la pensée et peut-être même son immortalité, reliant ce que les religieux avaient traditionnellement appelé l'âme à ce que certains scientifiques préféraient considérer comme la conscience universelle. L'interprétation en était la suivante.

Il avait été établi que le cerveau se comportait comme un ordinateur quantique des plus sophistiqués et que les *quanta* d'information dans une partie donnée du cerveau étaient *intriqués* avec des *quanta* d'information jumelés dans une autre partie de ce cerveau. L'exemple évident de cette interaction était le dicton populaire qui résumait ainsi ce jumelage : *relier les deux bouts,* la mère de l'intuition, de l'induction et donc de l'invention. En apparence les êtres humains, et seulement eux, pouvaient accomplir cette tâche. Les êtres humains pouvaient concevoir des abstractions mathématiques, de la musique, de la poésie et aussi accomplir d'autres exploits intellectuels qui n'avaient apparemment pas de base dans la réalité physique ou tangible. Le cerveau humain était aussi conscient de lui-même. La question était donc de savoir si cette intrication finissait dans les confins d'un cerveau ou alors si elle s'étendait à d'autres cerveaux, ou à d'autres réceptacles d'information dans l'Univers, ou même à aucun réceptacle, simplement dans l'Univers.

L'extension de l'analogue de l'intrication quantique entre un cerveau et des cerveaux voisins avait des exemples dans la tradition populaire tels que la télépathie, l'effort d'équipe, et les actions dans le plein de la bataille dans une guerre et d'autres anomalies. Les partisans de ces idées citaient les situations paradoxales où l'équipe la plus forte pouvait perdre un match dans un sport, ou lorsqu'une armée plus puissante était défaite par une plus faible et ainsi de suite. Mais ceci n'était qu'anecdotes, et non pas de la science. Ce que les scientifiques cherchaient à faire c'était de prendre des *mesures* des processus de la pensée, si faibles soit-elles, à l'extérieur immédiat du cerveau et calculer l'impact de ces pensées sur des cerveaux voisins. Ceux-ci n'étaient pas nécessairement des cerveaux humains mais plutôt des instruments scientifiques qui émulaient ceux-là et pouvaient enregistrer les processus dans les cerveaux humains qui leur étaient proches. Les résultats bien sûr étaient troublants car ils posaient des questions importantes d'éthique, de philosophie et de religion.

Ce qui était d'importance dans ce consensus général était que l'intrication des pensées dans un cerveau n'était pas limitée à d'autres parties de ce cerveau mais s'étendait au-delà. L'extrapolation à cet *au-delà*, dans l'espace et dans le temps et qui ne devait pas nécessairement être un lieu physique spécifique tel qu'un autre cerveau vivant mais n'importe où ailleurs, conduisit à des spéculations sur l'universalité de la pensée, de la conscience et donc de l'immortalité des pensées d'un point de vue physique.

Ainsi les pensées de certains étaient encore vivantes non pas seulement parce que nous pensons à eux, ou que l'on se rappelle leurs accomplissements comme par exemple leur musique ou leurs écrits, mais parce que ces pensées sont encore là, flottant dans l'Univers comme *quanta* d'information, peut-être sous la forme de faibles ondes cérébrales qui seraient intriquées avec les nôtres. Certains bien sûr disaient que l'âme avait donc une présence physique, peut-être non matérielle, mais physique tout de même.

De plus, les adeptes de l'intrication des ondes cérébrales chez les individus ou même entre espèces animales citaient un phénomène qui laissait leurs interlocuteurs perplexes. Ce phénomène était le suivant. Lorsque deux personnes communiquent, elles se regardent toujours en un premier geste dans les yeux, de façon instinctive. Quand un animal rencontre un autre animal, ou une personne, le premier contact, la première communication, sont à travers le regard. Même les oiseaux se fixent d'abord et surtout sur le regard d'une personne pour pouvoir évaluer la situation. Même les cobras. Si l'on supposait donc qu'un cobra voulût savoir ce qu'une personne avait l'intention de faire, ou si cette personne représentait un menace, pourquoi donc ce cobra regarderait en premier la personne au fond des yeux ? Qu'est ce qui fait que ce cobra se concentre sur les yeux d'un autre être ? Comment est-ce que ce cobra saurait que pour communiquer avec un autre être vivant l'on doive d'abord le faire en se fixant sur le regard de celui-ci ? Ou alors comment est-ce-que ce cobra comprendrait-il que les yeux d'une personne sont son premier canal de communication ? En fait il semblerait que le cobra instinctivement saurait que l'absence d'yeux signifierait l'absence d'une être vivant, comme si ce fût une roche ou une machine, et donc ne présenterait aucun intérêt comme menace, ou comme source d'alimentation. Qu'est-ce qui faisait donc que les êtres vivants communiquent instinctivement par le regard, dirigé exclusivement des yeux d'un antagoniste au yeux de l'autre, comme si ce canal était le canal primaire de communication entre vivants ?

Les religieux bien sûr attribuaient ce phénomène au fait que la création divine lie toutes les âmes vivantes et est donc preuve de Son existence. L'école scientifique d'un autre côté expliquait d'abord que l'évolution des espèces avait conservé des caractéristiques qui avaient été héritées et continuaient de l'être, et dans ce cas précis se manifestaient dans ce moyen de communication préféré. Les théoriciens de la science nouvelle proposaient par contre que tous les éléments de la conscience, y compris les instincts, étaient en fait des membres jumelés de pensées intriquées originelles qui continueraient de survivre jusqu'à nos jours. Et cela expliquerait non seulement le contact visuel entre espèces mais aussi des instincts comme la préservation des espèces, la crainte et la menace de la mort entre antagonistes d'espèces différentes, et bien d'autres intrications.

En tout état de cause, les ondes cérébrales résiduelles d'Al Kansii auraient dû avoir été détectées par cet appareil et transmises, ou du moins captées, par les satellites planant au-dessus de l'Empire. Le rayonnement de Tcherenkov résultant de l'explosion avait été observé et confirmé en accord avec les prévisions, mais aucune onde cérébrale résiduelle n'avait été reçue de la part d'Al Kansii. Al Kansii était considéré comme une personne d'intelligence supérieure, et ses ondes cérébrales résiduelles étaient sensées être dans la gamme normale-à-supranormale. Al Kansii n'était pas du tout un animal, ou quelqu'un sans convictions. Le Califat n'avait néanmoins pu détecter aucun signal venant d'Al Kansii lui-même qu'il *avait trépassé*, qu'il était *déjà* mort.

Le Califat voulait s'assurer qu'Al Kansii était mort en tant que martyr, spécialement pour effacer toute trace du complot et éviter des répercussions désagréables de la part des Han. L'ascension de Khalid Ashgahar au pouvoir devait avoir l'air *naturel* et non le résultat d'une conspiration. Le Califat avait besoin de savoir qu'Al Kansii avait été oblitéré. Il avait donc programmé son cerveau et y avait placé une greffe qui transmettrait ses dernières pensées pour qu'en fait il pût envoyer le message suivant : « *Je suis mort il y a quelques instants. Fin d'alerte.* »

Le Califat n'avait pas reçu ce message. Soit que le système n'eût pas marché, soit qu'Al Kansii eût pu échapper d'une manière ou d'une autre. Mais le Conseil du Peuple avait été oblitéré, c'était un fait établi. La lueur bleuâtre du rayonnement de Tcherenkov était un signe indubitable que tous avaient été annihilés dans la Chambre. Tous et Al Kansii ? Même son *appareil des derniers rites,* ainsi que quelqu'un avait appelé sa greffe en un humour des plus mal placés et du plus mauvais goût ?

Le Califat eut vent de la rumeur que des agents sur place avaient fait une arrestation, ou qu'ils la feraient de façon imminente. C'en était la rumeur. Était-ce du bluff ? Peut-être même était-ce une rumeur créée par ces soi-disant agents pour qu'ils pussent paraitre importants, branchés, utiles. Ou peut-être était-ce une déclaration politique à consommation interne. Si la rumeur était même vraie.

On ne le saurait jamais. Et si Al Kansii et tous les autres avec s'étaient tout simplement faits désintégrer et convertir en un amalgame de métaux et de flaques de substances liquides contenant de l'eau, comment est-ce que quelqu'un pourrait jamais savoir qui les disparus étaient ? Comment pourraient-ils faire des arrestations ?

Ces doutes resteraient dans la conscience du Califat pour l'éternité. À moins qu'Al Kansii ne réapparût. On espérait bien sûr que cela ne se produisît pas.

Ou à moins qu'il pût communiquer en un mode différé qu'il avait en fait trépassé, qu'il était mort. Qu'il était devenu un vrai martyr. Cela serait bien mieux.

Effets Secondaires

Assame était en état de choc quand il eut fini de lire le rapport. Khalid l'avait informé que le Souverain Suprême était dans un état de *vie étendue* ce qui en soi était un affront car Dieu seulement pouvait prolonger la vie, et qu'il semblait que le Rapporteur Assistant prît maintenant toutes les décisions ; cela voulait dire uniquement que quelqu'un de la hiérarchie avait survécu. Puisque la petite maison de forêt présumée de Yu Lin avait été trouvée vide, et Khalid pouvait en jurer sur sa vie, il paraissait donc que Yu Lin eût pu avoir survécu et qu'il ferait tout pour déjouer leur plan. Khalid semblait effrayé et il n'était plus question qu'il tentât quoique ce fût avant qu'on n'eût reçu des informations supplémentaires. Cela voulait dire aussi que la prise de contrôle par le Califat était maintenant de moins en moins plausible, Yu Lin ou pas Yu Lin. Et à mesure que les jours passaient une nouvelle structure du pouvoir se dessinerait avec plus de certitude. Et avec Yu Lin encore là, ou le Califat n'étant pas au courant de ses allées et venues, Khalid en tout honnêteté ne pouvait bouger. Et si Yu Lin avait survécu, il les aurait alors tous dupés. Cela voulait dire que comme il était au courant du complot il se pourrait qu'il connût aussi l'existence de Khalid. Khalid avait raison, il n'y avait aucun moyen de faire quoi que ce fût, du moins pas encore. Et plus ils attendraient, plus leurs chances deviendraient improbables.

Assame commença à réaliser que quoiqu'ils eussent annihilé le Conseil, la Secousse avait échoué. Tout comme pour la Secousse de ses ancêtres. Par contre le temps avait donné au Califat, avec l'aide d'Allah, une occasion quelques décennies plus tard de capitaliser sur cette Secousse d'antan. Peut-être était-ce la manière dont cela finirait maintenant. C'était la volonté d'Allah après tout.

Est-ce que Yu Lin savait quelque chose que personne d'autre ne savait ? Puisqu'Al Kansii n'avait pas envoyé son dernier message annonçant sa propre mort, cette question n'était donc pas encore résolue. Yu Lin était maintenant seul aux commandes. Il désignerait un Conseil à sa guise, et comme il savait ce que le Califat avait fait quoique rien ne fût divulgué publiquement, Yu Lin se méfierait bien sûr de ce Califat. Pire même, il connaissait maintenant leurs tactiques, leurs ruses. C'était un coup dur, un coup majeur. Assame devait commencer à réparer, à limiter les dégâts.

Il donna l'ordre à son homme de main, Al Kenii, de convoquer Lili pour qu'ils pussent évaluer la situation et faire amende honorable autant que nécessaire. Après tout ils étaient tous deux les membres fondateurs du Club.

Assame se perdit alors dans ses pensées. Le silence apparent d'Al Kansii et la *vie étendue* du Souverain Suprême, cette machination perfide et abominable, était des signes révélateurs. Est-ce que Yu Lin bluffait ? Cela n'avait réellement pas d'importance, sa survie signifiait la fin du Complot.

TROISIÈME PARTIE

MISSION INACHEVÉE

1

L'ACCOMMODEMENT

L'ascension de Yu Lin au poste de Souverain Suprême fut ce qui est appelé un non-évènement. Les chancelleries de par le monde furent informées de l'habilité unique du Souverain Suprême et de son désir de paix pour toute l'humanité. Toutes les platitudes diplomatiques ne pouvaient cacher le fait que l'Empire des Han parlait maintenant d'un nouveau leader, sans même mentionner que l'ancien leader avait disparu et un nouveau était apparu. Comme ça. D'un jour à l'autre ils avaient changé de sujet et commencé à faire la louange des qualités uniques de Yu Lin, sans aucune introduction, comme s'il eut été là tout au long.

Pour le Califat une chose était claire maintenant : Assame avait été dupé et Al Kansii sacrifié. Au moins Khalid avait été épargné, comme si en fait cela importât à quiconque. Assame savait qu'Al Kansii était unique. Khalid par contre était un parmi une multitude. Un politicien, un chef local on appelait ça, un organisateur de sa communauté. On pouvait en trouver nombre de ceux-là. Ils étaient remplaçables, voire même à sacrifier. Le problème avec les personnes dites à sacrifier, Assame le savait bien, c'était que personne ne semblait vouloir leur sacrifice, pas même Allah : elles étaient à sacrifier mais rarement sacrifiées ; plus elles étaient inutiles et parasitaires, plus elles duraient. Les vrais héros, les vrais martyrs comme Al Kansii, ceux-là Allah les reprenait souvent. C'était la manière d'Allah, la volonté d'Allah.

L'Assemblée des Nations

Quelques décennies plus tôt, le Califat et les Han avaient d'un commun accord formé une organisation mondiale, l'Assemblée des

Nations dont la mission était d'offrir une structure pour la paix, la stabilité et la justice dans le monde.

Il y avait treize nations qui étaient représentées à l'Assemblée des Nations : le Grand Califat, l'Empire des Han, la République Chrétienne de Patagonie, l'Inde et Ceylan, et neuf autres principautés dispersées consistant en des terres isolées avec peu ou pas de population telles que la République de l'Ile de Pâques avec ses milles deux cents habitants ou les Iles Kerguelen d'une population de deux cents dix âmes. Leurs représentants n'assistaient normalement jamais aux réunions puisqu'ils n'avaient pas les ressources nécessaires pour le faire. Les *quatre grands* normalement y assistaient.

L'Assemblée des Nations, contrairement à son ancien prédécesseur, n'était pas une bureaucratie gonflée d'incompétents surpayés et le plus souvent corrompus. Elle avait été conçue très efficacement par le Califat et l'Empire des Han. L'ensemble du personnel était au nombre de trente-deux et était divisé en quatre comités de sept personnes chacun et quatre membres dits *servants permanents*. Ces quatre *servants* étaient désignés deux par le Califat et deux par l'Empire des Han. Chaque paire consistait en un *servant leader* et un *servant délégué*.

Les quatre comités s'occupaient respectivement des Affaires Politiques, de l'Économie, des Ressources Naturelles et des Fonctions Administratives telles que les télécommunications, les voyages et autres nécessités. Parmi les sept personnes dans chaque comité on pouvait trouver un *servant de comité*, un *servant de comité délégué*, et un *servant assistant* nommés par le Califat et trois contreparties désignées par l'Empire des Han. Le septième membre de chacun des quatre comités était un *servant étranger* désigné soit par la Patagonie, soit par l'Inde, tous deux se partageant ainsi les postes dans les quatre comités, deux pour chacun.

Tous les *servants* étaient payés par leur gouvernement respectif qui prenaient aussi en charge leur logement et autres dépenses. L'Assemblée des Nations n'avait pas de budget et puisque le Califat et l'Empire, et aussi les autres nations, insistaient à appeler les membres de ce *service* au public par leur vrai titre, celui de *servants,* leur allégeance aux buts de leur gouvernement était attendue et accomplie sans la prétention de *servir* l'humanité. Inutile de le dire, la corruption était inexistante dans une telle organisation.

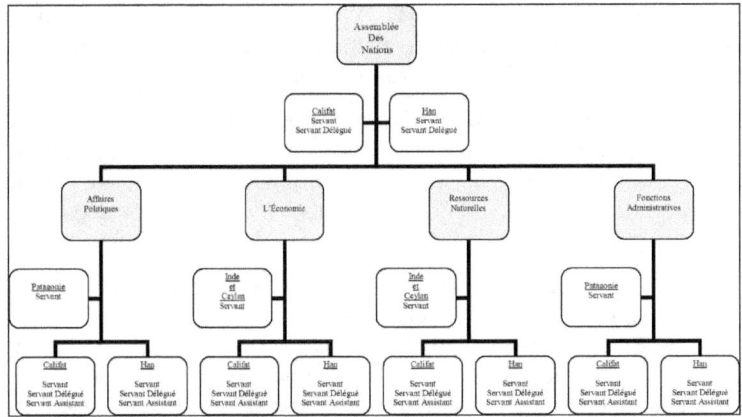

34. *Structure d'Organisation de l'Assemblée des Nations*

L'organisation avait été ainsi établie pour obtenir un accord seulement si les deux puissances principales en convenaient. En de rares exceptions, normalement pour des affaires de moindre intérêt, les Patagoniens ou les Hindous comme on appelait alors les Indiens, pouvaient-ils jouer un rôle significatif. C'était un monde en équilibre malgré la cacophonie qui caractérisait parfois les réunions de l'Assemblée. Les puissances moindres y allaient pour se sentir importantes et jouer un des grands contre l'autre, alors que ceux-ci utilisaient ce forum pour suivre de près les intentions l'un de l'autre.

À la nouvelle de la désintégration dans l'Empire des Han, ou comme on l'avait appelée par euphémisme la *transition,* on avait officiellement annoncé que le Conseil du Peuple avait *disparu,* et la rumeur disait même que ce fut une *disparition quantique,* et qu'un nouveau Conseil avait été élu sous Yu Lin, le Souverain Suprême. Il n'y en avait pas plus que ça.

Le Califat pendant ce temps, peut-être par sentiment de culpabilité, ou pour jauger des intentions de l'Empire, avait convoqué une séance plénière de l'Assemblée. Tous les trente deux membres étaient présent, chacun du côté qu'il leur était assigné dans le Centre de Conférences, les *servants* du Califat à droite, ceux de l'Empire des Han à gauche et les autres au centre derrière le podium.

Mohammed bin Abdoul Aziz, dont le nom littéralement signifiait *Mohammed fils du Serviteur du Bien Aimé*, c'est dire fils du serviteur de Dieu, prit en premier la parole au podium et exprima une tristesse apparemment ressentie très profondément :

« Chers frères humains. *Allah u Akbar*, Dieu est grand ! Dieu a commandé qu'un de nos frères, et ses frères avec lui, eux tous qui ont dédié leur vie à la paix et à la justice parmi nos peuples, Dieu a voulu les reprendre chez Lui. On nous dit qu'ils ont disparu. Complètement disparu. »

À ce moment un grondement sourd se fit entendre dans le Hall de l'Assemblée. Tous savaient que seuls le Califat et l'Empire possédaient les armes qui pourraient causer la *disparition* de quelqu'un. L'audience devait donc présumer que ça avait dû être soit un acte de sabotage par le Califat contraire à la Charte de l'Assemblée des Nations, ou soit un acte de trahison de l'intérieur. Ou les deux à la fois. Et cela était peut-être pourquoi ils étaient tous là à prétendre être affligés de tristesse pour la race humaine.

Le ton qu'Abdoul Aziz avait pris pour commencer son discours indiquait clairement qu'il pensait que c'était un acte de trahison de l'intérieur. Les Han connaissaient les faits de toutes façons. Les autres étaient les seuls dans l'audience qui pouvaient avoir quelques doutes. Cependant ni le Califat ni l'Empire n'attachaient aucune importance à leur opinion en tout état de cause. La séance était une occasion pour les deux grands de se parler indirectement, et aussi de se lancer des menaces si nécessaire. Les Patagoniens spécialement profitaient du spectacle, car ils se sentaient plus proches des Han des points de vue philosophique et politique, et comptaient sur les Han pour un jour reprendre leur proéminence dans la marche des nations.

« Nos pays, nous et toutes les nations de la terre, continua Abdoul Aziz, lutterons pour atteindre la paix et la prospérité universelles. Nous nous engageons à offrir notre coopération, et notre engagement est indéfectible, pour assister l'Empire à découvrir les coupables de cet acte malicieux et à les punir de la manière propice à nos amis, les Han. Bien sûr, à moins que Dieu ne nous les ait déjà enlevés. »

Abdoul Aziz faisait évidemment référence au fait que si cela avait été une opération martyre, le boulot de prendre soin des auteurs avait déjà été fait. Son engagement de coopérer était donc une façon de dire aux Han de laisser tomber et de faire face à l'avenir. Il conclut avec le standard :

« Que Dieu nous bénisse tous. Nous sommes tous des Enfants de Dieu. *Allah u Akbar*, Dieu est grand et Mohammed est Son prophète (qlpsal). »

L'audience applaudit avec respect mais sans trop de conviction. À ce point Cheng Liu se leva et s'approcha du podium. L'audience était maintenant très attentive car tous savaient déjà ce qu'il avait dû arriver, et il était d'importance pour le monde de savoir quelle serait la réaction de l'Empire. Cela informerait aussi les trente-deux *servants*, pour qu'ils pussent l'écrire dans leur rapports à leurs gouvernements afin d'informer ceux-ci sur le fait que ce fut un boulot interne ou un acte de sabotage international, et la rédaction de ce rapport justifierait donc leurs postes.

« Camarades, commença Liu, une grande calamité nous a frappé. Les auteurs d'un tel acte malicieux ne sont pas connus, ni leurs motifs explicables. Nous prenons à cœur l'offre de coopération du Califat pour nous aider à résoudre le mystère de cet acte odieux. Cependant, nous devons aller de l'avant. Les affaires d'État ne nous attendent pas. Nous coopérerons mais nous serons vigilants. De tels actes ne devraient pas se produire et ne se reproduiront plus. Je vous demande à tous de nous aider, et nous vous aiderons en retour dans l'avenir, non seulement à la prévention de tels actes mais aussi à ce qu'ils ne soient même pas conçus. Trop souvent, trop de passions ont été enflammées ; trop souvent, trop de mots incendiaires ont été prononcés ; et trop souvent la cupidité et l'avidité ont guidé nos relations mutuelles. La cupidité de conquête et l'avidité de la pensée. Nous ne permettrons plus que cela se produise. Nous, dans l'Empire, sommes plein de gratitude que vous tous ici présents, et spécialement les *servants* du Califat, aient accepté de nous aider à endiguer ce fléau que sont ces actes malicieux.

« C'est avec grand respect envers vous tous, mes camarades ici présents, que je vous remercie humblement pour votre considération. »

Une ronde d'applaudissements s'ensuivit. Ce qui était notable était que l'Empire ne cacha pas de l'Assemblée des Nations le fait qu'une *grande calamité avait frappé* l'Empire, alors qu'en fait à l'intérieur de cet Empire presque personne ne savait si quoique ce soit était arrivé. La plupart des Han ne savait même pas qu'ils avaient un nouveau Souverain Suprême.

L'audience savait aussi maintenant que bien sûr le Califat était d'une manière ou d'une autre impliqué dans la *disparition quantique* du Conseil. Elle savait aussi que l'Empire ne cherchait pas à se venger. L'Empire semblait plutôt dire : « *C'est vous qui l'avez fait au Conseil précédent avec notre coopération ; vous n'allez pas le faire au nouveau Conseil* ». Ainsi c'était une bonne nouvelle puisqu'il n'y aurait pas de représailles globales qui pourraient conduire à la catastrophe. Le nouveau Souverain Suprême était apparemment satisfait du nouvel ordre. Pour les Patagoniens spécialement cela voulait dire aussi que les Han seraient plus agressifs à contenir la pression et l'expansionnisme du Califat. L'allusion à *l'avidité de la pensée* était révélatrice, indubitable. Et donc cela représentait de bonnes nouvelles pour eux. Les Hindous par contre étaient confus : ils aimaient la division mais ils ne pouvaient se fier aux Han, ils suivaient donc le troupeau.

L'Assemblée alors se retira dans un salon adjacent où des mets de toutes les nations furent servis, en échantillons de petite taille, et du thé vert était aussi disponible avec ou sans feuilles de menthe, au choix. Après à peu près une heure où les *servants* se mêlèrent entre eux, ils se préparèrent tous à retourner dans leur pays d'origine où de vraies occupations, c'est-à-dire des boulots, les attendaient.

L'Assemblée des Nations avait donc juste ajourné sa séance. Elle avait accompli son but de façon très efficace. Les deux grandes puissances avaient dit publiquement ce qu'elles pensaient des évènements fatidiques qui venaient d'arriver, si elles y avaient joué un rôle ou non, et ce qu'elles avaient l'intention de faire dans l'avenir au sujet d'une récurrence possible de ce type d'action. Il n'y avait plus rien que l'Assemblée des Nations eût voulu ou pu accomplir. Aucune bureaucratie ne resta sur place pour chercher les moyens de se perpétuer avec des tâches qu'il lui serait impossible d'accomplir de toute façon.

·

Agadir, Maghreb du Sud

Agadir dans le sud du Maghreb, le Maroc pour l'Occident, était une ville charmante sur la côte de l'Atlantique. Son port de pêche était l'orgueil de la cité car il fournissait la plus grande production de sardines au monde. Cette récolte de petits poissons qui peuvent être mangés tout entiers, sauf la tête bien sûr, puisque leurs arêtes sont molles, est une délicatesse culinaire à travers le monde mais aussi de l'alimentation de subsistance pour des millions qui se nourrissent du contenu haut en calories de sa chair. Et la sardine est bon marché, sauf pour les espèces rares de culture spécifique. Une *délicatesse à bon marché* disait le slogan publicitaire.

L'industrie de la sardine qui découlait de la pêche avait produit une mini-révolution industrielle sur ces rives et celle-ci avait commencé quelques siècles auparavant et continuait imperturbable.

Agadir était loin des centres du pouvoir politique comme Casablanca, où l'intelligentsia et autres élites se rassemblaient, le lieu fort des anciens colonisateurs où le Français était encore parlé et apprécié, ou Tanger, un pivot international une fois renommé pour son intrigue et ses plaisirs.

35. Agadir et sa Région

Agadir est situé non loin de l'entrée du désert, du Sahara, dont la porte officielle est Marrakech, une ville intérieure. Contrairement à Marrakech, Agadir ne se vante pas d'avoir des charmeurs de serpents et d'autres curiosités du désert. Les Agadiriens se sont toujours considérés *modernes*, ouverts au monde. Leur commerce international bien sûr facilitait cette vue de soi. À l'est se dressaient la chaîne de l'Atlas et à l'ouest s'étendait l'Océan Atlantique avec les Îles Canaries un peu plus au sud.

Agadir subit un choc terrible en l'an 1379 de l'Hégire, une année connue aussi comme 1960 de l'Ère Chrétienne quand un puissant tremblement de terre secoua la ville. C'était le 29 Février, jour fatidique d'intercalation et le second jour de Ramadan. D'après la légende les secousses secondaires furent senties aussi loin qu'à Casablanca. Le nombre de morts se compta par dizaines de milliers, plus d'un tiers de la population dit-on avait péri, enterrés sous leurs maisons. De milliers d'orphelins furent déplacés et intégrés dans des familles charitables dans d'autres villes à travers le royaume, des familles qui les adoptèrent de tout cœur. Un de ces orphelins dit-on devint un conseiller spécial du Roi, un poste en soi sacré puisque le Roi était un descendant direct du Prophète (qlpsal) et sa dynastie avait survécu depuis la libération du colonialisme, près de deux cent cinquante ans auparavant.

Ce choc était resté gravé jusqu'à ce jour dans la conscience collective des Agadiriens. Jusqu'à ces jours-ci quiconque d'eux réagissait instinctivement quand un grondement se faisait entendre ou sentir, par exemple quand un lourd train de fret passait dans les environs – ceux-ci étaient encore utilisés dans ces régions. Il semblait que les anciennes mémoires de leurs antécédents s'étaient transférées génétiquement à leur progéniture de génération en génération. Les Agadiriens plaisantaient en disant qu'ils n'avaient pas besoin de séismographes car ils étaient eux-mêmes des séismographes ambulants. L'impact de ce *tremblement de terre* fatal sur la population est presqu'inégalé n'importe où ailleurs dans le monde où les victimes et leurs enfants normalement vont de l'avant et leurs mémoires s'évanouissent. Pas à Agadir.

Une cité heureuse, auto-suffisante et en paix avec le reste du monde, la seule interaction avec celui-ci étant le commerce profitable et honnête et aucune autre influence, tout ceci avait contribué à garder vivante pendant des siècles la mémoire de ce jour fatidique.

C'était un Vendredi après midi ensoleillé et la population contentée s'était rassemblée dans plusieurs mosquées pour les prières du Vendredi. La grande mosquée, la Mosquée Sidi Mohammed[19],

---

[19] La Grande Mosquée Sidi Mohammed avait été nommée en la mémoire du grand Roi Sidi Mohammed V qui servit Dieu et son peuple même depuis l'exil à Madagascar. Ce grand roi mourut in 1961 de l'Ère Chrétienne, moins d'un an après son pèlerinage du Hajj

normalement recevait la visite des dignitaires de la ville et des riches marchands. Parce que tous dans la Oumma sont égaux il y avait bien sûr un grand nombre de gens plus pauvres, des jeunes, des gens vieux et vénérables et de presque toutes les strates sociales. La mosquée pouvait accommoder plus de cinq mille deux cent personnes incluant ceux qui priaient dans ses jardins et ses édifices adjacent annexes.

Le sermon donné par un *imam* des plus saints et épris de paix, Mohammed El Bradi, venait d'être conclu sur une note de joie et de paix pour le monde entier : « Incluant *ceux qui sont différents de nous*, ils sont, nous sommes tous, des enfants de Dieu » avait déclaré El Bradi. On pouvait voir la Oumma donner son approbation avec un plaisir évident à la reconnaissance de sa propre compassion et son amour pour l'humanité.

Quand l'assistance commença à former le cortège de sortie et se prépara à reprendre ses chaussures à l'entrée de la mosquée comme il est de coutume en de telles circonstances, ce qui commença comme un grondement sourd qui dura un dixième de seconde devint immédiatement une explosion puissante qui déchira la foule, les membres de ceux qui formaient la foule et la chair de ceux qui étaient ses membres. Le carnage s'étendit partout. Plusieurs milliers de personnes périrent à la suite de cette explosion.

Les plus saintes des victimes, le dit-on à ce sujet longtemps après, avaient pu entendre comme derrière le grondement les voix de leurs ancêtres qui avaient péri dans le tremblement de terre de deux siècles auparavant. Et ces voix avaient essayé de les prévenir de la catastrophe actuelle qui s'annonçait. Il y eut peu de survivants et certains purent attester qu'ils avaient eux-mêmes entendu ces voix et qu'ils en étaient témoins.

Plutôt que de se concentrer sur des voix prévenant les futures victimes, les autorités bien sûr essayèrent de secourir celles-ci et de limiter les pertes en vies humaines. Immédiatement après, ou peut-être en même temps, les autorités nationales commencèrent à chercher des explications. *« Qui donc en tout état d'esprit ferait sauter une mosquée à Agadir ? »* demanda un lecteur de nouvelles

---

à la Mecque. D'aucuns disent qu'en tant que roi, Mohammed V n'était pas tenu de faire le Hajj et la mort soudaine qu'il trouva moins d'un an après ce pèlerinage eût pu avoir eu sa cause en la rupture d'avec cette sainte tradition.

proéminent. Quoique simple dans sa logique cette déclaration fut considérée comme très profonde dans sa signification tout comme les annonces des lecteurs de nouvelles avaient toujours et partout été reçues. Peut-être était-ce dû à l'état de choc de la population qui accordait un caractère si grave et solennel à une déclaration évidente et sans conséquence. Peut-être était-ce la réaction humaine naturelle lorsqu'on entend ce que l'on sait déjà mais que l'on prend plaisir à entendre encore une fois. C'est cette réaction humaine, dont le besoin donnait bien sûr une puissance énorme aux pourvoyeurs de soi-disant *nouvelles*, qui leur permettait, et ceci non pas seulement à Agadir mais partout dans le monde, de se réjouir dans la conviction de leur propre importance et, dans leur air solennel, dans la satisfaction de soi.

La réponse à cette question grave et profonde vint bientôt sous la forme d'un communiqué émis dans un espace holographique qui normalement portait un bulletin public projeté dans une des Places d'Oussamabad, au cœur du Grand Califat, à près de six mille kilomètres d'Agadir.

« *Les Combattants de la Chrétienté viennent de frapper et frapperons encore au cœur des terres de ceux qui nous ont volé les nôtres* » , dit simplement le communiqué.

Personne n'avait jamais entendu parler de ces Combattants de la Chrétienté avant ces événements. C'était un groupe inconnu de tous.

Une Nouvelle Donne

Dans sa Salle des Deux Croissants Assame Al Amriki se mit à réfléchir à la signification de cette attaque contre des terres musulmanes, des terres musulmanes vraies, pas même celles qui furent conquises et converties, du moins pas conquises et converties dans le passé récent.

L'idée immédiate d'Assame était que ce dut être un coup des Han en représailles pour les actions contre le Conseil du Peuple, mais c'eût été trop évident. De plus, Yu Lin n'avait pas besoin de revanche puisqu'il devrait plutôt remercier le Califat de l'avoir placé à la tête de l'Empire des Han comme son Souverain Suprême.

Assame considéra alors les combattants de la libération qu'on savait assemblés dans l'Antarctique pour préparer la *segunda reconquista,* la seconde reconquête. Mais d'après Assame ce n'était que des reliques du passé, empêtrés dans les dixième et onzième siècles de l'Ère Chrétienne. Ils étaient surveillés de très près par le Califat. Ils produisaient plus de mots que d'actions et n'étaient certainement pas capables de monter une action d'une telle envergure si loin de leurs bases sans qu'ils ne se fissent remarquer.

L'attaque n'avait aucun sens. Assame échangea un regard dénué de certitude au Cheik B'rak Al Kenii et lui demanda :

« Devrions nous convoquer une autre réunion de l'Assemblée des Nations, cette fois-ci les victimes étant nous, et où nous pourrions nous plaindre de notre sort ?

— Je ne suis pas sûr que cela soit utile, répondit B'rak. Quiconque puisse être coupable ici, ou même si ces coupables sont liés d'une manière quelconque à n'importe quel membre de l'Assemblée des Nations, ou qu'ils soient supportés par celui-ci, ils nieraient tout. Et il est même possible qu'ils fussent sincères. Nous avons face à un nouvel ennemi. Même ces imbéciles dans leurs torchons du Moyen Âge dans l'Antarctique diraient probablement la vérité s'ils niaient tout rôle dans ces attaques. En fait, j'ai entendu qu'ils avaient condamné l'attaque car ils rejettent les attaques contre les civils innocents et ils luttent disent-ils pour reconquérir leur terres par des moyens pacifiques, comme Jésus Christ l'avait prêché.

— Si on parlait à Lili on pourrait peut-être obtenir quelques réponses à ces questions. Essayez donc de la faire venir aussitôt que possible.

— Oui Cheik, je le fais de suite » , répondit Al Kenii en quittant la pièce.

Quand Al Kenii se fut retiré pour organiser la réunion avec Lili, Assame ne put s'empêcher en y réfléchissant de voir l'attaque d'Agadir comme une secousse. Une secousse des Combattants de la Chrétienté, quels qu'ils fussent.

La confluence des évènements depuis le complot manqué était déconcertante. De petites actions peuvent quelquefois causer des effets majeurs lorsqu'on les projette dans le temps et dans l'espace. *La Théorie du Chaos.*

Assame savait que l'Histoire était une série de trajectoires *chaotiques*. Dans le passé récent bien sûr le Cheik Hussein avait émergé comme une force dans l'Occident qui avait changé le cours de l'Histoire et facilité l'avènement du Grand Califat. Comment cela avait il commencé ? Était-ce la Secousse de son ancêtre, ou quelque chose d'autre comme l'attaque d'Agadir, ou le complot contre les Han qui avait échoué ?

Certains sages avaient dit que les grands prophètes ont une naissance incertaine. Ceci était vrai pour les premiers prophètes, car la naissance de Moise et celle de Jésus, Jésus quand il fit partie des mortels d'après la tradition Chrétienne bien sûr, l'étaient certainement. Et quant au dernier Prophète (qlpsal) sa naissance l'était aussi car il devint orphelin dès celle-ci. Est-ce que le Cheik Hussein partageait ce sort pénible et cette grâce en même temps ? *Des évènements apparemment insignifiants.*

Les prophètes avaient tous porté la parole de Dieu et changèrent l'histoire de l'humanité et bien sûr la vie des grands et des simples. Dès son accession au pouvoir, un pouvoir qui dura des décennies, le Cheik Hussein jeta les bases pour l'avènement du Califat. *Des Effets Majeurs.*

C'est pour cela qu'il est connu comme le premier Calife, quoiqu'il n'eût jamais porté ce titre. Mais Assame se demanda alors : y avait-il eu une action mineure qui avait même précédé ces évènements ? Une *condition initiale* qui conduisit à l'impact qu'il eut sur le domaine politique et donc sur les évènements ultérieurs ? Y avait-il eu une trajectoire *chaotique* antérieure ?

Ou peut-être était-ce sa naissance incertaine. Il avait un besoin profond de retrouver la racine de sa naissance, de ses origines qu'il chercha désespérément toute sa vie. Comme Moise, ce premier prophète de Dieu, qui ne connut pas non plus son père, et fut abandonné dans les eaux du Nil, et grandit pour recevoir les Commandements de Dieu.

Comme Jésus, que l'Islam reconnaît comme le second prophète de Dieu, et qui bien que ce ne soit pas dit, chercha son vrai père et le trouva en Dieu et c'est pourquoi certains croient qu'il est Dieu lui-même.

Et le troisième et dernier Prophète (qlpsal) qui fut orphelin même avant sa naissance. Et qui avec son Coran confirma toutes les révélations et commanda de croire en « *ce qui a été révélé à Abraham et à Ismaël et à Isaac et à Jacob et aux tribus, et ce que Moise et Jésus reçurent, et que les prophètes reçurent de leur Seigneur. Nous ne faisons aucune distinction entre eux, et à Lui nous nous sommes soumis.* » (2:136)

On peut donc dire que tous les prophètes ont cherché leur père en Dieu. Et cette quête avait donné à l'homme des révélations merveilleuses et une direction. Assame nota aussi qu'aucun des prophètes n'avait laissé un héritier mâle. Ni le Cheik Hussein. Eût-il reçu la grâce d'avoir un père pendant son enfance et un héritier mâle pendant sa vie, serait-il devenu un prophète ? Eût-il été assez saint pour recevoir les révélations ? Ou alors se fût-il consacré dans la vie à des intérêts plus terre-à-terre ?

Assame ne connaissait pas la réponse à toutes ces questions puisqu'une telle confluence d'évènements ne s'était pas produite. Mais il savait que peut-être des *conditions initiales* différentes auraient probablement pu changer le cours de l'Histoire.

Qu'en aurait-il donc été si le Cheik Hussein avait eu une enfance normale, chéri et aimé par un père qu'il n'eut jamais, eût-il alors cherché confort dans des visions de grandeur ? Dans des visions de transformation du monde ? Eût-il eu alors le même dédain pour ces autres de progéniture *normale* et qui avaient eu des pères, qui savaient qui leur mère était et dont la mission dans la vie restait une de contribution et de jouissance, et non de transformation cataclysmique ? Et donc n'eût pas créé les conditions pour l'avènement du Grand Califat ?

Du point de vue d'Assame un acte apparemment sans conséquence et insignifiant de la part de quelqu'un *là-bas,* dans la mémoire perdue de l'Histoire, avait conduit à des attitudes qui avaient créé certains évènements, et ces évènements avaient conduit à des transformations majeures maintenant et *ici. Des événements apparemment sans conséquence. Des Transformations Majeures. La Théorie du Chaos.*

Assame pensa aussi à l'incertitude autour de la mort des prophètes. Est-ce que Moise mourut, ou est-ce qu'il monta aux cieux ? Il monta aux cieux après avoir atteint la Terre Promise, qu'il ne foula pas de ses pieds mais qu'il put contempler des hauteurs du Mont Nébo.

Jésus mourut-il ? Il mourut, on le sait bien, mais certains l'auraient vu ressusciter et monter aux cieux.

Et le Prophète (qlpsal) dans son voyage nocturne miraculeux en l'an 620 de l'Hégire, ce voyage de *Isra* et *Mi'raj* pendant lequel en compagnie de l'ange Gabriel, et sur un cheval ailé avait visité le *masjid al-aqsa*, la *mosquée la plus lointaine*, indéniablement la mosquée dans Jérusalem, la rendant un lieu saint. Et il avait aussi visité le paradis et l'enfer, et parlé aux premiers prophètes, à Abraham, à Moise et à Jésus, tout ceci connectait sa vie à sa mort et enveloppa sa mort de mystère et d'incertitude.

Et cette incertitude quant à la naissance et à la mort continua avec le Cheik Hussein qui dit-on mourut en martyr après des décennies de service à Dieu et au Califat futur ; et son martyre est comme sa naissance aussi de nature incertaine. « *Des évènements mineurs conduisant à des conséquences majeures, encore une fois* » , pensa Assame.

Quel donc serait l'impact, si impact il y eût, de l'incertitude qui entourait la fin d'Al Kansii ? Serait-elle de mauvais augure pour le Califat, ou en fin de compte une bénédiction comme l'incertitude dans la vie des prophètes l'avait été pour la Oumma ?

Assame sentait quand même une certaine inquiétude quant à l'absence de certitude concernant la mort d'Al Kansii et se demanda si celle-ci aurait des conséquences fatidiques sur la marche du Califat. Est-ce qu'Al Kansii était devenu une sorte de martyr perdu, un *imam* perdu, un être apparemment sans conséquence mais à l'impact énorme ?

La prémonition d'Assame se trouva soudain justifiée. Un son imperceptible alerta son oreille interne et la voix d'Abu Bak'r annonça alors :

« Cheik Assame, le Gardien de la Foi veut que vous retourniez à la Terre Sainte. Moussa Ibn Abdoul Salam va prendre le contrôle du Califat. Nous devons partir avant le coucher du soleil.

– Préparons nous donc à partir » , répondit Assame.

La Marche de l'Histoire avait maintenant fait un tournant.

2

CERTAINES DÉFENSES

$\mathcal{U}$ne fois que les formalités de l'Assemblée des Nations eurent conclu, l'Empire des Han et le Califat durent s'adresser à des affaires urgentes.

Les Han devaient trouver un moyen de neutraliser l'Ange de la Mort que l'on savait maintenant être non pas une application hypothétique de certains principes scientifiques mais une arme réelle. Mais tout d'abord les Han devaient renforcer leurs méthodes de détection. En particulier Yu Lin devait essayer de prévenir un acte de quelqu'autre *Yu Lin* potentiel qui pourrait alors créer du vrai *chaos* dans l'Empire. Il n'y avait aucun signe qu'un tel individu existât mais Yu Lin savait que le réservoir de cerveaux dans l'Empire était vaste et il devait en contrôler le flux.

L'Empire devait aussi réévaluer l'assistance qu'il donnait aux divers groupes qui résistaient au Califat de l'intérieur de celui-ci avec un soulèvement ici et là, mais aussi aux groupes dont la tâche était de déstabiliser le Califat en commettant des attentats violents mais dont les paramètres étaient aléatoires comme dans l'attaque d'Agadir. Ceci ne pouvait être abandonné au hasard. L'Empire devait donc décider positivement soit de participer de façon résolue et clandestinement bien sûr mais avec un engagement réel, ou soit alors de laisser ces guerriers à leur propre sort, c'est-à-dire potentiellement à leur mort lente.

Le Califat avait une autre sorte de problèmes. En premier lieu ils devaient découvrir ce qui était arrivé d'Al Kansii et quel sort lui avait été réservé. Ils devaient aussi revoir l'efficacité de leur Ange de la Mort et peut-être développer d'autres méthodes de ciblage plus avancées qui assurerait le succès de leurs missions. Cela ne voulait bien sûr pas dire que le sacrifice de martyrs comme Al Kansii était un déterrent à l'usage de telles méthodes, mais plutôt le besoin de martyrs requerrait l'implication de *traitres* locaux, ce que Yu Lin avait été sensé être, et à qui on ne pouvait pas se fier. Par conséquent l'action à distance sur les systèmes intriqués était un domaine de grand intérêt. Personne ne savait si la science permettait même de telles méthodes de ciblage, mais ils devaient d'abord extrapoler et ensuite voir les résultats.

Les deux Empires étaient aussi engagés dans une course pour perfectionner, ou plutôt pour concevoir des applications réelles et spécifiques des technologies émergeantes qui produiraient des armes basées sur la théorie de la propagation des faisceaux de quarks.

De façon plus réaliste, les deux côtés allaient consacrer de nouveaux efforts et des ressources additionnelles sur les méthodes avancées de détection. En particulier le Califat était encore inquiet par la manière dont Li Li était passée par leur filet.

Mort à l'Ange de la Mort

Yu Lin avait immédiatement déterminé que la première priorité pour l'Empire était de trouver un moyen de neutraliser l'Ange de la Mort. Il savait ou plutôt devait présumer quoique ce fût une conclusion risquée, qu'il n'y avait pas d'autres complots semblables en cours et qu'Assame ne s'était appuyé que sur Li Li et lui, exclusivement. Il n'y avait bien sûr aucune garantie qu'Assame n'eût pas organisé un coup parallèle, comme cela avait été la pratique du Califat et de ses prédécesseurs depuis des siècles, cette pratique de lancer des opérations semblables et simultanées en divers endroits. De toutes façons cela ne faisait pas grande différence car s'il devait être oblitéré il n'aurait certainement pas le temps de considérer sa propre extinction, et tant que son existence continuait et qu'il restait en vie, il devait faire quelque chose au sujet de l'Ange de la Mort.

L'idée de base fut d'essayer de retourner l'Ange de la Mort contre le Califat. Du point de vue scientifique cela ne semblait pas possible à moins que l'Empire ne créât son propre Ange. Il y avait par contre des problèmes techniques et de géographie à considérer. Aussi, l'infiltration du Califat pour monter de telles attaques était non seulement peu pratique mais inutile. Un autre Calife qu'on devrait alors aussi éliminer succéderait simplement à celui qu'on ferait disparaître. Le contraire n'était évidemment pas vrai car Assame souhaitait que par l'installation d'un Souverain Suprême ami et pliable, la conversion à la vraie foi pût être accélérée. Les Han au contraire ne souhaitaient la conversion de personne. L'Ange de la Mort en tant qu'arme offensive présentait donc peu d'intérêt pour l'Empire.

Yu Lin et Albert créèrent d'abord une liste des scientifiques et des ingénieurs de l'armement les plus distingués avec pour but d'établir une équipe de travail qui étudierait les diverses contremesures à l'Ange de la Mort.

Cette équipe rassembla en fin de compte quatre scientifiques éminents et trois ingénieurs de l'armement en plus de Yu Lin qui supervisait l'ensemble et Albert prenant le poste de Secrétaire, et qui bien sûr utilisait alors son vrai nom Keum Kam Ho.

Les quatre scientifiques étaient le Dr. Hsu, un physicien spécialiste de la Théorie Y et qui avait découvert le concept mathématique du *zéron*, la base de tout dans l'Univers, le Dr. Joh un biologiste éminent, le Dr. Soun un biophysicien de renommée mondiale et le Dr. Kou, un scientifique des matériaux très connu. Les trois ingénieurs de l'armement, les Drs. Ha, Foung et Tcho tous trois avaient une vaste expérience dans divers systèmes d'armes, spécialement dans les défenses quantiques auxquelles ils avaient contribué considérablement.

Le but premier de l'équipe de travail fut de comprendre les évènements qui s'étaient déroulés dans la Chambre du Conseil du Peuple. Aidés d'un grand nombre d'enquêteurs cette équipe d'élite s'attela en premier à trouver une sorte de réponse médico-légale aux événements comme on le fait pour les crimes communs. On organisa plusieurs réunions et de nombreuses enquêtes furent conduites, et celles-ci furent suivies d'analyses de fond de toutes les données connues sur les composantes de l'Ange de la Mort.

L'équipe médico-légale qui avait enquêté sur l'éradication des membres du Conseil du Peuple avait conclu qu'aucune arme traditionnelle n'avait été utilisée et que seulement des *faisceaux distants de quelque chose* avaient pénétré dans la Chambre et avait pu se *collimater* en un cocktail mortel. L'équipe avait donc pu postuler que seulement quelque sorte de neutrino aurait pu avoir fait ce voyage global. Mais les membres de l'équipe savaient que les neutrinos étaient inoffensifs et que des trillions passaient à travers le corps humain chaque jour. Et si le Califat avait découvert un neutrino mortel, pourquoi est-ce que tout le monde n'avait pas été affecté ? Y avait-il quelque chose dans le faisceau qui avait atteint la Chambre du Conseil du Peuple qui l'avait rendu mortel ?

Les enquêteurs avaient aussi remarqué que quelqu'un déguisé en Yu Lin et portant ses vêtements était arrivé en retard à cette réunion fatidique. Yu Lin avait bien sûr été retenu en Mandchourie et une petite maison de forêt non loin de la sienne avait été oblitérée par une explosion classique. Aussi, personne n'avait pu émerger de la Chambre et des flaques d'une substance aquatique se trouvaient sur le sol de béton alors que des décharges électrostatiques avaient été observées sur des matériaux non-organiques qui avaient survécu. En fait toute la matière organique dans la pièce avait disparu. Les enquêteurs avaient donc conclu qu'une sorte de faisceau destructeur de matière organique avait été utilisé.

Les enquêteurs postulèrent alors que des faisceaux de particules émis en des lieux distants avaient agi sur les cellules vivantes au point de pouvoir les détruire, peut-être en agissant comme des superaccélérateurs d'enzymes, et donc ces faisceaux devraient probablement être constitués d'une sorte de neutrinos. L'appareil, si appareil il y eut et que les auteurs auraient utilisé, avait disparu, mais personne n'avait quitté les lieux depuis l'incident. L'appareil, si appareil il y eut, avait donc dû être oblitéré aussi. Il eût pu contenir des composants organiques şimulés tel que ceux observés par Golog Maqen avant l'incident, et ceci aurait pu causer sa désintégration complète. En supposant que toutes ces hypothèses fussent correctes il y avait encore un problème physique.

Il était important de remarquer que quoique la détection des neutrinos fût confinée aux structures de grande échelle, pas très différentes de l'*IceCube* et des projets OPERA et AMANDA des siècles passés, le Califat avait évidemment réussi à construire des détecteurs à échelle réduite et avait pu diriger les faisceaux ainsi détectés sur la cible choisie. À moins bien sûr que la détection ne se fît par un détecteur à grande échelle dans le Califat et que celle dans la *Cité Interdite* ne fût qu'impliquée par intrication. Ce qui était encore plus inquiétant était que le Califat avait apparemment trouvé un moyen de rendre mortel un faisceau inoffensif, du moins de façon temporaire et quand celui-ci aurait été sous l'influence d'un appareil hypothétique que les enquêteurs avaient considéré.

Yu Lin, qui était au courant de plusieurs des éléments du complot avant sa réalisation, ne fournit pas à son équipe l'aide à laquelle on eût pu s'attendre. Et ce qu'il savait, il ne le partagea pas volontairement. En tout état de cause, Yu Lin avait seulement une information limitée quant à la technologie effectivement utilisée. Yan avait informé Albert que l'agent en charge de l'attaque que le Califat avait envoyé portait un coffret contenant plusieurs appareils dont les signatures avaient été enregistrées et leur étaient disponibles, à Yu Lin et à Albert, pour qu'ils pussent les étudier. Cela aurait bien sûr pu aider les enquêteurs qui auraient pu par exemple se concentrer sur une piste ou une autre. Mais Yu Lin avait décidé de les laisser découvrir et désenchevêtrer le complot par leurs propres moyens.

Après des semaines d'enquête et après qu'ils eussent poursuivis et abandonné des pistes sans issue et y être retournés quelques fois, le Dr. Hsu annonça que bien que les neutrinos se déplaçassent sur de vastes distances, ils se mutaient quelquefois d'un type à un autre, par exemple du type neutrino-électron au type neutrino-*tau*. Des expériences avaient été conduites où tous les trois types de neutrinos pouvaient exister simultanément, un phénomène de courte durée par contre. Pendant ces courtes périodes on postulait que des petits obstacles à travers lesquels un faisceau pouvait normalement passer aisément, pour quelque raison inconnue, ces obstacles pouvaient cliver le faisceau en paires intriquées. Ces paires intriquées étaient alors capable de *communiquer* parmi les différents types de neutrinos pour faire en sorte que l'action sur un type, donc la *connaissance* de cet état, fût corrélée à un membre jumelé d'un autre type. Tous ces phénomènes, appelés l'*intrication croisée,* résulteraient en la reformation du faisceau en une paire de neutrinos *corrompue*, une paire très instable qui pouvaient alors être concentrée de façon grossière sur une cible. Au lieu de la détection inoffensive telle qu'observée lorsqu'un schéma d'interférence de photons disparaît par exemple, le membre local de la paire ainsi intriquée résultait en un faisceau puissant qui était létal pour certains noyaux, notamment ceux du carbone. L'absorption des paires *corrompues* de neutrinos par les noyaux de carbone les transformait en ceux du bore ce qui libérait des électrons dans l'atmosphère et cette absorption en faisait de même pour l'hydrogène et l'oxygène, tous des composants de la matière organique.   Des flaques d'eau et des décharges électrostatiques avaient donc pu être observées après l'attaque. Cela expliquait aussi, comme l'avait proposé le Dr. Joh pourquoi les piliers de béton n'avaient pas été affectés alors que le mobilier en bois avait disparu.

Le Dr. Tcho ajouta son accord à ces conclusions mais avait dû admettre être rendu perplexe par le fait qu'il avait dû y avoir un appareil localement pour que tout ceci se produisît et que cet appareil pour quelque raison avait été aussi oblitéré.

Les Drs. Tcho et Hsu conjecturèrent que le Califat avait résolu un problème scientifique majeur, celui de la détection de faisceaux de neutrinos qui pouvaient aussi alors être dirigés, et ceci spécialement pour les paires *corrompues* de neutrinos qui ne duraient qu'une fraction de seconde. Les Drs. Kou, Fung et Ha contribuèrent le résultat qu'un appareil avait dû provoquer la *corruption* du faisceau original car il n'y avait pas de moyen par lequel l'auteur eût été capable de se trouver au moment et lieu précis pour détecter des faisceaux corrompus et en permettre la recombinaison, si ceux-ci avaient été corrompus auparavant à distance.

L'équipe d'experts avait donc conclu que si l'on pouvait corrompre d'une manière aléatoire des faisceaux qui se déplaçaient partout, sans les rediriger, il serait impossible à un appareil, qu'ils présumaient avait été utilisé, de corrompre à nouveau de la manière propre ces faisceaux. Et cela pensaient-il neutraliserait l'Ange de la Mort. Ils demandèrent à leurs ingénieurs de concevoir des applications pratiques de ces principes.

Un effort d'importance stratégique que l'équipe d'experts décida d'entreprendre fut d'encourager la poursuite d'intenses recherches avancées afin de pouvoir répliquer à petite échelle la détection des neutrinos, une technique que le Califat apparemment possédait. S'ils pouvaient atteindre ce but avant que le Califat ne vît le besoin de développer des contremesures, les Han se trouveraient alors avec un avantage militaire durable.

Yu Lin promis d'utiliser tous les moyens à la disposition de l'État pour les aider dans ces recherches. D'un ton à peine voilé, cela voulait dire de l'espionnage.

Après que leur rapport fût soumis, les experts retournèrent à leur occupation habituelle. Le Dr. Hsu reprit ses recherches concernant sa théorie *ultime*.

Et les Han se mirent au travail.

Une Théorie Ultime

Depuis au moins deux siècles déjà, les scientifiques travaillaient à établir une Théorie Ultime qui unifierait toutes les forces incluant la force gravitationnelle. Les Han avaient hérité de l'Occident le privilège d'être à l'avant garde de cette recherche. Le Califat avait des problèmes philosophiques et théologiques dans une telle entreprise.

Théologiquement d'abord, seul Dieu était Ultime donc le nom lui-même de cette théorie illusoire était sacrilège. Philosophiquement la théorie semblait aussi indécente car elle impliquait que l'homme pouvait atteindre les confins de l'infinité. Le Califat était plus à l'aise avec le Modèle Cosmologique du Grand Boum tel qu'il avait été établi deux siècles auparavant ainsi que de l'accélération de l'expansion de l'Univers qui prouvait qu'il y avait un domaine inaccessible à l'homme, indépendamment de sa science. Des fonds de recherche étaient donc difficiles à obtenir pour des sujets qui n'étaient pas conformes aux désirs des autorités religieuses. Le Califat de plus croyait que la science quantique alors connue offrait suffisamment de moyens pour développer des armes qui lui permettraient d'atteindre ses buts.

Le Califat pensait aussi que les risques dans cette stratégie étaient minimes, se basant sur le précepte commun qui disait que la science fondamentale était en avance sur ses applications en technologie quelquefois par des siècles ou au moins par des décennies. Le jour où la recherche courante des Han atteindrait le stade technologique, le Califat, *Incha'Allah*, les aurait déjà conquis. C'était le point de vue d'Assame, et il était partagé par toute la hiérarchie du Califat.

Le Dr. Hsu avait un problème là où l'Occident s'était arrêté. La Physique Classique avait conduit à la Théorie de la Relativité quelques siècles auparavant et celle-là devint un cas spécial d'une théorie plus générale. La Relativité pouvait traiter des systèmes à grande échelle et pour des masses très grandes avec une précision extrême, mais à l'échelle microscopique des incohérences majeures avaient été observées. C'était là que la Théorie Quantique avait été développée et c'était seulement maintenant que des applications courantes de cette théorie étaient devenues économiquement rentables. Tout comme le Califat, l'Empire des Han avait fait irruption dans le domaine des Armes Quantiques.

Le Professeur Hsu croyait qu'il pouvait aller encore plus loin. Il savait que les tentatives d'unification de la Relativité avec la Théorie Quantique avaient conduit à plusieurs impasses, mais finalement un concept appelé la Théorie M avait émergé deux siècles plus tôt. Cette théorie était élégante mais n'était que ça, une théorie. Néanmoins, lentement et à mesure que les capacités technologiques devinrent plus avancées – spécialement par l'avènement des superaccélérateurs de particules qui pouvaient émuler les conditions qui étaient présumées avoir existé près du Grand Boum, et effectivement *créer* de Trous Noirs, ou comme on disait, des *trous noirs jetables,* la Théorie M commença à être mieux comprise et plus acceptée par la communauté scientifique. Bien sûr il y avait encore des contradictions et des objections dans de grandes parties de cette théorie. Ceci n'était pas surprenant et le Professeur Hsu pouvait s'en accommoder.

Ce avec quoi le Professeur Hsu avait un problème était le fait que la Théorie M était basée sur un univers à onze dimensions, dix dimensions spatiales plus le temps, et sept de ces dimensions étaient *enroulées* sur elles-mêmes donc invisibles sauf à échelle extrêmement petite, de l'ordre de la longueur de Planck, en centimètres quelque chose comme un, précédé de trente-deux zéros après la virgule. Le Professeur Hsu pouvait accepter cela. Il était après tout un membre distingué de la Société de la Terre Plate, et participait à presque tous ses chapitres. Ce qui ennuyait Hsu était que la Théorie M avait choisi comme objets fondamentaux de l'Univers des constructions appelées des *cordes.* Plus tard, quoique les cordes originales fussent conçues dans un espace bidimensionnel, c'est-à-dire qu'elles étaient des filaments d'épaisseur nulle étalés sur une surface bidimensionnelle, elles avaient été étendues à des membranes bidimensionnelles, et même plus tard encore à des membranes à p-dimensions appelées des *p-branes.* Cela Hsu le considérait comme tout simplement du bricolage. La théorie aurait dû pouvoir se soutenir d'elle-même dans sa construction initiale élégante.

La question essentielle était par conséquent de savoir si on pouvait décomposer ces cordes vibrantes en des constituants encore plus fondamentaux. Comme Hsu aimait à le dire : « *Pourquoi est-ce que je ne pourrais pas prendre une paire de ciseaux et couper ces cordes ?* » En d'autres mots Hsu avait demandé à savoir ce qu'il y avait dans l'espace non-occupé par les filaments ou par les membranes qui composaient les cordes. Hsu n'était pas à l'aise avec des objets fondamentaux qui consistaient en beaucoup d'espace vide se trouvant à l'intérieur d'une forme encerclée par quelque chose fait de matière réelle. Et si les cordes étaient simplement des lieus géométriques où la matière réelle résidait et donc vibrait ?

Il postula alors que peut-être les éléments de base étaient des objets de dimension nulle, et qu'il savait ne pouvaient se faire décomposer ultérieurement, et que ces objets interagissaient l'un avec l'autre dans des arrangements spécifiques qui quelquefois prenaient la forme de cordes. De cette manière, Hsu pouvait alors expliquer toutes les dimensions diverses des *branes* et commença alors à construire la structure mathématique de sa théorie. Il appela les objets ultimes zéro-dimensionnels les *zérons*, pour zéro. Il aurait pu les appeler les *omégons* − pour oméga, la dernière lettre de l'alphabet grec − mais *zéron* pensait-il était plus descriptif. La particule de force, elle-même de dimension nulle et de masse nulle, il l'appela l'*alphon*, étant la première force qui pût être ainsi définie. Hsu était fier de sa théorie et savait qu'en traitant avec des objets zéro-dimensionnels, il serait difficile à une autre théorie de supplanter la sienne.

Une caractéristique importante des *zérons*, et il prenait plaisir à le souligner pendant les conférences et les séminaires, était que si on entassait un milliard, ou un trillion, ou même un quintillion de trillions de *zérons*, le tas résultant était toujours de dimension nulle, c'est-à-dire encore une particule ponctuelle ou un ensemble de particules ponctuelles superposées. C'est seulement quand les *zérons* étaient séparés d'une distance de la longueur de Planck, et on pouvait construire divers arrangements de ces *zérons* dans quelque nombre de dimensions spatiales que l'on désirait, seulement alors les *alphons* pouvaient alors être échangés et créer les modes de vibration qui étaient postulés et quelquefois observés dans la Théorie M.

Hsu croyait que si l'on pouvait isoler le *zéron* et le jumeler de façon appropriée, une nouvelle classe d'armes pourrait alors être créée. Il savait aussi que le Califat était bien en arrière de l'Empire dans de telles recherches. Bien sûr cela prendrait peut-être des siècles pour accomplir cette étape, mais mieux valait plus tard que jamais.

Hsu avait remplacé Yu Lin à la tête de la Recherche, à la tête du Centre de la Surveillance qui faisait partie de la Direction pour la Sécurité du Territoire, et comme Ministre des Science et de l'Armement. Hsu, peut-être seul dans l'Empire à part Albert, était au

2188 Apr. JC – Le Monde Sous Le Grand Califat

courant des évènements qui avaient conduit à l'accession au pouvoir de Yu Lin. Hsu et Yu Lin étaient très proches l'un de l'autre. Sa sœur ainée Li Li était maintenant la main droite de Yu Lin et elle était plus que ça bien sûr. L'Empire des Han était devenu une affaire de famille et cela était meilleur pour l'Empire puisque depuis de millénaires les liens familiaux étaient plus forts que tout dans l'éthique Han. Et les Han avaient besoin de cette force pour conjurer ce que le Califat pourrait leur jeter à la face jusqu'au jour où, bientôt Yu Lin l'espérait, le Califat s'effondrerait du poids de sa perspective philosophique à son avis vétuste. Et s'il ne s'effondrait pas de son propre poids, l'Empire des Han aurait alors les armes pour se défendre et même pour menacer le Califat.

L'Empire des Han, contrairement à l'Occident comme le savait le Professeur Hsu, tâchait de garder tous ces efforts de recherche secrets et l'inconvénient était que les scientifiques de haut niveau à l'extérieur de l'Empire ne pouvaient contribuer à ses recherches comme dans le bon vieux temps où les meilleurs cerveaux du monde entier travaillaient de concert les uns avec les autres. Les Han bien sûr avaient des recruteurs dans le Califat et en Patagonie, des recruteurs qui encourageaient ces scientifiques à immigrer en territoire Han où leur identité, leur antécédence et même leur religion, s'ils prenaient la peine d'en avoir une, était respectées. Cette fuite de cerveaux quoique pas très grande était en fait constante. Et Hsu savait que l'Empire en avait profité.

Les Han ne feraient pas de nouveau leurs erreurs du passé en fermant les yeux au reste du monde. Ils avaient fait de telles erreurs dans les siècles précédents quand ils renoncèrent à leur dominance des mers en faveur de l'Occident. Oui, le Professeur Hsu pouvait citer en détail l'histoire de ces décisions inopportunes. Aussi tôt qu'en l'An 1421 CE, l'Empereur YongLe avait arrêté les expéditions de Jeng He dans les vastes océans. Et HongXi quelques années plus tard avait supprimé le commerce maritime. Même plus tard encore, la flotte du Grand Océan avait toute entière été sabordée dans un geste incompréhensible.

C'était une époque un peu semblable aux temps présents, ou des grands académiciens, armés des principes Confucéens de la *perfection intérieure*, devinrent les administrateurs de l'Empire, et où la tyrannie précédente avait été abolie.

Ailleurs dans l'Empire des Han, dans le Royaume du Soleil Levant, des erreurs semblables avaient été commises concernant l'interdiction de la production des armes à feu en faveur de *l'âme du samurai*, l'épée. Quoique moralement justifiés, ces actes avaient placé l'ancien Empire des Han à la merci d'adversaires puissants et spécialement des prédateurs Occidentaux. Les Han ne feraient pas les mêmes erreurs cette fois-ci. Sous le leadership de Yu Lin et avec ses collègues aux créances académiques supérieures dans le Conseil, l'Empire des Han serait en mesure de faire face au Califat.

La Petite Maison de Forêt en Mandchourie

« Chère Li Li, votre nouvelle mission est d'aller en Patagonie et de continuer vers la Péninsule Antarctique pour y évaluer les chances des Combattants de la Libération. Nous devons les contrôler. Et pour décider si nous devrions augmenter notre assistance, si en fait leurs actions, indépendamment de leur brutalité ou de leur caractère inhumain, sont en accord avec notre but, dit Yu Lin.

— Mais on dit qu'ils ne sont pas inhumains. Ils pratiquent la croyance de Jésus-Christ qui en principe du moins consiste à pardonner ses ennemis. Ils offrent l'autre joue comme ils le disent, symboliquement bien sûr, répondit Li Li.

– Comme ils le disent, oui. Nous devons voir de nous mêmes. Et peut-être les encourager à devenir un peu plus brutaux si ce que vous dites est vrai.

« Ils ont aussi un bon nombre de scientifiques qui ne devraient pas perdre leur temps dans les glaces à jouer au soldat. Ils ne sont d'aucune utilité aux vrais combattants et nous pourrions les utiliser ici. Ils seraient en plus beaucoup plus heureux et utiles ici, ajouta Yu Lin.

— Je vois. Nous avons besoin d'une stratégie cohérente, et non pas d'une suite d'actions disjointes, la conséquence de réflexes, de réactions à des évènements qui arrivent soudain. Nous devons prendre les devants et mener cette lutte » , suggéra Li Li avant d'ajouter :

« Cela va prendre des mois pour... j'allais dire ... s'infiltrer, mais ce n'est pas le bon mot, pour que je puisse intégrer mon être et mon âme dans leur âme et pour pouvoir comprendre leur mode de penser, et le meilleur moyen de tirer partie de leur existence.

— Aussi longtemps que ce sera nécessaire, répondit Yu Lin. Nous les Han sommes patients. Aussi longtemps que cela prendra, afin que la mission soit accomplie correctement. Après ce qu'on vient de voir, on ne peut faire confiance au Califat. On dit qu'Assame a été rappelé et une brute, un homme bien moins sophistiqué qu'Assame, monterait le prochain assaut, un assaut que personne ne désire. Bien sûr nous pouvons y aller à l'encontre. Mais qui a besoin de la calamité qui pourrait s'abattre des deux côtés ? Pour les fanatiques cela n'a aucune importance. Nous sommes des académiciens. Nous sommes des scientifiques. À nous, cela nous importe.

– Oui mon Cher Yu Lin, répondit Li Li. Je partirai bientôt.

– Merci, ma Chère Li Li» , répondit Yu Lin immédiatement.

Dans leur relation apparemment romantique mais platonique, ces mots étaient l'expression la plus explicite et la plus attachante de leur admiration mutuelle et de leur amour et dont Yu Lin et Li Li étaient capables. Cette relation bien sûr, comme toujours, continuerait à distance. Cette fois-ci depuis le monde désolé et glacé de l'Antarctique.

Li Li se mit bientôt en route.

Moussa Ibn Abdoul Salam

Moussa Ibn Abdoul Salam arriva au magnétoport d'Oussamabad le jour après qu'Assame fût parti. Son *aide de camp* Walid Abdoul Habibi l'accompagnait.

Moussa était un guerrier. Il n'écoutait pas de musique ni ne lisait de poésie. Il récitait ses prières quotidiennes à l'heure, chaque jour, sans faute. Ses affaires étaient en ordre et ses croyances étaient claires. Et sa mission aussi. Il allait monter une nouvelle Secousse qui déstabiliserait les Han. Abdoul Habibi avait déjà identifié son homme de choc, son nouveau *chahid*, son nouveau martyr.

Kassem Al Idahi arriva à la Salle des Deux Croissants pour une séance de planification initiale avec Moussa et Abdoul Habibi, en fait la seule séance dans tout le projet.

Après des salutations brèves et des louanges à Allah, Moussa donna ses instructions et Al Idahi était en route vers la Base des Forces Spatiales No. 7 pour les préparations de sa mission.

Al Idahi était un complément parfait pour Moussa. Il ne perdait pas de temps dans des débats philosophiques, c'était un homme d'action. Dans les forêts et les montagnes où il avait grandi il y avait peu de place pour de telles considérations. « *Donnez moi une arme et j'exécuterai* », avait il dit juste avant de quitter l'*Al Dar Baïda*. Il avait passé tout juste trente minutes dans la Salle des Deux Croissants.

Le sort de la Secousse suivante du Califat était maintenant entre les mains de Moussa et d'Al Idahi. Seulement Allah savait si leurs méthodes trouverait plus de succès que celles de la paire raffinée Assame-Al Kansii. Moussa et Al Idahi en fait ne se posaient même pas la question. Ils avaient déjà commencé à charger, à foncer.

Abdoul Habibi avait quand même réussi à faire que Moussa considérât la menace potentielle posée par les insurgés qui émergeaient ici et là. La réponse de Moussa fut brève et simple :

« Jusqu'à ce jour, il y a des poches de fidèles non-convaincus, mais ils sont sans conséquence. Il vaut mieux les ignorer que de leur donner une voix. S'ils deviennent un danger, une menace, on les éliminera. »

Tel était l'état des affaires à Oussamabad en ces temps fatidiques.

3

LA BASE

a Base, (prononcé la-bà, cé), la Base en Espagnol, ou la Fondation, était l'organisation que les Patagoniens avait établie pour regagner leur royaume et leur gloire.

L'organisation, connue du peuple comme les Chevaliers de Rivadavia, était façonnée sur le Chevaliers du Temple, les Templiers du onzième siècle de l'Ère Chrétienne.

Leur nom officiel était *Los Hidalgos de Rivadavia*. Rivadavia, son nom complet étant Comodoro Rivadavia, était le siège du nouveau Vatican où Urbain XXII venait d'être élu Pape par le collège de Cardinaux. La ville de Comodoro Rivadavia était nommée en l'honneur de Martín Rivadavia, un ministre distingué du commerce maritime, mais après le déplacement du gouvernement de Buenos Aires à Rivadavia, il fut décidé d'honorer en même temps le premier président de l'Argentine, Bernardino Rivadavia, en incluant le nom de celui-ci dans la légende de la nouvelle capitale de la Patagonie. La Patagonie était ce qui restait de l'Argentine originale qui ne fût pas sous le contrôle du Califat, ou plus précisément ce qui restait de l'Occident original qui ne fût pas sous le contrôle du Califat.

En Espagnol *Hidalgo* ne signifie pas *chevalier* dont la traduction est *caballero*. Puisque *caballero* veut normalement dire un homme, un monsieur, les fondateurs de l'Ordre avait choisi plutôt le mot *Hidalgo*. L'origine du mot n'a rien à voir avec la cavalerie ou les chevaux comme dans les *Chevaliers du Temple*, mais plutôt lie le chevalier à sa noblesse. Ainsi les *Hidalgos* transcendaient le simple but d'un combattant luttant pour sa cause et reliaient leur mission au caractère immuable *sui generis* de leur être. Ils étaient *nobles*.

Hidalgo est une contraction de *hijo de algo* qui en Espagnol veut dire *fils de quelque chose*, donc de quelque chose de valable, de quelque chose de noble. Les *Hidalgos* n'étaient pas supérieurs au reste du peuple qu'ils respectaient et aimaient, ils avaient tout simplement l'obligation d'accomplir à son égard une mission supérieure. Leur privilège d'être *de algo* était en fait un devoir, une responsabilité, et ils sentaient celle-ci au fond du cœur, au fond de leur âme.

Les *Hidalgos*, tout comme le Templiers, étaient organisés en *langues*, c'est-à-dire que les *Hidalgos* étaient groupés d'après leur provenance. Cette séparation n'était pas voulue pour former des cliques ayant des intérêts divergents mais plutôt pour créer de la cohésion dans les unités de combat, comme les militaires de l'Occident d'antan qui s'organisaient en *compagnies*, des unités de combat dont les membres avaient des liens étroits entre eux.

Les *langues* facilitaient aussi la communication puisque les combattants de la liberté engagés dans cette nouvelle *guerre sainte* venaient de tous les coins du monde.

Les Combattant de la Libération étaient des Combattants Saints. Pendant les cérémonies importantes les *Hidalgos* répétaient et savouraient chaque mot de l'homélie de St. Bernard. Cette homélie avait été écrite vers l'An 1136 de l'Ère Chrétienne, quand le Pape Innocent II émit la Bulle *Omne Datum Optimum* qui établit les *Règles* qui gouverneraient l'Ordre des Templiers. L'homélie, *De laude novae Militiae ad Milites Templi*, faisait la louanges des exploits des Templiers en cette occasion spéciale. L'éloquence du texte original avait été préservée par les *Hidalgos* qui insistaient à la réciter en son Français original, quoique avec des accents dont la félicité variait considérablement. L'homélie de St. Bernard déclarait ce qui suit :

> « Une nouvelle chevalerie est apparue dans la Terre de l'Incarnation. Elle est neuve, dis-je, et non encore éprouvée dans le monde, où elle mène ce combat double, tantôt contre les adversaires de chair et de sang, tantôt contre l'esprit du mal dans les Cieux. Et que ces chevaliers résistent par la force de leur corps à des ennemis corporels, je ne juge pas cela merveilleux car je ne l'estime pas rare. Mais qu'ils mènent la guerre par la force de l'esprit contre les vices et les démons, je l'appellerai non seulement merveilleux, mais digne de toutes les louanges accordées aux religieux… le chevalier est vraiment sans peur et sans reproche, qui protège son âme par l'armure de la Foi, comme il couvre son corps d'une côte de mailles. Doublement armé, il n'a peur, ni

des démons ni des hommes. Assurément celui qui souhaite mourir ne craint pas la mort.[20] *Et comment redouterait-il de mourir ou de vivre, celui pour qui la vie est le Christ, et la mort la récompense*[20] *?... En avant donc, ô chevalier, et frappez d'âme intrépide les ennemis du Christ, assuré que rien ne puisse vous séparer de la charité de Dieu. »*

Et l'assemblée répétait les mots suivants, quelquefois même sans cesse :

« Celui qui souhaite mourir ne craint pas la mort »

«... et la mort la récompense »

St. Bernard joua un rôle essentiel dans la formation de l'Ordre des Templiers et entreprit l'organisation de ce qui est connu comme la seconde Croisade. Tout comme St. Bernard avait fourni l'inspiration pour celle-ci, il était source d'inspiration pour la Croisade des *Hidalgos* pour recouvrer leurs terres. Quoique les Musulmans considérassent les Croisés comme des barbares et des meurtriers sans respect pour les terres ou la vie des autres, les *Hidalgos* croyaient en leur noblesse d'esprit, en la noblesse de leur sang. Ils cherchaient la justice et luttaient maintenant pour leur foi. Et ils s'efforçaient de suivre le mode de vie des Templiers que St. Bernard avait décrit avec tant d'éloquence :

« Ils vivent sans que rien ne leur appartienne, pas même leur volonté... Vêtus simplement et couverts de poussière, leurs visages sont brulés par la chaleur ardente du soleil ... à l'approche du combat ils s'arment de foi au dedans et de fer au dehors sans aucune autre parure ; ils s'élancent sur leurs adversaires... sans se mettre en peine... ni de la cruauté, ni de la multitude infinie de leurs barbares ennemis, car ils mettent toute leur confiance, non dans leur propres forces mais dans les bras du Dieu des armées... attendu que la victoire ne dépend pas du nombre mais vient de haut...ils savent allier ensemble la douceur des uns à la valeur des autres... se réjouissent s'ils survivent à leur victoire mais leur joie est double si la mort les unit au Seigneur... et c'est avec raison qu'ils préfèrent une sainte mort.

---

[20] Ces mots étaient prononcés à voix haute, à voix plus haute que pour les autres.

> « ... O la joyeuse vie, quand on attend la mort sans crainte,
> quand on la désire avec joie... ! »

En citant encore la Bulle Papale d'Urbain II, ils récitaient :

> « ... et quand l'hiver finira et que viendra le printemps,
> qu'ils s'ébranlent allégrement pour prendre route sous la
> conduite du Seigneur. »

Les Hidalgos n'en pouvaient avoir trop de ces textes qui étaient récités plusieurs fois pendant la journée et en plusieurs occasions, et même quelquefois par des guerriers tout seuls qui méditaient en privé, se disant ces mots avec conviction. Les Hidalgos n'étaient pas tous Chrétiens, et ils reconnaissaient les limites de la Bulle d'Urbain et des louanges de St. Bernard. Ils croyaient cependant que les préceptes du service à Dieu étaient universels et insistaient en leur mission de lutter pour la justice et la paix dans le monde entier en accord avec les principes humanistes chrétiens.

Pour montrer leur tolérance ils avaient adopté pour leur association une vision qui incluait plusieurs religions. Dans les *langues* qui composaient leurs rangs ils avaient inclus des Zoroastriens, des Judéens, des Sikhs, des Hindous et plusieurs autres rites. Les *Hidalgos* ne commettraient pas la même erreur que certains attribuaient aux Templiers originaux, l'intolérance, et d'après certains il faut l'admettre de la cruauté envers les *étrangers,* en de rares occasions bien sûr, mais en des cas reconnus néanmoins.

Les Hindous et les Sikhs avaient quitté les terres du nord de l'Inde après la prise de contrôle et la conversion islamique de toutes les régions au nord de la ligne Cochin-Pondichéry. Les Hindous du nord se sentaient plus à l'aise avec les Occidentaux qu'avec leurs compatriotes du sud, et donc un grand nombre de ceux-ci avaient émigré en Patagonie et la *langue* Hindou, une de plus importantes des *Hidalgos*, forma un des contingents les plus dédiés et des plus craints.

Les Judéens étaient pratiquants de l'ancienne religion hébraïque et étaient connus auparavant comme Juifs, Israéliens ou Israélites quoique leur propre héritage fût plus précisément judéen. Les Judéens étaient bien sûr aussi tolérés dans le Califat mais plusieurs ne pouvaient concevoir une vie comme simplement *tolérés* ; et ils insistaient, tout comme les autres *Hidalgos*, à être des citoyens à part entière et avec tous les droits dans leur terre et non pas des sujets de seconde classe. Et ceci était spécialement vrai car ils considéraient que leur terre leur avait été donnée par Dieu, pour que Son peuple la chérît, la protégeât et la maintînt sans pêchés. Et à cela, depuis le début, ils y avaient échoué. Et donc ils croyaient que Dieu leur avait repris la Terre Promise, une fois de plus. Ils croyaient qu'ils avaient été *élus* non à cause d'un caractère supérieur ou d'une habileté particulière, mais plutôt élus pour transmettre le message de Dieu à tous sur la terre. Et comme ils avaient échoué à le faire, fois après fois, ils s'étaient trouvés dans de longues périodes de repentance et de rédemption. Être élu donc n'était pas un privilège mais un devoir, une obligation. Tout comme pour les *Hidalgos* dont la mission était de servir ceux qui étaient moins heureux qu'eux et qui n'avaient pas à accomplir une mission divine. Ainsi plusieurs *Hidalgos* croyaient que les Judéens avait été hidalgos pendant toute leur histoire. « *Non pas un privilège, mais un devoir, une obligation : Noblesse Oblige.* » De vrais *Hidalgos*.

L'entraînement des *Hidalgos* consistait en la pratique des armes traditionnelles, l'épée et le combat à mains nues, *mano a mano* ainsi qu'on l'appelait en Espagnol, des armes à feu, des explosifs, le sabotage, et l'utilisation de quelqu'arme quantique avancée qu'ils eussent reçue des Han. Les Han avait un intérêt direct en leur succès, ou du moins en la déstabilisation du Califat tout comme le Califat essayait de les déstabiliser.

Les Han étaient cependant prudents. Ils ne voulaient pas créer une force qu'ils ne pourraient pas contrôler, ni en être le catalyseur. L'Occident l'avait fait deux siècles auparavant, lorsque les ancêtres de ces Occidentaux avait aidé les ancêtres des dirigeants actuels du Califat dans leur lutte contre un des leurs et avaient contribué à leur victoire éventuelle. Bien sûr celui des leurs était un empire du mal, mais néanmoins cette alliance maudite avait résulté en le début de la fin pour l'Occident. Ce n'en était pas la seule cause bien entendu, les Han avaient eux-mêmes favorisé l'affaiblissement de l'Occident par des moyens économiques et autres, et ils avaient engendré plus d'une crise en manipulant les devises et en déployant les armes dévastatrices de la guerre de la cybernétique qui provoqua ces paniques. Et maintenant les Han avaient un adversaire beaucoup plus implacable dans les affaires du monde. Les Han avaient donc conclu que la prudence était de rigueur quant à l'assistance donnée aux *Hidalgos*.

Les Han ainsi aidaient, mais jusqu'à une certaine limite seulement. De toute façon les *Hidalgos* savaient que la libération ne s'obtient que de ses propres mains. Comme ils aimaient à le répéter : « *si vous devez demander votre liberté, vous n'êtes pas libre* » , un dicton qu'ils expliquaient de plusieurs façons. Une de celles-ci était la suivante : si vous avez besoin de l'aide de quelqu'un pour atteindre votre liberté, vous vous êtes déjà endetté envers lui et donc vous n'êtes plus libre. Une vérité simple, énoncée simplement.

Le rêve des *Hidalgos* était d'abord et surtout de reconquérir Rome, et ensuite Jérusalem. Oui bien sûr les Judéens recouvreraient leur terre, une quatrième ou cinquième fois dans l'Histoire connue, c'en était du moins l'espoir, et c'était aussi la parole du Christ. La majorité des *Hidalgos* étaient de foi Chrétienne et donc croyaient en le retour du Christ, et l'espérait de tout leur être. Ils savaient que le retour du Christ ne se produirait pas sans que le Royaume de David ne fût rétabli pour la nation judéenne.

Ils savaient qu'en ce jour de Justice et de Rédemption les lieux saints seraient ouverts à eux deux bien sûr. La mosquée d'Al Aqsa serait remplacée par une Église d'un côté et le Temple de Salomon de l'autre. Et les deux peuples de Jésus vivraient en paix. Comme ce l'était avant la conquête de Jérusalem par l'Islam en l'An 638 de l'Ère Chrétienne.

Cette Église des plus belles serait construite sur la Colline du Temple. Ce serait l'Eglise Mater Dei, l'Eglise de la Mère de Dieu. En privé cependant les Hindous, et les Judéens encore plus, ne pouvaient voir l'exaltation concernant une Mère de Dieu, ou un Fils en fait, mais ils s'en accommodaient car ils avaient des intérêts communs. Ils étaient tous alliés après tout. Et l'Occident avait eu une réputation de tolérance, ou du moins avait fini par culminer en des sociétés libres où la tolérance était de norme, peut-être même des sociétés avec trop de tolérance, au point où il fut défait *de l'intérieur*. En tout cas, telles étaient les considérations dans les débats qui avaient lieu tous les soirs après les services religieux dans les Chapelles de Glace de la Péninsule Antarctique, cette partie de l'Antarctique qui faisait face au fond de la Patagonie, où les derniers restes de la Chrétienté persistaient dans leur croyances.

Les *Hidalgos* insistaient sur ces discussions car un vrai guerrier saint est sain dans son corps et dans son âme, et dans son esprit, comme Urbain II et St. Bernard l'avaient observé. Les *Hidalgos* étaient fiers de nourrir leur intellect et de pouvoir maintenir leur esprit vif. Les débats aussi permettaient aux diverses *langues* d'interagir entre elles, de se comprendre. Les leaders croyaient que cette interaction représentait un microcosme des sociétés qu'ils créeraient une fois que le Califat fût défait et repoussé vers les limites de leur terres originales, aux déserts d'où ils avaient commencé, et auxquels ils appartenaient.

La doctrine du Califat qui disait qu'*une fois que quelque chose devient de l'Islam, elle doit toujours demeurer de l'Islam* était bien connue des *Hidalgos*. Comme réplique à cette provocation et sachant où ils se trouvaient et combien de tonnage avait été détruit par la glace traîtresse de l'Antarctique dans les siècles passés, ils offraient le dicton des marins dont les navires s'étaient échoués sur ces rives, et qui disait une vérité vraiment vraie :

« *Ce que la glace prend, la glace le garde* »

une vérité que les premiers explorateurs de ces déserts de glace avait découverte à leur dépens, souvent de façon fatale.

La Base avait ses camps d'entrainement principaux dans les terres désolées de la Péninsule Antarctique. Les températures extrêmes et les conditions rugueuses donnaient aux recrues le sentiment d'être prêts à tout. Il est vrai que ces recrues étaient des hommes rudes tout comme les Templiers l'avaient été.

La Base comprenait plusieurs camps, appelés *campos*. L'un était le *Campo Jérusalem* dans le cœur de la Péninsule, un autre le *Campo Santa Sofia* ou *Hagia Sofia* sur la côte de la mer de Weddell faisant face à l'Atlantique Sud, et encore un autre le *Campo Roma*, sur la côte de l'Océan du Sud faisant face au Pacifique. Les noms de tous ces *campos* avaient une connotation religieuse, et rappelaient spécialement aux troupes régulières des *Hidalgos* qu'elles luttaient pour la libération de leurs terres ancestrales. *Santa Sofia* représentait une allusion particulièrement pleine d'émoi puisqu'elle traçait son nom à l'Eglise de Hagia Sofia à Constantinople et qui avait été convertie en mosquée quand cette grande cité chrétienne était tombée dans les mains des Musulmans en l'An 1453 de l'Ère Chrétienne. Presque mille ans avant cet évènement une nouvelle ère avait inauguré mille ans de croissance et d'accomplissements sans précédent pour leur peuple et pour leur foi. Et les *Hidalgos* reprendraient cette flamme. Oui ils avaient relâchés leurs efforts, pas eux mais leurs antécédents qui n'avaient pas résisté à l'assaut de l'Islam. Et le temps de la rédemption était maintenant arrivé.

La Péninsule Antarctique est la partie la plus tempérée du Continent Antarctique. Elle se trouve à une courte distance par la mer de *Tierra del Fuego*, le Terre de Feu, une île faisant face à Punta Arenas au Nord. Le détroit de Magellan, une voie d'eau entre le continent et Tierra del Fuego, permet le passage de l'Atlantique au Pacifique.

La Péninsule était saillante à partir du Continent Antarctique depuis à peu près 75 degrés Sud à 63 degrés Sud. Une chaine de montagnes considérée comme la continuation de la *Cordillère des Andes* en Amérique du Sud caractérisait le terrain. A cause de ses latitudes relativement plus basses, c'est-à-dire plus proches de l'Équateur, son climat était considéré comme modéré. Modéré bien sûr était un terme relatif là où les *Hidalgos* avait choisi d'établir leurs camps et de considérer ces questions philosophiques éclairées de violence et de paix, de pêché et de rédemption, de perte et de gloire.

L'archipel connu comme Tierra del Fuego doit son nom aux nombreux feux que le grand explorateur Magellan avait pu observer de loin le dit-on, lorsqu'il entreprit sa navigation autour du monde. L'archipel est situé entre 54 degrés Sud à Punta Arenas et 56 degrés Sud au Cap Horn, l'équivalent d'Amsterdam et Copenhague dans le nord. Par contre il n'y a pas là de courants chauds qui adoucissent le climat dans ces régions comme on le voit dans les terres de l'Europe du Nord, et le climat y est, comme plus bas dans le reste de la Péninsule Antarctique, brutal.

Punta Arenas était à peu près à mille miles nautiques de *Campo Roma*, une distance courte mais un défi pour les marins depuis des siècles. La confluence des deux océans avec leurs courants en conflit en elle-même un défi pour les hommes de la mer, est augmentée par la sauvagerie naturelle des vents à ces latitudes. Si on regarde ces latitudes dans l'Hémisphère Sud et que l'on trace une ligne plus ou moins épaisse autour d'un globe entre 36 et 38 degrés Sud on peu connecter Buenos Aires, Le Cap et Melbourne. Au-dessous de cette ligne la Tasmanie, une partie de la Nouvelle Zélande et le bout de l'Argentine, c'est-à-dire la Basse Patagonie. Moins d'un million de kilomètres carrés. La superficie de la Colombie Britannique, pour la circonférence entière de la terre à moins de mi-chemin de l'Équateur, c'est-à-dire à 45 degrés Sud. Et en dehors de cette masse terrestre minuscule, seulement de l'eau. De l'eau et encore de l'eau.

La rotation de la terre d'ouest en est permet aux vents de mouvoir cette énorme masse d'eau à volonté. Il n'y a rien pour les arrêter. Dans le nord, les vents sont brisés par des continents de dimension considérable, et par les chaines de montagnes qui s'y trouvent, par des îles substantielles et d'autres obstacles. Dans le sud, à des latitudes équivalentes, rien que de l'eau. Cette région de l'Océan du Sud est connue comme les *Roaring 40s*, les *Latitudes 40 Rugissantes*. Ainsi un voyage de Punta Arenas à *Campo Roma* spécialement dans l'hiver Antarctique était un défi majeur.

Les *Hidalgos* choisirent l'hiver pour leurs activités pour éviter autant que possible les actions offensives du Califat et aussi pour endurcir leurs guerriers. Les *Hidalgos* avaient une philosophie qui consistait à rendre tout le plus difficile possible car le Jour du Jugement serait aussi très difficile. Et alors que les forces du Califat se ramollissaient dans leur confort, comme l'Occident l'avait fait en vivant dans l'abondance, et le fait que le gros du corps militaire du Califat devait probablement être *non-convaincu* comme le croyaient désespérément ces *Hidalgos* puisqu'ils allaient libérer ceux contre qui ils luttaient, les *Hidalgos* se durcissaient et c'était une bonne chose.

Un certain nombre de baies dans la Péninsule Antarctique avaient été choisies par les architectes navals des *Hidalgos* comme points d'entrée à la péninsule. Dans ces baies, les navires arrivant à port pouvaient s'amarrer et décharger leur cargaison de combattants pour la liberté et de matériel, surtout des Han. Tout ceci était bien sûr possible pendant l'été antarctique et les navires levaient l'ancre au début du mois de Mars au plus tard pour pouvoir atteindre les ports Patagoniens. Entre temps les *Hidalgos* se préparaient à s'entrainer pendant l'hiver Antarctique dans les conditions les plus sévères.

Cette souffrance qu'ils s'imposaient était la bienvenue pour les *Hidalgos* qui semblaient en avoir besoin pour assouvir leur culpabilité. Cette culpabilité était étrange puisque pas un de ces *Hidalgos* n'avait commis les péchés dont ils se sentaient coupables. Leurs ancêtres d'au moins deux siècles auparavant l'avaient fait. Ils avaient laissé leur empire mondial s'effriter. Bien sûr il y eut le Cheik Hussein, le premier Calife, né musulman par conséquent *une fois de l'Islam, toujours de l'Islam*, et qui avait fait sa part. Mais ils avaient quand même permis à ce soi-disant premier Calife de l'*Améristan* de défaire des siècles de civilisation Occidentale. Ils se sentaient coupables des péchés de leurs pères. Dans un sens cela les rapprochait de l'Ancien Testament où un péché est payé non pas par le pêcheur mais par ses descendants, et ceci plusieurs générations après.

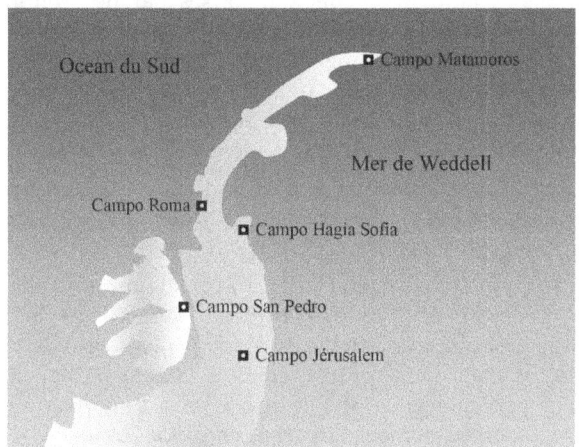

36. *La Péninsule Antarctique et les Bases des Hidalgos*

Les péchés du grand Roi David étaient d'une importance particulière, puisque le Christ lui-même allait être un descendant du Roi David quatorze générations plus tard. Ces péchés avaient déjà été expiés et le Sauveur était arrivé. À son tour le Sauveur avait payé de sa vie les péchés de tous, ces péchés commis après le Roi David.

Le Roi David avait péché d'une manière particulière. Il avait violé le dixième commandement qui dit « *tu ne convoiteras point la femme de ton voisin* ». Le Roi David le fit quand même et il fit plus que de prendre la femme de Youria le Hittite. David envoya alors le vaillant guerrier Youria à la bataille de Rabah pour qu'il *fût frappé et tombât, et mourût*. Le second péché de David était donc une violation du sixième commandement « *tu ne tueras point* ». Bethsabée, c'était son nom, devint la femme du Roi David. David avait envoyé son mari à la mort, pour qu'il mourût en premier en bataille afin de la prendre. Bien sûr le Roi David s'en repentit jusqu'à ses derniers jours et écrivit des psaumes des plus émouvants sur ses actions, et sur sa faiblesse. Il demanda pardon à Dieu tout en sachant qu'il ne le méritait pas. Et quoique Dieu l'eût laissé mourir en tant que Roi, parce qu'il avait servi le Seigneur avec fidélité et fait plusieurs autres bonnes choses, la rétribution sur sa progéniture fut implacable. Seul Salomon son fils régna comme roi d'un royaume unifié. Et même là, après avoir fait tuer son frère Absalon. Et les enfants de Salomon ne régneraient jamais sur un royaume unifié. En fait le royaume d'Israël ne se lèverait plus, seule la Judée resterait. Jusqu'à ce qu'elle fût envahie à son tour et sa population dispersée. Quarante générations de repentance pour les pêchés d'un seul.

Dans les hivers noirs, froids et isolés de l'Antarctique ces histoires bibliques, combinées aux conditions brutales qu'ils s'imposaient, et aux rêves qu'ils portaient dans leur cœur, créaient pour les *Hidalgos* une atmosphère presque mystique dans laquelle ils s'approchaient de la béatitude. La conviction mystique des Templiers qu'ils aimaient à émuler donnait un sens sacré à leur mission. Le paysage désolé et vide, les tempêtes de neige d'une férocité inimaginable et les vents d'une violence inouïe apportaient un sens de surréalité à tout l'ensemble des *Campos*. Toute la Péninsule semblait être venue d'un autre monde, d'un autre âge.

Quand un *Hidalgo* levait les yeux au ciel de l'Antarctique en une nuit claire, l'immensité des cieux et l'horizon de glace blanche sans limites rapprochaient chaque âme de son Dieu. Même les humanistes, un euphémisme utilisé pour dénoter les athées, partageaient ce sentiment de grandeur divine et d'émerveillement devant un tel espace. On pouvait lever les yeux et regarder l'Univers au-dessus de sa tête et sentir le lien entre le temps et l'espace, le Temps et l'Espace, entre le commencement du Tout et la fin du Tout.

Don Juan

Le Commandeur des *Hidalgos*, un homme nommé Tomás de San Juan, mais appelé Don Juan par ses frères d'armes, était né en *Al Andalous*, ou plutôt comme il préférait le dire, en Espagne, *en España*. Après avoir fait quelques tentatives de *soulèvement* qui consistaient surtout à refuser d'assister à une ou deux des cinq prières quotidiennes obligatoires que le Califat de l'*Al Andalous* continuait à imposer aux convertis et à leur descendants, et ce depuis quatre générations déjà, Don Juan avait décidé de se joindre à la *lutte armée*.

Don Juan s'arma d'un livre dont le sujet était les *Chevaliers du Temple*, ou *les Templiers,* qu'il avait découvert parmi les dernières possessions d'un de ses aïeux et qui avaient été préservées par la famille. Don Juan pouvait tracer sa lignée jusqu'à la France, plus précisément aux régions frontalières entre la entre France et l'Espagne, dans les Pyrénées. Cet ancêtre, nommé aussi Thomas de St Jean, alors que dans son lit de mort, avait fait promettre à sa progéniture qu'elle conserverait et cacherait deux boîtes contenant des livres, *pour la postérité* ainsi qu'il l'avait exprimé. Il avait aussi insisté qu'à leur mort ces descendants demandassent de leurs propres descendants qu'ils leur fissent la même promesse. Et ainsi, durant près de deux cents ans deux boîtes de carton ancien plus ou moins décomposées et contenant des livres étranges avaient survécu à la purification décrétée par le Califat.

Don Juan, du nom de naissance d'Ahmed Ben Mustafa, avait immédiatement adopté le nom de cet ancêtre. Il avait alors décidé de s'*échapper* en Patagonie pour être avec les siens. Le Califat dans l'*Al Andalous* et partout ailleurs commençait à avoir de difficultés avec les jeunes qui se laissaient facilement endoctriner par des prêtres déguisés et d'autres fauteurs de troubles. Don Juan n'était pas de ceux-là. Il avait découvert son chemin de lui-même et c'est pour cela qu'il avait décidé de s'engager dans les nouvelles frontières de la Patagonie qu'il utiliserait comme rampe de lancement pour sa guerre contre le Califat.

Plus la frontière serait désolée, et plus proche de ses racines il se sentirait, du moins c'est ce qu'il pensait. Et donc il atterrit en Patagonie où quoiqu'il eût acquis la sympathie de la population et des autorités, celles-ci insistèrent à l'expulser dans l'Antarctique car il était devenu une provocation trop visible pour le Califat. La relation de la Patagonie avec le Califat en ces temps était au mieux fragile. Spécialement depuis qu'Urbain XXII, ou plutôt Urbain 2-2 comme ils aimaient à le dire, avait pris le nom de Urbain II, l'instigateur des Croisades, et *le 22 était un 2 pour Urbain II, et le deuxième 2 pour la seconde reconquista.*

La tolérance des autres était primordiale pour les *Hidalgos*. Les *Hidalgos* croyaient que dans la souffrance la nature humaine fait que l'on aspire à se faire des amis et des alliés dans la douleur. C'est seulement quand la cupidité et la satisfaction de soi règnent que les êtres humains font retour à leurs attitudes naturelles de domination, aussi bien physique que spirituelle et que vient le désir d'imposer ses vues. Mais pas toujours. Les Templiers étaient un modèle de tolérance, du moins c'est ce que les *Hidalgos* croyaient.

Don Juan se plaisait énormément à raconter des histoires peu connues sur la tolérance des Templiers, spécialement que leur réputation avait été souillée par les dernières générations de Chrétiens avant leur conversion. Dans une de ces histoires Don Juan raconta un soir une de ces expériences les plus émouvantes :

« Frères Bien Aimés – Don Juan aimait à imiter Urbain II et St. Bernard – Je sais que plusieurs d'entre vous pensent que nos chevaliers modèles, les Templiers, étaient des barbares cruels mais vous les en excusez en vous disant que cette cruauté était la coutume de leur temps, et vous ajoutez aussi que leurs ennemis étaient encore plus cruels. Il n'en fut pas ainsi. Connaissez-vous l'histoire d'Oussama ibn Mounqidh, l'Ambassadeur du Royaume de Damas sous Zengi, l'*atabeg de* Mosul qui en 1132 écrivit un des témoignages les plus touchants sur la tolérance des Templiers ? Je vais vous lire ce qu'Oussama écrivit alors. Je vous rappelle qu'Oussama était musulman et il dit :

> « *Lorsque je visitai Jérusalem, j'entrai dans la mosquée al-Aqsâ, qui était occupée par les Templiers, mes amis. À côté se trouvait une petite mosquée que les Francs avaient convertie en église. Les Templiers m'assignèrent cette petite mosquée pour y faire mes dévotions. Un jour, j'y entrai, je glorifiai Allah. J'étais plongé dans mes prières quand un Franc bondit sur moi, me saisit et retourna ma face vers l'Orient, en disant : Voilà comme l'on prie ! Une troupe de Templiers se précipita sur lui, se saisit de sa personne et l'expulsa. Ensuite ils s'excusèrent auprès de moi et me dirent : C'est un étranger qui est d'arrivé ces derniers jours du pays des Francs ; il n'a jamais vu prier personne qui ne soit tourné vers l'Orient.* »

« Tout comme nous, les Templiers, qui étaient des Croisés, étaient tolérants et ils aidaient leurs amis musulmans contre les leurs quand ceux-ci étaient ignorants ou dans le tort. Tout comme nous. La civilisation de nos ancêtres a été détruite parce qu'ils avaient commencé à croire que leurs propres ancêtres étaient dans le tort, qu'ils étaient mauvais, et que leurs ennemis étaient dans le droit, qu'ils étaient bons. Si vous perdez la confiance en votre cause, vous êtes condamnés. Bien sûr nous ne pensons pas comme ça et par la Grâce de Dieu, quand nous recouvrerons nos terres et que nous reconstruirons nos sociétés, nous nous assurerons pour que les doutes quant à notre identité, à notre bonté, ces doutes ne se voient plus jamais.

« Que Dieu nous bénisse tous et bonne nuit, conclut Don Juan.

– Amen » , répondirent en chœur les *Hidalgos* assemblés là.

De la Glace et des Cieux

Don Juan avait établi un régime dur pour ses guerriers. Ils marchaient pieds nus sur la glace de l'Antarctique. Ils dormaient à l'extérieur, pendant de courtes périodes bien sûr. Ils chassaient les phoques, ils les cuisaient et les mangeaient sur des tables communes. Ils en amassaient la graisse pour utiliser comme carburant.

La routine quotidienne était spartiate. Après les *matines*, les prières matinales, la chasse aux phoques sur les plages ou au bord des falaises de glace et puis l'entrainement dans les armes traditionnelles, c'était ainsi que le jour commençait. Après une période de repos, le déjeuner était servi et suivi de la pratique dans les armes avancées fournies par les Han. Ensuite la prière, le dîner et alors les fameux débats qui étaient très populaires. Finalement les prières du soir, les *Vêpres* et le lit, ou quelques fois les *Vêpres,* puis les débats et le lit.

L'immensité de la glace, un des deux seuls éléments du paysage de l'Antarctique, l'autre étant le ciel divin, connectait les guerriers à l'immensité de l'Univers et ils se sentaient ainsi plus près de leur Dieu et donc plus confiants en leur mission. Ils reprendraient leurs royaumes et leur gloire. Bien sûr la plupart de ces terres qu'ils reprendraient n'avaient plus été des royaumes même plusieurs siècles avant l'avènement du Califat, mais reprendre un royaume perdu semblait donner plus d'inspiration que de reprendre une république, un système parlementaire ou une monarchie constitutionnelle. Ils marchaient donc par cette formule quoique tous comprissent que seul Dieu serait Roi des terres libérées, et la gestion de ces terres serait octroyée aux présidents et autres représentants du peuple.

Tout comme Dieu l'avait ordonné aux Hébreux quand Il leur donna la Terre de Canaan : la terre appartenait à Dieu, le peuple *élu* étaient élu uniquement pour l'administrer et apporter Ses Commandements et Son message de paix et de justice. Et ils garderaient le droit sur ces terres seulement s'ils agissaient en accord avec les préceptes de Dieu. Autrement Dieu leur reprendrait ce droit. Et de nombreuses fois dans l'histoire, Il le fit. Le privilège est vraiment un devoir et une obligation, et non pas un avantage. L'essence de la noblesse. *Noblesse oblige.*

Un de ces débats nocturnes que Don Juan conduisit concerna la propriété de la terre et le rôle des rois. Et pourquoi quand les rois avaient failli dans leurs obligations, ils avaient perdu leur royaume. Tout d'abord les rois qui avaient failli dans l'Occident étaient non seulement des rois, ou même des présidents mais aussi les leaders de ces sociétés, les académiciens, les créateurs d'opinions et autres agents de la *kleptocratie* qui avait pris le contrôle de ces sociétés manquées, les faux prophètes modernes de l'Ancien Testament. La *kleptocratie* en effet car les faiseurs produisaient et les hâbleurs en profitaient. Dans les terres libérées, Don Juan le savait intimement, cela ne se reproduirait pas. Leur société en serait une de justice et de paix.

Au cours de ce débat en ces temps lointains, Don Juan avait soulevé la question de savoir à qui appartenait la terre que Dieu avait donnée à son peuple. La réponse évidente était que c'était celui qui l'avait reçue de Dieu.

« Non, avait dit Don Juan. Dans le paganisme, le roi est tout-puissant. Il représente ce qu'on appellerait aujourd'hui une dictature ou une tyrannie politique. Le dictateur est tout-puissant, il a le droit de vie et de mort sur ses sujets. Même dans les démocraties, le *peuple* est le dictateur car il détient ce pouvoir. Dans le premier cas il n'y a aucun pouvoir au-dessus du roi-tyran, dans le second il n'y a aucun pouvoir sur le peuple et donc celui-ci peut s'engager dans une voie erronée et croire que tout lui est permis. Et des pêchés et des abominations entrent dans le domaine de l'acceptable. Et l'ennemi commence à paraître attrayant, en fait puisque comme l'on sait que la familiarité engendre le mépris, *l'élite*, ceux qui fleurissent dans la *kleptocratie* des sociétés manquées, ceux qui se donnent le titre *d'élite* et qui se nourrissent du labeur des autres, ceux-là commencent à avoir de l'aversion pour les leurs, et même pour soi. Et ils commencent à agir contre les leurs au profit de l'étranger, spécialement si cet étranger est antagoniste. Et plus cet ennemi est antagoniste, plus ces *élites* le supportent. Et ceci fut une des causes majeures de la Chute de l'Occident. »

Don Juan reprit l'histoire de la vigne de Nabot qui vécut sous le règne d'Achab. Achab était un descendant de Salomon et roi du Royaume du Nord, du Royaume d'Israël. Sa femme Yésabel était la fille du roi Etbaal de Tyr en Phénicie. Don Juan raconta ce qui suit :

« Achab, roi d'Israël autour de l'Année 860 avant Jésus Christ, fut pris par la beauté de la vigne de Nabot qui était adjacente à sa terre. Il dit à Nabot : « *Ta vigne est belle, j'aimerais l'ajouter à mes terres.* » Nabot répondit avec respect : « *Je ne peux pas te la donner car je l'ai héritée de mon père qui lui, l'avait héritée de ses ancêtres et elle s'est ainsi transmise de père en fils pendant plusieurs générations. Il y a longtemps de ça, Dieu avait donnée ces terres à mes ancêtres pour que nous en prenions soin. Elles ne peuvent pas se donner. Je dois en prendre soin car ce sont des terres saintes.* » Le roi Achab alors proposa d'acheter la vigne et offrit à Nabot de l'or, des diamants et des rubis. Nabot refusa l'offre puisque la terre n'était pas sienne, elle appartenait à Dieu et il ne pouvait donc pas vendre ce qui ne fût pas sien. Attristé le roi Achab retourna à son palais. Yésabel, la belle Yésabel d'origine païenne lui demanda pourquoi il était si triste et Achab lui raconta sa discussion avec Nabot. Yésabel dit-on, resta perplexe par le fait qu'en tant que roi Achab dût prier un de ses sujets pour lui prendre sa terre. Dans son pays le roi était tout-puissant, et tout lui appartenait. Personne n'était au-dessus du roi. Celui-ci prenait ce qu'il lui plaisait de prendre. Yésabel dit alors à Achab de ne pas s'en faire, elle lui donnerait la vigne de Nabot. Le lendemain la perfide Yésabel convoqua l'assemblée des sages et convainquit ceux-ci de condamner Nabot et de le faire exécuter. Et sa vigne devint la vigne d'Achab. Yésabel lui dit alors : « *Tu es Roi, tout dans ce royaume est à toi, tout et tout le monde. C'est ainsi que les rois sont rois.* »

« En ces temps, continua Don Juan, avant que la tradition judéo-chrétienne n'eût pris pied, les rois étaient au-dessus de tout et de tous. La tradition judéo-chrétienne fit que les rois devinrent des administrateurs de ce qui est en fin de compte de Dieu. Et nos sociétés furent construites sous ce principe. L'humilité et la décence.

La Paix et la Justice. Le travail honnête et le respect. Mais ceci était avant la *kleptocratie* et leurs traîtres. Nous restaurerons nos sociétés dans la paix et la justice, conclut Don Juan. »

Les membres assemblés là se dispersèrent et ensuite, songeurs et en silence, se retirèrent dans leur coin respectif. Dans cette marche vers leur recoin glacé ils pouvaient voir encore et sans cesse l'immensité de la glace et en levant les yeux l'autre immensité des cieux.

De la glace et le ciel. De la glace et les Cieux. C'était ça, le monde des *Hidalgos*.

Impact Tectonique

Pour leurs opérations lancées à partir du continent Antarctique, les *Hidalgos* suivaient normalement le périmètre de sa masse terrestre presque circulaire et choisissaient la longitude la plus appropriée pour atteindre leur cible avec un minimum de risque de repérage.

Bien sûr, quand ces cibles se trouvaient diamétralement opposées à la Péninsule, et elles étaient peu nombreuses car presque tout était de l'océan au-dessus à ces longitudes, ils traversaient le continent dans des véhicules qui utilisaient des pistes pour chenilles mais qui pouvaient aussi comme flotter au-dessus de la glace, on les appelait des *tracteurs-planeurs à chenilles*. Ceux-ci pouvaient escalader le plateau Antarctique où les températures étaient encore plus extrêmes à cause de l'altitude qui atteignait rapidement plus de quatre mille mètres jusqu'aux 4897 mètres du Massif Vinson. C'était la méthode la plus efficace pour traverser le continent, un continent dont la taille avait crû considérablement pendant les deux cents dernières années, et ce d'une moyenne de cinq kilomètres tout autour, cinq kilomètres qui s'étaient ajoutés à son rayon moyen. Cette augmentation était due à l'accumulation de la glace et de la neige qui avait tendance à être plus considérable près des bords du continent probablement à cause de la dispersion centrifuge de ces éléments.

La température moyenne dans cette partie du monde avait été d'environ 56 degrés au-dessous zéro dans les siècles passés, mais on en enregistrait maintenant d'aussi basses que 70 degrés au-dessous de zéro en moyenne. Cette chute importante des températures moyennes causa bien sûr l'alarme dans l'esprit de plusieurs qui croyaient que les Océans s'évaporeraient progressivement et fourniraient de plus en plus de neige au continent Antarctique, une neige dont le poids supplémentaire noierait le continent encore plus sous les eaux qui l'entouraient. L'Antarctique Occidental avait déjà le point continental le plus bas de la terre, à 2550 mètres au-dessous du niveau de la mer. Le point suivant dans cette distinction d'altitudes négatives était la Mer Morte à seulement 416 mètres au-dessous de la surface de la mer. Le poids de la glace avait certainement de l'effet.

L'accumulation de neige et de glace avait aussi tendance à se rassembler sur la partie à l'est des chaînes de montagnes et ceci avait déjà produit le banquise de Rønne dans l'Antarctique de l'est formée par les montagnes Ellsworth ; la banquise de Ross dans l'Antarctique de l'ouest produite par la Chaîne TransAntarctique et aux confins desquelles s'élevait le célèbre Mont Erebus ; et la plus petite banquise d'Amery plus à l'ouest encore, c'est-à-dire donc à l'est en faisant le tour du continent, et qui s'appuyait sur la chaîne du Prince Charles au nord des Hauteurs Américaines. Ces banquises de même que les banquises de Larsen, Shakleton et Getz étaient maintenant plus grandes et plus hautes que dans les siècles récents. Les deux principaux systèmes éoliens, la Dérive Occidentale Extérieure où les vents tournaient dans le sens des aiguilles d'une montre et la Dérive Orientale Intérieure où les vents allaient dans le sens contraire causaient ainsi des accumulations sur ces obstacles naturels. Les vents produits par ces deux dérives éoliennes pouvaient atteindre trois cents kilomètres à l'heure, une vitesse suffisante disait-on pour que les montagnes pussent se mouvoir. Et en fait ces vents *déplaçaient des montagnes*, des montagnes de glace.

Ces accumulations à leur tour augmentaient la pression sur le sol du continent qui transmettait alors cette pression aux diverses fractures qui s'étendaient du fond des océans qui entouraient l'Antarctique à la masse souterraine du continent.

Ceci n'était pas nouveau mais les accumulations massives, beaucoup plus importantes que celles qu'on avait observées dans les siècles précédents, causaient des soucis majeurs à certains scientifiques. Il semblait d'après leur thèse que le monde s'engouffrait dans une ère glaciale nouvelle à mesure que ces accumulations devenaient de plus en plus considérables à chaque décennie.

À mesure que la glace s'accumulait et son poids poussait le continent souterrain encore plus en profondeur, des pressions énormes poussaient à leur tour sur les zones de fractures autour de l'Antarctique plus profondément vers le centre de la terre mais en s'éloignant du Pôle Sud géométrique. L'effet en était que la pression vers l'extérieur poussant les fractures et les crêtes diverses qui formaient le sol océanique de l'Atlantique, du Pacifique et de l'Océan Indien produisait alors d'après ces mêmes scientifiques d'énormes tremblements de terre accompagnés de raz-de-marée dont les dimensions n'avaient jamais été observées auparavant.

On doit noter que ces effets étaient plus prononcés dans l'Antarctique Occidental où les fractures sous-océaniques rayonnant vers le nord étaient plus nombreuses. En particulier les trois zones de fractures successives, la Udintsev de 5111 mètres de profondeur, la Menard à 4879 mètres au-dessous du niveau de la mer et l'Eltanin profonde de 4724 mètres transmettaient ces pressions vers les Tranchées de Kermandec et de Tonga où elles pouvaient se relâcher à une profondeur de 10800 mètres au-dessous de la surface de l'océan. La thèse principale qui était avancée disait que ces pressions énormes étaient poussées autour des Nouvelles Hébrides et de l'île Fiji vers la Tranchée des Mariannes à 10910 mètres au-dessous de la surface de l'océan, le point le plus bas de la terre. De là, ce qui restait de ces pressions se transmettrait aux tranchées de Bonin, d'Isou et des Kouriles, bien au nord d'où elles avaient vu leurs origines.

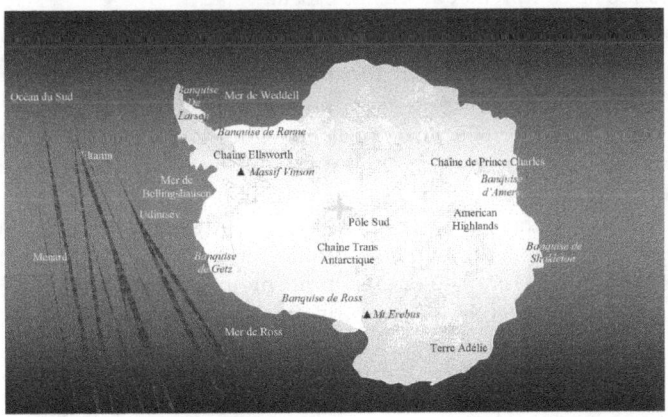

37. Zones de Fractures Autour de l'Antarctique

Les scientifiques engagés croyaient donc que l'engloutissement du continent Antarctique qui de plus paraissait prendre de la hauteur en même temps, était de cause à effet le précurseur d'effets majeurs observés aussi loin que dans les confins du nord arctique de l'Empire des Han et où celui-ci rencontrait l'extrémité nord-ouest du Califat avant que les deux ne se joignissent dans les glaces de l'Arctique.

Dans l'Antarctique de l'est ces effets radicaux sur le climat étaient moins prononcés car il y avait moins de fractures d'importance semblable, et ceci confirmait les craintes des partisans de ces théories.

Le phénomène de ce *refroidissement global* que certains appelaient le *gel global*, était par conséquent considéré par certains comme dévastateur. Et les adeptes de ces croyances plaçaient le blâme pour ces changements climatiques à l'échelle globale dans les activités humaines et ses nombreuses applications de l'ingénierie quantique. Ils croyaient que l'effet tunnel quantique à échelle industrielle partout dans le monde étant surtout une réaction endothermique, il absorbait donc de l'énergie de partout et produisait un refroidissement alarmant. Le bond pour conclure que les effets climatiques fussent de la main de l'homme était donc facile à faire car ce l'était évident à ces adeptes et par conséquent ils croyaient que l'homme altérait l'équilibre de la tectonique des plaques causant ainsi des effets catastrophiques. *Croyaient* était un mot particulièrement précis car personne ne comprenait la science exacte.

Il y avait deux camps, ceux qui croyaient au *Refroidissement Global* dû à l'homme, et ceux qui le considéraient comme un phénomène naturel dû aux cycles réguliers de la planète. Chacun croyait en sa propre vérité. En fait personne, ou peut-être seulement à l'exception de quelques uns, n'avait aucune idée de la science qui supporterait l'une ou l'autre des thèses, ni savait si les données étaient fabriquées et manipulées ou alors scientifiquement correctes. Ils *croyaient* tout simplement. Comme preuve, dans la plupart des débats l'un des adeptes à l'une ou l'autre des croyances commençait toujours en disant tout d'abord « *Je crois que…* » Jamais n'entendit-on quelqu'un dire « *Je sais que…* » La conjecture et l'abstraction politique étaient par conséquent la base de presque toutes les prises de positions en cette matière.

Même parmi les scientifiques. Les dirigeants Califat, et ils méritent des éloges pour cela, avaient conclu de laisser ces affaires entre les mains de Dieu. Le Califat évitait officiellement ces théories car elles étaient du domaine de Dieu et l'homme n'avait aucune raison de s'immiscer dans les affaires de la nature.

« *Même si on faisait exploser simultanément tout notre arsenal nucléaire, notre arsenal quantique et celui à quarks, et ceux des Han, et si on faisait donc tout sauter, oui bien sûr l'humanité pourrait disparaître mais la planète Terre continuerait à tourner sur elle-même et autour du soleil* » aimaient-ils à dire. Des calculs par des ordinateurs quantiques avaient estimé qu'un tel cataclysme affecterait la rotation de la terre sur elle-même de deux secondes par siècle suivant la direction du souffle, ou même d'aussi peu que huit centièmes de seconde par millénaire. La rotation de la terre autour du soleil serait aussi affectée mais de peut-être pas plus de 5,2 secondes au maximum et de 2,2 secondes au minimum tous les dix mille ans.

Supposant que ces modèles de catastrophe finale fussent même corrects à ce niveau de précision, personne ne savait avec certitude ce que ces chiffres voulaient dire et comment ils affecteraient la vie sur terre. Et bien entendu personne n'avait l'intention de faire exploser toute la puissance de feu disponible à l'homme simplement pour conduire cette expérience.

Pour le Califat ceci prouvait donc la puissance de Dieu et la vanité de l'homme. Leur slogan « *Vous pouvez vous entretuer, comme Caïn tua Abel, mais vous ne pouvez changer ce que Dieu a créé* » représentait exactement leur position officielle à ce sujet.

Dans l'Empire des Han, et pour certaines des *élites* du Califat aussi, des provocateurs et des profiteurs politiquement motivés préconisaient des moyens de réchauffer la planète et donc d'éviter les effets dûs aux accumulations énormes de glace polaire qui soi-disant poussaient sur les couches rocheuses enfouies en profondeur sous les océans et causaient ainsi des ravages sur les continents. Pour supporter leur thèse, ils remarquaient qu'en moyenne les océans avaient reculé de jusqu'à 60 centimètres dans les deux cents dernières années quoique certaines observations ne pussent confirmer que de 15 à 20 centimètres au plus. Il est vrai que dans plusieurs des terres quelques ports avaient dû être étendus, et d'autres reconstruits plus loin, c'est-à-dire plus près de l'eau. On avait aussi observé qu'alors que l'épaisseur de la Glace de l'Antarctique avait été estimée à peu près à 2,8 kilomètres deux siècles auparavant, elle avait atteint maintenant 3,05 kilomètres, une accélération alarmante en deux siècles seulement.

Une littérature vaste avait animé le débat et celui-ci avait rendu célèbres certaines personnes et aussi créé des charlatans et des profiteurs. Le Califat, et les Han aussi, avait pensé à interdire ces activités puisqu'elles favorisaient les hâbleurs aux dépens des faiseurs, et les deux Empires avaient donc un intérêt commun à ne pas répéter les erreurs de l'Occident et l'hystérie des siècles passés.

Les adeptes du *refroidissement global* préconisaient aussi le lancement de CO_2 ou gaz carbonique dans l'atmosphère supérieure afin de créer une barrière additionnelle qui piégerait les rayons du soleil après qu'ils fussent réfléchis par la surface de la terre ajoutant donc une composante artificielle à l'effet de serre naturel. D'autres poussaient des mesures différentes telles que la création par explosion d'un trou dans la couche d'ozone pour laisser passer le soleil et *nous délivrer* du gel. Le problème était que la couche d'ozone qui se ferait sauter flottait au-dessus du Continent Antarctique et les modèles n'avaient encore été bien développés pour évaluer l'impact d'un acte si près de la source des effets que l'on désirait corriger. Et cette *explosion* de la couche d'ozone bien sûr ignorait d'autres effets potentiellement nocifs que cette entreprise causerait. Un autre concept intéressant fut proposé par des fabricants de feuilles minces de matériaux composés et consistait en l'étalement de vastes *couvertures* noires au-dessus des glaces, une sorte de bâches qui encourageraient l'absorption de la chaleur et ainsi réduiraient la réflexion naturelle des rayons du soleil par la glace blanche.

Entre-temps la vie continua, ceux qui travaillaient étaient à leur poste jour après jour. Les autres, une minorité il faut l'admettre mais une minorité éduquée dans les meilleures écoles et élevée dans les conforts que leurs parents éduqués et puissants leurs avaient pourvus, continua de parler et de prédire et de *croire* sans *savoir*. Ils continuèrent à croire en des théories quelconques aux airs scientifiques et pour lesquelles aucune base solide n'existait.

Seuls dans l'Univers

Un des événements essentiels de la journée, une journée qui était soit toute jour soit toute nuit pendant presque l'année entière dans les *Campos* de la Péninsule Antarctique, était la levée du drapeau des *Hidalgos*. En révérence aux Templiers, le drapeau était appelé un *gonfalon*, un mot ancien que les *Hidalgos* prononçaient surtout en Espagnol en l'appelant *el gonfalón*. Celui-ci était noir et blanc, tout comme l'original. Deux grands rectangles verticaux, l'un noir, l'autre blanc, l'un au-dessus de l'autre. Pour les Templiers, le Noir représentait la vie sur terre et le Blanc le divin dans les Cieux. Quand en Terre Sainte autrefois le *gonfalon* flottait à la pointe d'une lance, une lance portée par un chevalier sur son cheval au galop et chargeant sur ses ennemis en pleine bataille, les deux rectangles paraissaient enlacés, combinant ainsi les Cieux et la Terre. Les deux couleurs, ou l'absence de vraie couleur, accentuaient par leur simplicité la nature sacrée de la mission des Templiers.

Dans l'Antarctique, les vents étaient violents mais les températures extrêmement basses gelaient la toile du *gonfalon* qui semblait alors être fait de métal. C'était en fait le drapeau parfait pour les guerriers de l'Antarctique car le haut, le Noir était comme les cieux au-dessus d'eux et le Blanc, la glace au-dessous. C'était les Cieux et la Terre, tout comme pour les Templiers mais les mondes à l'envers. Le symbolisme était significatif et triste. Oui, les *Hidalgos* étaient au bas du monde alors qu'en les siècles passés les Templiers étaient à son sommet. Quelques siècles plus tôt leurs ancêtres étaient victorieux et conquérants, et maintenant eux les *Hidalgos* étaient des combattants de la liberté essayant de reprendre ce qu'ils avaient perdu.

Mais les *Hidalgos* croyaient que l'ordre serait rétabli et qu'ils seraient les Templiers du siècle prochain qui bientôt montrerait ses premières lueurs dans la Chrétienté.

Les *Hidalgos* avait ajouté un bord très fin de couleur bleue au *gonfalon* pour indiquer les progrès accomplis pendant le dernier millénaire depuis les premiers Templiers et pour se rappeler le bleu de leurs terres perdues. Le bleu clair était aussi la couleur de la Patagonie.

Chaque soir la levée du drapeau s'accompagnait de chansons patriotiques que les *Hidalgos* entonnaient, et quelquefois même de chants très sentimentaux qui parlaient de leurs amours, des terres perdues, de leur foi qui avait été presqu'éradiquée et qu'ils restaureraient, et de leurs espoirs, leur espérance, *la esperanza* comme ils le disaient, sans laquelle ils ne pourraient soutenir leur difficile mission sacrée.

Chaque soir un guerrier était choisi au hasard pour lever le drapeau, qu'un autre guerrier abaisserait après les *Vêpres*, pour être levé encore au matin. Ceux qui levaient le drapeau s'appelaient des *gonfaloniers,* tout comme les Templiers les appelaient, et dans la version hispanisée, *los gonfaloneros*. L'honneur d'être *gonfalonier* ne durait qu'une seule fois pour chaque guerrier puisqu'une fois choisi, le guerrier se retrouvait à la fin de la queue. Comme les *Campos* avaient des milliers d'hommes capables en leur sein, il était donc improbable que l'un d'eux reçût l'honneur de devenir *gonfalonier* plus d'une fois dans sa vie, ou du moins dans sa vie de guerrier. Par conséquent cet honneur était pris très au sérieux et considéré avec beaucoup de respect.

Alors que le drapeau immobile battait figé dans les vents de l'Antarctique, la prière de la nuit, les *Vêpres*, était récitée. Comme tous les guerriers n'étaient pas Catholiques, ou même Chrétiens, les autres passaient le temps des *Vêpres* à leurs propres prières ou à des méditations personnelles. Mais cette période était encore appelée les *Vêpres* par mesure d'efficacité.

Certains ne priaient pas du tout. Ils s'étaient joints aux *Hidalgos* non pas par conviction religieuse mais parce qu'ils n'avaient en fait aucune conviction et considéraient ces actes spirituels plutôt vétustes et naïfs. Mais ils montraient du respect. Après tout à leurs yeux les *Hidalgos* étaient maintenant plus tolérants que le Califat qui ne permettait pas de non-croyants. La fidélité à une foi dans l'erreur était tolérée d'une certaine manière dans le Califat car celui-ci espérait convertir à la Vraie Religion ceux qui s'étaient égarés dans une foi erronée. Mais aux yeux du Califat les êtres sans foi étaient presqu'inhumains et difficiles à récupérer. Très souvent il était très dangereux d'exprimer son manque de foi en une divinité.

Le temps des *Vêpres* était par conséquent utilisé de plusieurs manières et spécialement comme un temps de réflexion. Un de ces soirs, deux Judéens, Nissime et Ari étaient engagés en un débat sur des sujets qui ne viennent à l'esprit que quand on est dans l'Antarctique et face à la mission impossible de renverser l'entité politique et religieuse la plus puissante que le monde eût jamais connue, et quand ces faits sont évidents à tous sauf aux mystiques.

« Regarde le ciel, Ari, dit Nissime. Il est immense et beau. Et la glace qui s'étend à l'infini.

— Tu parles comme Abraham dans le désert, répondit Ari avec sarcasme.

— Sois sérieux, Ari, dit Nissime. Tu sais, nous sommes seuls ici. Nous sommes seuls dans l'Univers.

— Tu n'en sais rien Nissime ; il y a peut-être un million de planètes habitées là-bas, quelques unes avec des idiots comme nous, d'autres avec des êtres supérieurs, et encore d'autres avec des êtres encore plus idiots que nous. Tu vois, on n'est pas seuls à mon avis.

— Oui, il se peut qu'il y ait des êtres là-haut, intelligents ou pas. Mais même là, nous tous, eux et nous, nous sommes seuls. J'imagine que c'est pourquoi certains d'entre nous, et je dois admettre que j'en suis un, ont besoin d'une projection au-delà de cette solitude, et nous appelons ça Dieu. On se sent chez soi, et moins seul.

— Ah bon, je comprends maintenant. Une fois qu'on quitte la matrice à la naissance, là où nous sommes joints à tout et en sécurité, nous commençons à nous sentir seuls, perdus dans ce qui semble une éternité, une éternité d'espace et de temps, un vide que nous luttons à emplir toute la vie. Et nous inventons des dieux et des religions pour combler ce vide.

— Bon Ari. Mais regarde, tous ces types là qui prient pour le retour à leurs terres, et à leurs dieux. Même ceux qui ne prient pas ont de vœux, ils espèrent, ou méditent leur espérance. Pourquoi ?

« Pourquoi ne se plient-ils pas au Califat ? Et pourquoi en fait est-ce que le Califat a même pris la peine de conquérir l'Occident et de convertir tout le monde là-bas ? Nous sommes seuls, tu ne le vois pas ?

— Nissime, je vois ce que tu dis mais je ne vois pas où tu veux en venir. D'accord, nous sommes seuls, et alors ?

— Mon point Ari c'est que, pourquoi est-ce qu'ils luttent ? Pourquoi est-ce que nos ancêtres se sont battus ? Les animaux luttent pour leur survie, nous luttons pour conquérir, même quand il n'y en a aucun besoin. Aucun besoin physique. Est-ce qu'on a un besoin spirituel de conquérir et de détruire ceux que l'on perçoit comme nos adversaires ? Ou qu'on rend adversaires même s'ils ne le sont pas ? Et si c'est vrai, pourquoi donc ? Parce que nous sommes seuls. Voilà pourquoi.

— Oh ! dit Ari. Écoute, nous luttons, je l'admets, mais alors quand on voit la folie de nos actes, on fait la paix et on attend la prochaine lutte.

— Exactement, nous faisons la paix, dit Nissime, et ensuite nous nous faisons alliés à nos ennemis d'avant pour en combattre de nouveaux. Regardes-toi, tu es un *Hidalgo* judéen, est-ce que ça a du sens, un Templier juif, pour l'amour du Christ ?

— Christ ? Pour l'amour du Christ ? Même pour un *Hidalgo* judéen je ne m'y serais pas attendu, pas à cette expression, dit Ari d'un ton faussement choqué.

— Oui, pardon, c'est une manière de parler. Tu vois, d'abord nous avons conquis, et ensuite on a perdu notre terre. Et nos prophètes se lamentèrent de notre destin. Et puis on a regagné ces mêmes terres. Et on les a perdues encore une fois. Et c'est la même chose pour ces gens. Ils étaient là en Ibère et les Wisigoths sont venus et leur ont tapé dessus, et alors les Wisigoths devinrent Ibériens comme si de rien, comme si rien n'était arrivé. Et alors lentement le Christ emplit leurs cœurs et alors soudain au nom d'Allah, l'*Al Andalous* fut créé. Pendant des centaines d'années ils souffrirent dans l'humiliation dans leurs terres ancestrales. Et ils reconquirent ensuite ces terres.

« Avance rapide et quelques siècles plus tard nous sommes de retour dans l'*Al Andalous*. Et bientôt peut-être même pendant notre vie, l'Espagne Chrétienne, l'Europe Chrétienne et même l'Amérique se relèveront.

– Plus ça change, plus c'est pareil, interrompit Ari

— Oui, c'est vrai. Mais écoute. On sait tous que c'est une marche en vain, un cercle qui ne finit jamais et le perdant d'aujourd'hui est le vainqueur de demain et le perdant d'après-demain. Et je dis que nous luttons, pas parce qu'on en a besoin pour la survie physique comme le font les animaux, mais parce qu'on en a besoin d'une façon étrange, parce que nous nous sentons seuls, nous nous sentons perdus dans l'Univers. Et la lutte nous donne un point de référence, quelque chose de tangible à quoi nous accrocher, pour justifier nos vies de solitude. Parce que nous pensons, nous devons lutter. C'est ce que je dis... La Bible dit que quand Adam et Ève commencèrent à penser, ils se sentirent *nus*. Je crois que la Bible veut nous dire *nus* dans un sens spirituel, pas dans le sens physique avec la feuille de vigne et tout ça ; comme je dis, nous sommes *nus* dans l'Univers, nous sommes seuls dans l'Univers.

    – Ça va, ça va. Ça va, nous sommes seuls. Mais qu'est-ce que tu veux faire ? Tout ce que je vois c'est tous ces gens, tous ces hommes là qui prient, qui espèrent, venant de tous les coins de la terre, unis dans un but de libération commun. Je ne me sens pas seul.

    — C'est ça ce que j'essaye de dire. Tu ne te sens pas seul parce que tu participe à un combat, tu es enrégimenté dans une lutte de conquête, ou de reconquête, *la reconquista*, comme aime le dire Don Juan. Et quoiqu'on fasse, puisque la plupart d'entre nous seront morts avant cette libération, nous y croyons encore. Parce qu'il y a une vie après nous, pas notre vie, mais de la vie néanmoins, et nous voulons que cette vie soit modelée d'après ce pour quoi nous avons lutté, ce à quoi nous avons cru.

    — Donc tu crois au retour d'un Sauveur, du Christ, est-ce que c'est ça que tu veux dire ?

    — Ils croient que le Christ va revenir et le salut de tous avec lui. Nous, nous croyons simplement que le Messie va venir, et non pas revenir. Et le salut de tous avec lui. Et ça, ça nous fait nous sentir moins seuls.

    — Donc tu ne te sentiras plus seul, tu ne te sens pas seul maintenant parce que le Messie, parce que quelqu'un va venir ? demanda Ari.

    – C'est exact. Simplement de savoir que quelqu'un va venir, ou va revenir, n'importe, me lie à l'éternité et quand je regarde alors les cieux, je ne me sens plus seul. Ça c'est l'essence de la foi. Peut-être que tu as raison. C'est simplement un besoin, comme la nourriture, ou l'amour, ou le besoin de beauté. Un besoin spirituel sans lequel nous sommes sans boussole.

    — Tu parles de boussole ! Moi, je n'ai pas besoin de boussole ici, et je m'excuse pour l'allusion, mais dans l'Antarctique une boussole qui indiquerait le nord a une signification spéciale. Pas ici dans la Péninsule, mais là-bas au Pôle. Le nord est en face de toi et derrière toi. À ta gauche et à ta droite, dit Ari en pointant son doigt vers le sud.

– Touché, dit Nissime.

— Nissime, interrompit Ari, écoute, tu dis que le Christ allait revenir, ou le Messie allait simplement venir, une seule fois et pour la première fois je suppose. Imagine que toutes ces choses n'aient jamais été dites, jamais été enseignées ou inculquées. Et toi et moi, on écrivît une histoire pour ces gens pour qu'ils ne se sentent pas seuls comme tu dis. Et qu'on leur dît que quoiqu'il arrive quelqu'un envoyé par Dieu va venir bientôt et va leur apporter le salut. Le salut pour leur solitude je suppose.

– Où veux-tu en venir ?

— Attends. Ecrivons cette histoire, et disons que Yehovah va nous envoyer ce Sauveur, à la fin des temps, pour soulager nos souffrances etc., etc.

« Dans notre histoire, qui n'a aucune base historique ni de préjugés, comment est-ce qu'on déciderait toi et moi d'appeler ce Sauveur ? Jo, Ari, Nissime, Don Juan ? Bien sûr que non. On l'appellerait probablement le Sauveur envoyé de Dieu. Ou le Sauveur de Yehova, ou même mieux puisqu'il est là au nom de Yehova, on l'appellerait Yehova Sauve. En Hébreu, *Yehova Shua*, ou *Yeho-shua*, ou Josué si tu préfères. En Grec, Yesus, et ici Jésus. Est-ce que tu ne trouves pas ça bizarre ?

— Très bizarre, et très intéressant, dit Don Juan de l'ombre d'où il avait pu suivre une partie de la conversation. Je sens Dieu dans mon cœur. Jésus est avec moi, et cela me donne la force de lutter contre le Califat. Et par la Grâce de Dieu, nous serons victorieux.

— Amen, dit Ari. Je suis complètement d'accord. Cela confirme que la foi vous donne la force d'accomplir, de lutter, spécialement si vous n'avez aucun autre moyen d'atteindre votre but.

— Attends, dit Nissime, on n'a pas encore décidé si le salut allait venir de la première ou de la seconde visite du Sauveur.

— Ça c'est facile, dit Ari. Ça n'a aucune importance. Quand il arrivera, et si même ce quelqu'un arrive, il sera bien évident à tout le monde si c'est un voyage de retour ou une première visite. Et nous devrons tous nous soumettre à cette évidence claire. Je doute néanmoins que quelque visite soit imminente. Je lutte ici pour ce qui est droit, ce qui est juste, indépendamment de la foi.

– Mais ce qui est juste pour toi, tu l'as hérité des enseignements de tes ancêtres, qui l'apprirent des révélations premières et des commandements. Les sauvages et les animaux ne savent pas ce qui est juste ou droit, et s'ils le savent ce n'est pas le même *juste*, le même *droit*. Donc toi aussi tu as besoin d'une composante spirituelle pour te soutenir dans ta solitude.

— Peut-être, dit Ari. En tous cas prions tous que quand ce quelqu'un arrivera, que ce soit Jésus, ou que ce soit quelqu'un…quelque Judéen ou Hébreu que l'on puisse reconnaître. Prions seulement que ce ne soit pas Mohammed.

– Non ! s'exclamèrent en même temps Nissime et Don Juan. Ce serait impensable !

— Pourquoi ? dit Ari. Si c'est le Messie, le dernier prophète comme ils l'appellent, pourquoi pas ? Je suppose que nous avons tous besoin d'une foi dans laquelle nous nous sentons à l'aise. Un Sauveur comme nous, de chez nous, pas n'importe quel Sauveur. Ainsi, mon point initial. Nous sommes seuls, et alors ?

– Seuls ? demanda Don Juan.

– Oh ce n'est rien Don Juan, dit Nissime, c'est d'un débat qu'on était en train d'avoir avant que tu ne resquilles ici.

– Je resquillerai encore, et ouvertement croyez-moi. J'adore ces discussions. C'est ce qui fait des *Hidalgos*, comme des Templiers, des guerriers avec du cœur. Des soldats de Dieu. Et comme eux nous devons libérer la Terre Sainte avant que le Christ ne puisse revenir. Et il reviendra, c'est Jésus qui reviendra…peut-être un autre sauveur envoyé de Dieu, envoyé par Jésus…mais vraiment… je crois vraiment que ce sera Jésus qui reviendra. Je le sais. Je le sens. Je sais que ce ne sera pas Mohammed. Ça ne peut l'être…

« Je reviendrai demain après les *Vêpres* avec quelques autres guerriers qui aiment ce genre de discussion. Ne commencez pas sans moi », conclut Don Juan en quittant les lieux.

Ari et Nissime se regardèrent et Ari dit alors :

« Qu'est-ce qu'on vient de commencer ? Toujours nous. Il y a des milliers d'années on avait commencé avec le message de Dieu, et on dit qu'on fut élus pour apporter ce message au monde, et regarde où on en est. Ces types là, et le Califat aussi, ils ont porté le message bien au-delà du but anticipé. Et des millions de vies ont été sacrifiées dans les millénaires qui nous ont précédés.

— Ces vies auraient de toutes façons été sacrifiées. L'homme aime le conflit. L'homme a besoin de conflit. Si ce n'était pour le message, ou contre le message de Dieu que les Hébreux s'étaient chargés d'apporter au monde, ces mêmes vies, ou d'autres en un nombre égal ou plus grand auraient été aussi bien perdues. Nous sommes seuls dans l'Univers et cette crainte fait que nous nous battons et que nous détruisons. Pendant que nous luttons et que nous avons une cause pour laquelle nous combattons, nous n'avons aucune crainte et nous oublions que nous sommes seuls.

« Regarde là-bas vers les cieux, regarde dans la profondeur des cieux, là ! Je vois le début des Temps, quand l'Espace commença à se former. Et depuis, nous sommes seuls jusqu'à ce que quelqu'un de là nous conforte dans notre solitude. »

Ces derniers mots de Nissime ne demandaient aucune réponse. Tout avait été dit à ce sujet, du moins pour la soirée. Nissime et Ari retournèrent alors à leurs quartiers respectifs.

Ces considérations philosophiques et religieuses à part, les *Hidalgos* étaient des hommes d'action. Ils organisaient des opérations *de dissuasion* qui bien souvent finissaient mortellement. C'était en fait des opérations martyres mais les *Hidalgos* refusaient de les appeler ainsi. La vie était sacrée et Dieu ne voulait jamais que des hommes meurent pour Lui. La vie devait être préservée à tout coût, mais ce coût ne devait pas être la vie elle-même, cela eût été une contradiction. Bien sûr on pouvait mourir dans la bataille, en une sorte d'auto-défense mais pas volontairement. Les *Hidalgos* croyaient que ne pas vouloir mourir, malgré la déclaration de St. Bernard, demandait encore plus de courage puisqu'ils devaient alors confronter des dangers dans quelque chose qu'ils ne désiraient pas, qu'il ne leur était pas permis de désirer. Confronter la mort que l'on désire avec une passion aveugle ne demande aucun courage.

Confronter la mort en luttant pour une cause noble quand on ne la désire pas, ça c'était du vrai courage.

Le Califat aurait pu oblitérer *La Base* mais il n'y avait aucune assurance que tous les *Campos* seraient détruits. Il y avait même des rumeurs que des *Campos* secrets avaient été construits dans les profondeurs de l'Antarctique, même au Pôle Sud inaccessible. Même sur le Mont Erebus. Ces *Campos* étaient constitués de caves creusées dans la glace.

À cause des tempêtes incessantes de glace et de neige, et des vents incroyablement violents dans l'Antarctique, les *caves* étaient le résultat d'une ingénierie très avancée. Elles étaient construites sur une sorte de pilotis et à mesure que les années passaient elles s'enfonçaient lentement dans la neige, ou plutôt elles se faisaient engloutir dans une mer de neige montante. Le Califat pouvait facilement détruire ces *caves* lorsqu'elles étaient encore sur leurs pilotis, mais cela ne voulait pas dire que les *Hidalgos* s'y trouvaient. En fait, ceux-ci résidaient et se cachaient dans les *caves* englouties car les *caves* fraîches n'étaient pas des caves du tout. Elles avaient plutôt l'air de gratte-ciels de glace sur pilotis. De plus le Califat savait bien qu'une opération trop violente contre ces *Campos* un peu trop évidents, résultant peut-être en peu ou pas de victimes, créerait une vague d'actions terroristes dans leurs centres urbains et donc plus d'instabilité encore.

Dans le Califat il y en avait donc qui préféraient ne pas provoquer les *Hidalgos*, puisque des actions violentes contre eux créeraient encore plus de recrues pour les *Hidalgos*. Ceux qui faisaient avancer ces idées erronées, ceux de la *ligne molle* ainsi qu'on les appelait puisqu'ils ne proposaient jamais de solutions mais plutôt l'abstention de toute action, ceux-là étaient parfois appelés des traîtres, ou même des Occidentaux, dans le sens péjoratif du terme bien sûr. On dit même que certains avaient été condamnés à mort pour trahison. Les *Hidalgos* considéraient ceux de la *ligne molle* leurs meilleurs alliés à l'intérieur des lignes ennemies.

La campagne de terreur des *Hidalgos*, ceux-ci pouvant se mêler aisément à la population des parties conquises du Califat et sans doute recevant le support actif de celle-là, ou du moins de certains en son sein, faisait hésiter le Califat. Celui-ci espérait que les *Hidalgos* s'atrophieraient avec le temps et la pression sur les Han était en partie calculée pour limiter ou supprimer l'aide et le support que ceux-ci apportaient à *La Base*. Les *Hidalgos* néanmoins vivaient dans une sorte de terreur aussi car le Califat pouvait frapper à tout moment et leur causer une dévastation massive. C'était comme ils le disaient en plaisantant une situation d'échec et mat, ou MATE, qu'ils avaient pris de l'Anglais pour *Mutually Assured Terror for Ever*, ou *Everywhere*[21]. Ceci était bien sûr présomptueux car la situation était bien loin de celle d'un échec-et-mat. De plus MATE était le subjonctif du verbe *matar*, ou *tuer* en Espagnol. Les *Hidalgos* comprenaient tout ceci comme *que mate*, ou *que je tue*, et ceci parmi toutes les interprétations qu'un *Hidalgo* pouvait choisir. Un des *Campos* avait été nommé *Matamoros*, *Moros* étant le mot en Espagnol pour Maures, soit le groupe ethnique original du Califat dans l'*Al Andalous*. Bien sûr les villes dans l'*Al Andalous* et dans le Califat en général qui auparavant étaient nommées Matamoros avaient changé de nom il y avait bien longtemps. Mais pas dans l'Antarctique.

Et ainsi donc la vie passait d'un jour misérable à l'autre, ou d'une nuit misérable à l'autre suivant la saison, dans les confins lointains de la Péninsule Antarctique où un groupe de *guerriers* qui s'étaient octroyés ce nom avait l'intention d'exécuter une *reconquista* avec un arsenal d'armes et de philosophies du Moyen Âge, combinés à des appareils de destruction quantique avancés fournis par l'Empire des Han, et une perspective éclairée sur la vie que la confluence de cultures et de croyances de ceux que s'étaient assemblés là avaient apportée. Malgré leurs faibles chances les *Hidalgos* savaient qu'ils réussiraient. Sinon eux-mêmes, leurs descendants. C'était la Marche de l'Histoire.

---

[21] *Terreur Mutuellement Assurée pour Toujours*, ou *Partout*.

4

Un Jour Dans La Vie Du Califat

La Terre Sainte

« *F*rère Assame, dit le Gardien de la Foi. Tu n'as pas échoué. Le Prophète (qlpsal) nous a commandé d'être patients. La voie de la vérité est parfois encombrée d'obstacles mais nous connaissons notre voie. Nous allons persister et prévaloir car nous avons tout le temps qu'il nous faut. Le temps de nos vies et de celles de nos enfants, et des enfants de nos enfants.

– Votre Très Sainte Excellence, c'est vrai, répondit Assame. Mais il est aussi vrai que le rêve délicieux d'un vrai Musulman est de voir le jour du triomphe de Mohammed (qlpsal) sur la terre entière pendant sa vie.

– C'est correct. Mais il n'est pas en notre pouvoir de le déterminer. Seul Allah peut décider quand ce jour, la Fin des Jours, sera et par la main de qui on y arrivera. Tout ce que nous pouvons faire est d'aspirer à répandre la vraie foi partout. Et cela arrivera quand Allah le décidera. *Incha'Allah.*

– *Incha'Allah*, dit Assame.

— Frère Assame, tu dois reprendre tes esprits et instruit des leçons du passé, concevoir le prochain assaut contre les Han.

— Mais Votre Très Sainte Excellence, est-ce que ce n'est pas ce que le Cheik Moussa est sensé faire en ce moment ?

— Moussa n'a aucune chance. Écoute, les Han savent ce qui est arrivé. En fait leur souverain, et je n'utilise pas le mot *suprême* car seulement Allah est Suprême. Leur souverain mortel nous a fait croire qu'il était avec nous. Et il nous a utilisés. Et maintenant il sait ce que nous essayons de faire. Enfin je ne dis pas qu'il ne le savait pas auparavant, bien sûr qu'il le savait. Nous n'avons donc rien perdu. Sauf Al Kansii qui était beaucoup plus qualifié qu'Al Idahi, celui que Moussa vient de choisir pour sa mission.

« Au fait, es-tu sûr qu'Al Kansii est parti aux cieux ? Tu n'as pas reçu la confirmation de lui-même qu'il venait de mourir, n'est-ce pas?

— C'est vrai, Votre Très Sainte Excellence. Nous n'avons pas reçu de lui-même la confirmation de sa propre mort tel que prévu. Mais cela ne veut rien dire. S'il avait été capturé par Yu Lin, et c'est la seule alternative car de quelqu'autre manière l'éradication du Conseil du Peuple ne se serait pas produite, si donc c'était le cas disais-je, Yu Lin ne peut rien faire de lui. Pourquoi ne pas éliminer un témoin gênant ?

— Assame, Yu Lin pourrait l'utiliser contre nous. Qui sait ce dont ces Han perfides sont capables ? Ils pourraient le retourner contre nous. Ils pourraient le reprogrammer avec leur Contrôle de l'Esprit, cette discipline où ils excellent.

« Ne nous enlisons pas dans le passé. Je veux que tu rassembles tes pensées et que tu envisages notre prochain coup. Celui-ci devra être très différent. L'opération de Moussa en est une au coût bas qui imite la tienne, Yu Lin s'y attend et pourra la défaire les yeux fermés. Toi Assame, tu es unique parmi les cerveaux du Califat. Comme ton ancêtre célèbre. Et tu dois te concentrer sur la phase suivante de notre combat. Quand Moussa et Al Idahi qui sont vus comme deux brutes par certains échoueront, ce sera ton tour à nouveau. Et si Moussa réussit, et bien ça aura été la volonté d'Allah. Tu mériteras toujours d'avoir préparé la victoire de Moussa. Cependant je ne pense pas que les Han soient si naïfs pour nous laisser vaincre si facilement. Ce ne sont pas les Occidentaux d'autrefois. Donc Frère Assame va et pense. Et prie Allah. Et suit les commandements du Prophète, Que la Paix Soit Avec Lui. *Incha'Allah, wal Hamdulillah.*

– *Hamdulillah* » , répondit Assame.

Assame recula de quelques pas, s'assurant que jamais il ne donna son dos au Gardien de la Foi. Celui-ci regarda de côté et baissa les yeux. Il avait fini sa conversation avec Assame, il n'avait plus besoin de le regarder.

Quand Assame eut atteint l'entrée de la salle, il se retourna rapidement sur ses pas et commença sa marche lente vers ses appartements. Son cerveaux était comblé de pensées qui convergeaient de plusieurs directions et avec des intensités différentes. C'était un moment triste car malgré ce que le Gardien de la Foi avait dit, Assame savait qu'il avait échoué. En même temps Assame était plein d'espoir parce qu'il allait essayer encore une fois, un jour, après que Moussa eût échoué à son tour. Après que Moussa eût échoué à atteindre les buts qui avaient échappé au Califat pendant des décennies. Et cette fois-là Assame réussirait. Avec toute la force de son cœur, il souhaita que ce fût vrai, et quoiqu'il n'eût aucune raison de le croire ou de ne pas le croire il sentit que cela serait vrai. Un jour. Il le savait. Mais il devrait attendre ce jour.

Lorsqu'il eut atteint ses appartements il pouvait déjà sentir quelque chose de lourd en son sein. Ce n'était pas de la douleur, ni de la tristesse. Quelque chose de lourd et en même temps de vide. Un vide lourd. C'était un mélange d'espoir et de déception. Ses pensées étaient contradictoires et dans la confusion.

Il entra dans son bureau privé. Derrière un mur où des livres saints étaient rangés en ordre parfait et sacré, il souleva un serre-livre et tourna une petite partie de l'étagère. L'entrée secrète de sa salle secrète était maintenant ouverte. Il entra et tourna lentement l'étagère. La pièce était maintenant scellée hermétiquement. Il se mit à écouter.

Pensées Incohérentes

Malgré qu'il eût atteint les sommets ultimes du pouvoir du Califat, Assame était un homme plutôt sensible et doux, peut-être même sentimental aussi. Assame était en fait un descendant éclairé de la sauvagerie. Tout comme les Chrétiens d'il y a mille ans. Tout comme les Vandales qui avait profané Rome. Tout comme les Vikings. Et les Goths et les Wisigoths. Et les Angles. Et les Francs et les Saxons. Et les Han et les Huns et les Mongols. Et tous les autres. Assame le savait. Son intellect supérieur ne lui permettait pas de se cacher ces vérités évidentes.

Les empires se levaient et les empires tombaient. Quelques uns rapidement, d'autres lentement. Mais la marche de l'Histoire était inéluctable. L'exemple évident était celui des Chrétiens et des Musulmans dans l'*Al Andalous*. En mille sept cents courtes années, l'*Al Andalous* avait changé de mains et de cœurs trois fois et peut-être même quatre suivant la manière de les compter.

Alors qu'Assame commençait à laisser la musique pénétrer son âme et son cœur il se demanda : « *Pourquoi convertir les Han ? Quel en est le but ?* » Ses pensées incohérentes envahissaient maintenant son être entier. Les impulsions de son cerveau commencèrent à voler dans toutes les directions, et l'effet tunnel sur les neurones, si effet tunnel il y eût, permit à ceux-ci de traverser des barrières en erreur vers d'autres neurones. Et si d'aucune de ses ondes cérébrales fût intriquée, elle le fut avec d'autres par erreur. Mais Assame laissa l'insurrection dans son cerveau prendre son cours. Il n'avait aucun choix.

Il commença à réfléchir à la marche interminable de l'Histoire et comment plus récemment l'Occident avait conquis le monde entier par sa puissance et sa technologie, mais aussi ses idées. Dans ces domaines les Han étaient aussi bons que le Califat. D'un autre côté Assame savait que le Califat ne pourrait conquérir les Han de la façon dont les Chrétiens conquirent la Rome païenne. Avec un pouvoir doux. Avec de la croyance.

Une chose lui était claire : l'Occident avait conquis le monde et s'était arrêté, ne sachant quoi faire d'autre. On peut mourir pour Allah. On ne peut mourir pour libérer des peuples étranges dans des terres étrangères pour la cause de la *démocratie* ou de la *liberté*, spécialement celles des autres. On peut mourir pour sa foi mais pas pour un simple objet matériel. Tout comme les ennemis d'Allah ne purent continuer à défendre et à protéger leurs idoles, ces objets matériels. Mais on peut mourir pour son peuple, sa religion, sa tribu ou sa race. Et à l'extrême on peut mourir pour sa propre survie bien qu'en soi ce fût une contradiction aux yeux d'Assame.

Assame conclut alors que c'était pour cela qu'Al Idahi échouerait. Le Gardien de la Foi avait raison. Pas seulement cette fois-ci bien sûr. La construction patiente des institutions nécessaires à l'ébranlement de la stabilité des Han, c'est ce dont on avait besoin. Une *djihad* silencieuse et envahissante et non pas une de violence. Une lutte interne, mais rendue interne par les Han eux-mêmes. Assame se demanda si le Confucianisme pouvait aider dans cette quête, comme les convictions manquantes de l'Occident l'avaient fait en leur cas.

Assame se rappela quelque chose qu'Al Kansii avait dit avant son départ pour son opération martyre. Cela semblait insignifiant en ce temps, ou du moins sans conséquence. Dans le feu de la bataille, Assame n'avait pas fait très attention, mais maintenant cela semblait prendre une importance plus grande. Peut-être était-ce ce point seul qui avait provoqué l'échec. L'Ordre à partir du *Chaos*. Oui une faible perturbation des conditions initiales produit parfois des conséquences immenses, si bien sûr cette perturbation a l'importance qu'Allah lui veut. *Créateur ou création* Assame essaya de se rappeler. Oui, la façon dont Al Kansii l'avait écrit était maintenant claire dans son esprit :

> « *Il ne peut y avoir de création sans créateur*
> *Il ne peut y avoir de créateur sans création.* »

Assame avait pensé alors qu'avec la deuxième phrase Al Kansii ne faisait que renforcer sa foi en redoublant l'affirmation de l'existence de Dieu. Maintenant il n'en était plus sûr. Al Kansii avait appris ou lu quelque chose dans l'*Al Andalous* qui lui avait fait écrire cette phrase supplémentaire. Est-ce qu'Al Kansii voulait dire que s'il n'y avait pas de création, un évènement singulier de création, par conséquent il n'y aurait pas de Dieu ?

Assame savait que certains des meilleurs scientifiques, dans l'Empire des Han spécialement, pensaient maintenant que le Modèle Cosmologique Standard était incorrect ou du moins incomplet et par conséquent qu'il n'y avait pas eu de Grand Boom, donc pas de création en tant que singularité. Pas de point de départ où le Temps avait créé l'Espace et l'Espace avait commencé à définir le Temps. Simplement une évolution éternelle de nulle part à nulle part, du Néant au Néant. Peut-être que c'était ça, ce que *À toujours et à Jamais, l'Univers des Univers* voulait vraiment dire.

Est-ce qu'Al Kansii avait appris ou lu quelque chose dans l'*Al Andalous* qui lui eût fait douter de sa mission ? Aurait-il saboté sa propre mission ? Tout semblait avoir marché parfaitement jusqu'à la désintégration à l'intérieur de la Chambre du Conseil du Peuple !

Assame réfléchit encore : « *un papillon qui bat des ailes dans l'Amazonie et une tornade puissante se forme dans l'Améristan Central.* » De petites actions au début produisent des effets cataclysmiques comme si une réaction en chaîne avait commencé et marchait inexorablement vers la catastrophe. *La théorie du chaos.* Qu'est-ce qu'il était, ce phénomène initial ?

Al Kansii n'avait pas informé le Califat qu'il était mort, comme prévu dans sa mission. Un petit détail, spécialement s'il avait été effectivement désintégré avec tous les autres dans la Chambre du Conseil du Peuple. Et s'il n'y avait pas été au moment crucial ? Et s'il avait survécu ? L'incertitude de la situation, plus que les faits réels pourrait avoir potentiellement des conséquences majeures dans les mesures que le Califat prendrait à la suite des changements historiques dans la direction de l'Empire des Han. *Action mineure au départ, effets majeurs par la suite.*

Est-ce qu'Al Kansii avait baissé la garde à cause de ce petit quelque chose, si même ce petit quelque chose existait ? Avait-il été moins vigilant et par conséquent avait échoué soit par la main des autres soit par la sienne propre sans même savoir qu'il en était ainsi ?

Ces questions étaient importantes car elles soulignaient la conviction dont on a besoin pour accomplir une mission, pour réaliser de grandes choses. Même s'il voulait oublier Al Kansii, Assame avait maintenant besoin de cette conviction pour pouvoir mener à bien sa nouvelle mission. Cette nouvelle mission, il lui parut soudain clair serait une secousse, mais une secousse plutôt souple. Peut-être n'y aurait-il pas besoin de martyre.

Assame utiliserait les pouvoirs invisibles que Dieu avait donnés aux fidèles. Assame avait toujours su que les êtres que Dieu avait fait conscients étaient la preuve de Son existence. Mais d'après l'Islam, ces êtres n'étaient pas faits à l'image de Dieu, et c'est pourquoi ils continuaient de faillir et parfois ne croyaient pas. C'est ce qu'on avait enseigné à Assame. C'est ce qu'ils avaient tous appris dans leur enfance, même comme bébés, pendant les *années d'enchantement* quand ceux-ci découvrent les limites de leur coquille et du monde extérieur. Mais Assame savait que le lien aux autres était toujours là, même si la coque paraissait ne plus y être.

La compassion, les sentiments, l'amour, la pitié, la beauté, la poésie, la cruauté, toutes ces choses étaient les vestiges du temps où dans la matrice l'embryon est uni à son environnement. Et d'après Assame c'est pourquoi on peut sentir les délices du toucher de quelqu'un d'autre et que ces sensations ne peuvent être répliquées par la science, par des appareils, par des ondes ou même par l'effet tunnel. La science n'avait pas encore pu découvrir, si jamais elle le pût, la raison du pourquoi le toucher de quelqu'un avait un tel impact sur la personne qui était touchée.

Assame se rappela le non-toucher de Lili et ce qu'il avait alors senti, et l'impact si fort que cela avait eu sur lui et peut-être sur la marche de l'Histoire, puisqu'il s'était fié à elle. L'expérience du non-toucher de Lili était encore fraîche dans sa mémoire de plus d'une façon : elle l'avait utilisé, elle l'avait trahi. Pourtant, il sentait encore quelque chose pour elle. Pourquoi ?

Assame continua de considérer ces pensées en conflit. Il savait bien qu'autrefois l'Occident avait vaincu l'Islam et pendant des siècles régné sur ses terres, et l'Islam avait quand même rebondi et triomphé. Est-ce que l'Occident en ferait de même ? Les Han n'étaient-ils pas une distraction si ceci était vrai ?

Est-ce qu'une tribu peut, ou devrait-elle, imposer sa volonté et sa croyance à une autre ? La mission noble du Califat était d'unir le monde pour que la paix finalement y triomphât. L'Islam avait accompli exactement cela, ou presque. Mais Assame savait aussi que souvent ce qui commence comme libération finit en domination.

Avec ces doutes dans son cœur, comment est-ce qu'Assame allait pouvoir mener la prochaine Secousse, même si ce fût une secousse souple ? Le Califat était déterminé, Assame le savait. Il n'y avait aucune autre option puisque c'était leur raison d'être. Si le Califat abandonnait ou perdait cette raison d'être, il irait à sa déchéance. Tout comme l'Occident.

Assame était perplexe : si on ne peut dominer, on ne peut exister ? Est-ce une loi de la nature de l'homme ? Sans conflit et sans aspirations on ne peut survivre ? Si l'Univers avait été créé *ex nihilo*, à partir de rien, alors cette lutte constante serait-elle une manifestation de ce processus aléatoire ? Y avait-il donc un besoin inhérent au conflit sans lequel l'homme se sent perdu, seul dans le firmament ? Avec le conflit, l'homme trouvait-il une *définition* et une raison d'être, donc de la sécurité ?

Assame se rappela que Dieu avait créé l'Univers et nous avait faits des êtres épris de paix, soumis à Lui. Pourquoi Dieu avait-il décidé d'en faire ainsi ? Il est étrange, pensa Assame qu'aucune religion n'eût répondu à cette question, ou même qu'elle l'eût posée.

Assame se demanda alors si comme la matière est énergie et la pensée humaine était énergie divine, alors la pensée et la matière ne pourraient-elles pas être connectées ? Y avait-il donc un ordre des choses à l'extérieur de l'existence humaine ?

La Dernière Cantate

Assame était maintenant dans la sécurité spirituelle de sa salle de musique secrète. Il pouvait entendre la voix féminine accompagnée des sons de la percussion douce mais robuste des marteaux du piano.

La cantate arrivait à sa fin. Assame avait découvert cette cantate au temps où il avait commencé à développer son amour pour cette musique pendant son adolescence. Et il avait découvert quelque chose sur lui-même aussi.

Il avait découvert que le son du *si bémol majeur*, comme il l'avait appris dans ses terres ancestrales, avait un impact spécial sur lui. Une signification spéciale. Il pouvait sentir des sensations que les autres notes ne pouvaient provoquer en lui.

Assame savait bien sûr que les notes musicales étaient des ondes sonores de fréquence spécifique et de leurs fréquences harmoniques. La plus esthétique de toutes dans le *solfège* était le *la* d'après Assame, qui considérait ce fait comme une vérité absolue. Il était commun de savoir que le *la* avait une fréquence de 440 Hertz et si on faisait vibrer une corde 440 fois par seconde on obtenait ce son, un *la*. Une note belle et claire. Un *intervalle* plus haut se trouvait le *si*, une note un peu plus haute et tout aussi belle que le *la*, mais peut-être un peu moins quand même. Sa fréquence était établie à 493,88 Hertz.

Cependant entre les deux, et pas aussi belle que le *la* ou aussi claire que le *si*, se trouvait le *si bémol*. Pour Assame c'était la note la plus mystérieuse de toutes, la plus belle d'une manière plutôt triste, la plus tristement belle. Sa fréquence était déterminée à 466,16 Hertz.

Assame s'était toujours demandé ce qu'il y avait de caché à 466 Hertz et si près des deux autres fréquences en haut et an bas de celle-ci, et qui l'emplissait de joie, de joie triste, lorsqu'il entendait ce son. Il ne pouvait le savoir. Il se rappelait avoir découvert le son un peu plus triste de la viole, juste un peu plus bas que le violon mais d'une telle profondeur ! Il ne pouvait non plus savoir pourquoi il aimait cette tristesse. Assame était pourtant un optimiste. Peut-être dans un projet prochain il chercherait à savoir ce que les spécialistes des ondes cérébrales avaient découvert au sujet de l'impact de certaines fréquences spécifiques sur les sens et les émotions. Il savait par exemple qu'il y avait de éons, un voyant lumineux clignotant à une fréquence spécifique dans la cabine de pilotage de certains avions militaires avait causé plusieurs accidents avant que les ingénieurs ne pussent déterminer que cette fréquence spécifique avait fait que le cerveau des pilotes se figeât momentanément. Est-ce que le *si bémol* avait un impact semblable sur lui et pas sur les autres, quoique celui-ci fût imperceptible ?

En tout état de cause, Assame était maintenant en transe.

Le duo était entre une voix soprano, une voix d'un autre monde, une voix surnaturelle avec ses notes extrêmement élevées, certainement pas une voix humaine pour Assame, et un piano. La conclusion de cette petite cantate allemande commença avec un *si bémol* qui désarma Assame. Ensuite, alors que la soprano prononçait le mot allemand *dann* (alors), et que le piano en unisson avec la voix féminine mais séparée par ce qu'Assame percevait comme un temps quantique, presque rien mais pas zéro, le piano donc frappa son accompagnement ; *dann*, répondit la soprano, et le piano frappa encore ; et ceci trois fois. La voix féminine et le piano semblait se chevaucher, leur sentiers musicaux enlacés, tout en se maintenant en parfaite union.

Les deux, la voix féminine et le piano accélérèrent alors ensemble leur rythme. Les deux étaient parfaitement liés, enchevêtrés, quoique séparés. Deux membres d'une paire intriquée. Assame maintenant sentit que les deux identités dans cette dance de sons, voix féminine et piano, s'efforçaient à atteindre ensemble les sphères les plus hautes de leur être.

> « *Dann…*son _ *dann...* son_ *dann ist's erreicht,*
> *des Lebens wahres Glück* ».
> (Alors, elle a été atteinte ; la vraie félicité de la vie)

Le piano ainsi portait la voix féminine pendant que celle-ci entraînait le piano, et les deux répétèrent ensemble que « *la lumière des idées soulage l'âme dans la misère, et par la constance, avec de larmes de joie la vraie félicité sera atteinte. »*

« *Alors…son_alors… son_alors… la vraie félicité sera atteinte* »

C'étaient les mots de la dernière cantate de Mozart, la Cantate Numéro 619 dans le catalogue Koechel. C'était un petit morceau de musique maçonnique que Mozart avait écrit à la fin de sa vie quand la pensée maçonnique guidait son âme. Elle projetait son message d'espoir et de lumière à tous ceux qui « *révèrent le Créateur de l'Univers, qu'ils l'appellent Yehova, Dieu, Fu ou Brahma.* »

Et à nouveau, quand la voix féminine sembla s'éteindre, le piano alors la souleva ; et lorsque le piano ralentit, la voix féminine à son tour l'entraîna avec elle vers la note suivante. Et alors la voix féminine chanta un mot, et le piano finit la phrase, et les deux chantèrent cette phrase trois fois tout en se chevauchant dans ce flot musical merveilleux. Et ensuite, ensemble, tous deux, voix féminine et piano, continuèrent en se transportant l'un et l'autre dans leur musique et s'acharnèrent à atteindre les plus hauts sommets de leur union, après quoi la voix ne se fit plus entendre. Et alors le piano, seul, culmina avec une explosion d'énergie pour conclure ces trajectoires intriquées des deux êtres vers des hauteurs invisibles.

La cantate avait commencé avec une histoire des dieux et de leur impact sur l'humanité, et ensuite parlait de comment l'espèce humaine triompherait sur les forces de l'obscurantisme. La culmination à la fin avec le *dann, dann, dann …et l'atteinte à la perfection* rappelait à Assame cet autre morceau de Mozart où *homme et femme* luttaient ensemble pour atteindre un état divin dans la *Flûte Enchantée* :

« *Reichen an die Gottheit an* »
(Luttant pour atteindre l'état divin)

Assame savait que c'était cette impulsion qui nous soulève l'âme qui le motivait ainsi que tout le monde dans le Califat. La lutte pour atteindre cet état proche de Dieu, en se soumettant à Lui bien sûr.

Ici ce n'était qu'une voix surréaliste et un piano, non pas une vraie femme ou un vrai homme, mais le message était le même. Ce que la cantate avait appris à Assame était que même dans les temps pré-Abrahamiques, avant le Judaïsme, la foi Chrétienne et l'Islam, l'homme aspirait déjà à l'amitié universelle et à la fin des divisions, et avec les mêmes défis existentiels auxquels lui Assame, et il en était sûr que le Califat aussi, faisait face.

Quel était donc le but de sa mission. La préservation ? Est-ce que les Han étaient une menace à l'existence du Califat ? Bien sûr que non. Mais s'il ne poursuivait pas sa mission avec conviction et avec détermination, le Califat se fanerait, tout comme l'Occident.

Est-il donc vrai que sans conflit on se dissout tout simplement ? Le fait d'essayer d'imposer sa foi créait un conflit immédiat qui pouvait nous soutenir, conclut Assame.

Assame réfléchit encore une fois : « *mais si on croit, ne serait-ce pas assez ? Pourquoi aurait-on besoin de la justification de savoir que les autres croient la même chose et vénèrent le même Dieu ? Oui bien sûr Dieu est Un et le Seul. Pourquoi aurais-je besoin moi Assame de savoir que les autres le croient aussi ? Dieu n'est-il pas assez pour moi ?* »

Assame remarqua qu'il regardait toujours Al Kenii pour voir sa réaction à Leïla, en le peu d'occasions où il avait même été permis à Al Kenii de rencontrer Leïla. Assame cherchait dans les yeux d'Al Kenii son approbation. Seul Assame possédait Leïla, mais il avait besoin de la confirmation d'Al Kenii, et de celle des autres aussi. La même chose arrivait aussi quant à ses croyances semblait-il. Assame fut surpris de ce besoin des autres, de ce que ceux-ci aiment et admirent ce qu'on aime et admire. Et s'ils ne le font pas les doutes envahissent notre âme. À moins que notre amour ne soit si grand que nous n'ayons pas besoin de ce miroir pour nous le dire et pour nous fortifier dans nos convictions.

Assame conclut alors que sa dévotion à Dieu devait être si pure et infinie qu'il n'avait pas besoin de justification ou d'affirmation. Certainement pas de la part des Han.

Les Han en un sens, et aussi quelques autres tribus ici et là de par l'histoire se comportaient de la sorte, semblait-il. Ils ne cherchaient pas ce renforcement de leurs propres croyances.

Assame se demanda si ceux qui n'imposaient pas leurs croyances croyaient que leur vérité était la seule vérité. Ou alors était-ce ceux qui avaient besoin de réaffirmation de la part des autres qui n'étaient pas convaincus de leur vérité ? Ou plus simplement, une Vraie Religion a-t-elle besoin d'être imposée ?

Assame dut admettre alors que peut-être il n'en était pas ainsi. Le Gardien de la Foi lui avait demandé de concevoir un meilleur moyen pour atteindre son but, après que le Cheik Moussa et Al Idahi eussent échoué. Un meilleur moyen avait-il dit, ou un meilleur but peut-être ?

À cet instant Assame sentit alors que l'incohérence dans ses pensées commençait à se lever comme la brume matinale. Il y avait donc une limite à la folie après tout. Il se sentait desséché et fatigué. Mais les choses commencèrent à s'éclaircir dans son esprit.

« *Le but et les moyens seraient alors intriqués ?* se demanda Assame, se souriant légèrement à l'idée des processus quantiques humains. *La connaissance de l'un détermine l'autre. La détermination de l'autre défini l'un. On peut donc atteindre son but si le moyen que l'on choisi pour y arriver est le moyen bon et propre. Mais alors si on défini le moyen d'abord, est-ce que cela ne déterminerait pas le but ?*

« *La secousse violente contre les Han n'avait pas marché, ne pouvait avoir marché avec les Han. La manière dont le Califat avait miné l'Occident, avec l'aide de ses propres institutions, et un abandon total de l'intérieur, conscient ou pas, avoué ou pas, spécialement de la part des soi-disant élites ne marcherait pas avec les Han non plus. La démocratie est impuissante à combattre ceux qui essaient de saper ses lois puisque ces mêmes lois les protègent. Ce concept intellectuellement corrompu qui consiste à protéger ses propres ennemis ne fleurissait pas dans l'Empire des Han.*»

« *Maintenant,* se dit Assame en se souriant encore, *je crois que je sais comment conquérir…non…je sais quoi faire …avec les Han. Maintenant je sais comment y arriver. Oui, c'était si simple. Si évident !* »

« *Al Hamdulillah* » , dit Assame à voix haute.

Assame retournerait à Oussamabad.

Assame n'avait pas fini son œuvre.

Les Deux Déserts

Assame sentit une grande chaleur envahir son cœur. Il sortit et s'en alla vers le désert. Quand il fut assez loin pour que les sons et les lumières derrière lui se fussent éteints de son âme, il s'arrêta et regarda vers les cieux.

Dans le noir de cette nuit parfaite, Assame était maintenant entouré des sables qui paraissaient blancs. Au-dessus de lui, l'immensité du ciel nocturne était le seul autre élément qui l'unissait à l'Univers. Une mer de blanc et une infinité de noir. Assame concentra sa vue sur les profondeurs au loin et là, il put sentir *l'au-delà de l'au-delà*, l'horizon que l'homme ne franchirait jamais. Et il resta immobile devant l'éternité grandiose du moment.

Au même instant, cinq hommes dans l'Antarctique étaient sortis dans les glaces après leur discussion. Dans leur émerveillement, Don Juan, Nissime, Ari, Georges et Sanjay, entourés d'une éternité de blanc, contemplaient là-haut le ciel de la nuit de l'Antarctique. La sombre profondeur des cieux captiva leur âme et ils restèrent là en silence. Ils pouvaient voir au fond de ces cieux, au-delà des limites de ce qu'ils ne pourraient jamais comprendre, le commencement du Tout. Nissime finissait de lire un poème qu'il avait commencé à partager avec ses compagnons plus tôt dans la soirée. Il avait été écrit par un poète de l'Occident, près de quatre cents ans auparavant quand l'espoir et la confiance régnaient en ces terres et quand l'homme avec sa science allait se libérer des fardeaux de ce monde. Comme ils se tenaient là devant la grandeur et l'immensité de la glace et du ciel, Nissime conclut :

> « *Borné dans sa nature, infini dans ses vœux,*
> *L'homme est un dieu tombé qui se souvient des cieux.* »[22]

Et Nissime répéta dans un murmure à peine audible : « *l'homme… un dieu tombé…qui se souvient.* »

---

[22] Lamartine, *Méditations Poétiques*, 1820 Ère Chrétienne.

Ce livre est dédié à la mémoire de ma mère. Ses pensées continuent de nous atteindre, et celles qui sont intriquées aux nôtres ont trouvé leur expression dans ces pages.

L'auteur

TABLE DES MATIÈRES

Mission Inachevée

La Secousse

Mission Inachevée

Table des Illustrations

Physicien de formation, D. Leitsack s'est lancé dans les entreprises de technologie de pointe où les hauts et les bas de cette aventure typiquement américaine l'ont conduit à la vision de *2188 Apr. JC – Le Monde Sous le Grand Califat*. Que mieux d'autre à faire que de chercher à décrire certains des défis les plus sérieux auxquels l'humanité fait face depuis les débuts du Temps et de l'Espace dans un contexte scientifique futuriste avec des intrusions sournoises dans les débats religieux, politiques et de société actuels ? Leitsack apprécie les jeux de mots entre les langues ainsi que leurs interactions subtiles et aime à chercher la vraie signification des entreprises humaines avec comme méthode la science et comme but, le déchiffrage des mystères de l'esprit. Les deux versions, française et anglaise, sont l'œuvre de Leitsack.